LE GONDOLIER D'ELISHEVA

DU MÊME AUTEUR

La Saga des Mogliano :

La Porte fausse (1868-1890), Éditions Maren Sell, 1986
La Ginestière (1890-1919), Éditions Maren Sell, 1987
Giotta (1919-1940), Éditions Maren Sell, 1989
Le Pont du Var (1940-1950), Éditions Payot, 1991

L'Alcôve du Cardinal, Éditions Calmann Lévy, 1994

Alfred Hart

LE GONDOLIER D'ELISHEVA

Roman

JC Lattès

Ce livre est dédié à Noëlle Tschaeglè, de l'illustre famille corse des Péri, en souvenir de la fidélité et du sacrifice des régiments corses, si éprouvés à la cause de la Sérénissime lors du long et cruel siège de Candie.

1
La vie au ghetto de Venise

La perte de la Crète en 1669 marqua à jamais le déclin de Venise. Le Lion de Saint-Marc émoussait ses griffes...

Candie

« Au large, dans la mer vineuse est une terre, aussi belle que riche, isolée des flots, c'est la terre de Crète aux hommes innombrables, aux quatre-vingt-dix villes dont les langues se mêlent. Côte à côte, on y voit Achéens, Kynodiens, vaillants Etéocrates, Doriens tripartites et Paloges divins. Parmi elles, Cnossos, grande ville de ce roi Minos que le grand Zeus, toutes les neuf années, prenait pour confident... »

Homère (*Odyssée* XIX)

Déjà plus d'une demi-heure, ce mardi matin, que la cloche de Saint-Marc, la Marangona, a sonné le réveil de l'activité de la ville, particulièrement celle du ghetto. Aron est en retard. N'avait-il pas promis à Zanetto, son gondolier habituel, qu'il serait l'un des premiers, aujourd'hui, muni de l'autorisation de quitter le ghetto pour quelques jours, à se présenter à l'ouverture des portes donnant sur le Rio Girolamo ?

Ils pourraient alors commencer, ensemble, la traversée de la lagune pour se rendre au cimetière juif de Malamoco.

En effet, aujourd'hui, le 18 mars 1629, voilà deux ans déjà, jour pour jour, que son père, le banquier Abram Cohen, a rendu son âme à Dieu et repose sous les cyprès du cimetière de San Nicolo du Lido, dans cette « maison de la vie où les morts s'appellent toujours les vivants ». Aron, l'un des membres les plus honorables et les plus respectés de la communauté juive de Venise appartenant à la « nacion tedescha », s'était promis non seulement de prier, mais de converser longuement avec son père. Il avait hâte de confier à celui qui avait toujours été son guide, son confident, ce que sa femme, la jeune, la très belle, la vertueuse, la si aimante Rebecca lui avait révélé, deux jours auparavant, au fond de leur lit conjugal au moment où il avait désiré lui faire l'amour :

— Oh oui, Aron, mais fais doucement, lentement, comme j'aime. J'ai vu cet après-midi le médecin Mosé, ce que j'espérais est bien arrivé. Dieu veille sur nous. Je suis enceinte.

Mais le temps n'était plus à la rêverie. Zanetto, le gondolier, toujours impatient, devait l'attendre.

Enfin, chaudement vêtu, rasé de frais, châle de prière en poche, coiffé de son chapeau enrubanné de rouge désignant son identité juive, Aron descendit quatre à quatre de son septième étage pour dévaler sa rue étroite, la corta dei Barucchi. Il n'avait malheureusement plus le temps d'aller saluer sa tante Esther chez qui, pour ne pas rester seule durant l'absence de son mari, Rebecca s'était invitée : « Cela sera moins dur d'être séparée de toi » lui avait-elle dit.

La septième heure sonna lorsque Aron, se jetant à travers la rue du ghetto Vecchio, atteignit le campiello delle Scuole. Là, devant les deux synagogues, la Spagnola et la Levantina, la foule des fidèles se pressait pour la prière du matin. Déjà beaucoup de monde. Les vigiles de l'aube, les dévoués « Scioremin la-Baker » avaient bien fait leur travail, avec zèle, frappant dès le crépuscule avec leurs bâtons ferrés aux portes de ceux qui dormaient encore. Toujours les mêmes dormeurs, difficiles à réveiller, disaient-ils.

Près du pont menant au ghetto Nuovo (plus ancien que le Vecchio), Aron faillit renverser les lampes à huile qu'un groupe de femmes, les « dolentes de Sion », pieds nus, assises à même le sol, s'évertuaient à maintenir toujours allumées, en invitant les passants à se joindre à leurs litanies invoquant la perte de Jérusalem.

Enfin, traversant prestement le campo du ghetto Nuovo et passant tout près de la synagogue de la Scuola Tedescha, il eut une pensée pour ce lieu sacré où il avait étudié pendant de longues journées la Torah, le Talmud et les enseignements bibliques, et avec l'aide de son père, très érudit, l'histoire d'Israël, la géographie ainsi que les subtilités de la banque et du grand commerce.

Il passa aussi devant les guichets de la banque de prêt sur gage « il banco rosso », où son père durant tant d'années s'était dévoué pour soulager un peu la misère des pauvres, si démunis.

Ayant franchi le pont Girolamo, Aron aperçut enfin

les portes du ghetto grandes ouvertes qui laissaient entrer des carrioles de victuailles, contrôlées ostensiblement, du geste et de la voix, par les commissaires chrétiens, sans doute récemment nommés à ce poste, trop zélés, qui ne connaissaient ni les habitudes ni l'amusante rouerie des charretiers du lieu.

Son laissez-passer signé des cattaveri[1] de service, autorisant le juif « Aron Cohen » à passer quelques nuits, trois au maximum, en dehors du ghetto, dûment visé, Aron repéra bien vite Zanetto, au bord du quai du canal, qui lui faisait de grands signes en brandissant son chapeau de gondolier. Il n'était pas seul à l'attendre. Un pêcheur semblait lui parler, s'évertuant à maintenir une grosse barque, à voile latine affalée, à son pieu d'accostage. Aron reconnut vite que la barque était une de ces « sampierota », mieux adaptée à traverser la lagune en cette période de hautes eaux et de pleine lune que l'habituelle gondole. Surtout, pensa-t-il, que la funeste bora pouvait en cette période déjà printanière se lever brusquement et s'établir, empêchant ainsi le reflux de la marée de s'écouler vers la mer libre et de grosses vagues pourraient en résulter.

Aron pensa que Zanetto avait bien fait, aussi habile gondolier qu'il fût, connaissant comme sa poche les moindres recoins de la lagune. Il serait plus sûr de s'y risquer avec une bonne voile et un solide gouvernail.

Arrivés sur le quai, Aron et Zanetto s'étreignirent comme deux bons amis et sautèrent prestement dans la barque.

« Monsieur le Banquier Aron Cohen », c'est ainsi que Zanetto présenta respectueusement Aron à Marco, le jeune pêcheur entrevu depuis le pont qui, juché debout à la poupe, face à la proue, manœuvrait déjà la rame d'avant en arrière à la vénitienne pour se dégager du bord. Il y avait tant d'esquifs de toutes sortes qui se pressaient pour accoster rendant la manœuvre difficile.

Enfin, il fut possible de se dégager et de s'éloigner au plus vite vers la fondamenta della Miséricordia.

---

1. Cattaveri : fonctionnaire vénitien chargé de la surveillance du ghetto.

Sur le canal, tout paraissait tranquille. Seule un peu d'activité régnait aux abords des chantiers de construction des gondoles. Pas de vent. Quelques effilochages de brume paressaient au-dessus des toits, laissant déjà apparaître des traînées de ciel bleu.

— Nous avons beau temps, monsieur le Banquier, commenta Zanetto. Quelle chance ! Hier soir, j'étais si inquiet et ce matin en me levant à l'aube, j'ai vu que les nuages noirs et menaçants avaient disparu. Enfin, le vent s'était levé...

Aron approuva et prit place sur le banc arrière. Comme à l'ordinaire lorsqu'il quittait Venise pour les îles, il s'empressa d'échanger son chapeau de juif enrubanné de rouge contre un béret de velours noir qu'il emportait toujours avec son châle de prière. Mieux valait, pensa-t-il, conserver l'anonymat que de s'afficher ostensiblement comme un fils d'Israël.

On ne savait jamais. Toujours beaucoup de prudence, se disait-il. L'essentiel était d'être en règle avec les cattaveri.

Zanetto lui sembla alors légèrement embarrassé, gêné, ayant certainement quelque chose à lui dire.

Tordant dans ses mains le torchon dont il s'était servi pour essuyer le banc, le gondolier expliqua qu'il allait falloir changer quelque peu l'itinéraire du voyage.

— Oh ! Ce ne sera qu'un petit détour, s'excusa-t-il. Il nous faudra faire, avant de rejoindre Malamoco, un bref arrêt, une courte escale à Vignole, vous savez, monsieur, à l'île dite « des maraîchers », juste en face du port du Lido, d'où viennent toutes ces barques chargées de légumes qui, le matin, alimentent le marché du Rialto. Aujourd'hui cette grosse barque m'a été prêtée justement par mon ami Ulysse, maître pêcheur à Vignole et maraîcher, comme chacun sur cette île. Il m'a fallu promettre qu'en échange du prêt de la barque, je devrais lui apporter ce fardeau de grosses corbeilles vides, placé là sous cette bâche.

— Évidemment, mon brave Zanetto, lui répondit Aron en souriant, un service en vaut un autre.

— Surtout, avança alors timidement le gondolier, que nous sommes invités à déjeuner et de la belle manière. Vous allez voir, la femme d'Ulysse, une Frioulana, est une remarquable cuisinière. Elle a dû nous préparer une de ses fameuses spécialités, j'en suis certain. Oui, une terrine de poissons, une pure merveille qu'elle accompagne toujours de sardines grillées et d'une polenta qui est un vrai délice.

Aron s'amusa en découvrant sur le visage de Zanetto une sorte d'extase qui en disait long sur sa gourmandise. Il ne pouvait qu'approuver ce petit changement car au fond, rien ne pressait. Il avait prévu deux jours pour effectuer son voyage et ce détour, l'assura Zanetto, ne prendrait que deux ou trois heures. Sa visite à la tombe de son père n'aurait lieu que le lendemain matin et il ne lui resterait, à son retour à Venise, qu'à régler un transfert à la banque de Giro vers Hambourg. Le temps n'était pas compté.

Il y aurait bien le problème du déjeuner non casher, une entorse au rituel habituel, mais Dieu, généreux, saurait lui pardonner.

On arrivait déjà à l'accostage du quai de la place Santa Maria de la Miséricordia, le lieu de partance habituelle pour la traversée de la lagune, une fois la voile hissée. C'était bien de cet endroit, se souvenait Aron, qu'était parti le convoi funèbre de son père pour le cimetière de San Nicolo. Comme le voulait la coutume, les frères de la confrérie de la Miséricorde avaient organisé l'enterrement jusqu'au carré du cimetière réservé à la communauté ashkénaze de la nation Tedescha. Là, les rabbins avaient pris le relais pour la cérémonie au cimetière.

Déjà deux ans, comme le temps a passé ! Il avait tant plu ce jour-là, pensa Aron, les yeux déjà mouillés de larmes. Nous venions juste de nous marier, après mon retour de Raguse...

La voile, hissée, chercha le vent, le soleil saupoudrant déjà de poussière dorée dômes et campaniles.

— Signe de beau temps, le vent a tourné, il semble venir du large. Nous verrons vraiment combien il donne après avoir doublé Santa Elena, intervint Zanetto, qui avait bien noté le trouble d'Aron et ses yeux embués. Je pense que nous aurons une bonne traversée, mais d'habitude, c'est quand la lagune se réchauffe que cette sacrée bora venue de Hongrie peut se lever et contrarier fortement le reflux de la marée qui sera bientôt descendante. Peuvent déferler de grosses vagues enflées par ce sacré vent ; j'en ai vu de gigantesques, hautes de plus de deux mètres. Il faudra alors écoper et savoir se tenir droit à la vague en réduisant la toile...

Aron se redressa, inquiet.

— Mais non, soyez tranquille, monsieur le Banquier, nous avons un bon bateau et en cas de grandes eaux, je connais très bien les canaux lagunaires, surtout celui de San Spirito. Avec toute la série de « bricoles »[1] qui marquent le canal, pas moyen de s'y tromper. Ce n'est pas comme lorsque nous allons à la pêche ou chasser le canard du côté de Torcello, vers la terre ferme. Là, il est facile de s'égarer au milieu des barèmes et des roselières, mais ça fourmille de gibiers. Il faudra un jour que je vous y emmène avec votre dame... Vous verrez alors ce qu'est une partie de pêche, avec ces envols d'oiseaux de toutes sortes. C'est un vrai vivier dans les eaux vertes. Il ne faudrait pas trop tarder. Le printemps vient vite et dès que les eaux sont chaudes, tout s'en va vers le large...

Zanetto n'eut pas le temps de finir sa phrase. Il fallut en catastrophe abattre la voile devant l'irruption soudaine d'un convoi de deux galères, escortant une grosse galéasse, qui sortait de la grande darse de l'Arsenal encore embrumé.

— Marchande à coup sûr et portant à la corne d'artimon les armes de la Sérénissime, le Lion de Saint-Marc, une patte posée sur l'évangile, commenta Aron. C'est certainement une partie du convoi habituel partant pour Raguse et Corfou, qui rejoint le bassin de Saint-Marc afin de passer la douane, continua-t-il, très au courant du

1. Bricoles : pieux servant à délimiter les rives des canaux dans la lagune, appelés aussi ducs d'Albe.

mouvement des navires de charge et même du contenu de leurs cargaisons.

D'un coup d'œil, l'habile banquier avait évalué le tonnage de la galéasse. Que de fois avait-il fait lui-même la route depuis qu'à Venise les plus importants commerçants juifs avaient été admis à financer le grand commerce maritime international.

Aron avait débuté ses voyages à l'époque où, à chaque instant, à l'approche des côtes dalmates, les rapides chebecs, bourrés de pirates Uskoques rompus à l'école de l'abordage, de la rapine et du rapt, apparaissaient brusquement pour voler, incendier et disparaître encore plus vite. Combien de navires marchands avaient ainsi été pillés et détruits, surtout lorsque la nécessité les poussait à rechercher sur la côte les lieux où se ravitailler en eau potable. C'est alors que ces pirates, chrétiens certes mais orthodoxes, surgissaient. N'étaient épargnés d'avoir la tête sabrée ou d'être vendus comme esclaves que les captifs qui représentaient une solide rançon. Les femmes jeunes, violées sur l'heure, alimentaient, surtout si elles étaient blondes, claires de peau, les marchés destinés aux harems turcs.

Corfou ! pour Aron, c'était là qu'il s'était initié au commerce avec les pays nordiques, grâce aux amitiés que son père entretenait avec ses amis et parents banquiers à Hambourg, à Anvers, et même à Londres. En coopération avec la famille Mendès, il avait pris des participations dans des cargaisons de sucre, de vins, de raisins secs, les célèbres « Sultanes » venant de Candie que l'on appréciait tant sur les bords de la Tamise.

Ce commerce, dit océanique, consistait à financer une partie de l'armement, y compris la cargaison, du navire marchand. Il rapportait alors de jolis bénéfices et ce malgré les taux élevés d'assurance (20 %) en cas de perte du navire due aux pirates ou aux naufrages. L'Océan s'avérait souvent plus sûr, avec moins de risques d'abordage qu'en Méditerranée. Aron, une fois, avait accompagné un voyage, à l'aller seulement, comme « Patrono ».

Il était revenu d'Hambourg à Venise, après y avoir visité ses cousins de la banque Aboad, par voie de terre, à travers l'Allemagne et la Suisse. Ce qui l'avait le plus gêné, lors de ce voyage destiné à surveiller la cargaison, cela avait été la nourriture prise à bord, constituée presque essentiellement de biscuits — le célèbre « biscotto[1] », galette non levée, produit par centaines de tonnes par l'Arsenal de Venise —, de viande salée, et de légumes secs, et seulement de quelques produits frais lors des rares escales. Il avait difficilement supporté le manque de nouvelles et d'être resté ainsi isolé du monde des affaires et de sa famille. Cette fois-là, heureusement, le convoi avait été composé de six navires marchands, des galéasses portant chacune des canons. Le voyage avait rapporté gros au groupe d'armateurs juifs : vingt pour cent des sommes investies et cela sur une cargaison d'excellent rapport poids-valeur. L'utilisation du banco de giro, instituée par la Sérénissime en 1619, avait fortement facilité les transferts de fonds, en particulier pour encaisser les bénéfices qui s'étaient montés à près de dix mille ducats à se partager, payés à Venise, sans risque, en or, à la Zecca. De retour à Corfou, Aron, après deux ans de fiançailles, avait enfin épousé une des filles du banquier Mendès de Corfou (implanté aussi à Raguse), une jeune fille à son goût, la plus pure et cependant la plus éblouissante des trois sœurs Mendès, sa Rebecca...

Mais le temps n'était plus pour Aron de penser au passé, maintenant la route était libre. Après le gros remous occasionné par les énormes rames des galères de combat, hissant de nouveau la voile, la barque reprit sa route, appuyant à bâbord, naviguant au plus près vers le petit groupe d'îles que l'on apercevait maintenant, si vertes et comme posées sur la lagune, pour atteindre le Vignole et San Erasmo, les îles sœurs. On entra progressivement dans le canal lagunaire, assez large, piqué de loin en loin par des groupes de pieux indiquant la position

1. Sorte de biscuits très secs et très nourrissants servant à la nourriture des troupes vénitiennes.

des rives. Se retournant, Aron aperçut, au-dessus du miroitement des eaux, dans le grand lointain, des élancements roses, plantés çà et là de dômes comme parsemés d'or. Sa ville : Venise. Puis soudain, à un détour, il ne vit plus rien qu'une haie de roseaux bordant les rives. Il fut surpris par l'envol brusque d'un gros volatile effaré, qui le frôla de son aile.

— Un butor, lui enseigna Zanetto, nous l'avons certainement surpris dans son sommeil. C'est si rare de les voir en plein jour. Ils ne sortent que la nuit du fond des roseaux et les soirs de lune. Croyez-moi, aucun petit rongeur ne leur échappe.

Mais à cet instant même, les pensées d'Aron étaient bien éloignées de tous ces oiseaux sortant la nuit pour chasser les soirs de clair de lune. Il ne pouvait s'empêcher, en mari amoureux, de penser à sa Rebecca.

Il aurait tant aimé l'avoir ici, tout contre lui, assise dans cette barque, tous les deux libres d'aller et venir ensemble, voguant ainsi loin de toutes les entraves dictées par les règlements iniques imposés à la communauté du ghetto.

Quelle joie ce serait pour lui de naviguer sur la lagune cœur à cœur, sa femme à ses côtés.

Oui, sa Rebecca. Il en était tombé amoureux dès qu'elle lui avait été présentée, lors d'un soir de Carnaval juif, le Pourim, par un ami très cher de son père, le grand rabbin Léon de Modena.

Ce dernier, fou de musique, même profane, était Maestro di Cappella et même secrétaire de la célèbre chorale de la Scuola espagnola.

Ce soir-là, Aron avait été séduit par une merveilleuse voix de soprano qui avait largement dominé le chœur et soulevé une ovation des plus nourries lors de la représentation du drame théâtral. « L'amor présente de Benedetto Luzzato. » L'œuvre était dirigée par le grand rabbin lui-même. Le moment le plus dramatique avait eu lieu lors de la scène finale où Rebecca avait tenu le rôle de l'émouvante héroïne.

Un véritable coup de foudre l'avait alors frappé lorsque, rentrant dans la loge de Rebecca pour lui être présentée par le grand rabbin, il avait surpris cette jolie femme ajustant à la façon andalouse un gros peigne d'écaille dans sa merveilleuse chevelure d'ébène croulante jusque sur ses reins.

S'étant revus en présence de leurs familles, Aron s'était promis que Rebecca serait la femme qu'il épouserait devant Dieu, malgré les différences de rite qui existaient encore entre les Ashkénazes et les Marranes. Difficultés bien vite applanies par la sagesse et les précieux conseils de Léon de Modena. Rebecca était ainsi devenue son épouse adorée. Maintenant, à vingt-deux ans, elle avait le teint hâlé des filles d'Andalousie. Et que dire de son élégance ! Devenue si femme, elle n'avait rien à envier aux Vénitiennes, tout en respectant évidemment les lois somptuaires imposant l'usage et le port de l'argent, de l'or, des diamants et pierres précieuses alors fortement réglementés, comme l'habillement. Pour Aron, sa Rebecca savait être belle et élégante sans ostentation et surtout sans maquillage excessif. Sa femme était pour lui le modèle parfait de la femme, épouse et bientôt maman juive.

En effet, sa taille commençait à s'arrondir. Leur futur enfant entrait déjà dans la famille. Serait-ce un garçon ou une fille ? Dieu seul le savait. La divine surprise portait bien son nom. C'était justement ce qu'il allait annoncer, respectant la coutume, à son père défunt.

Aron fut brusquement tiré de sa rêverie par le bruit que causait l'affalement de la grande voile. La barque entrait dans l'étroit canal qui menait au port de la Vignole.

De loin en loin, juchés sur les pieux marquant les détours du canal, des busards, eux aussi, s'envolaient au passage de la barque. Approchant du petit port essentiellement maraîcher de Vignole, la voile bien carguée, l'entrée se fit habilement, à la rame, tant l'encombrement y était grand, autant sur l'eau que sur les quais où l'on chargeait de larges barques avec des corbeilles de légumes aux bonnes odeurs d'herbe. Marco se faufila jusqu'à une place d'accostage où un gros homme, grand et fort, aida avec un croc à l'amarrage. C'était Ulysse, le père de Marco, un vrai colosse à la barbe blanche, la cinquantaine, à demi pêcheur, à demi maraîcher, qui se présenta respectueusement à « Monsieur le Banquier », un large sourire aux lèvres, heureux de voir que Zanetto avait bien tenu parole. Son gros colis de corbeilles neuves était enfin là, à bon port. Elles ne seraient pas longtemps vides...

L'accueil, un peu gêné, se réchauffa vite avec l'aide d'une tournée d'ombra prise autour d'une table du bacaro[1] du port, mais le déjeuner pressant, on se dirigea vers la maison d'Ulysse, un étage, six fenêtres. Elle se situait le long du quai du canal menant à San Erasmo. Peinte en bleu, elle tranchait sur les ocres et les rouges des constructions voisines. Ulysse lui-même fit les honneurs de sa demeure. Il présenta d'abord sa femme, Giuletta, faisant fuir ainsi toute une volée de gamins, garçons et filles paniqués, qui se sauvèrent à travers l'escalier montant à l'étage.

C'était vraiment extraordinaire de recevoir ainsi, dans une simple maison de pêcheur, sur cette petite île si peu fréquentée, un monsieur « Banquier de la Ville », riche juif de Venise, qui, heureusement, s'exprimait dans un vénitien aussi zézayant que celui de la compagnie, et cela avec beaucoup de gentillesse et de simplicité.

— Quelle surprise ! Mais d'où pouvait donc bien venir un tel homme avec un nom si étrange, Aron Cohen, et qui parlait comme nous l'italien à la mode de Venise ?

La compagnie vite attablée, madame Ulysse, debout, servit les hommes. Couteaux en main, la divine terrine fut vite liquidée, accompagnée de tranches de polenta légèrement grillées au fromage de brebis, à la frioulana. On termina avec quelques beignets, les fritelles, et des confitures également concoctées par l'habile Giuletta.

Le déjeuner terminé, la table débarrassée, les convives restèrent attablés devant une généreuse eau-de-

1. Bacaro : débit de boissons, estaminet à Venise.

vie, si parfumée qu'elle ne pouvait être, selon Ulysse, que « frioulana », si bonne à délier les langues et à conforter la convivialité.

— Du pays de ma femme. La meilleure grappa que vous pouviez rencontrer !

On parla alors du voyage à Malamoco qu'il fallait réaliser avant la nuit et de la course à effectuer à San Nicolo du Lido où les deux chrétiens, Zanetto et Marco, coucheraient au couvent près de l'église de Santa Maria Elisabeta ; Aron étant, lui, hébergé à l'hospice tenu par le ghetto à San Nicolo, l'Hekdish, à la fois hôpital et hôtel destiné à accueillir les juifs, les plus riches comme les plus pauvres. Cela amena la conversation sur le cimetière, ses superbes monuments, la simplicité des tombes des familles enterrées et de fil en aiguille, au père d'Aron. Mais qui était-il ? D'où venait-il ? La curiosité s'éveilla.

Ce fut Aron, à l'habitude peu bavard mais peut-être conforté par la gentillesse ambiante et la grappa exquise qui, mis en confiance, vint à parler, comme l'en pria Zanetto, de son père et de l'origine de sa famille.

Son père Abram était né très loin, là-haut dans les brumes, au bord de la mer du Nord, à Hambourg. Issu d'une famille de fourreurs, tout jeune homme attiré par le négoce, il était entré comme petit employé, un peu saute-ruisseau, dans la célèbre banque allemande Aboad Frères, très engagée dans le haut commerce international et particulièrement avec celui de la place de Venise.

— Vite estimé, commenta Aron, mon père a été envoyé à Mestre en 1586 là où résidait une active communauté juive d'origine allemande « de nacion tedescha », afin d'y étudier les possibilités qu'il y aurait pour la banque de profiter de l'important négoce qui venait de s'y ouvrir. En effet, expliqua-t-il à ses amis qui paraissaient fortement intéressés, Venise venait de négocier avec le Pacha de Bosnie l'ouverture d'une route terrestre reliant directement Raguse, donc Venise, à Sarajevo. Cette nouvelle route permettait à la Sérénissime de recevoir directement les balles si précieuses que transportaient les caravanes desservant les pays de la Roumanie, ceux de la mer Noire, rejoignant même par Trébizonde les pays d'au-delà du Caucase vers la route de la soie, les Indes, la Chine, pourquoi pas même le Japon...

Somme toute, c'était reprendre le rêve de Marco Polo. Il ajouta, à la tablée éberluée, que cette nouvelle route permettrait également de se libérer en partie de la mainmise des Ottomans sur le commerce partant de Constantinople. Cela autorisait d'acheter les produits à meilleur prix afin de les livrer à bon port, avec un abaissement considérable du prix des assurances ; et d'être enfin à l'abri du piratage barbaresque et des aléas de navigation rencontrés trop souvent par mer hors de l'Adriatique.

— Cette nouvelle possibilité de commerce, ajouta monsieur le Banquier, coïncidait alors avec l'autorisation donnée à nous autres, juifs de Venise, d'accéder au grand commerce maritime. Nous avions enfin acquis le droit de financer l'armement des navires et l'achat des cargaisons destinées au négoce vers les pays nordiques, principalement la Hollande, l'Allemagne et l'Angleterre.

« Ce fut une grande opportunité pour mon père qui s'installa ainsi à Venise, au ghetto Nuovo, en février 1590. En effet, la Sérénissime, grâce au talent d'un juif portugais, Rodriguez, venait de reconduire, comme à l'habitude, la « Condotta »[1] en autorisant, pour mener à bien ce nouveau commerce, l'installation au ghetto de cinquante nouvelles familles juives d'origine espagnole et levantine, principalement des marranes[2].

Heureusement, Aron s'aperçut que Zanetto battait déjà de la paupière, qu'Ulysse semblait bien distrait, et que Marco, bâillant, s'amusait à défaire le nœud de sa camisole. Tout cela devait être bien difficile à comprendre pour des gens aussi simples.

Ulysse servit alors une nouvelle rasade de grappa...

Il était temps de conclure. Aron éleva un peu la voix :

1. Condotta : accord passé entre la Sérénissime et la communauté juive réglant les conditions de présence des juifs au ghetto de Venise.

2. Marranes : juifs convertis de force en Espagne à la religion catholique et reprenant leur religion première dès qu'ils furent chassés du Portugal et d'Espagne.

— Dès son arrivée au ghetto, mon père, comme le voulait la coutume, ouvrit un magasin de friperie, le seul commerce permis à nous autres juifs ; mais il s'intéressa surtout à faire participer la banque d'Hambourg à des affaires d'assurance et de négoces maritimes. Là, il se lia d'amitié avec un de ses voisins, Mose Levi dit del Banco, alors propriétaire associé de la banque de prêts sur gages, la très ancienne banque rouge.

« Eh oui, messieurs, qui à Venise ne la connaît pas ? Eh bien figurez-vous que ce M. Levi avait une fille, Salomé, reprit Aron, élevant à nouveau la voix. Mon père en tomba amoureux. Il l'épousa et je naquis ainsi Vénitien, juste le jour de l'inauguration du nouveau pont en pierre du Rialto, en 1592. Quelle coïncidence, n'est-ce pas ?

Ce nom, Rialto, réveilla heureusement la compagnie qui commençait à se fatiguer devant tant de détails si peu habituels.

— Vous voyez, ce n'est pas plus compliqué que cela, termina ironiquement Aron. Vous savez maintenant pourquoi je parle et j'entends si bien le vénitien.

Personne ne posa de questions.

En réalité Aron n'avait parlé que d'événements heureux. Trop orgueilleux, il n'avait pas voulu s'étendre sur l'autre face des choses. Qu'aurait-il pu leur dire si l'un des amis, plus curieux, l'avait interrogé par exemple sur la façon de vivre à l'intérieur du ghetto ?

Il n'aurait pu leur cacher la privation de liberté, les contraintes et les restrictions avilissantes dont les juifs, ses frères et lui-même, étaient victimes. Dans ce trop célèbre ghetto, le premier ouvert en Europe, les juifs étaient certes enfermés, protégés, mais dans quelles conditions, de quelle manière et à quel prix ?

Sur la situation concernant leur enfermement dans cette enceinte, inviolable certes mais si restreinte, Aron aurait dû leur expliquer comment, dès la chute du jour jusqu'au lever du soleil, donc de nuit, le lieu était fermé par de grandes portes, constamment surveillées par des « commissaires gardiens catholiques », payés par la communauté. Personne ne pouvait ni entrer ni sortir, à part quelques célèbres médecins juifs appelés en ville par des malades chrétiens. Les femmes chrétiennes, presque essentiellement des servantes, elles, avaient défense expresse de passer la nuit au ghetto, afin d'éviter qu'elles puissent partager la couche d'un juif. Si cela se produisait, la femme était jetée en prison et l'homme condamné aux galères, à ramer pour la gloire de la Sérénissime.

De plus, Aron aurait dû leur apprendre que ce territoire si restreint, concédé au nouveau et au vieux ghetto, l'avait été lorsque la communauté juive atteignait à peine plus d'un millier d'habitants, hommes, femmes et enfants confondus. Alors qu'aujourd'hui ils y étaient plus de trois mille. Il avait donc fallu surélever les constructions existantes et les porter jusqu'à sept et même neuf étages en prenant bien soin de murer toutes les ouvertures et fenêtres qui auraient pu permettre d'apercevoir ne seraitce que les toits de la ville chrétienne. Comment un juif aurait-il pu avoir le droit de surprendre du regard une Vénitienne non juive, blondissant ses cheveux au soleil d'une altana[1] ? Sacrilège !

Plongé dans ses réflexions, Aron ne voyait pas le temps passer. Il n'avait même pas remarqué que Marco, la tête cachée dans ses bras, appuyé sur la table, dormait profondément.

Ulysse s'était éclipsé en douce pour aller remplir ses nouvelles corbeilles de légumes à charger sur les barques qui partiraient à l'aube pour le marché du Rialto de Venise.

Zanetto, lui, avec la complicité de Giuletta, avait grimpé lestement au premier étage pour y passer une agréable sieste.

Aron, un peu engourdi — le vin trop capiteux, peut-être ? —, ressentit le besoin de se dégourdir. Se levant sans faire le moindre bruit, il se glissa sous le rideau de perle et de bois afin de faire quelques pas et de jeter un coup d'œil sur le quai bordant la maison. Tout était

1. Terrasse en bois posée sur le toit du palais pour venir y prendre le soleil.

désert, même les grandes barques semblaient se faire bercer par un léger remous. Voiles affalées, elles paraissaient dormir. Un chat roux vint se frotter contre lui. Dans un jardin éloigné, seuls des cris d'enfants trouaient le grand silence de cet après-midi ensoleillé. Quelle paix ! Quelle tranquillité, qu'il aurait tant aimé partager avec sa Rebecca...

Aron, tout en marchant, ne put alors s'empêcher de reprendre sa rêverie, de penser au ghetto Nuovo, au Vecchio tellement privé de soleil, avec ses rues si étroites, si sombres et humides, serpentant autour de ses hautes maisons de six, sept étages parfois où des familles juives s'agglutinaient. Quel contraste avec ce village silencieux, sentant bon le repos. Là-bas où les juifs s'entassaient, même dans la journée, il fallait souvent allumer les bougies, surtout les jours de brume. Il songeait à la promiscuité, à la rareté de l'eau qu'il fallait monter aux étages, alors qu'ici Marco lui avait dit que chaque maison avec son petit jardin possédait son puits.

Dans l'île, c'était contre la trop grande luminosité qu'il fallait se défendre, contre les bouffées d'air marin qui s'infiltraient par la grande passe du port s'ouvrant vers la mer libre.

Quelle différence avec chez nous, pensa-t-il. Il fit alors quelques pas vers une grande bâtisse d'où s'échappaient des senteurs d'herbes.

Un jeune garçon d'une dizaine d'années s'amusait avec des pierres plates à faire des ricochets dans l'onde. Une petite fille à ses côtés de trois à quatre ans lui passait tour à tour des galets qu'elle prenait dans la grande poche de son tablier.

Cette scène enfantine lui fit penser à Rebecca. La jolie gamine avait ce même regard brun cerné de longs cils. Que faisait donc sa femme en ce moment ? Avant-hier soir, au coucher, au moment de la toilette, il avait remarqué que le ventre de Rebecca, si plat, commençait à s'arrondir...

Aron, fatigué par ce repas, succulent, mais un peu trop important, jugea bon de rentrer et de franchir à nouveau le seuil de la maison en écartant encore le rideau de perles et de roseaux.

Tout était tranquille. Il s'asseya à la même place sur le banc, pensant alors à des choses plus graves : en bon banquier, aux ducats qu'il faudrait bientôt débourser.

Oui, ce droit de vivre bien protégés qu'ils avaient malgré tout au ghetto était très chèrement payé. Certes, la communauté juive était-elle à l'abri des progroms qui se déchaînaient ponctuellement en Moscovie et loin des foudres de l'Inquisition chargée d'alimenter ponctuellement les bûchers et les autodafés espagnols. Mais Aron aurait pu ajouter qu'à la contribution ordinaire versée chaque année par tête de juif s'ajoutaient en effet les prêts extraordinaires, les emprunts forcés. Plus de deux cent mille ducats constituaient la note à payer pour l'année 1628. Et combien faudra-t-il débourser l'année prochaine ?

En effet, des risques de guerre s'annonçaient à Venise, qui restait fidèle à ses alliances avec la France contre l'Espagne et le Saint-Empire germanique de Ferdinand. Des querelles très graves existaient aussi entre le doge Corner[1], sa famille, Renier Zen et le Conseil des Dix. Cela n'apportait rien de bon dans les finances publiques. La guerre ne pourrait-elle pas se déclencher à tout instant ? La défense de l'État coûtait de plus en plus cher et ne parlait-on pas de la nécessité de constituer une armée de terre ferme ? Combien les juifs et lui-même, à travers sa banque, devraient-ils encore payer ?

Il y avait cependant, depuis quelques temps, malgré les affres qui précédaient toujours la reconduction de la Condotta, un changement dans la mentalité des patriciens qui évoluait vis-à-vis des juifs. Il s'avérait nécessaire à la Sérénissime de réduire, aussi bien à Venise que dans ses territoires de terre ferme, l'influence de la papauté très mal acceptée dans la ville de saint Marc et de lutter ainsi contre les exactions de l'Inquisition. Le Doganat ne voulait plus rendre de comptes aux tribunaux ecclésiastiques, seul le Conseil des Dix devait être le maître absolu : « L'in-

1. Doge de Venise 1625-1630.

térêt supérieur de la Sérénissime doit dominer et la tension envers Rome doit être maintenue. »

Aron avait bien appris que trois nouvelles mesures venaient d'être prises pour limiter l'emprise du clergé catholique. Désormais la location des terres d'Église se ferait moyennant ducats sonnants et trébuchants. Une autorisation spéciale pour toute nouvelle construction culturelle allait être exigée et il serait dorénavant interdit de léguer à l'Église des biens immobiliers. Aussi petit à petit, la communauté juive se voyait beaucoup plus respectée, prenant graduellement sa place, éliminant même l'emprise des patriciens dans l'activité la plus lucrative de Venise, son commerce d'exportation. Il y aurait donc là, heureusement pour sa banque et ses contrats d'assurance, beaucoup d'argent à gagner...

Ce fut le ronflement toujours aussi régulier de Marco se mêlant au grand silence régnant dans la maisonnée qui incita Aron à reprendre sa réflexion et à penser à ce qu'il aurait pu répondre si on l'avait interrogé sur ce qu'un juif a le droit de posséder en nue-propriété. « Rien, ni terre, ni immeuble, ni même le logis ou le magasin que nous occupons ; un juif ne peut être que locataire d'un chrétien qui, lui, possède toujours la nue-propriété. Le juif paye un loyer particulièrement élevé dont la communauté elle-même se porte garante. Il a cependant le droit de céder, vendre ou hériter de ce droit de loyer en toute liberté. Et ceci en vertu d'une loi spéciale, "la jus gazaga", qui assure ainsi le droit perpétuel de pouvoir rester locataire. »

Aron fut particulièrement soulagé de ne pas avoir été interrogé et de ne pas avoir dû faire, devant ces braves gens, en contrepartie de l'hospitalité offerte, l'étalage des injustices et des avilissements qui les frappaient en tant que juifs, lui et ses coreligionnaires.

Il était heureux d'être ainsi apparu aux yeux de l'ignorante compagnie comme un très respectueux banquier, en fait égal aux autres Vénitiens, mais au fond de lui-même il avait ressenti l'immense joie et la fierté d'appartenir à la race élue choisie par le Seigneur Dieu, bien instruit et vivant sous la loi de Moïse. Il puisait dans sa foi la force de supporter, comme ses frères et sœurs, toutes les atteintes à la liberté et aux droits attachés à la personne humaine. L'essentiel n'était-il pas de savoir se plier pour mieux survivre ?

Si son corps se pliait, son âme restait forte et confiante dans la destinée de son peuple. Depuis le décret d'expulsion de l'empereur Hadrien et le départ de la terre promise, il savait qu'un jour le temple de Jérusalem serait reconstruit. Dieu, après toutes ces épreuves, y veillerait.

Les souffrances de son peuple subies durant des siècles seront ainsi offertes à Dieu comme un sacrifice qui permettrait à tous les justes d'accéder au paradis.

— Même si nos corps sont prisonniers, lui avait dit souvent son père, grâce à notre foi, sachons rester libres.

Mais soudain, une porte ou un volet claquant au premier étage sortit Aron de sa rêverie... La bora peut-être se lève, pensa-t-il. Justement, Zanetto, encore tout ébouriffé, rajustant ses frusques, parut au bas de l'escalier.

Par la porte d'entrée restée grande ouverte, Aron aperçut le ciel qui déjà s'embrasait. Un gros nuage teinté de rose s'ourlait à ses bords d'argenture. Il devait être assez tard. À rêvasser ainsi, le temps s'était enfui. Justement, dans l'encadrement de la porte, apparaissait Ulysse suivi d'un adolescent porteur d'un grand panier.

— Pour vous, mon cher, annonça-t-il en posant le panier sur la table. Il y a un peu de tout, du bien frais, surtout les asperges et les artichauts. Je sais que vous les aimez, continua-t-il en clignant de l'œil à Zanetto qui avait repris tout son aplomb. Les asperges viennent d'être cueillies. Elles sont de celles qui devraient aller tout droit du champ à la marmite. Je les ai entourées d'herbes mouillées. Elles tiendront bien encore deux jours. Plus elles sont fraîches, meilleures elles sont, pas vrai ?

Aron, très touché de cette attention, remercia avec un bon sourire. Il fallut alors, à la mode vénitienne, se donner l'embrassade. On avait été si heureux de se connaître et d'avoir rompu le pain ensemble...

— Et un banquier ici chez moi, monsieur, quel honneur !

— Très bien, mais les aiguilles tournent, interrompit Zanetto. Il se fait tard, maintenant, vite au port.

Il fallut peu de temps à Marco pour dégager sa barque et prendre la file de celles qui se dirigeaient vers l'Erberia de Venise.

À la sortie du canal, il obliqua à bâbord, et hissa la voile.

Pas de bora, seulement la brise de mer qui commençait à lutter pour s'établir. Bien vite on entendit le frottement de l'onde sous la barque. À droite, Venise, ses dômes luisant d'or rose, allait se préparer à dormir. Aucune vague sur la lagune, seul un léger remous s'étalant en V d'écume blanche derrière l'esquif.

La nuit tombait vite. Aron pensa à Rebecca qui devait se préparer à défaire sa coiffure, lisser sa brune chevelure...

— À nouveau, commenta Zanetto, qui semblait heureux d'avoir quitté la terre ferme, voilà la marée haute. Bientôt nous allons sentir, à hauteur de la passe, la force des flots marins sur le gouvernail.

On croisa des pêcheurs, certainement de Chioggia, à juger de la voilure de leurs barques. Ils calaient des filets et de grosses cages en osier.

— Des pièges à congres ou à anguilles, les plus forts dévoreront les plus faibles, commenta Marco.

Envahis par des senteurs de plus en plus marines, ils diminuèrent la toile et resserrèrent les cordages. La petite île de San Spirito dépassée, on aperçut des clochers et l'on entendit de très loin, déporté par le vent, l'Angelus qui sonnait.

Juste en face, à la hauteur du vieux lazaret, le long d'une plage, quelques lueurs brillaient déjà.

— Au loin, là-bas, c'est Malmoco, mais nous débarquerons avant au ponton de Santa Maria Elisabeta, annonça Marco.

La mer semblait plus proche, déjà, on entendait le

ressac suivi de silences et l'odeur marine se faisait plus présente.

Quand on accosta, la lune s'était levée. Furtivement, elle glissait et jouait à cache-cache entre les nuages.

La barque solidement amarrée, protégée en cas de coup de vent par l'estacade, les trois amis se dirigèrent vers l'église de Santa Maria Elisabeta. Zanetto connaissait bien le chemin du cloître de San Nicolo, où Marco et lui passeraient la nuit.

— On se reverra demain au ponton vers la onzième heure. Le temps de faire vos dévotions, monsieur le Banquier. Votre osteria, comme vous dites, l'Hekdish, est à deux pas du cimetière, impossible de vous tromper. Deux grands cyprès en gardent l'entrée, à gauche les chrétiens, à droite les juifs. Là-bas, pour vous, pas de père tourier comme pour nous, au monastère. Vous y serez certainement mieux nourri et couché que nous au cloître où la règle monastique est sévère et les frères, des capucins, pas trop bavards et fort pauvres !

Zanetto ne croyait pas si bien dire. En effet, à l'osteria, Aron fut fort bien reçu. Il s'aperçut que le grand rabbin Léon de Modena, très ami des Cohen, avait annoncé sa venue. L'Hekdish était « un instituto » à la fois hôpital et hôtel qui accueillait avec les mêmes égards ses hôtes juifs, pauvres ou fortunés. C'était la communauté du ghetto qui en assurait régulièrement les dépenses.

Après la visite rituelle et le service du soir tenu à la synagogue, un dîner confortable fut servi à Aron et à une vingtaine de personnes qui devaient assister le lendemain, au cimetière de San Nicolo, à la translation d'un cercueil en partance pour la Terre sainte.

Le lendemain matin, chrétiennement réveillé par le clocher de l'église Santa Maria Elisabeta, après la prière, les ablutions, le petit déjeuner, Aron se présenta devant le cimetière. Les portes en étaient encore fermées.

Il se dirigea alors le long du cordon littoral, vers la plage, pour y humer l'odeur du large là où l'Adriatique semblait s'étendre à l'infini, tout ourlée de vaguelettes bordées de blanche écume. Il aimait y entendre le bruit du ressac qui semblait menacer pour se retirer plus vite, rejetant ainsi quelques débris, des branches mortes, même un vieux morceau de planche, et une brisure de mât où s'attachaient encore des bouts de cordage.

D'où vient-il, pensa Aron, peut-être de quelque naufrage ?

Il la connaissait bien, cette mer qui avait aidé à consolider et étendre sa fortune. Ici, peu de mouvements de marée, seulement un peu plus de force lors des équinoxes. Rien à voir avec les jours de grosse houle avec les vagues terrifiantes de l'Atlantique et de la Manche qu'il avait connues lors de son grand voyage « océanique », celui qui lui avait rapporté dix mille ducats transférés par simple écriture depuis Hambourg et payés en or par la Zecca de la Sérénissime.

Mais au loin, la brise lui apporta les bribes d'un chant qu'il crut reconnaître comme le Kaddish. Le cimetière était sans doute ouvert. La cérémonie de translation devait être commencée. En effet, s'approchant, il reconnut le chant si prenant des rabbins.

Bien accueilli par le gardien du cimetière, il trouva facilement le carré réservé à sa communauté, la « nacion tedescha ».

Des tombes de Cohen, le gardien en connaissait bien deux, avec *h*, et une Coen, mais il ne voyait pas celle d'Abram Cohen et de Salomé, il devait consulter son registre.

Grâce à la date du décès d'Abram qui coïncidait, à deux jours près, avec celle de sa sépulture, il trouva plus vite la date d'entrée.

— Deuxième allée à droite. Vous compterez bien le septième emplacement à côté d'un énorme monument qui est en cours d'érection entre Lévi et Bomberg.

Aron reconnut vite la tombe de son père, une simple pierre levée en forme de table de la loi, où étaient gravés les deux prénoms de ses parents : Salomé et Abram, et simplement la date respective de leur décès. Ainsi, pensa-t-il, côte à côte, justes parmi les justes, ils ressusciteront le jour de la résurrection des morts, n'ayant pas à se chercher. Main dans la main, il pourra les rencontrer lors du grand jugement final, après l'Apocalypse.

En fait, il n'avait connu sa mère qu'à travers ce que son père lui avait raconté. Évidemment, pour lui, elle avait été sage parmi les plus sages, aimante et l'une des meilleures épouses, aussi belle que la nuit et le jour, tant aimée et tant pleurée.

Oui, sa mère était morte en le mettant au monde, ou presque, une fièvre fulgurante l'avait frappée. Elle était décédée le jour suivant sa naissance au lever du soleil. Aron n'avait que deux jours. Il avait fallu en catastrophe lui trouver une nourrice. Son père s'était juré de ne jamais se remarier. Jamais il n'aurait d'autre épouse que sa Salomé adorée. Que de fois il avait entendu son père susurrer en pensant à elle, à cette mère inconnue, cette strophe du Cantique des cantiques, les compliments à l'épouse :

« Que tu es belle, que tu es gracieuse, ô mon amour, ô mes délices, ta taille ressemble à un palmier, tes deux seins à des grappes... »

Il finissait toujours la strophe en essuyant des larmes. Reportant toute sa tendresse sur son fils unique, Abram avait tenu parole malgré les efforts acharnés, se voulant convaincants, des marieuses du ghetto et les admonestations des rabbins qui pensaient, sans le lui dire, qu'heureusement pour la lignée des Cohen il lui était né un fils plutôt qu'une fille. Ainsi le nom sacré se perpétuerait.

Devant la tombe, sentant ses yeux s'embuer, puis bientôt en larmes, le bon fils se prosterna et déposa sur la terre le caillou rituel, une petite pierre brune parmi la douzaine recueillie en Terre sainte, à Hébron. Elle venait d'un sachet donné à son père par son grand ami le rabbin Léon de Modena quelques jours avant sa mort.

Aron savait maintenant que son père qui l'avait tant aimé, protégé, instruit, ce « papa » qui lui était si cher, était là, devant lui, prêt à l'écouter.

La première chose fut de lui confier la bonne nouvelle :

— Rebecca est enceinte, nous allons avoir, papa, un enfant. Garçon ou fille ?

Impossible de le savoir, la « meretrice »[1] pourtant si intuitive ne pouvait se prononcer. Aron savait bien que son père aurait souhaité un garçon, mais qu'une fille serait également adorée ; à vrai dire, ce sont les femmes qui transmettent le sang de la race.

Aron se souvint alors de sa circoncision, son père la lui avait si souvent racontée. Cela avait eu lieu en plein deuil, juste quatre jours après le décès de sa chère Salomé. Assisté du parrain et de la marraine, c'était lui, son père, expert en la matière, qui avait porté le plateau, les pincettes, le rasoir pour circoncire lui-même son fils. Cela aurait dû être une grande fête. Abram Cohen avait convié tout le gratin de la communauté Ashkénaze mais le deuil récent stagnait dans tous les cœurs.

Son père ! Il lui avait enseigné peu à peu, au fil des jours passés ensemble, tout ce qu'il savait. D'abord la religion de ses ancêtres, le permis et le défendu. En premier lieu, les exigences du sabbat, la joie et les prières récitées dès vingt-trois heures le vendredi, au moment où, remplaçant sa femme défunte, exceptionnellement, c'était son père qui allumait les lampes à huile. Il lui avait aussi appris toutes les fêtes rituelles, en tenant compte de la marche de la Lune, la lecture du Pentateuque, les cinq premiers livres de Moïse : la fête de la Pessah, son pain azyme, celles des Settimane ou la Pentecôte de l'an nouveau, du grand pardon, le Kippur, le jour des chandelles, des cabanes, les deux jours d'allégresse du Pourim célébré dans la joie, avec les merveilleux repas qui accompagnaient cette fête ainsi que pour lui, enfant, des déguisements.

C'était aussi ce père admirable qui, dès sept ans, l'avait confié à la « Scuola Tedescha », aux bons soins des rabbins. Là, on lui avait enseigné l'histoire du peuple d'Israël, l'arche d'alliance, et tout ce qu'il y a lieu de savoir pour bien étudier la Torah et respecter le rite hébraïque

1. Sage-femme.

selon les préceptes déjà écrits de son grand ami, le rabbin Léon de Modena.

— Et tu sais, papa, il est toujours sans le sou, sa femme toujours aussi malheureuse. Nous parlons souvent de toi. Les patriciens des plus grandes familles de Venise viennent écouter avec respect ce grand prédicateur. Même les ambassadeurs de France et d'Angleterre sont ses amis. En ce moment, à la synagogue, il y a beaucoup de discussions concernant la traduction talmudique et ton ami Léon passe pour un réformateur...

Mais Aron ne devait pas se rendre compte qu'il conversait avec un mort. Non, il parlait vraiment à l'âme de son père qui, il en était sûr, l'entendait, le comprenait, mais ne pouvait lui répondre.

Il l'entretint aussi de sa tante, la sœur de sa mère Salomé, cette si bonne mais si babillarde tante Esther, qui, malgré son âge, continuait à enseigner à Rebecca la meilleure façon de tenir sa maison, rituellement.

— Tu te souviens, papa, de sa cuisine et de son habileté à faire la challa, notre pain natté du sabbat ; sa Bourecas, sa quiche de viande et sa carpe farcie. Elle est toujours aussi intransigeante pour la séparation du matériel des deux cuisines. Ma Rebecca est à bonne école, Esther lui a appris un plat courant à Raguse, la Tafina, un plat du sabbat séfarade. C'est très bon. On aimerait bien savoir ici de quoi vous nourrissez vos âmes au paradis, de manne peut-être ? Mais la vision de Dieu doit vous suffire...

Aron aurait aussi aimé deviner comment son père voulait voir s'appeler l'enfant annoncé : si c'est un fils, Isaac, si c'est une fille, Elisheva (Eli comme Dieu — sheva sept, le chiffre saint, celui de la création du monde). Elisheva, « la femme, qui a Dieu en elle, qui ne voit que par Dieu ».

— C'est Rebecca qui propose ces deux prénoms, sais-tu. Peut-être, papa, peux-tu me faire un signe, tu dois déjà le savoir. Par exemple, que passe un oiseau au-dessus de ma tête, je comprendrai que c'est un garçon ; ou fais s'agiter le cyprès, là, celui qui ombrage le monument des Bomberg, en face, je saurai alors que c'est une fille.

En vain, rien ne venait du ciel. Le temps passait. Aron aurait bien voulu aussi, comme il le faisait souvent avec son père vivant, lui demander conseil pour les affaires. Par exemple, au sujet de la prochaine cargaison pour Londres, concernant le vin de Candie. Devait-il s'adresser à la banque de Hambourg ou plutôt aux Levisohn de Londres ? Comme son père lui manquait !

Mais déjà le soleil montait, les ombres se faisant plus courtes. Le départ avait été convenu pour onze heures. Il restait encore à Aron à remercier ses hôtes pour la nuit passée à l'Instituto.

Zanetto et Marco devaient l'attendre. Il fallut alors prendre un prochain rendez-vous pour le jour qui suivrait la naissance tant attendue et quitter la tombe. Papa Abram veillerait sur tout. Pour le prénom, c'était donc convenu, on choisirait entre Isaac et Elisheva.

En arrivant au port, Aron trouva les deux amis déjà assis dans la barque en train de déjeuner d'anguilles fumées. Un vrai régal vénitien, disaient-ils devant ce repas pour lequel Aron n'avait que mépris et répulsion. Pour lui une anguille ne pouvait être qu'un serpent comme celui qui a fait croquer la pomme à Ève. Et comme le voulait la coutume, de retour au cimetière, il se contenta d'un œuf cuit dur que lui avait cédé le gardien du cimetière, habitué à ce geste rituel.

Zanetto avança que cela n'était qu'un petit acompte. Pour le vrai déjeuner, il proposa de s'arrêter à Venise dans un bacaro de sa connaissance près de l'Erberia du Rialto :

— On fera ainsi la traversée d'une traite San Elisabeta-Venise. Le vent est porteur et la lagune si tranquille. On arrivera juste pour le déjeuner.

Aron acquiesça. Justement, ne devait-il pas se rendre « al banco de giro », à la banque du Rialto sous le « sottoportico » de la rue des Orfèvres, pour régulariser plusieurs affaires d'assurance et de paiement concernant un transfert à effectuer en Angleterre pour le prochain départ d'une cargaison.

— D'accord, mais dites-moi ce que nous allons faire

avec la corbeille de légumes, si gentiment offerte par votre ami Ulysse ?

Ce fut Marco qui trouva la solution, ayant l'habitude de décharger trois fois par semaine les légumes de son père à la porte du ghetto Vecchio sur le Fondamento della Pescheria. Il connaissait bien les portiers qui lui indiqueraient où se trouvait la maison de « monsieur le Banquier » et donc de sa dame, calle dei Barucchi.

— Formidable, répondit Aron qui se dépêcha de griffonner l'adresse exacte de son septième étage, avertissant également sa Rebecca de l'aubaine concernant le contenu du panier, et de son retour ce vendredi midi, désireux qu'il était de profiter de son laissez-passer pour « deux nuits en dehors du ghetto », afin de régler toutes ses affaires.

Il irait dormir chez un de ses amis, le bijoutier Giovanelli ou chez il signore Giambattista, le régisseur de la comtesse Forner que « tu connais très bien. Tu l'as rencontrée très souvent lors des concerts donnés à l'académie de Musique de la Schola Spagnola[1]... ».

La voile hissée, la direction fut vite prise. Marco et Zanetto s'étaient rapidement mis d'accord.

La brise portant vent arrière, la route la plus directe consistait à traverser tout droit vers l'île de San Giorgio Maggiore, pour dépasser ensuite la pointe de la Douane et remonter tranquillement le Canal Grande jusqu'à la courbe du Rialto. Même si le vent changeait un peu, en tirant quelques bords, on maintiendrait bien le cap. Le flux de la marée, encore montant à cette heure, les y aiderait.

Tout se passa bien, sauf à l'approche de San Giorgio, où le vent tomba, à l'abri de l'île. Il fallut s'aider des deux rames pour franchir le canal séparant San Giorgio de la Giudecca.

Aron eut ainsi le loisir d'admirer la blancheur immaculée du fronton de l'église et des quatre immenses colonnes, à cette heure inondées de soleil.

---

1. C'était en effet une des plus célèbres académies de Musique du ghetto où se rendait la fine fleur des amateurs de concert de la ville, musiciens vénitiens et juifs confondus.

Le plus difficile fut de se pratiquer un passage jusqu'à la pointe de la Douane, vu l'encombrement qui y régnait, causé par la présence d'un important convoi de navires marchands attendant la visite à bord du contrôle de la cargaison et du paiement des droits correspondants. Ceci était indispensable avant de pouvoir s'embosser librement au Bassin Saint-Marc pour effectuer le déchargement.

Zanetto était furieux, devant ce va-et-vient sauvage des barques et des gondoles qui se faufilaient dangereusement au milieu des navires de charge se touchant presque bord à bord.

Aron pensa qu'il devait s'agir du convoi annoncé depuis Corfou dont il attendait la livraison d'un bon chargement de ballots de soierie et de tapis du Caucase. Avec ses amis et associés de la banque Aboad de Hambourg, il en avait assuré le financement.

Zanetto, en bon gondolier, ne faisait que grommeler, se tenant à la proue, alors que Marco, à la poupe, menait, avec grande prudence la barque, sûre mais peu maniable, au milieu de cette « animation sauvage ». Zanetto était évidemment plus habile à diriger sa gondole plutôt que cette satanée barque qui répondait si mollement à la rame au milieu de ce charivari.

Aron songea qu'il était temps de troquer son béret de velours noir contre son habituel chapeau écarlate de juif.

On ne savait jamais, au Rialto, il pourrait être reconnu, même au milieu du caravansérail qu'il allait y rencontrer, son chapeau mêlé à ceux des juifs et aux turbans, tarbouches, fez, tricornes, attifiauts et coiffures de toutes sortes, de toutes nationalités, qui hantaient ce haut lieu du commerce vénitien.

Pas moyen de se tromper sur la condition de chacun, sauf pour les femmes qui souvent, même les plus vénitiennes, se promenaient à la mode levantine, sur de hautes semelles (les célèbres zoccoli à la turque), s'enturbannant elles aussi, s'enroulant en cette fin d'hiver à la mauresque dans un lourd tissu de soie, l'ormesino. Déjà heureux si elles ne portaient point encore de mouchoirs d'épaule à la mode du sérail. Il fallait dire que les relations avec la

Sublime Porte se développaient au mieux depuis l'ouverture récente des entrepôts et des logements, offerts sur le Canal Grande lui-même, avec la création du Fondaco dei Turchi. Cela amplifiait considérablement le négoce avec la puissance ottomane si capricieuse. Combien de temps ce bon voisinage durerait-il ?

Enfin, la barque arrimée, le déjeuner, plutôt la dînette, fut prise debout au campo delle Beccarie, comme le voulait la coutume, devant les tonneaux de vin blanc mis en perce, en grignotant les polpetine et les ciccetti, ces dernières accompagnées de tartines à la crème de morue et de crevette, des en-cas que les trois compères trouvèrent fort à leur goût. Hélas pour Aron qui porta ainsi un sérieux coup de canif à la tradition casher, tant respectée par Rebecca, laquelle suivait à la lettre les instructions de l'excellente cuisinière juive qu'était la sœur de son père, la dévouée Esther. Après une bonne tasse de café, le trio se sépara. Zanetto partit à la recherche de sa gondole, Marco portant le panier de légumes au ghetto et monsieur le Banquier allant à ses affaires, sous le sottoportico del Banco di Giro. Aron devait en effet régler un difficile problème de virement depuis Venise à la fois sur Hambourg et sur Londres, pour une prochaine cargaison de vins et de raisins secs de Crète destinée à l'Angleterre. Il ne manquerait pas non plus d'aller présenter ses respects à « messieurs les cattaveri », chargés de contrôler les activités financières du ghetto.

Cela lui occupa tout son après-midi jusqu'à ce que sonnât la Marangona qui mit fin à toute l'activité de la ville et principalement du quartier.

Aron avait, en fin de compte, pris rendez-vous afin de passer la nuit à l'abri et de ne pas déranger madame la comtesse, chez un de ses fidèles amis chrétiens, le bijoutier Angelo Giovanelli, qui demeurait de l'autre côté du Grand Canal dans le sestière de San Marco, à l'angle du campo Morosini. Il s'y dirigea alors, longeant les quais de la Riva del Vin d'où, assistant à un dernier débarquement de barriques, il contempla la magnifique vue offerte sur le Grand

Canal. Poursuivant son chemin, après avoir dépassé les ateliers et les échoppes des artisans qui fermaient boutique, il eut la curiosité d'aller jeter un coup d'œil vers le « Fondamento delle Tette », autrement dit le « quai des nichons », à la limite de la zone réservée aux prostituées [1] qui déjà, vue la tombée de la nuit, allumaient des chandelles aux fenêtres pour, souvent, dégrafant leur corsage, offrir leurs seins aux regards de leurs premiers et possibles clients. D'autres, même, ne craignaient pas de se dénuder davantage en s'accompagnant des gestes les plus provocants.

Cependant, curieux, Aron n'eut pas le temps de pénétrer plus avant dans ce quartier dit des « carampone ». Il fut aussitôt happé par une jolie blonde aux propos les plus engageants. Son chapeau rapidement saisi, il eut toutes les peines du monde à le récupérer. Heureusement qu'il en avait ôté le ruban rouge (la présence d'un juif avec une prostituée était punie à Venise de six mois de prison ou de cinq mille ducats d'amende). Pour le lui rendre, la fille l'entraîna dans une chambre située au rez-de-chaussée d'une petite traverse où, refusant de participer aux ébats de la superbe putain blonde déjà à moitié dévêtue, Aron dut se résigner à payer quelques sequins pour recouvrer seulement son couvre-chef.

Ici, autour de lui, il remarqua que sa présence ne gênait personne. Dans la pièce où il avait été entraîné, il avait, horrifié, vu de ses yeux un couple nullement dérangé par son regard s'adonner mutuellement à la fellation.

Jamais, pensa-t-il, furibond, je n'oserai raconter cela à Rebecca. S'il était resté avec la fille, il en aurait vu d'autres, et surtout l'usage fréquent de la sodomie que les « carampone », comme on appelait ces dames, disaient préférer à la pénétration habituelle — à vrai dire, pour éviter de se faire avorter, conséquence fréquente d'émois intempestifs de clients pour le moins distraits.

Aron savait combien la police à Venise non seulement protégeait, mais encourageait le débordement et le

1. Il y avait à l'époque douze mille prostituées recensées sur une population d'à peu près cent cinquante mille habitants à Venise.

dérèglement des mœurs. Les propos tenus sur l'oreiller avec des courtisanes, plus délicates et même mieux logées, permettaient d'être informés et de contrôler le cas échéant les va-et-vient des étrangers. La Sérénissime tenait ainsi la haute main sur les agissements, les intrigues et les complots qui alimentaient, par une délation souvent anonyme, le travail des scribes de la trop célèbre « Porta della Carta » du palais des doges.

Aron encore essoufflé, dans sa fuite, pensa aux préceptes tirés du cinquième proverbe et de la sixième exhortation, citée dans les livres sapientiaux de la Sainte Bible :

« Grâce à sa foi ardente, il avait su se préserver des agissements de la femme corrompue et n'était pas tombé dans le péché d'adultère, ce chemin des enfers qui l'aurait précipité dans les retraites de la mort. »

C'était justement ce que son père lui avait enseigné et à quoi il avait obéi.

Heureux d'être sorti intact de ce traquenard, il s'empressa de fuir le fondamento delle Tette, ce repaire du vice et de la perversion, pour se diriger vers le Rio de la Ca Foscari afin d'y héler une gondole qui le laisserait sur l'autre rive, à la hauteur de la Ca Mocenigo Vecchia, toute proche de la maison où son ami le bijoutier l'avait invité à passer sa deuxième nuit hors du ghetto.

Dix minutes avaient suffi à Aron, encore bouleversé à l'idée de n'avoir pas succombé aux avances de la si gironde prostituée, pour se retrouver au calme dans la maison de son ami Giovanelli. Celui-ci était absent, mais « des instructions bien précises avaient été données pour le dîner et le coucher de monsieur le Banquier », lui répondit un serviteur faisant office de majordome.

— Monsieur Giovanelli, mon maître est au Ridotto[1] pour la nuit. Vous ayant attendu, il vient tout juste de partir, vous auriez pu le rencontrer.

En effet, Aron l'avait raté de peu. Son ami était certai-

1. Ridotto Morosini : Casino de l'époque où l'on ne pouvait accéder que masqué, certaines femmes, surtout les courtisanes dites de haut vol, y étaient admises non masquées mais revêtues d'un long manteau noir.

nement cet homme qu'il avait vu traverser le campo Morosini vêtu de la « bauta » et de son inséparable masque blanc, précédé d'un serviteur portant une lanterne sourde. C'était bien l'habituelle façon de se travestir qui seule permettait de pénétrer dans la salle de jeu du Ridotto. Carnaval approchait.

Aron dîna fort bien, mais après avoir donné un nouveau coup de canif à la tradition casher. Il se régala d'un plat de soles garnies de pignons et de raisins secs, accompagnés de délicieux petits gâteaux, les baicoli, puis il s'endormit bien vite, dans un grand lit à colonnes, perdu dans le fond d'une immense salle.

Le lendemain matin, le vendredi à la onzième heure, Aron embrassait enfin sa Rebecca. La chère tante Esther préparait déjà le repas du soir et le déjeuner de midi du sabbat, utilisant avec joie les légumes apportés la veille par Marco. Les deux pains nattés étaient déjà cuits, le vin préparé, pour bien réciter la prière, commémorant ainsi la distribution de la manne au début du Kidouch... Elle n'avait plus qu'à dresser la table avec la nappe, le sel, la boîte à épices, la bougie tressée...

Rebecca, elle, était tout à la préparation de la prochaine fête du Pourim, déguisements, cadeaux... Son mari l'avait surprise, lisant avec beaucoup d'intérêt, dans sa Sainte Bible publiée en italien, le livre d'Esther, celui de cette reine juive, la concubine préférée du grand roi des Mèdes et des Perses, Assuerus. Elle avait découvert que c'était Esther qui avait institué cette fête de joie et d'allégresse, perpétuant ainsi à jamais le souvenir de la réhabilitation et de l'affranchissement du peuple juif par le grand roi, aidée par la prière, au Seigneur Dieu, de Mardochée...

Aron goûta avec ferveur cet instant des retrouvailles, savourant les gracieux sourires et les baisers de sa femme.

Rebecca lui parla du futur bébé qui déjà, elle le sentait, s'agitait en elle. Ce serait Isaac ou Elisheva, le grand-père était d'accord. Dieu lui déjà savait. Mais étant né Cohen, il n'y aurait pas de rachat du premier-né.

Le soir, ce vendredi, viendra le repas du sabbat. On

allumera rituellement les bougies. Puis demain ? Rien ! Le repos dans la joie d'honorer le Seigneur. Le préposé chrétien à l'allumage viendra surveiller et alimenter les feux de la maisonnée.

Dimanche, le ghetto rouvrira ses portes, la vie reprendra son cours habituel et sa Rebecca pourra alors être toute à lui. Après toutes ces épreuves, ces émotions, Aron en avait tant besoin.

Il était passé si près de succomber devant l'image même du péché défendu, avec cette si belle fille, nue, à la peau nacrée, à la vulve dorée. Il lui aurait été, sans réfléchir, très facile d'être homme.

À dire vrai, sa foi, seule, l'avait retenu.

Il avait vaincu l'épreuve que Dieu, sans aucun doute, lui avait imposée.

2

La peste à Venise

« Celui qui demeure sous la sauvegarde du Très-Haut...

« ... n'aura à craindre ni les terreurs de la nuit, ni les flèches qui voltigent le jour, ni la peste qui chemine dans l'ombre, ni l'épidémie qui exerce ses ravages en plein midi.

« Qu'à tes côtés il en tombe mille, dix mille, à ta droite, toi le mal ne t'atteindra point...

« Tu le verras seulement de tes yeux...

« Tu seras témoin de la résurrection des méchants... »

La Sainte Bible

— Psaume 90, « Sous les ailes divines »

Ce mercredi 20 juillet 1630 à Venise et dans son ghetto, l'atmosphère, déjà si lourde à cause de la guerre menée aux portes mêmes de sa frontière de terre ferme, s'est considérablement aggravée. L'émoi, l'angoisse, la peur, mais surtout pas la résignation, étreignent tous les Vénitiens. La Sérénissime est en très grave danger. La République des doges si riche, si puissante, la première force navale en Méditerranée, la reine de l'Adriatique, a ses frontières terrestres ouvertes à l'envahisseur.

Ses alliés ? Le pape peut seulement brandir l'excommunication et les armées de la France, si elles sont présentes en Italie, sont incapables de voler à son secours. Toujours engluées dans le marquisat de Montferrat, elles tiennent tête à l'Espagnol et au versatile Savoyard, duc du Piémont. Elles sont prêtes à faire face aux troupes s'approchant, celles de l'empereur d'Autriche Ferdinand, commandées par le glorieux général Spinola, mais elles ne peuvent rien pour Venise.

Oui, ce jour de juillet, la Sérénissime, malgré la puissance de sa flotte de guerre, apprend qu'elle n'a plus d'armée pour défendre sa frontière terrestre. Le peuple découvre que cette armée si péniblement réunie, si chèrement payée, acquise avec tant de centaines de milliers de ducats payés en or, a subi, au combat de Vallegio, un désastre total. Elle a été anéantie sous l'autorité incompétente et coupable de son chef, le proveditore general Zachari Sagrado. De ses deux mille cavaliers, aucun ne subsiste. Même l'honneur est perdu par la couardise et l'ignorance de leur chef. Le vainqueur, le héros de la bataille, à la solde de l'empereur d'Autriche, Ferdinand de Habsbourg, est le reître, le soudard, le Frioulan Collalto, mis à la tête des bataillons des mercenaires allemands. Ayant conquis les Grisons et descendu les Alpes par la Valteline, semant sur leur passage pillages, viols, incendies, ils ont enfin abordé la riche Italie promise, s'éloignant ainsi de la sanglante guerre de Trente Ans qui ravageait l'Allemagne.

C'était le glorieux général Spinola, italien lui-même, si dévoué à la cause de l'empereur Ferdinand, empêtré avec l'armée française de Richelieu qui avait été désigné pour avoir raison des Vénitiens et s'emparer du duché de Mantoue, récompense promise pour cette guerre déclenchée par l'allié espagnol, bien décidé, lui, à mettre ce duché sous sa coupe.

Mantoue ! Le nom de cette ville, en ce 20 juillet, était sur toutes les lèvres des Vénitiens et principalement dans l'esprit d'Aron Cohen, convoqué à la hâte par le comité de direction de la communauté juive du ghetto dont il était devenu l'un des membres les plus actifs et les plus influents, délégué auprès de ces messieurs du Sénat et même du Conseil des Dix. Nommé conseiller aux problèmes de la sécurité du ghetto, il s'était surtout intéressé aux finances, se préoccupant principalement des redevances et prêts extraordinaires à traiter avec les fonctionnaires de la Sérénissime.

La réunion tenue ce matin-là, d'extrême urgence, à la Scuola Tedescha lui apprit que la nouvelle qui circulait était bien réelle. Mantoue, ce 17 mai dans la nuit, la place forte irréductible, avec ses fortifications inexpugnables, son fort de Porto défendant ses deux îles entourées de lacs réputés infranchissables, ses digues ceinturées par les eaux du Mincio et du Pô, grâce à une trahison, était bien tombée aux mains des mercenaires allemands commandés par le cruel Collalto. La porte d'un souterrain, traîtreusement ouverte et menant au centre de la ville, avait suffi pour mettre fin au siège qui durait depuis des mois.

Ces désastres avaient été confirmés lors de cette réunion où la consternation et la peur grandissante attristèrent tous les visages, principalement lorsqu'un rabbin, réchappé de justesse du carnage de Mantoue et arrivé depuis à peine une heure au ghetto, avait raconté les horreurs insoutenables auxquelles il avait lui-même assisté lors de l'entrée des mercenaires dans la ville.

« Pillez, prenez, violez, tuez, tout est à vous, liberté totale », avait été le mot d'ordre donné par un Collalto ivre de vengeance envers la population affaiblie, terrassée par la maladie et la famine et qui avait, par sa constance et son héroïsme, eu l'audace et le courage de résister, aidant ainsi la petite garnison vénitienne et française à lui tenir tête.

Oui, Mantoue, cette merveilleuse ville où était né Virgile (*Mantoua me genuit*), fleuron de la culture et de l'art italiens, ses palais dont le célèbre Té où régnait la gloire de Jules Romain[1], la splendeur de ses églises, les trésors accumulés au cours des siècles, les somptueuses demeures des seigneurs, les magasins, les ateliers du plus riche au plus pauvre, la moindre maison, tout avait été visité, volé, détruit, mis à sac et souvent incendié. La population, hommes, femmes, enfants, avait été torturée, violée, égorgée. Les seins des femmes coupés, avant qu'elles soient éventrées, les têtes des hommes sabrées ! Aucune pitié au milieu des hurlements des victimes ! Le rabbin avait réussi à se sauver, caché dans le fond d'une barque sous des bottes de paille...

Ainsi devait certainement se poursuivre, en ce 20 juillet, cet anéantissement de Mantoue, mené par les mercenaires de Collalto assoiffés de sang.

— J'y ai déjà vu des rats, avait dit le rabbin, qui rongeaient les cadavres entassés dans les rues de la ville, évidemment laissés sans sépulture.

Hormis ces effroyables défaites, en cette fin juillet, la situation financière à Venise, pour la Sérénissime, devenait difficile. Le port et la place commerciale elle-même,

---

1. Giulio Pippi dit Romano dit Jules Romain.

la plus importante jusqu'ici du monde méditerranéen, subissaient de violents contrecoups suite à l'afflux grandissant des navires de commerce et de ceux — dits de haut bord — des pays nordiques.

Les Pays-Bas, l'Angleterre, et même la France se faisaient présents et très actifs, concurrençant sérieusement l'hégémonie jusqu'alors incontestable de la Sérénissime. Les Portugais également, avec la route du cap de Bonne-Espérance ouverte, traitaient directement avec les producteurs asiatiques du commerce des épices et lui portaient un coup très sensible. Le Lion de Saint-Marc perdait de la puissance de ses crocs et ses griffes se voyaient passablement élimées.

Le commerce, dit océanique, à travers Venise, lui aussi s'étiolait. Une lutte sans merci était engagée, surtout de la part des armateurs anglais qui prenaient maintenant comme port d'attache Raguse et Corfou, et même Zante et Spalatto, où ils venaient débarquer et charger directement les marchandises sans passer par Venise. C'était le cas pour la soie, importée d'Alep, pour le coton provenant de Chypre et de Smyrne, qu'ils échangeaient contre des cargaisons nordiques, des draperies de laine et même des produits alimentaires de base comme les blés dits de mer provenant du nord de l'Europe. Le rôle des banquiers de Raguse et de Corfou consistait à financer et à assurer les cargaisons, allant jusqu'à armer eux-mêmes des navires sortis des chantiers nordiques, et ce en réalisant de confortables bénéfices.

Aron participait de plus en plus à toutes ces nouvelles tractations, y ajoutant même l'exportation de produits manufacturés à Venise, dont les secrets de fabrication étaient jalousement gardés, par exemple, la verrerie, les délicats tissus de soie, produits par la Sérénissime et revendus en l'état à Raguse et à Corfou. Ces fabrications seront du reste peu à peu copiées par les puissances océaniques au détriment de ce qui était encore le monopole de la reine de l'Adriatique.

Aron avait aussi participé un moment, à une moindre échelle, au commerce du blé dont la demande à Venise était considérable : sept cent mille quintaux annuels à stocker jalousement à la Fondecca des Farines pour satisfaire aux besoins de deux cent mille Vénitiens tenaillés par la peur de la disette. Mais ce commerce avait périclité avec l'introduction de la culture du maïs.

C'était à l'appel du Sénat dans les territoires de terre ferme que possédait principalement la puissante famille des Cornaero, que se développait cette nouvelle culture. La guerre en Allemagne avait également fragilisé ce commerce, surtout pour Aron qui importait les blés dits de mer en provenance des pays nordiques, essentiellement de Pologne à travers les ports de Hambourg et de Dantzig. Mieux valait donc pour lui travailler à travers les places de Raguse et de Corfou avec l'appui des banquiers Mendès, les parents de sa femme Rebecca.

Pour Aron, du côté des affaires, tout allait donc pour le mieux, et sur le plan familial, le bonheur aussi était au rendez-vous.

Le 10 octobre dernier, Rebecca avait mis au monde un superbe bébé, une fille, Elisheva. Ce magnifique enfant blond aux grands yeux bleus avait fait la stupéfaction de la famille. Son père et sa mère avaient tous les deux les yeux marron et les cheveux foncés ? Le mystère avait vite été élucidé par Aron qui se souvenait d'avoir entendu son propre père lui parler d'une de ses très proches cousines de Hambourg, Ruth, dont il était d'ailleurs tombé amoureux. Elle possédait, elle aussi, une chevelure couleur de blé mûr et des yeux à reflets d'azur, célèbres dans la famille, deux véritables lapis-lazuli, disait-il. Ce gène devait probablement provenir d'un « faux pas » voulu ou imposé, dans les temps anciens, par une femme de la famille qui avait vécu dans les steppes de la Russie où la blondeur des hommes et leur vigueur, par la force ou plus rarement par l'amour, savaient s'imposer aux brunes filles d'Israël.

Aron et sa famille merveilleusement agrandie allaient déménager du septième étage de la corta dei Barucchi pour regagner le ghetto Nuovo si cher à son défunt père.

Là, près du lieu où il était né — n'ayant, en tant que juif, aucun droit à acheter — il avait loué une maison qui ne comportait que trois étages et donnait sur le grand espace libre : le campo du ghetto Nuovo. Enfin, Rebecca pourrait-elle, avec bonheur, sa fille dans ses bras, profiter du soleil qui très souvent inondait la place.

La tante Esther, au grand désespoir de Rebecca, avait regagné Raguse auprès de sa famille. Elle avait voulu attendre que s'écoule le temps rituel des trois mois imposé à toute nouvelle maman après l'accouchement « delungata del marito ». Se trouvant déjà bien âgée, elle ne voulait pas prendre le risque de mourir loin des siens. Esther, après beaucoup de larmes, avait profité du départ d'un navire armé par les « Banquiers associés Cohen-Mendès » pour regagner sa ville natale qu'elle avait quittée lors de la venue de Rebecca à Venise, au moment de son mariage avec Aron. Elle avait tenu sa promesse de rester près de sa nièce jusqu'à la naissance de son premier-né. Déjà, Esther disait se trouver bien vieille. Elle n'avait que cinquante ans mais elle était la plus âgée, la vétérante de sa famille. Son devoir était de vivre maintenant au milieu des siens.

Le lendemain 21 juillet, Aron fut convoqué pour dix heures au conseil de la communauté juive pour discuter d'extrême urgence de la demande faite par le Conseil des Dix au sujet d'un prêt de cent mille ducats. Un prêt forcé à vrai dire, bien mal venu, étant donné les événements. Aron venait justement de recevoir un courrier d'Allemagne qui lui annonçait que là-bas aussi, pour le commerce, cela allait au plus mal. Le roi de Suède se préparait, disait-on, à ouvrir les hostilités avec l'Empire et la Pologne, afin d'arrondir ses possessions autour de la Baltique.

En se rendant à la réunion, chemin faisant, Aron se félicita d'avoir abandonné à temps son commerce océanique avec la place de Hambourg. Une guerre entre la Suède et le Saint Empire allait certainement porter un coup très rude aux échanges avec la Méditerranée.

Comme il avait bien fait de rapatrier ses fonds malgré le fort intérêt promis par ses amis banquiers Aboad ! L'instinct ! C'était cela les affaires.

Arrivé à la synagogue où se tenait déjà la réunion pleinière de la communauté, Aron apprit que la pression du Conseil des Dix pour obtenir le prêt était des plus fortes : toute défense de Venise sur la terre ferme était rompue, l'ennemi tenait la ville à sa portée. Il fallait tout mettre en œuvre pour éviter l'invasion et acheter à prix d'or une nouvelle armée en levant de nouveaux régiments.

L'exemple de Mantoue, sa chute, son pillage, l'effroyable tragédie, pouvait se renouveler ici, à Venise même. Pour essayer de ne pas tout perdre et surtout, pour la communauté juive, de sauvegarder la protection accordée par la Sérénissime au ghetto de Venise, il fallait accorder le prêt. Toute discussion, toute hésitation devenait inutile et même extrêmement périlleuse. Le prêt fut donc immédiatement voté, à bras levés, sans bulletin de vote, chose jamais vue de mémoire de rabbin.

Aron fut du reste l'un des premiers, non seulement à accepter cet emprunt forcé, mais à recommander chaudement aux membres du conseil de la communauté d'opérer, sans plus attendre, le versement des cent mille ducats. Ceux-ci devaient s'ajouter aux six cent trente-huit mille déjà dépensés, mais en vain, pour obtenir la victoire du duché de Mantoue sur les ennemis impériaux et espagnols.

Si Aron faisait preuve de combativité, ce n'était certainement pas pour défendre la classe patricienne de Venise, mais pour assurer le maintien de la protection, chère payée mais efficace, accordée à la communauté juive. C'était la seule façon, pensait-il, d'éviter, en cas de victoire espagnole, les foudres de la Sainte Inquisition, et peut-être les bûchers et les autodafés qui suivraient immanquablement la défaite de Venise.

Mais la détermination d'Aron répondait aussi à un égoïsme légitime : il tenait avant tout à défendre furieusement sa situation propre et celle de sa famille.

Du côté des communautés juives, l'entente était meilleure entre Ashkénazes, Séfarades et Marranes. Le mariage mixte d'Aron et de Rebecca, d'abord un peu boudé, était admis, bien accepté à condition que les différences rituelles soient, de part et d'autre, respectées. Au ghetto, les mariages mixtes entre ces trois communautés devenaient en effet de plus en plus nombreux. Si chacun, surtout au moment des prières et des fêtes rituelles, gardait sa langue propre, l'italien devenait petit à petit la langue d'usage, avec les inflexions et le mode du parler vénitien.

Le grand rabbin, Léon de Modena, hébraïquement « Jehudah Arjeb mi Modéna », dont la famille était originaire de Ferrare, un homme de très grande culture, n'était pas étranger à ce rapprochement. Il enflammait alors, par son enseignement et ses dons de prédicateur, l'ensemble de la communauté. Il s'efforçait de montrer vis-à-vis de l'hébraïsme une grande objectivité et une réelle impartialité vis-à-vis des trois communautés. De plus, il savait entretenir d'excellentes relations avec de nombreuses familles patriciennes et même avec les ambassadeurs étrangers présents à Venise. Il était pour beaucoup dans l'acceptation, qui se faisait progressivement à travers les différentes classes de la population vénitienne, de l'identité et de la respectabilité qui s'attachaient petit à petit à l'ensemble de la communauté juive.

Grand ami de son père Abram Cohen, Léon de Modena montrait aussi de l'estime pour Aron. Il avait été pour beaucoup dans la reconnaissance et la nomination de ce dernier dans sa fonction de représentant de la communauté hébraïque chargé de défendre les intérêts et de régler les problèmes touchant à la nacion tedescha. Cet égard, dû à un homme aussi apprécié, avait permis à Aron de prendre rapidement la place qu'avait tenue son père dans le conseil de la communauté. Cette amitié n'avait pas été entamée, malgré le démon du jeu qui habitait Léon de Modena. Toujours à court d'argent, le remarquable rabbin n'était certainement pas pour Aron un modèle de père de famille et de bon mari. Mais Aron admirait chez lui l'homme d'étude et le merveilleux prédicateur.

La maison de jeu du ghetto faisait en effet une concurrence très sérieuse au Ridotto Morosini et beaucoup de rabbins sollicitaient sa fermeture bien que ce soit les patriciens de Venise qui y jouaient les plus grosses mises.

Ce 25 juillet, les graves événements menaçant les frontières de terre ferme de la Sérénissime semblaient avoir perdu de leur virulence. La vie au ghetto, peu à peu, reprenait sa cadence. Venise, disait-on lors des réunions quotidiennes tenues par la communauté juive — toujours très suivies par Aron —, avait su faire face diplomatiquement et militairement à la pression de l'armée impériale. Le front s'était stabilisé grâce à l'arrivée de nouveaux régiments réunis à la hâte et prélevés sur les troupes qui s'apprêtaient à être embarquées pour la Morée.

Rebecca, elle, était heureuse. Son Aron, en effet, était d'accord. Les événements s'étant apaisés, il s'était libéré de toute obligation officielle afin de se rendre à leur futur domicile du campo Nuovo avec elle, pour arrêter d'un commun accord les mesures à prendre. Car ils devaient emménager dans leur nouvelle maison, c'était promis, dans quelques jours à peine, le 1er août. Il était grand temps, le déménagement ayant été renvoyé plusieurs fois à cause des tragiques événements. On pouvait maintenant envisager l'avenir avec plus de calme.

Ce matin-là, Rebecca était aux anges.

— Tu te rends compte, chéri, disait-elle à son amour d'Aron, enfin vont disparaître les journées que j'ai passées ici depuis notre mariage, durant ma grossesse jusqu'à la naissance de notre Elisheva. Je suis restée si longtemps, ici, calfeutrée dans cet appartement, malgré tous nos efforts pour quitter ce sinistre endroit à un septième étage, où nous avons souvent veillé à la lueur de nos chandelles qui fumaient. La lumière ne nous arrivait que par ces trois seules fenêtres donnant sur cette rue étroite, vu l'ordre strict imposé par la loi de conserver, fermées et obscurcies par des volets bien clos celles qui s'ouvrent au loin sur la ville. Tous ces règlements imposés au ghetto par la loi sont insupportables. Figure-toi que nous pourrions peut-être avoir la curiosité de voir circuler des chrétiens ! Quel crime aurions-nous fait ! Enfin nous allons pouvoir vivre avec le soleil, insista Rebecca. Finies les cavalcades dans ces escaliers étroits, les corvées incessantes comme monter l'eau, le bois, le charbon, les provisions. Toujours à grimper, à descendre, à remonter ces maudits étages. Enfin, chéri, je ne croiserai plus, encombrant les paliers du troisième étage, la marmaille bruyante des Silva qui à cause de l'étroitesse du logement sont obligés, l'été du moins, de tirer leurs matelas la nuit devant leur porte grande ouverte. Et que dire encore de l'odeur insoutenable de poissons grillés ? De ces effluves écœurants que nous imposent les marranes portugais du cinquième ? De bien braves gens, mais qui n'ont pas encore compris que la vie ici n'est pas la même que sur une plage. Oui, Aron chéri, ceci a trop duré pour notre enfant, pour toi, pour moi. Elisheva est tant privée de soleil, d'air pur. Heureusement que j'avais encore, près de moi, pour me soutenir le moral, ma chère tante, mais depuis son départ, c'est bien triste, tu sais, de t'attendre.

Oui, tout cela était vrai. Pour Rebecca, la coupe était pleine. Trois mois qu'elle attendait le déménagement toujours remis en cause par les graves événements, mais aussi par les soucis d'affaires d'Aron. Comme elle l'attendait, cette visite déjà si souvent renvoyée !

Pour Aron, la situation était différente. Parti tôt le matin, rentré tard le soir, sa vie n'était pas la même. Évidemment, déménager était important pour lui, mais n'avait-il pas passé, ici même, une grande partie de sa jeunesse ? Dans ce quartier, il avait à chaque pas tant de souvenirs. C'était là, dans leur chambre, qu'était né son amour charnel pour cette si « jolie soprano » entrevue un soir à la fête du Pourim et devenue sa tendre et merveilleuse épouse, l'extraordinaire maman de leur fille chérie, née là elle aussi. Elle avait été conçue dans cette chambre austère.

Ce matin-là, Rebecca était totalement heureuse. C'était promis. Elle irait, en compagnie d'Aron, prendre définitivement toutes les dispositions pour l'emménagement au campo Nuovo. Depuis qu'elle rêvait de s'y installer ! Plus de problèmes, pensait-elle, je vais avoir à ma disposition deux étages, six pièces en tout, reliées par un escalier intérieur. Enfin du soleil, l'eau du puits la plus pure du quartier, juste en face de la maison et, joie totale, aucun vis-à-vis. Le bonheur de vivre, quoi !

Aron sera plus souvent près de moi, pensa-t-elle. N'avait-il pas installé déjà ses bureaux d'Assurances Maritimes au rez-de-chaussée ? Il venait de les séparer de sa célèbre banque rouge de prêt sur gage où sa présence maintenant était moins utile, vu le développement considérable que prenait le commerce vers les ports du nord de l'Europe et les nombreux incidents de pertes de fret, les naufrages, le piratage...

Mais Rebecca savait aussi qu'elle aurait fort à faire pour convaincre son mari, si conservateur. Il fallait en effet le persuader de se séparer de toutes les vieilleries, même des meubles, disait-elle, antiques et solennels, accumulés au long des ans depuis leur arrivée de Hambourg, avec le respect qu'Aron portait à tout ce qui provenait de son « incomparable famille », les Cohen, la lignée des grands rabbins...

Par exemple, Rebecca avait hâte, et c'était le moment de le faire, de se séparer de l'ancestral et triste lit conjugal à « colonne d'ébène », noir. Il leur avait été offert par le père d'Aron, un cadeau de mariage très solennel qui avait servi à plusieurs ancêtres de la famille. Ce fameux lit n'était-il pas, aussi, orné des illustres mais horribles rideaux jaunes, brodés par une tante d'Aron et expédiés directement depuis les rivages nordiques ? Cette broderie représentait un texte sacré tiré d'un livre saint juif et traduit en yiddish. Il y avait aussi à éliminer un immense coffre, « sculpté », disait Aron, à la mode allemande, embarrassant au possible et que Rebecca détestait particulièrement. Là où s'étaient entassés au fil des siècles, disait-elle non sans exagération, une quantité considérable d'objets, même des vêtements brodés, d'or et d'argent, sentant horriblement le poivre[1] et provenant sans doute de gages jamais remboursés à la banque de prêt, auxquels Aron disait tenir tout particulièrement. Des choses de très grande valeur, paraissait-il ?

Mais la visite du nouvel appartement se passa fort bien et des décisions furent prises pour le meubler enfin au goût du jour, comme le souhaitait Rebecca. Aron était d'accord avec toutes les suggestions de sa femme. Furent arrêtés définitivement et scellés par un baiser sonore la disposition et l'aménagement complet de chaque pièce, particulièrement celles du deuxième étage, devenues le domaine privé de Rebecca et de sa fille. « Ma fille, aussi », répliqua le père, jaloux d'entendre cette attribution abusive de leur bébé par Rebecca.

Mais celle-ci avait obtenu tout ce qu'elle désirait, sa nouvelle chambre à coucher surtout qu'elle avait déjà repérée et même marchandée chez le père Mardochée. Le propriétaire de ce magasin dit « de brocante » (à cause des règles régissant le commerce du ghetto) tenait la boutique la plus recherchée et la mieux achalandée non seulement du ghetto, mais de tout Venise, disait-on.

Une grande discussion avait eu lieu au sujet d'un poêle de faïence immense, d'une horrible couleur (d'un vert tirant sur le « caca d'oie », aux dires de Rebecca) et qu'Aron voulait caser à tout prix, dans le vestibule d'entrée du second étage.

Enfin, à force de discussions, d'accès de colère suivis de caresses, de tendres baisers, Rebecca triompha. Elle dut cependant accepter que l'auguste poêle trône dans le salon de réception du premier étage réservé à monsieur le Banquier. Celui-ci, en effet, tenait à affirmer ainsi ses origines nordiques et Ashkénazes, surtout les jours où, après avoir réglé de juteuses affaires, il inviterait ses meilleurs clients, des hommes essentiellement, à des agapes, évidemment casher.

Rebecca avait fini par céder, obtenant en contrepartie

1. L'antimite de l'époque.

qu'Aron lui offre pour son salon à elle, celui du deuxième étage, un tableau superbe, une marine accrochée dans les bureaux de la banque de prêts sur gage. Il représentait, dans une lumière dorée, au port des esclavons, devant le palais des doges, le départ d'un grand navire de charge accompagné d'une galère portant fièrement les armes de la Sérénissime. C'était en effet devant cette toile qu'un soir, la banque étant déserte, après une promenade en gondole sur le Grand Canal, Rebecca avait reçu le premier vrai baiser de celui qui deviendra vite son merveilleux mari. Un souvenir inoubliable !

Pour sa chambre conjugale, donnant directement sur le campo et sur celle d'Elisheva, ornée d'un splendide berceau garni de dentelles au point de Venise, Rebecca obtint le remplacement du célèbre, mais horrible à son goût, lit à colonnes des Cohen pour un lit « bas », à la française, non clos et choisi chez Mardochée. On y ajouta un meuble incrusté d'ivoire et de bois de rose vraiment révolutionnaire, « venu, ma chère, de Paris », insista l'habile marchand. « Il fait fureur à la cour et il porte, madame, un nom très curieux. Oui, madame Cohen, "une commode", la deuxième du nom que j'ai récemment importée à Venise ».

Enfin on était d'accord. Pour le 1er août, tout serait en place. Heureusement, d'après ses savants calculs, ce soir-là, Rebecca ne serait pas impure. Elle ouvrirait son lit à son mari et peut-être, qui sait ? Dieu pourrait donner à Elisheva un petit frère qui prolongerait glorieusement, comme héritier mâle, l'illustre descendance des Cohen.

Après la prise de Mantoue, Aron assista au ghetto à une recrudescence des arrivées de familles juives, surtout des marranes et des juifs italiens terrorisés par le développement des événements et les bruits de guerre qui s'affirmaient en Italie du Nord. On disait cependant que la paix allait peut-être être signée grâce à la belle tenue des troupes françaises dans le Montferrat et l'échec du siège de Casale entrepris par le général Spinola. Aron avait même entendu parler d'une trêve qui serait en cours de discussion à la suite de l'entrevue du pape et d'un capitaine diplomate, un Giulio Mazarini[1], très introduit disait-on auprès du cardinal Richelieu. Celui-ci semblait tenir les cartes bien en main, ayant réussi à mettre le duc du Piémont dans son jeu avec l'appui de sa femme, la duchesse Christine, sœur du roi de France...

Mais ce qui devenait très préoccupant au ghetto et pour Aron, c'étaient les bruits qui circulaient sur la propagation d'une épidémie. On parlait de peste, de mort noire qui avait fait ses premières victimes à Mantoue jusque dans les rangs des mercenaires qui avaient pillé et mis la ville à sac. Quelques juifs échappés de la ville martyre racontaient même que la peste s'était déclarée à Milan...

Au ghetto, les médecins juifs s'étaient réunis pour envisager le développement éventuel de cette tragédie qui avait déjà ravagé le nord de l'Italie, principalement Venise en 1576, et qui était encore fort présente dans les esprits. On commentait le livre du docteur Girolamo Fracastora, « De contagionibus et contagiosis marbus » qui assimilait la peste à une fièvre due essentiellement à la contagion liée au contact avec un malade, en insistant beaucoup sur le rôle joué par les vêtements et la literie... Cette théorie s'opposait à celle de l'éminent Mercurialis, qui, lui, affirmait que la peste ne pouvait provenir que de l'air que l'on respirait. Pour ce dernier, le fléau trouvait son origine dans la pestilence venue de la lagune, conformément à ce qu'il avait remarqué en 1576.

Que de discussions ! Aron, lui, ne savait comment trancher entre les « miasmatiques » et les « contagionnistes ». Laquelle des deux versions était la bonne ? Personne, évidemment, ne pensait à la puce du rat, qui était, on ne le saura que beaucoup plus tard, le coupable vecteur du bacille[2].

Des religieux fanatiques affirmaient que c'était certai-

1. Jules Mazarin, qui succédera à Richelieu comme Premier ministre sous la régence d'Anne d'Autriche. Il n'était alors que capitaine dans les armées du pape.

2. Découvert seulement en 1893, lors de la peste qui sévissait alors dans l'ex Union générale indochinoise (1887).

nement la « colère divine » qui se manifestait à cause du dérèglement des mœurs. Une sorte de malédiction semblable au Sodome et Gomorrhe de la Genèse, la peste se développant grâce à de petits corpuscules créés par Dieu qui pouvaient s'infiltrer dans l'organisme des « Méchants », des non-croyants, des schismatiques. Certains juifs croyaient à cette thèse, en remplaçant le Dieu des catholiques par celui qui s'était révélé à Moïse, annonçant que la peste était suspendue au-dessus du ghetto, prête à s'y précipiter si l'on continuait, par exemple, à laisser ouvertes les maisons de jeu et celles des courtisanes, véritables sources du péché qui menaient au démantèlement de la famille, à l'adultère, à la prostitution, etc. Juste vengeance divine !

À Venise et, évidemment, au ghetto, des mesures furent immédiatement prises : avec la mise en quarantaine des bateaux et de leurs équipages, l'examen rigoureux des cargaisons avec destruction par le feu de ce qui paraissait avarié, hors d'usage ou ayant une odeur suspecte.

Les « Proveditorri alla Sanita » rappelaient, par des centaines d'affiches apposées dans toute la ville et sur les portes d'entrée du ghetto, « que toute personne désirant entrer sur le territoire de la Sérénissime devait présenter un certificat de bonne santé émanant d'un médecin et contresigné par le bureau de santé de la ville ». Les Proveditorri appliqueraient la peine de mort à toute personne entrée dans la ville qui ne posséderait pas ce certificat. La confiance totale régnait quant à la technique d'isolement des nouveaux arrivants et la thèse de la contagion par contact avec les malades était retenue comme la seule valable. On pensait arrêter ainsi le poison venant d'Asie alors qu'il semblait plutôt se développer en Lombardie et qu'il commençait déjà à frapper dans les territoires vénitiens de terre ferme. En effet, les nouvelles, venues de Milan, se faisaient chaque jour plus angoissantes, la peste y avait pris racine.

Au large de Venise, le couvent de « Santa Maria di

Nazareth », devenu le lazaretto, regorgeait déjà de monde. On obligea les navires à rester à l'ancre, en quarantaine, avec tous les problèmes que cela pouvait soulever au niveau du ravitaillement en eau potable, légumes et produits frais pour des équipages qui déjà avaient dû lutter contre le scorbut, conséquence logique de trop longs voyages.

Troisième dimanche de juillet : la fête profane, comme à l'habitude, s'était bien déroulée la veille sur l'île de la Giudecca et en ce jour du Seigneur, la procession célébrant la fin de l'épidémie de 1576 avait vu une foule énorme traverser le pont en bois reliant, ce jour-là, les Zaterre à l'église du Rédempteur pour invoquer le Christ afin qu'il renouvelle son miracle si le fléau frappait à nouveau la ville.

Mais déjà on commentait les rumeurs répandues par des marchands venus de Milan parlant d'une maladie semblable à la peste qui frappait les mercenaires de passage dans la ville lombarde, mercenaires qui justement revenaient de Mantoue pour s'installer dans les faubourgs milanais.

Tous ces bruits, encore diffus, concernant la présence de la peste à Venise, n'empêchèrent pas, malgré l'accord mitigé d'Aron, les parents d'Elisheva d'organiser une petite fête pour inaugurer leur nouvelle installation qui coïncidait avec le 10 août, jour anniversaire des dix mois de leur petite fille, déjà très éveillée.

Aron voulait surtout donner un caractère religieux à cette inauguration qui verrait, avec le concours de nombreux rabbins, l'installation aux portes du nouveau logis de ce petit rouleau de prière, la célèbre Mazusa que tout foyer juif possédait.

Évidemment, il y aurait quelques bons plats et friandises arrosés de vins casher, des plats religieux ordonnés par les rabbins. Aron avait même accepté que ceux-ci s'adonnent sur le campo lui-même à leurs célèbres et rituelles danses rabbiniques données en l'honneur du Très-Haut.

Zanetto, le gondolier, fut très surpris d'y être invité. Il était ému d'apprendre à Aron la mauvaise nouvelle du décès d'Ulysse, le maraîcher pêcheur de Vignole qui, leur avait raconté son fils Marco, s'était noyé, écrasé lors d'une collision entre deux barques, un jour où la bora soufflait en tempête sur la lagune.

Zanetto lui annonça aussi qu'il avait quitté sa tâche habituelle et était devenu le gondolier privé de la comtesse Caterina Forner, veuve du comte Forner, elle-même née d'une illustre famille patricienne de Venise.

— Oui, monsieur Aron, nous habitons un ancien palais avec entrée sur le Canal Grande où j'ai ma gondole amarrée au pieu, portant les couleurs des armes de la comtesse, jaune et bleu. Il n'y a pas à s'y tromper, c'est juste en face de l'église San Sylvestre.

Le gondolier fut très heureux de connaître Elisheva toujours aussi blonde, parée de ses grands yeux bleus, qui riait et battait de ses petites menottes chaque fois qu'Aron, son heureux papa, s'approchait d'elle, de son trésor à lui, comme il l'appelait. « Et peut-être aussi à moi », ne manquait pas de murmurer Rebecca, un peu jalouse de tant d'amour partagé.

Ce jour-là, on parla évidemment de beaucoup de choses, du luxe de la nouvelle maison qui faisait quelques jaloux dans ce ghetto si étroit. On disait bien que l'on envisageait déjà d'éventuels agrandissements de l'espace réservé aux juifs, avec l'ouverture d'un possible (comment pouvait-on dire ?) « nuovissimo » ghetto, vu les arrivées incessantes des marranes et des juifs italiens qui quittaient, à cause de l'épidémie, les villes de Lombardie.

La fin du mois d'août se déroula comme à l'ordinaire, torride. C'était l'afa [1] qui chassait après le 15 août les gens riches de Venise vers les montagnes du Frioul et aussi vers les villas palladiennes qui commençaient à envahir les plus frais domaines des régions agricoles de terre ferme. Moins de départs cependant que d'habitude, car

1. Torpeur humide de l'été avec une chaleur étouffante à Venise.

devant les mesures de santé publique, on avait peur de ne plus pouvoir regagner son palais en ville. Cette période de basses eaux laissait voir l'attaque pernicieuse de l'onde, avec l'invasion des mousses qui n'arrivaient pas à cacher les meurtrissures causées au bas des façades et sur les pieux d'amarrage des gondoles.

L'odeur forte de la vase, montant des eaux glauques, obligeait à bien fermer toutes les fenêtres, ajoutant ainsi à la torpeur qui pesait sur la ville. La chaleur semblait flotter et s'appesantir dans l'éblouissement des marbres roses et blancs des palais de la Renaissance s'alignant toujours égaux le long du canal, comme des témoins insensibles, indifférents à l'action et aux sentiments, à la joie ou à la douleur des humains.

Heureusement, avec septembre, les premières pluies arrivèrent, cette année plus précoces qu'à l'habitude. Au ghetto, l'activité semblait reprendre lorsque la nouvelle éclata qu'une femme tombée subitement malade sombrait dans l'hébétude et la prostration la plus totale. C'était la femme d'un fripier, mère de quatre enfants, connue pour son esprit combatif. Une maîtresse-femme, disait-on. La nouvelle fut immédiatement portée aux oreilles du Service de santé mis en place par les cattaveri. Le médecin de service étant absent, ce fut un des rabbins du Service d'entraide qui se rendit au chevet de la malade. Se défendant d'entrer dans la chambre, la malade risquant d'être impure[1], il fut très impressionné par ce que lui racontèrent le mari et d'autres femmes de la famille, suffisamment pour appeler d'extrême urgence le médecin de la peste, récemment nommé par le Service de santé de Venise, l'illustre docteur Valensin, spécialiste de l'étude du dangereux fléau.

En effet, celui-ci arrivé, la malade fut examinée méticuleusement. Le docteur reconnut avec terreur sur les hauts des cuisses et de l'aisselle de petites auréoles violacées entourant des sortes d'escarres noirâtres des plus

1. Il était en effet formellement interdit aux rabbins de toucher ne serait-ce que la main d'une femme, peut-être en période de menstruation.

significatives. La peste était présente au ghetto, la peste bubonique. Le docteur Valensin ordonna, après l'isolement de la malade, que l'on brûlât immédiatement ses vêtements, ses draps et que le sol et le lit soient badigeonnés au vinaigre.

La nouvelle fusa dans le ghetto, semant la panique.

On raconta alors, les langues se déliant, que des cas similaires avaient déjà été observés en ville, tout près, dans le sestière[1] de Canareggio.

Il y avait même eu plusieurs morts. Une femme rapporta qu'il s'agissait de deux prostituées qui vivaient ensemble, des courtisanes de la haute à San Polo et d'un charretier récemment arrivé de Venise, à Canareggio justement. Tous étaient rapidement décédés, deux ou trois jours avaient suffi.

La catastrophe se déchaîna : deux puis trois, cinq, six cas de peste furent déclarés et reconnus officiellement par la Santé publique. Cela était confirmé : la peste n'était pas venue de la mer, mais de la terre ferme, de Milan après Mantoue.

Il fut bien sûr facile d'accuser les juifs chassés de Mantoue avant la perte de la ville, dont quelques-uns s'étaient réfugiés au ghetto, comme le rabbin qui cependant semblait se porter fort bien.

Du ghetto Vecchio, l'épidémie se propagea au ghetto Nuovo. Les vieux se rappelaient les jours meurtriers de 1576. Des maisons entières, de-ci, de-là, furent touchées par le fléau, indifféremment situées au centre, au bord d'un canal, sur un campo, avec des malades à un septième ou à un premier étage.

Dans tout Venise, chaque jour, des convois funèbres s'organisaient. Au ghetto, ils passaient, pour y être bénis, devant la synagogue propre à la « nacion » du défunt. Hommes, femmes, enfants : cela se révélait par la dimension de leurs cercueils qui étaient dirigés sur le cimetière de San Nicolo du Lido.

---

1. Quartier découpant la ville.

Bientôt il n'y eut plus de place pour les décharger sur le lieu habituel de transfert vers la lagune, à la Fondamenta de Santa Maria della Misericordia.

Le nombre des décès était tel que le 15 octobre, le conseil de la communauté, qui siégeait sans discontinuer, décréta qu'il était impossible et totalement défendu de vouloir organiser ces transferts. Il n'y avait plus de place et aucun moyen maintenant pour s'y rendre ; les cadavres devaient rester sur place en attendant leur enlèvement officiel.

À Venise, même les hôpitaux, les hospices, les couvents n'avaient plus de places disponibles. Pour pouvoir aliter les malades, il fallait d'abord évacuer les morts qui se succédaient dans les lits, de plus en plus vite, plusieurs personnes y dormant à la fois. Certains couvents fermèrent leurs portes. Le mieux pour les malades était de rester chez eux, dans l'attente des médecins de la peste. Ceux-ci, vêtus de longs manteaux de toile huilée, masqués, leur long nez de carton comme des becs d'oiseaux bourrés de tampons mouillés de plantes aromatiques, croyaient s'éviter ainsi de respirer les pestilences, ou d'avoir un contact physique avec les malades. C'était du reste aux barbiers-chirurgiens d'inciser les bubons, d'en évacuer le pus et de scarifier les chairs à l'aide d'instruments à manches très longs, en se tenant le plus éloigné possible des pestiférés.

De ces derniers, très peu en réchappaient. C'était même les malades qui paraissaient les plus solides, ceux que l'on disait « pleins de santé », qui, curieusement, disparaissaient le plus vite.

Début septembre, Aron était atterré. Lugubre nouvelle, son ami typographe Mosé Bomberg qui demeurait dans son ancienne rue, au ghetto Vecchio, avait été trouvé mort chez lui, au petit matin.

Mosé, racontait sa femme, subitement affaibli, s'était alité le dimanche midi. Le trouvant brûlant de fièvre, elle avait tout de suite appelé non le médecin, mais le barbier-chirurgien qui demeurait dans la même rue pour qu'il puisse pratiquer comme à l'habitude une saignée. Celui-ci, examinant le malade, découvrit de suite un petit phlegmon à l'aine, qu'il avait immédiatement incisé et brûlé. Il s'en était écoulé un peu de sang, et une substance noirâtre. Le lendemain matin, Mosé ne semblait plus avoir toute sa tête, il divaguait ou restait prostré, sans parole. Lui, si religieux, ne disait plus ses prières. Le mardi matin, comateux, il ne répondait plus. La journée passa sans qu'il puisse parler, brûlant de fièvre. Le mercredi matin à six heures, sa femme, qui dormait dans la pièce à côté, le trouva mort. Il avait le bas du visage et les jambes tachées de plaques noirâtres et une odeur de décomposition montait des draps. Horrible, cette puanteur qui envahissait la chambre. Le rabbin interdit de faire la toilette rituelle du mort et refusa même la présence des hommes de la famille, lorsque le barbier-chirurgien enveloppa, à l'aide de pincettes à long manche, le corps dans son linceul.

Aron se rendit compte alors combien il devenait nécessaire de faire visiter les malades, de conseiller les familles et de prendre les précautions indispensables pour éviter la contagion. Il était persuadé que la transmission de la maladie devait se faire essentiellement par le contact physique avec les malades ou avec des objets et vêtements ayant appartenu aux morts.

Capo[1] au conseil de la communauté, puis nommé gastaldo (en hébreu Parnasim), il fit appel à la société d'entraide, la « Hevreth Bikhur Halim », dite de la confraternité, pour mettre en œuvre, lors des décès qui devenaient chaque jour plus nombreux, l'organisation des funérailles et l'enlèvement des morts. Il fit en particulier rechercher et distribuer tous les stocks de vinaigre existant, qui, aromatisé de décoction de plantes, servait à désinfecter, à laver les sols, les murs et même les meubles de la chambre où le malade était décédé.

Dans les rues de tous les sestières de Venise, les gens ne sortaient plus que le nez et la bouche couverts d'un tampon mouillé de vinaigre et d'aromates ce qui, espérait-

1. Chef présidant le conseil de la communauté juive du ghetto.

on, permettrait d'éviter de respirer la pestilence. La crainte de la contagion était à ce point partagée que l'on se gardait de passer devant les maisons où il y avait eu un mort, maisons immédiatement marquées d'une croix rouge par le Service de santé.

Le plus difficile était justement d'établir la liste, avec l'étage du logis où la mort avait frappé. Cela touchait maintenant des familles entières et quelquefois des personnes isolées que nul ne connaissait. Les voisins, souvent, ne s'apercevaient des décès survenus dans les étages que lorsque les « enleveurs de cadavres » étaient passés. La recommandation affichée sur tous les murs de la ville obligeait à laisser les portes des logis ouvertes dès que le malheur avait frappé. Beaucoup ne le faisaient pas, à cause des voleurs, des pillards, même des détrousseurs de cadavres qui n'hésitaient pas à se glisser dans les maisons ainsi ouvertes pour dérober ce qui pouvait avoir une quelconque valeur.

On racontait même que certains assassins s'introduisaient chez les mourants pour les aider à mourir plus vite, en les étouffant, afin d'être les premiers à se servir dans le magot, des bijoux, par exemple cachés au fond des lits, ou cousus dans les matelas.

À Venise, les dirigeants de la Santé publique comptaient, la saison avançant, sur le froid pour stopper ou du moins pour maîtriser peu à peu le fléau.

Rien n'y fit, on accusa alors l'humidité, responsable de l'augmentation des décès. La brume, en effet, à la fin octobre, s'installa à demeure sur la lagune comme pour s'associer à l'atmosphère de deuil qui régnait sur la ville.

Ce fut l'époque où des bruits coururent, démesurément enflés par la rumeur publique (surtout par ceux qui n'aimaient pas les juifs et qui voulaient absolument les déclarer responsables du fléau), que la peste venait du ghetto :

« La peste, aussi bien la bubonique que la respiratoire, était entretenue dans le ghetto sans aucun doute par ces infâmes ballots de friperie, qui — c'était vrai — dégageaient une odeur effroyable. Il n'y avait qu'à se rendre lors du débarquement de ces paquets à la porte du ghetto pour sentir ces relents. Une vraie pestilence. »

La phrase terrible était lâchée ! « Tout ce qui arrive nous vient des juifs. »

Et ces ballots puants des juifs ! D'où venaient-ils ? Mais ce n'était pas difficile à comprendre, des vêtements jetés par les pestiférés de Lombardie, principalement de la ville de Rovigo, célèbre pour son commerce de friperie avec le ghetto de Venise.

Il n'en fallut pas plus, afin de calmer les esprits, follement apeurés, pour que les Cattaveri de la Santé publiassent un décret annonçant la destruction obligatoire et immédiate de tous les stocks de friperie du ghetto.

Sept cent cinquante ballots de marchandises entreposés au ghetto furent alors confisqués, et tous ceux comprenant de la friperie brûlés sur les deux campos du ghetto. De plus, toutes les importations et exportations provenant ou destinées aux commerçants juifs furent strictement interdites et une somme de cent vingt mille ducats fut à nouveau imposée à la communauté juive.

Le 15 novembre, le fléau courait toujours, peut-être plus encore au ghetto que dans les divers quartiers de Venise, certainement à cause de la promiscuité imposée à la population dans un espace si restreint avec cette interdiction expresse, non valable pour les médecins juifs, de franchir nuit et jour les portes du ghetto.

En effet, ces médecins juifs accomplissaient leur sacerdoce avec une bienveillance extrême, ne craignant pas d'accompagner les mourants juifs ou chrétiens jusque dans leurs derniers moments, provoquant ainsi l'admiration des familles.

On notait également un grand esprit de sacrifice chez la plupart des congrégations catholiques, hormis celles qui dès le départ de l'endémie avaient fermé leurs portes. Les capucins étaient particulièrement dévoués.

Dans les synagogues, ce fut comme dans les églises. Les offices, de peur de la contagion, étaient interdits. N'avait-on pas vu des gens s'y écrouler, morts, alors qu'ils étaient venus là pour trouver un dernier réconfort, espérant peut-être un miracle.

Les derniers sacrements chez les pestiférés étaient cependant toujours donnés, même au domicile des mourants. Certains prêtres travaillaient ainsi à la chaîne, se servant de pincettes à long manche pour distribuer l'hostie et les saintes huiles. Dans certains hôpitaux, on disait que c'étaient des infirmiers, improvisés clercs thuriféraires, qui distribuaient le corps du Christ, l'hostie, entre deux fines tranches de pain déposées à côté du malade pour éviter tout contact.

Mais on racontait tant de choses ! Maintenant dans les maisons où il y avait eu un ou plusieurs décès, on brûlait tout ce qui avait été touché par le pestiféré, ou avait séjourné dans l'endroit où celui-ci était mort. En premier lieu, on détruisait par le feu les vêtements, les paillasses, et même certains meubles. Il y avait ensuite interdiction de pénétrer dans le logis laissé portes et fenêtres ouvertes. Les croix rouges habituelles, obligatoires, devaient en principe en interdire l'entrée aux voleurs. Mais comment surveiller tout cela jour et nuit ?

Aron, toujours charitable, continuait ses visites avec les membres de l'association, offrant même son aide lorsqu'il s'agissait d'un ami, d'un membre influent de la famille ou du conseil, malgré la défense de participer à la toilette ultime du mort, et récitant les dernières prières.

Mais, comme il était maintenant strictement interdit d'enterrer dans la ville, il avait été décidé de creuser des charniers au-delà de la lagune, aux abords de la terre ferme où l'on entassait le plus pudiquement possible les cadavres... On envisageait même, concernant les cadavres charbonneux, de les brûler avant de les recouvrir de terre.

Il fallut aussi se mobiliser pour lutter contre les rats, non pas les surmulots habituels, qui constituaient la nourriture des chats si nombreux à Venise, mais des rats gris que l'on disait venus d'Orient et qui envahissaient les maisons aux portes grandes ouvertes, montant même dans les étages pour y trouver leur pitance.

Tous les soirs, à l'heure crépusculaire, passait en grinçant la charrette des morts destinée à enlever les cadavres, signalant son passage par le son aigrelet de la crécelle. Ce fut une tâche difficile. Au début, réservée à des volontaires, elle fut vite confiée à des prisonniers à qui l'on promettait la liberté en tenant compte du nombre de voyages effectués et des corps ôtés. Macabre comptabilité. Les tribunaux voyaient, eux aussi, leurs audiences suspendues. C'était le Juge suprême qui seul gardait ou retirait la vie, ou, comme disaient d'autres, la grande Faux, dont tout le monde connaissait mais se gardait de dire le surnom : Francesca ou Keka, celle qui mettait la peur au ventre.

Et puis un jour de décembre, la colère monta. La peste ne pouvait provenir que de l'œuvre du Diable ou du courroux de Dieu et ceci aussi bien pour les catholiques que pour les juifs, mais bien sûr davantage rapportée par les pratiquants les plus attachés à la religion.

Pour les partisans du Diable, c'était Lucifer en personne, remonté de l'enfer, qui était apparu aux sorciers et à leurs compagnes. On rapportait que c'était un Lucifer triomphant, qui leur avait donné l'ordre de se venger en concoctant un mélange de graisse de porc et d'humeurs provenant des cadavres des pestiférés.

On organisa alors la chasse aux « graisseurs » qui, disait-on, la nuit, se glissaient dans la ville, jetaient leurs maléfices en enduisant les murs, les portes, les serrures, de l'onguent diabolique dont le simple contact communiquait la maladie et favorisait la venue des bubons, assortis de toutes les noirceurs des ténèbres de l'enfer.

Pour les partisans de la colère de Dieu, pour les catholiques, ou de celle de Yahvé pour les juifs, il fallait en rechercher l'origine dans la Genèse. Dieu devait punir le dérèglement des mœurs, la dépravation des hommes et des femmes de Venise qui se complaisaient dans le péché et l'hypocrisie. On évoquait alors la souillure, le sacrilège, le stupre, tous les vices attachés à la luxure, et dont les courtisanes dépravées et les prostituées du « quai des nichons » n'étaient qu'un pâle exemple.

Les juifs, eux, s'arrêtaient au David de la Genèse.

Dieu n'avait-il pas proposé à ce grand Roi, pour le punir de son péché d'orgueil, lors du « Dénombrement », de choisir le châtiment à imposer au peuple d'Israël. Comme cela est raconté dans le livre de Samuel :

« Choisis : veux-tu que s'abattent sur ton pays sept années de famine ou bien que tu fuies pendant trois mois devant tes ennemis qui s'acharneront sur toi, ou bien que la peste sévisse dans ton pays trois jours durant. »

Et David avait choisi la peste comme moindre mal, trois jours seulement au lieu de sept ans de famine. Quel péché avait donc été commis à Venise pour que la peste dure depuis plusieurs mois ?

Le premier décembre, au conseil, Aron avait déjà décompté pour le seul ghetto deux cent cinquante morts sur environ deux mille habitants. À Venise, on devait en être autour de cent morts pour mille habitants, ce qui donnait pas loin de quinze mille victimes, donc à peu près dix pour cent de la population, ghetto confondu. Les chiffres du fléau de 1576 allaient bien vite être dépassés.

Chez les Cohen, Rebecca ne sortait plus. Elle avait eu la bonne idée, appuyée par Aron, de faire d'importantes provisions, surtout de la farine de blé et de maïs, un peu de châtaigne que l'on avait trouvée plus facilement et de l'huile d'olive. Évidemment, aucun produit frais, ni poissons avec écailles, ni viande d'abattage casher, ni aucun légume. Cela devait être acquis au jour le jour et bien difficilement.

Heureusement Zanetto était là. Il ne manquait pas, chaque semaine, se cachant un peu, d'approvisionner la maisonnée grâce à Marco, qui maintenant ne sortait plus de son île, s'ingéniant à le ravitailler même avec des œufs, que l'on gardait expressément pour la petite Elisheva, joints aux légumes destinés à la famille de monsieur le Banquier. Tous les marchés étaient du reste fermés. S'alimenter exigeait beaucoup d'entregent et de débrouillardise. Zanetto en avait à revendre.

Gondolier chez la comtesse Forner, il lui restait beaucoup de temps libre, celle-ci ayant gagné sa villa aux abords de Vicenza. Il ne demeurait à Venise que quelques serviteurs, dont une chambrière et surtout le portier qui avec Zanetto était chargé de garder et de protéger le palais « gothique » de la comtesse.

— Vous voyez, monsieur Aron, c'est ce palais en pierre d'Istrie, tout blanc, situé en face de l'église San Sylvestre, ne cessait-il de répéter avec orgueil.

Quand au problème de l'eau, il était difficile à résoudre. Giussepina, la porteuse d'eau de source, avait regagné son village natal du Frioul. Il n'y avait que l'eau du puits et celle de la citerne, aussi bien pour boire, se laver, que pour les besoins de la cuisine.

Le meilleur des provisions était réservé aux bouillies de la princesse de la maison, le joli bébé Elisheva qui, ce 11 décembre, avait fêté ses quatorze mois. Déjà, elle s'essayait à marcher, rampant plutôt, au grand désespoir de sa maman qui avait été obligée de disposer dans les chambres à l'étage d'épais tapis et d'interdire sérieusement l'escalier qui descendait au magasin.

Personne, à part sa maman, n'avait le droit, disait celle-ci, « de la tripoter ». Aron lui-même devait se laver auparavant les mains au vinaigre et Zanetto n'avait droit qu'à des caresses mimées de loin car il circulait beaucoup dans la ville. Elisheva enchantait heureusement la réclusion de sa maman, qui pour le moment était des plus attentives au percement et à la sortie des deux premières dents de sa fille.

La maison des Cohen, selon la recommandation expresse d'Aron, devait toujours avoir fenêtres et portes closes. Le berceau d'Elisheva avait été entouré d'un grand voile de mousseline, destiné à protéger l'enfant durant son sommeil de toute pestilence possible. Mais, durant les absences souvent prolongées d'Aron, et à son insu, Rebecca ne pouvait s'empêcher d'ouvrir au moins une fenêtre dès que le timide soleil d'hiver osait sortir de ses nuages. Elle ne se gênait pas alors pour y porter sa fille, malgré les exhortations de son mari toujours inquiet quant à la contagion possible.

En effet, à Venise, la population prenait de plus en

plus de précautions. On ne s'embrassait plus dans la rue et on ne se touchait plus la main. Seul un hochement de tête pour montrer que l'on s'était reconnu. Les maris et les femmes, racontait-on, faisaient même paillasse à part. Plus de lit « matrimonial ».

Les amis ne se fréquentaient plus. On envoyait de temps en temps un serviteur, jugé certainement moins « contagibile », pour demander des nouvelles. Mais curieusement, à côté de toutes ces mesures bien souvent inutiles, jamais le jeu, la luxure, la licence des mœurs n'avaient connu d'aussi grands débordements. On jouait un peu à la roulette russe. Il fallait jouir aujourd'hui, la mort étant peut-être pour demain. Répondant à un sourire, des femmes se donnaient facilement, pour rien, se livrant à des actes de luxure qu'elles n'avaient jamais connus, raison de plus, avec leur mari. Les courtisanes n'avaient jamais eu autant de protecteurs et les filles, dites de joie, de clients. La vie perdait de sa valeur. Il fallait se dépêcher d'en profiter et goûter ainsi à tous les plaisirs, même en salissant son âme. Les corps avant de disparaître devaient connaître toutes les jouissances. Le temps ne comptait plus, l'instant présent seul importait. Même si le baiser pouvait donner la mort, il fallait en user, avoir raison, se moquer ainsi de la grande ravageuse. Savoir en rire par dédain.

Mais à côté de ces débauches, il y avait les assoiffés du ciel, ceux qui savaient faire pénitence, se garder des plaisirs de Sodome et de Gomorrhe. Les processions n'avaient jamais été si nombreuses. Dieu devait ainsi pardonner et savoir trier les bons des méchants. Un jeu à tenter.

Aron, lui, poursuivait sans relâche son devoir de solidarité, attachant au maintien du moral une importance extrême aussi bien pour les malades que pour leur entourage. La maladie, même quand elle frappait, n'était heureusement pas toujours mortelle. La désespérance de l'esprit amenait celle du corps. Ses visites n'avaient plus qu'un seul but, maintenir la cohésion des familles et des communautés.

Maintenant on commençait à parler de la peste avec un peu plus de discernement. Dans les milieux informés, on racontait comment l'endémie s'était déclarée à Milan.

C'était un soldat italien passé au service des Espagnols qui y avait apporté la peste, ayant assisté avec les mercenaires allemands au sac de Mantoue. Il en avait retiré, pour les vendre, une grande quantité de vêtements. Ceci se passait dans le faubourg de la Porte Orientale, près du couvent des Capucins. Quatre jours après, le soldat était mort à l'hospice ensemençant de la peste tout ce qu'il avait touché et vendu lors de son passage. Au début, personne n'avait voulu croire le médecin qui l'avait soigné, et bien lentement le fléau s'était étendu, ne faisant que des malades, avec peu de morts, du moins les premiers mois.

Et puis brusquement, cela avait été l'explosion de la mortalité, alors que tous se moquaient de la soi-disant petite fièvre qui se transforma très rapidement en hécatombe[1].

À Milan, l'on rapportait maintenant le dicton :

« À mauvais soldat, à pourriture d'homme : bonne peste. »

Dans cette ville où il y avait déjà près de trente mille morts, tous les jours, le mal empirait. Le froid en qui on avait mis tant d'espoir pour arrêter l'endémie ne l'avait même pas ralentie. En cette fin décembre, c'était une froidure très sèche qui régnait. Il avait beaucoup neigé sur les montagnes alentour. Les principaux cols menant aux Dolomites étaient fermés. Le mont Grappa, majestueux, éclatait de blancheur.

À Venise, l'atmosphère ne pouvait pas être plus sinistre à l'approche du jour de la naissance du Christ. Ne pourrait-il pas y avoir un miracle ? Malgré toutes les prières montant vers le ciel, chaque jour la liste des morts s'allongeait. Saint Roch lui-même ne pouvait rien y faire, les dévotions s'avéraient inutiles.

---

1. Cette explication est donnée par Alexandre Manzoni dans son célèbre roman *I promessi sposi,* en français *Les Fiancés.*

On avait raconté à Aron que maintenant, en pleine ville, des gens mouraient sans avoir été jamais malades. D'un coup, dans la rue, ils tombaient et ne se relevaient plus. On lui avait cité le cas d'un notaire habitant Padoue, qui était monté sain de corps et d'esprit sur le bateau qui descendait la Brenta. Il avait ensuite embarqué sur le burchiello, le coche d'eau, qui, passant par Fusine, devait le mener au débarcadère devant la piazzetta. Là, on l'avait retrouvé sans vie, après qu'il se fut allongé seulement quelques minutes sur le velours garnissant la banquette de l'esquif.

N'y avait-il pas là-dessous une malédiction du ciel ou un acte de sorcellerie ?

Comment s'en défendre ? Certains le faisaient en portant des amulettes un peu partout sur le corps, surtout aux endroits où pouvaient de préférence naître les bubons. Beaucoup cachaient dans leurs cheveux des médailles bénites, de minuscules croix, par exemple, afin de chasser le diable. Retro Satanas !

D'autres, au ghetto, se croyant mieux immunisés que par la prière, recouraient à de minuscules rouleaux, comportant des extraits de la Torah, des « Mazuzas », qui étaient habituellement chargés d'éloigner le malheur des maisons, de protéger la famille, en y attirant les secours divins.

Balivernes que tout cela, pensait Aron, mais il faut bien, pour garder l'espoir de rester en vie, essayer de se rattacher à quelque chose de matériel que l'on peut toucher, ainsi est la faiblesse des hommes. La matière vient donc au secours de l'esprit.

Aron était très préoccupé pour résoudre, devant la montée grandissante de la mortalité, le problème de l'enlèvement des cadavres. On ne trouvait en effet plus aucun volontaire pour débarrasser les maisons des morts où les corps restaient souvent abandonnés pendant plusieurs jours, rendant ainsi la contagion plus agressive. À force d'énergie, il arriva à convaincre, moyennant une forte rétribution, quatre solides gaillards (probablement d'anciens galériens, habitués au contact avec la mort et à la saleté repoussante des immondices), pour accomplir ce pénible travail. Les cadavres, pour éviter tout contact avec les vivants, devaient être manipulés avec des crocs munis de longs manches par les nouveaux croque-morts, revêtus de toile huilée, gantés, masqués, afin d'arriver, sans les toucher, à envelopper les corps d'une toile formant sac pour remplacer le linceul. Le problème était ensuite de les descendre, ainsi enveloppés, des étages, en passant le plus souvent par les fenêtres, et ce, à l'aide de cordes ou de chaînes, évitant ainsi de tourner dans les escaliers toujours très étroits, au grand émoi des locataires, terrifiés par le risque de contamination. Désormais, la toile devenant rare, les corps étaient descendus dans l'état où on les trouvait sur leur paillasse, dénudés. Une fois dans la rue, ils étaient amassés sur une charrette qui les menait au canal, dans des sortes de barcasses où on les entassait. La tâche suivante consistait à les ensevelir sans cercueil et dans le plus strict anonymat, privés de service religieux, toujours à cause de la peur de contagion. Seul le nom du mort, son âge approximatif, son état si possible, l'adresse, étaient relevés pour pouvoir établir des listes, de plus en plus longues, destinées au Service de la santé, afin d'établir les statistiques des décès.

L'ensevelissement se faisait, sans témoins, dans les charniers, toujours hors de la ville et des îles principales de la lagune, souvent à l'orée de la terre ferme, loin de toute habitation et de tous regards.

On mélangeait aux corps de la chaux vive. Certains racontaient aussi que, devant la grande affluence de cadavres, on les brûlait avant de les enterrer, cela prenait moins de place et le feu purifiait tout.

Cela se faisait à l'encontre des préceptes religieux, les morts enterrés devant en effet se réveiller et se joindre, chaque corps à son âme, lors du jugement dernier. En attendant, ne valait-il pas mieux se soucier des vivants ? Dieu, certainement, saurait tenir compte de la nécessité où l'on se trouvait.

Maintenant, il apparaissait que l'on en savait un peu

plus sur le désastre de Mantoue. En effet, le colonel Durando qui commandait les deux régiments mantouans et la gendarmerie du duc de Nevers lors de la reddition de la ville, était de retour à Venise. Il avait fait le compte rendu de la capitulation au nouveau provéditeur général.

Lorsque les mercenaires impériaux, commandés par le comte Collalto, avaient repris le siège de Mantoue après la courte trêve signée avec les Espagnols, ils n'étaient déjà plus que sept mille hommes d'infanterie, accompagnés seulement des mille cinq cents chevaux, des cuirassés et des dragons croates. Déjà ils étaient décimés par la peste. De son côté, Mantoue n'était défendue que par deux mille soldats vénitiens et un petit contingent de deux cents Français commandés par Antoine de Grammont, comte de Guiche. Il n'y avait pas eu de trahison, mais simplement une énorme surprise. Soixante-dix soldats allemands s'étaient effectivement glissés de nuit sur le lac, en bateau et sans être vus et avaient facilement pénétré dans le palais ducal, non gardé dans la nuit du 17 au 18 juillet. Ils ouvrirent ainsi, en toute tranquillité, les portes de la ville à l'armée du siège. C'était bien les mercenaires qui avaient ainsi apporté la peste qui, ensuite, s'était répandue jusqu'à Venise.

La menace de voir les hostilités reprendre à la frontière des territoires de terre ferme s'était éloignée. Venise ne pouvait que penser à enterrer ses morts. Une trêve et, mieux encore, un traité avait été signé à Casal entre le pape Urbain VIII, la France, Venise, d'un côté et les Espagnols et l'empereur de l'autre.

Aron apprenait ainsi que depuis le 27 octobre déjà, Venise n'était plus en guerre.

Mais la peste, plus que jamais, frappait pendant que le froid redoublait. La bora qui soufflait avec force sur la lagune et sur la ville ne faisait qu'ajouter à la tristesse des lieux déserts où la mort planait.

Le 10 janvier, après avoir pris les précautions habituelles, auxquelles veillait jalousement Rebecca lorsque son mari se rendait, pour les réconforter, au chevet de ses amis malades (à savoir : se laver les mains au vinaigre, porter la grande cape de toile huilée descendant jusqu'au sol, chausser de hautes bottes noires), Aron décida d'aller, quoique se sentant assez fatigué, au chevet de son ami, le rabbin Mosé Roth, que l'on disait bien atteint, pour lui porter réconfort.

Au bord de son lit, il eut la surprise de rencontrer le barbier-chirurgien habituel du ghetto, le sourire aux lèvres. Le rabbin, disait-il, était sauvé. Du bubon de l'aine droite qu'il venait d'inciser, était sorti un bel écoulement d'humeur, de couleur safranée et purulente à souhait. La maladie avait été ainsi bien localisée et certainement ne s'étendrait plus. La constitution du rabbin avait bien réagi.

Mais c'était Aron qui lui, brusquement, n'allait pas bien du tout. Il essaya de résister au malaise qui soudain le frappait mais une perte de connaissance, un moment d'hébétude le firent s'écrouler dans les bras du barbier.

Après un verre de grappa, il eut quand même la force de marcher. Le barbier lui-même, accompagné du portier de la maison du rabbin pour le soutenir, le ramena chez lui. Ce fut bien vite fait : le campo Nuovo, la maison, la chambre, le lit... Rebecca le couchant, atterrée, ne put maîtriser ses sanglots.

La chose parut très grave au barbier-chirurgien qui avait pris l'habitude de déceler rapidement le mal et qui en connaissait bien les prémices. Il n'osa l'avouer à Rebecca. Cette fatigue immense, cette hébétude et le pouls qui déjà trottait. La fièvre certainement allait rapidement se déclarer : c'était bien le grand mal, la peste.

Quoi faire ? D'abord se reposer et bien se nourrir pour lutter contre la fièvre.

— Plus elle sera forte, madame, très forte, plus ce sera bon signe, preuve que le corps se défend bien.

Examinant Aron enfin déshabillé, le barbier nota effectivement une auréole à peine perceptible, un peu violacée, qui entourait un petit point noirâtre.

Tout concordait, mais il fallait à la fois ne pas affoler l'épouse et prendre les précautions pour éviter la contagion, avec, en plus, un bébé de quatorze mois, si fragile, à la maison. Il en mourait tant chaque jour.

Le mieux quand même serait de faire venir au plus tôt le médecin. Il aviserait. La responsabilité était trop grande.

— Je ne suis là que pour inciser, vider les plaies et scarifier...

Pour plus de sûreté, Rebecca fit appeler elle-même, d'urgence, le docteur Valensin, qu'elle savait occupé au chevet des malades au Fondacco dei Tedeschi ou peut-être, là où il se rendait souvent, à l'hospice de la paroisse de San Gereminiano : l'excellent homme avait dû y remplacer le docteur chrétien dont on n'avait plus entendu parler, comme envolé.

Aron s'était endormi. Rebecca prépara la bouillie habituelle du soir pour Elisheva. Lorsque le docteur se présenta, la septième heure venait de sonner.

Tout de suite, il se rendit compte de l'état du malade. La peste bubonique l'avait certainement frappé. La soudaineté de l'attaque ne faisait aucun doute : l'auréole violette déjà précise, le pouls qui battait très fort. Et la fièvre ! Aron, réveillé, le regard absent, replongea les yeux ouverts dans un sommeil profond dont il ne savait sortir. Tout concordait. Il fallait bien isoler le malade dans sa chambre.

Devant une telle affliction, devant cette femme brisée de douleur, les yeux secs d'avoir déjà tant pleuré, Valensin essaya d'expliquer que tout n'était pas encore perdu.

— J'ai l'impression que la maladie évolue très vite. C'est mieux. En général, plus l'attaque est subite, plus la fièvre est forte. C'est bon signe, c'est la preuve qu'Aron réagit. Tout est dans la formation du bubon. Le mal pulmonaire est plus grave, plus lent à se déclarer, mais impossible à guérir. Il faudra donc évacuer les humeurs le plus tôt possible. Souhaitons que le bubon, qui doit se former, vienne rapidement. Le mal s'y concentrera et avec une bonne incision, l'humeur mauvaise sera évacuée. Gardez confiance, Rebecca, mais surtout nettoyez au vinaigre tout ce que votre mari touche. Que la petite soit éloignée du malade, même si celui-ci la réclame. Prétextez qu'elle dort. Vous, aussi, faites attention. C'est une question de quelques jours. La maladie a l'air d'aller vite. Demain viendra le barbier, le roi de la lancette, dit-il en riant, pour forcer, mais en vain, Rebecca à sourire.

Le docteur parti, la jeune femme s'écroula, terrassée par l'angoisse, et pria à genoux :

— Mon Dieu, aidez-nous !

Elle pensa qu'elle était bien seule, qu'aucun ami ne viendrait la secourir et si la maladie était connue au campo, plus personne n'oserait venir lui rendre visite. Que pouvait-elle faire sans aide ? Et le ravitaillement ? L'eau à chercher ? Et le devoir de veiller à tout à la maison ?

Immédiatement, elle pensa à Zanetto, à ce gondolier si dévoué qui avait déjà montré tant d'amitié à Aron et tant de sollicitude pour la petite Elisheva. Oui, lui seul pourrait l'aider.

Emportant sa fille dans ses bras, elle courut à la synagogue sans rien révéler. Simplement, elle demanda à ce que l'on porte de suite au palais de la comtesse Forner un petit mot destiné à Zanetto. En effet, toutes les portes du ghetto, la nuit, restaient ouvertes, les restrictions étant suspendues concernant les allées et venues des juifs. On avant tant besoin des bons docteurs juifs dans l'autre Venise.

Rebecca écrivit simplement :

« Zanetto, venez vite, j'ai besoin de vous. »

Hélas, deux heures plus tard, elle apprit, par le messager de retour du palais de la comtesse, que Zanetto était absent de Venise. Il avait accompagné sa maîtresse jusqu'à sa maison de Vicenza. On l'attendait.

Après être restée longtemps, sans réaction aucune, au bord du lit d'Aron, Rebecca essaya de le réveiller, de lui faire avaler les œufs brouillés aux herbes qu'il aimait tant. Quelques bouchées, un pâle sourire, et de nouveau son mari s'endormit.

La nuit de Rebecca se passa dans l'autre chambre, où se trouvait maintenant le berceau d'Elisheva.

Deux fois, elle se leva pour voir son cher mari. La fièvre semblait violente, le pouls très rapide, la respiration haletante. Aron dormant sur le dos, elle arriva cependant à le faire glisser sur le côté, ce qui sembla le calmer. Il parut plus paisible.

Un peu tranquillisée, Rebecca se réfugia auprès de sa fille et prit Elisheva dans ses bras. Épuisée de corps et d'esprit, elle se glissa au lit. La présence de l'enfant, la chaleur du bébé sur son sein la réconforta. Vidée de toute sensation, la jeune femme s'endormit profondément.

Le lendemain après-midi, lors de la venue du barbier, l'écoulement du bubon incisé ne se produisit pas, à peine quelques gouttes de sang. Le bubon ne mûrissait pas. Plutôt mauvais signe, pensa le barbier, sans rien en dire. La maladie avait dû se diffuser. Les poumons seraient vite atteints.

Tout alla très vite. Aron était totalement inconscient. L'après-midi du lendemain, un dimanche, il rendait son âme à Dieu.

Trois jours après, ce fut le tour de Rebecca. Zanetto découvrit le drame. Le corps d'Aron n'était plus là. Celui de Rebecca, dénudé, apparemment sans trace de la peste, gisait à terre, près du lit.

Seule, Elisheva, entendant peut-être du bruit, gémissait dans son berceau.

Quel drame avait donc dû se passer ?

Zanetto était arrivé de Vicenza dans la nuit du mercredi par le burchiello de Fusine. Il trouva le petit mot, l'appel au secours lancé par Rebecca.

Il faisait encore gris, le ciel se couvrait juste un peu lorsque le jeudi matin, Zanetto se rendit au ghetto, utilisant la gondole ordinaire de la comtesse, réservée aux questions de service. Un froid vif régnait sur la ville.

Il avait en effet neigé l'avant-veille. Dans Venise, tout

avait fondu, sauf sur les toits des palais désertés ou abandonnés, qui se paraient encore d'une fourrure d'hermine.

Il n'y avait presque aucun mouvement sur le Canalazzo et le canal Girolamo, lui aussi, était désert. Seules, de loin en loin, quelques lumières semblaient circuler deci de-là, au plus haut des palais. Déjà les servantes devaient se réveiller, s'agiter, préparer les feux. Sept heures sonnaient lorsque Zanetto arriva aux portes du ghetto, grandes ouvertes. Le ghetto Nuovo était sans mouvement, Zanetto n'y rencontra personne. Pas de « Bon di »[1] à distribuer.

Arrivant au campo devant la maison des Cohen, il fut surpris de voir la porte, donnant sur la place, grande ouverte, ce qui était contraire aux habitudes de Rebecca qui veillait à ce que les doubles serrures fussent toujours mises.

Vite, il se précipita au premier étage où il savait qu'après la naissance d'Elisheva et dès le début de la peste, la famille s'était retirée pour mieux lutter contre la contagion. Au rez-de-chaussée où étaient les bureaux, seules venaient alors les femmes de service, pour veiller à l'entretien des feux, au portage de l'eau. Il y avait belle lurette que, de grand matin, Zanetto ne les avait plus accompagnées dès l'ouverture des portes du ghetto. Elles avaient regagné leur village du Frioul.

Arrivant au premier étage, là aussi, Zanetto trouva toutes les portes ouvertes. Il frappa cependant. Aucune réponse, mais déjà il aperçut dans la première pièce un désordre indescriptible : au milieu des matelas éventrés, du linge était répandu et de la paille. Une véritable scène de pillage. Qu'était-il arrivé ?

Dans la deuxième chambre, même tableau, mais Zanetto découvrit derrière le lit, grâce à la lueur de sa lanterne, Rebecca à terre, entièrement nue, étendue sur le dos, jambes écartées, semblant dormir. Autour d'elle, même désolation, une cassette ouverte gisait sur ce qui restait du lit, lui-même éventré, avec des papiers tout autour. Tout avait été fouillé, retourné, détruit.

1. Bonjour en vénitien.

Zanetto se précipita vers Rebecca, apparemment indemne. Relevant sa lanterne, ses seins lui apparurent alors, et surtout les mamelons tuméfiés. Elle gisait ainsi, sa toison brune offerte, chose surprenante chez une femme si pudique. Relevant encore davantage sa lanterne, Zanetto s'aperçut alors que Rebecca avait les yeux ouverts. Stupeur ! Elle était morte. Lui relevant le bras par pudeur pour lui permettre avec sa main de cacher son sexe, son corps lui apparut souple, pas encore raidi. Zanetto pensa que peu de temps avait dû s'écouler depuis le carnage, le meurtre et certainement le viol.

Alors il fut pris de panique. Si on le découvrait à côté du cadavre, lui, un simple gondolier, on pourrait l'accuser de ce crime et si on l'avait vu entrer, peut-être, du viol, le cadavre n'étant pas encore froid. Mais il entendit des plaintes, de petits cris semblaient venir de la porte d'à côté, elle, fermée. Il l'ouvrit aussitôt et découvrit Elisheva dans son berceau qui, l'apercevant, battait des mains, et s'agitait, arrêtant de pleurer. Elle lui souriait, elle l'avait certainement reconnu.

Sans réfléchir une seconde, enroulant l'enfant dans la couverture du berceau, l'emportant, il se sauva, redescendant plus vite les escaliers qu'il ne les avait montés. Arrivé à la porte d'entrée qu'il avait dû inconsciemment refermer, il inspecta les alentours. Le campo était toujours aussi désert. Ralentissant le pas, il obliqua vers la rue qui le mènerait aux grandes portes du ghetto, au quai Girolamo, vers sa gondole. La voie aussi était des plus désertes, pas même un chat. Il se souvint alors de l'affluence qu'il y avait dans cette même rue quelques mois plus tôt, cette rue si vivante aux maisons aujourd'hui recouvertes de la sinistre croix rouge, indiquant que le fléau était déjà passé. Il remarqua que devant ces portes il y avait des traces de neige. Cela signifiait bien l'abandon du quartier.

Pressant le pas pour passer le pont, franchissant la porte toujours déserte, il descendit au quai, détacha sa gondole et cacha le précieux colis sous la banquette, faisant d'un morceau de toile un oreiller pour Elisheva qui maintenant semblait s'être rendormie.

Il se dirigea au plus vite vers le palais de la comtesse, le cœur s'apaisant, il avait eu si peur. Tout en ramant, les questions se pressaient dans sa tête : « Quel drame avait dû se passer ? Le pillage, le viol, la tuerie ?... »

Il ne pouvait chasser de sa mémoire le corps nu de Rebecca, cette femme si vertueuse, qui par pudeur cachait même ses cheveux pour sortir dans la rue. De l'avoir vue ainsi, impudique, la fourrure de son sexe offerte, cela l'avait fortement impressionné. Avait-elle été violée avant ou après avoir été assommée ? Quelle destinée !

Ses yeux fixes lui étaient apparus comme vivants sous la lumière de sa lanterne, et ce bras encore souple qu'il avait déplacé pour couvrir le bas de son ventre. Sa belle chevelure brune baignant dans le sang...

Heureusement que, par miracle, il avait entendu et sauvé l'enfant...

Mais c'était certain, se répétait-il, personne ne l'avait vu, donc reconnu... Toutes ces idées se bousculaient dans sa tête lorsque brusquement, sortant de son désarroi, il prit conscience de la réalité : maintenant, qu'allait-il faire de l'enfant ?

Vraiment, il aurait dû réfléchir, seul son cœur avait parlé... Il avait sauvé l'enfant, désormais il fallait la mettre à l'abri. La première urgence était de la nourrir.

Mais il repensait à Aron. Qu'était-il devenu ? Vivant, ou mort ? La cassette renversée, le matelas éventré, peut-être avait-il été massacré et traîné dans la troisième pièce qu'il n'avait pas eu le temps de visiter, dans sa hâte à se sauver avec le bébé...

Il était certain que le drame devait être l'œuvre des « rapaces », ces hommes infâmes qui, sous le prétexte de visiter les malades, repéraient les mourants pour les détrousser, pillaient les maisons, et violaient les femmes endormies. Ils étranglaient même les enfants pour étouffer leurs cris. Heureusement qu'ils avaient découvert le magot. Ils avaient dû fuir alors sans ouvrir la troisième porte !

Zanetto se jura que tout cela resterait un grand secret et qu'il ne le dévoilerait jamais, à personne.

Dès qu'il eut quitté le débarcadère du ghetto Nuovo, maniant la rame de son esquif pour rentrer le plus vite possible au palais Falsinetti-Forner, sans que l'enfant ne soit vue, Zanetto se rendit compte qu'il venait de commettre une faute énorme en enlevant la petite Elisheva. Il avait vraiment agi sans réfléchir, n'écoutant que son cœur devant le drame. Plus moyen, cependant, de revenir en arrière. Rapporter le bébé était impossible. Lui, un simple gondolier, on l'accuserait certainement de rapt, peut-être de viol, de pillage. Personne ne croirait à son récit. Mais que faire ?

Il était rivé, au moins jusqu'au lendemain, à ce bébé qui demandait tant de soins. Bientôt Elisheva pourrait crier ! Elle aurait faim ! soif ! besoin d'être lavée ! changée, dorlotée... Et comment la nourrir ?

Demain, il se l'était promis, il irait, faisant un peu le naïf, enquêter au ghetto. Aron était-il vivant ? Que cet homme si fidèle, toujours si proche de sa famille, soit absent de chez lui à sept heures du matin ? Cela lui paraissait impossible.

En attendant, il fallait s'occuper de l'enfant et surtout ne rien révéler sur ses origines. Beaucoup de chrétiens rejetaient « la graine de juif », ceux qui ont tué Jésus-Christ ! Il fallait absolument cacher la vérité. Mais que dire ?

À quarante ans passés, Zanetto était toujours célibataire. Des femmes et des filles, il en avait connu et en fréquentait encore beaucoup. Comme ça, surtout pour la chose, mais elles ne lui avaient certainement pas démontré qu'elles possédaient des qualités de bonnes nourrices !

Brusquement, l'étincelle surgit. Un nom lumineux lui traversa l'esprit : Francesca !

Mais oui, pensa-t-il, la chambrière de la comtesse, toujours si affectionnée avec les enfants. Du moins, celle-ci serait de bon conseil. Elle m'aidera, elle est dégourdie et ingénieuse, de plus, sérieuse à l'extrême, très dévouée avec la petite fille de la comtesse. Oui, Francesca qui se plaint toujours de ne pas avoir d'enfant ! Justement, elle est au palais aujourd'hui, pour y préparer le retour de sa maîtresse...

Mais que lui dire ? Elle va me harceler de questions : d'où vient l'enfant ?... Où l'as-tu trouvée ? Qui te l'a confiée ?

Je ne peux pas lui dire la vérité, que j'ai emporté l'enfant, que je connais sa famille, que j'ai vu le drame, que sa mère est morte, que je l'ai de mes yeux vue...

Cependant il y a toujours un ange gardien pour les gens au grand cœur. Dieu quelquefois aide les justes qui aiment leur prochain.

Au moment où Zanetto se préparait à passer sous le pont qui allait le conduire au Canal Grande, devant l'église San Felice, comme dans un conte de fée, une femme fort bien vêtue lui apparut, le hélant, s'adressant comme à tout gondolier, pour lui demander de lui rendre service.

— Gondolier, je suis là depuis si longtemps, aucune gondole ne passe. Pouvez-vous m'attendre, juste un instant. Je dois remonter là, en face, chez moi, pour chercher un enfant que je dois mener à l'orphelinat de l'Ospedalo dei Mendicanti. Je vous expliquerai en route...

Zanetto s'excusa. Comme gondolier privé de la comtesse Falsinetti-Forner, à regret, il ne pouvait effectuer aucune course.

Il s'éloigna, mais à nouveau, une autre étincelle avait jailli dans son esprit et tout s'ordonnait dans sa tête. Il avait trouvé. Les réponses étaient prêtes. Il dirait à Francesca que c'était une femme de bonne prestance qui lui avait confié l'enfant pour le déposer à l'orphelinat... Pris de pitié, ayant accepté l'enfant, il avait d'abord voulu lui montrer, à elle, Francesca, en rentrant au palais, pour qu'elle lui donne des conseils sur l'endroit où déposer l'enfant. Les Mendicanti refusaient maintenant, tout le monde le savait, les petits pensionnaires, à cause de la peste. Les orphelinats étaient combles et beaucoup d'enfants y mouraient. La peste aussi devait y régner...

— Ne serait-ce pas mieux de porter la petite fille à l'ospedaletto de la Pietá ou à celui des incurables ? Que dois-je faire ? lui demanderait-il.

Certainement, Francesca, toujours pleine de ressources, l'aiderait alors et s'occuperait de l'enfant pour, qui sait, envisager ensuite une solution définitive ?

Ouf ! Zanetto respirait. Il était temps d'arriver, il voyait la couverture s'agiter et il entendait même Elisheva pleurer. Il avait si peur de la voir s'étouffer. Heureusement, la gondole toucha enfin à l'embarcadère de la porte d'eau du palais Forner. Il était arrivé sans encombre et sans avoir été vu. Attachant son esquif au palo jaune et bleu, il s'empara du précieux fardeau, respirant avec délice et apaisement à l'entrée du palais l'odeur familière des épices qui se dégageait depuis des siècles du magazino du palais. Prestement, Zanetto passa, sans rien lui dire, devant le vieux portier Giulio aux grandes moustaches blanches, plus en bataille que jamais. Il grimpa jusqu'à l'étage d'honneur, cherchant Francesca dans les salons d'apparat du portego[1]. Personne !

Il ne trouva la jeune femme qu'à la cuisine du deuxième étage, où elle s'apprêtait à préparer un chocolat bien fouetté...

Quelle surprise pour elle de voir apparaître Zanetto avec un enfant dans les bras, enroulé dans une couverture ! Elle n'eut pas le temps de le saluer que Zanetto, déjà, lui racontait son histoire, comme il se l'était promis.

— Oui, une femme devant San Felice m'a remis cette enfant pour que je la porte aux Mendicanti, j'ai voulu te la montrer, Francesca, c'est une si jolie petite fille... à l'orphelinat, tu imagines, avec tout ce qui s'y passe ? Que dois-je faire ?

Le cœur de Francesca battit très fort.

1. Le portego est le grand salon occupant le premier étage des palais vénitiens où se donnaient bals et réceptions.

— Oh oui, bien jolie, pauvre trésor qui a d'abord besoin qu'on s'occupe d'elle. Vous les hommes, vous ne voyez rien. Tu ne sens pas, Zanetto, cette odeur. Il était temps que tu me l'amènes. Pour l'instant, pas question d'orphelinat. C'est d'une maman dont elle a besoin.

Et découvrant l'enfant qui déjà lui souriait :

— Si blonde, les yeux bleus comme moi, elle pourrait être ma fille. Tu ne sais donc rien de plus sur elle ? Ses parents, peut-être, comme tant d'autres, ont été fauchés par cette terrible peste...

Zanetto, gêné, se taisait.

Et sans attendre sa réponse, Francesca se sauva avec l'enfant vers le cabinet réservé au vestiaire et à la toilette des femmes de service...

Le lendemain, Zanetto apprit au bureau de la santé du ghetto, que M. Aron Cohen et sa femme étaient tous les deux morts de la peste. Ils figuraient bien sur la liste des victimes. Aucune trace d'un enfant ? La maison du campo avait été désinfectée, les corps mis au charnier, mobilier et effets brûlés.

— Depuis hier, mon brave, il y a déjà eu soixante morts. Le quartier est absolument interdit.

Zanetto n'en demanda pas plus.

Huit jours après, Elisheva était baptisée et reconnue fille légitime des époux Antonio et Francesca Cappello, sous le nom d'Angelina. L'acte de naissance fut dressé en retard, soi-disant à cause de la peste, avec la complicité d'un vicaire ami de la paroisse de Santa Maria dell'Arsenale, celle des époux, devenus ainsi père et mère légitimes de l'enfant.

Sur cet acte était mentionné le nom du père, Antonio Cappello, trente-deux ans, maître charpentier à l'Arsenal de la Sérénissime, sous-officier de réserve, et celui de la mère, Francesca, pompeusement dénommée « dame attachée à la chambre de la comtesse Falsinetti-Forner », qui, elle-même, avait signé l'acte de connivence, comme marraine de l'enfant. Angelina était déclarée née à Murano, comme ses parents. Ils demeuraient présentement à

Venise dans le sestière de Castello, domiciliés comme « arsenalotti » dans les maisons réservées aux maîtres de l'Arsenal qui constituaient la garde d'honneur au palais ducal, lors de l'élection du doge.

La date de naissance avait été suggérée par le parrain, Zanetto : le 10 octobre 1629. D'après, avait-il dit à Francesca, la date que lui avait confiée, soi-disant, la femme de San Felice lors de l'abandon de l'enfant pour l'orphelinat. La date seule était exacte. Zanetto ne l'avait jamais oubliée.

La peste, à travers toute la terre ferme et à Venise, après une très forte recrudescence due à la chaleur de l'été, avait causé encore un grand nombre de victimes. À Venise, comme à Vérone, un tiers de la population avait disparu, exactement quarante-six mille quatre cent quatre-vingt-dix morts en seize mois qu'avait duré la contagion.

La fin de l'épidémie fut officiellement déclarée par le doge Nicolo Contarini qui, pourtant très malade, le 1er avril, huit jours après l'Ascension, posa la première pierre de l'église Santa Maria de la Salute dédiée à la Vierge, « con gracia ricevuta » pour la remercier à jamais d'avoir intercédé auprès du Père Éternel pour mettre fin au fléau. Elle sera érigée à l'entrée du Grand Canal, à la place du vieil hospice Della Trinita.

Le lendemain, le 2 avril, le doge le plus anticlérical qu'avait jamais connu la Sérénissime décédait, à sept heures du matin.

Le 10 avril 1631, un nouveau doge était élu, le quatre-vingt-dix-huitième depuis l'an 726, Francesco Erizzo, alors provéditeur général de l'armée.

La Brenta était en crue. La bora soufflait en tempête. Le maître charpentier Antonio préparait son grand uniforme qui lui permettrait d'être présent, le lendemain, à la cérémonie d'intronisation du nouveau doge et d'accompagner le cortège sur le Bucentaure[1]. Dans la chambre

1. Merveilleux navire qui semblait tressé d'or, réservé aux fastueuses cérémonies du doganat.

toute proche, Angelina, bien au chaud, dormait encore contre le sein de sa nouvelle maman. Elle débutait sa vie dans le quartier de l'Arsenal.

3

La vie à l'Arsenal

Octobre 1641. Plus de douze ans se sont écoulés depuis la fin de l'horrible fléau. Venise a repris beaucoup de son importance commerciale et surtout ses industries du verre, des soieries, de l'imprimerie sont redevenues florissantes. La Sérénissime a pansé ses plaies et repris son faste habituel. Sa population, grâce à un renouveau des naissances, à un apport de sang neuf provenant des vallées italiennes, à l'arrivée constante de riches étrangers, a retrouvé à peu près son niveau économique d'avant le passage de l'épidémie. Son ghetto est redevenu très actif. On ne pense plus qu'à commercer, à construire des galères et à s'amuser. Le carnaval a repris tous ses droits. Les ridotti [1], la comédie, l'opéra même ne cessent de faire recette mais la République a toujours besoin de courir après quelques milliers de ducats pour remplir ses caisses. Ne parle-t-on pas de vendre de nouveaux offices et même de payer pour acheter le droit d'accéder au statut de patricien ?

Un million cent six mille et six cent cinquante pilotis de chêne et de mélèze ont bien été plantés sur le sol quelque peu mouvant où doit s'édifier, sous la direction de l'illustre Baldassoro Longhena, la Salute en reconnaissance à Marie, mais rien ne dépasse encore la hauteur des palissades qui en font le tour.

Venise est en paix. Douze ans que cela dure alors que la guerre, qui sera dite de Trente Ans, ravage toujours le centre de l'Europe. Après la période palatine, éclatée entre l'électeur palatin et l'empereur Ferdinand V, la période

1. Réduit où l'on jouait masqué (sauf pour certaines femmes).

danoise et le traité de Lübeck, si humiliant pour le Danemark et la période suédoise, ce sont maintenant les Français qui s'en mêlent. Venise doit faire des prouesses diplomatiques pour ne pas être engagée dans ce conflit si sanglant. L'Italie, pour l'instant, paraît tranquille quoique les relations de la Sérénissime avec le pape ne sont pas excellentes.

À l'Arsenal, dans la famille du maître charpentier Antonio Cappello, devenu vice-protto, bientôt maître constructeur peut-être, tout est pour le mieux. Antonio et Francesca sont si heureux et tellement fiers de leur grande fille adorée, Angelina, qui le leur rend au centuple.

Angelina, Anzetina comme l'appelle son père en vénitien, est déjà sortie de l'enfance, aux dires de sa maman. Bientôt, elle sera une fort jolie jeune fille qui attirera à elle tous les prétendants.

Elle va sur ses treize ans, mais tout promet de voir bientôt éclore une ravissante jeune fille : son corps svelte, élancé, ses yeux bleus de porcelaine qui, comme le dit son père extasié, passent de l'azur le plus pur au marine le plus profond selon l'intensité de ses sentiments, ses boucles blondes torsadées si enviées des Vénitiennes jalouses, son sourire aux perles éclatantes de blancheur...

Angelina a poussé ainsi, le plus naturellement du monde, soutenue par l'amour et la tendresse dévouée que ses parents n'ont cessé de lui prodiguer.

À propos de ses origines, Francesca en est certaine, aucun doute ne l'a jamais effleurée, pas plus du reste que son entourage. Elle est bien et ne peut être que la fille, et cela tout le monde le sait, du signor et de la signora Cappello. D'ailleurs, personne n'a jamais eu l'idée d'aborder le sujet. Seule la comtesse Caterina Forner, qui avait tout de suite accepté d'être la marraine au baptême d'Angelina, avait quelque doute sur le récit, un peu simpliste à son sens, qu'avait fait son gondolier lors de la remise de l'enfant. L'histoire de cette femme si bien mise, donnant un enfant pour qu'un gondolier inconnu aille la porter à l'orphelinat, lui paraissait un peu bizarre. Mais devant la joie de Francesca, devenue maintenant la gouvernante de son palais, elle n'avait rien dit. Y avait-il là-dessous un viol ? Un rapt ? Peut-être cette enfant était-elle née dans un couvent, d'une religieuse libertine ? un scandale à étouffer ? De toute manière, Francesca et Angelina s'adoraient. C'était l'essentiel et ce bonheur-là ne lui permettait pas de poser à Zanetto des questions plus indiscrètes. Elle avait bien assez de problèmes à résoudre avec sa fille Loretta, de deux ans plus âgée qu'Angelina, dont la santé délicate lui causait bien du souci.

Francesca, elle, ne s'était jamais, depuis la première seconde où elle avait senti le poids du bébé dans ses bras, posé de questions sur les origines possibles de sa fille. Mystique, elle avait reçu le bébé comme un don venant du ciel. Dieu avait eu pitié d'elle car malgré toutes ses prières, ses pèlerinages, effectués souvent pieds nus, elle n'avait jamais pu avoir d'enfant. Angelina, c'était l'ange venu du ciel, un ange enfanté dans ses pensées, vraiment sa fille, conçue dans la peine et le désespoir de rester stérile. Plus jamais, Francesca n'avait interrogé Zanetto sur la femme qui lui avait remis l'enfant. Elle préférait imaginer que ce devait être une sainte, la Providence peut-être, incarnée par la Sainte Vierge elle-même. Le don reçu, la manière de l'avoir accepté, ne la concernaient plus. Angelina était réellement sa fille.

Du reste, lorsque pour la première fois, au palais, elle avait déshabillé et lavé celle qu'elle avait tout de suite appelée son bébé, Francesca avait bien remarqué la finesse du linge et de la broderie qui ornaient les langes de l'enfant. Elle avait tout conservé, avec un diamant taillé, d'une eau très pure, gros comme un pois, qu'elle avait découvert attaché sur la poitrine de l'enfant et enveloppé curieusement avec un parchemin où figuraient des sortes de chiffres et de lettres qu'elle n'avait jamais rencontrés nulle part ailleurs. Vite, elle avait apprécié la taille et la valeur probable du diamant car elle était habituée à ranger les bijoux de la comtesse dans sa cassette. Tout cela était enfoui maintenant dans une enveloppe de toile au fond du coffre où elle mettait ses affaires personnelles.

Francesca n'en avait rien dit à personne, surtout pas à son mari. Les hommes sont si bavards. C'était un grand secret qu'elle gardait jalousement et l'indication certaine que son Angelina, ne venant pas du ciel, était certainement issue d'une famille riche, peut-être patricienne. Elle n'en avait ainsi que plus d'admiration pour sa fille. Ce diamant, elle le lui donnerait lors d'un grand jour, le jour de sa puberté peut-être, de son mariage, de ses vingt ans, ou dans toute autre occasion. Dieu, et surtout la bonne Vierge Marie, la conseilleraient.

Antonio, lui aussi, adorait son Anzetina comme il ne cessait de l'appeler, en bon vénitien. Il paraissait avoir tout oublié de la venue de sa fille dans les bras de Francesca, n'en ayant plus jamais reparlé lui non plus. Dans son esprit, il s'était convaincu de confondre naissance et baptême. Très croyant, il se considérait un peu comme saint Joseph, son patron, celui des charpentiers de l'Arsenal. Ce qui l'occupait essentiellement, c'était qu'Angelina, aux yeux de tous et d'abord des siens, était réellement sa fille.

Son Anzetina, comme sa Francesca, constituait l'essentiel de son monde affectif. Évidemment, il ne pouvait oublier sa fonction de vice-protto des maîtres charpentiers de l'Arsenal à qui il avait, avec un grand orgueil, dédié sa vie professionnelle qui lui dévorait, disait-il, ses moindres instants de liberté — sauf les deux semaines qu'il arrivait à voler une fois par an pour s'adonner à la pêche ou à la chasse, à chaque venue du printemps, dans sa très chère lagune.

Comme son père, son grand-père et ses aïeux, en remontant à une dizaine de générations, il était entré à l'Arsenal simple charpentier, gravissant peu à peu tous les échelons. Vice-protto maintenant, il espérait bien terminer sa carrière comme protto des maîtres charpentiers ou peut-être architecte naval. La gloire de la famille Cappello, ne manquait-il jamais de rappeler, avait été d'avoir participé, grâce à son grand-père Toma Cappello, à la conception et au lancement des six célèbres galéasses de Venise des grands constructeurs Badoer et Cavarzere qui avaient permis en 1571 à Lépante, d'écraser sous leur artillerie l'escadre d'Ali Pacha. En effet, la bataille paraissait plus qu'indécise avant que les six galéasses de Venise ne dévoilent leurs batteries. C'était grâce à la puissance des canons vénitiens que s'était rompue la belle ordonnance des escadres ottomanes. Sur les deux cent trente galères turques, soixante-dix-sept avaient coulé, cent dix sept étaient tombées aux mains des alliés. La lourde galéasse d'Ambroise Bragadin, vibrant admirateur du grand-père Cappello, après avoir donné le feu de toute son artillerie, avait infligé le coup de grâce aux fuyards en permettant la conquête du navire amiral ennemi. C'était du reste à bord de cette galéasse qu'avait été remise la tête même de l'amiral turc Ali Pacha, tranchée par un sabre vénitien au milieu du combat d'abordage.

Mais Antonio avait encore beaucoup d'autres raisons d'être fier de sa lignée de charpentiers et d'architectes navals. L'un de ses grands-oncles, disait-il, avait été de ceux qui, ayant fait adopter la fabrication et l'utilisation de la grande rame à quatre rameurs par banc, la substituaient à celle d'un seul rameur. Ce changement, donnant un grand confort et une meilleure régularité à la marche de la galère, avait permis de changer le rythme de la vogue, en passant de la « vogue a senzile » à la « vogue a scaloccio » ou à la « galozza ». Antonio racontait que ce même grand-oncle avait imaginé d'inclure, au bout de la rame tenue par les galériens enchaînés à leur banc, une masse de métal faisant contrepoids, rendant ainsi le travail de la chiourme moins pénible et la marche de la galère plus silencieuse : la vogue, plus étouffée, permettait de meilleures attaques surprises.

Mais Antonio ne restait pas prisonnier du passé. De tempérament novateur, il voyait toujours plus loin en ce qui concernait le développement à donner à l'architecture navale ; il était enthousiasmé par les nouveaux navires, les vaisseaux dits flamands qui déjà circulaient, de plus en plus nombreux, sur la Méditerranée. Comme navires de commerce dits de charge, leur supériorité était indiscutable vu l'importance de leur tonnage : facilement le double, voire le triple de la contenance d'une galère de commerce vénitienne. Comme navires de guerre, malgré leur maniabilité moins bonne que les galères vénitiennes, ces vaisseaux, à deux ou trois ponts, jouissaient d'une supériorité considérable en rendant l'approche et l'abordage de plus en plus difficiles, grâce à leur artillerie très importante, protégée par les sabords et garnissant leurs flancs aussi bien à bâbord qu'à tribord.

Grâce au récit qu'un capitaine hollandais lui avait fait, lors d'une relâche de son bâtiment au port des esclavons, Antonio avait compris que le désastre subi en 1602 par une escadre de neuf galéasses espagnoles qui avait osé s'introduire dans la Manche avait été provoqué par la puissance de l'artillerie de deux vaisseaux anglais. Désormais, il en était persuadé, la victoire appartiendrait d'abord à la précision et à la force de l'artillerie. La bataille à distance, dite en ligne, avec la grosse canonnade, prenait le pas sur l'éperonnage, l'abordage et le combat par armes légères. Heureusement, précisait-il, que les escadres turques n'en étaient pas encore là.

Antonio ressentait cependant qu'il y avait là, pour Venise, une infériorité qui pouvait, grâce à l'aisance manœuvrière de ses galères, être un peu diminuée par la dérobade, étant donné la lenteur de marche des lourds vaisseaux. Mais cela ne suffisait pas pour assurer la victoire. L'artillerie si puissante des vaisseaux nordiques était utilisable, tour à tour à bâbord et à tribord, par le retournement du navire après le lâchage de chaque bordée, ce qui rendait vraiment ridicule le canon de la galère, le coursier, qui frappait seulement dans le sens de la marche avec des boulets de trente-trois à trente-six livres. Les autres petits canons, appelés faucons, falconnetti, possédant seulement quatre petits calibres de huit à six livres, étaient d'une efficacité à distance totalement nulle. L'éperon de la galère, jadis si performant, perdait beaucoup de son utilité dans un combat à distance. Il ne restait valable qu'en cas d'abordage et devenait inutilisable face à la puissance grandissante de l'artillerie des vaisseaux, aux bordées et aux ponts de plus en plus hauts et toujours plus nombreux, communiquant par des escaliers intérieurs.

Il faudrait donc, recommandait-il aux architectes navals, que Venise s'attache à construire des navires mieux armés en artillerie et à remplacer la chiourme, se fatiguant très vite en cas d'accélération de la vitesse, par un système de voiles pouvant utiliser au mieux la force et le changement de direction du vent.

En effet, la notoriété acquise par Antonio auprès du provéditeur de l'Arsenal, vivant dans sa majestueuse résidence dite du Paradis, était renforcée par les préférences qu'il ne cessait d'afficher pour la voile carrée face à la voile latine, la seule présente sur les galères de la Sérénissime, plus maniables, mais moins rapides sans un bon vent arrière.

Souvent à la mer, afin de pouvoir juger du bon maintien des galères, suivant les différentes allures prises au cours des essais, Antonio avait fréquemment assisté, dans les manœuvres de la grande antenne du mestre[1], à la difficulté qui consistait soit à enverguer, soit à changer de bord précipitamment en cas de saute de vent, avec une voile latine unique, offrant de quatre cent à cinq cents mètres carrés de résistance. Il fallait donc prélever de cinquante à une centaine d'hommes sur la chiourme pour assurer la manœuvre. Cette ponction de rameurs ralentissait considérablement la marche de la galère, la mettant même en situation périlleuse, alors que cela aurait été si facile en utilisant des voiles carrées, comme en portaient les vaisseaux flamands où prendre et quitter des ris devenait chose beaucoup plus facile et rapide, laissée à la seule charge des marins et des gabiers.

Malgré toutes ces critiques, relevant toutes du bon sens mais mal acceptées par les architectes navals de l'Arsenal, trop attachés à la force de l'habitude, Antonio était très estimé pour sa passion et le génie qu'il continuait d'apporter sans cesse à l'organisation du maniement et de l'emploi fait des composantes fabriquées à l'avance et

1. Le grand mât de la galère.

utilisées pour rendre plus rapide la construction des galères et surtout moins onéreux leurs coûts. Son génie avait été de donner à chaque pièce qui composait la galère un numéro pour en faciliter un plus rapide assemblage.

En un jour, sans effort exceptionnel, une galère pouvait ainsi être construite, armée et mise à flot.

Ne racontait-on pas à l'Arsenal que lors du passage à Venise du futur Henri III de France, en 1574, à la veille du premier développement de la peste, à son retour de Pologne, une galère avait été construite, prête à être mise à l'eau, durant le temps que le prince avait consacré au merveilleux festin offert en son honneur par le doganat. Le repas avait été conséquent, entrecoupé certainement de spectacles, ballets de jolies filles, pantomimes, concerts et montreurs d'ours. Le futur roi de France avait été conquis par la beauté des Vénitiennes et par la valeur des somptueux bijoux qui représentaient, lui avait-on dit, une bonne centaine de milliers de ducats. Combien de galères, mes seigneurs ?

Le prince avait pensé, en effet, qu'à raison de dix-huit mille ducats — ce qui représentait le coût de la construction d'une galère — cette exposition de bijoux sur les gorges de si belles et jolies femmes, équivalait à une bien puissante escadre. La volupté s'alliait alors, à Venise, à la richesse, au faste et à sa domination maritime.

En effet, tout avait été mis en œuvre à l'Arsenal pour obtenir, grâce à la standardisation de la construction des galères, une diminution de leur coût.

Le prix était dû principalement à l'emploi de près de trois mille personnes regroupant le personnel fixe de l'Arsenal : charpentiers, calfats, scieurs, fabricants de rame, forgerons, fondeurs, voiliers, cordiers et manœuvres, etc. Ces derniers, appelés facchini, avaient pour tâche de transporter, des magasins aux squero[1] de

1. Squero : chantier couvert où se construit le corps ponté de la galère, abritant ainsi les loges dans lesquelles se montaient les quilles. Une quarantaine à l'Arsenal.

montage, les éléments standardisés et numérotés dans leur ordre d'utilisation.

Tous les matins, Antonio avait pour tâche principale d'affecter à chaque corps de métier un travail singularisé et précisément minuté.

En 1630-31, la peste ayant fait à l'Arsenal neuf cent vingt-deux victimes, notamment parmi certains spécialistes très expérimentés et longs à former, il avait donc fallu créer à l'intérieur de l'Arsenal des écoles, principalement pour les charpentiers et les calfats dont le nombre représentait les deux tiers des ouvriers spécialisés, soit à peu près mille deux cents sur deux mille.

L'Arsenal se composait d'une succession de magasins, d'entrepôts, de chantiers et comprenait maintenant trois darses. Il occupait trente hectares avec ses propres canaux intérieurs d'accès et de sortie. C'était une grande ville industrielle totalement fermée sur elle-même, entourée de remparts et certainement, à l'époque, le complexe industriel le plus conséquent, le plus diversifié du monde et le mieux gardé. On donnait toujours en exemple, à Venise, la façon dont était surveillé le puits de l'Arsenal, jour et nuit, minute après minute, ainsi que les grandes précautions sanitaires qui y étaient prises.

On y trouvait aussi l'immense salle d'armes où l'on pouvait équiper de pied en cap trente mille soldats et mille deux cents mousquetaires, armements et munitions compris.

Des magasins énormes étaient chargés de ravitailler en vivres, munitions, matériel de tout ordre, non seulement la marine de guerre et de commerce, mais aussi l'artillerie, la mousqueterie de la cavalerie et les armes de l'infanterie de l'armée de terre de la République de Saint-Marc. C'était à l'arsenal que se fabriquait, grâce à vingt-quatre fours très conséquents, l'essentiel de la nourriture des soldats, des marins, des quatre mille galériens embarqués, dont le célèbre biscotto qui devait nourrir des dizaines de milliers d'hommes. Une immense cantine, la célèbre caneva, alimentait la nuit et le jour le personnel de l'Arsenal.

Et que dire de la tana, l'immense corderie qu'envia tant le grand Colbert, et aussi de la grande vasque de l'Arsenal et de ses trois bouches à vin... Celui-ci en jaillissait les jours de fête, lors du lancement des navires amiraux ou des sorties du Bucentaure.

Les bois de construction des navires, chêne, orme, venaient jadis des pays côtiers de l'Istrie et, de plus en plus maintenant, des régions italiennes. Les minéraux ferreux et cuivreux, déchargés des chalands dans l'Arsenal même, alimentaient la fonderie des canons et de toutes les pièces d'ancrage et de quincaillerie. Ainsi, les armes blanches, les mousquets, les arquebuses, les boulets, les bombes, la poudre à canon, tout l'armement de la marine et de l'armée y étaient fabriqués.

Le rendement de chaque spécialiste, à l'Arsenal, était jalousement surveillé, contrôlé, ces manœuvres pouvant être aussi bien récompensées que châtiées. Antonio était particulièrement réputé pour sa sévérité, mais aussi pour son équité.

La construction de ces galères chargées d'entretenir et de défendre la puissance navale de Venise était très bien organisée. Tout y avait été méthodiquement prévu : chaque pièce de bois ou de fer nécessaire à la construction du navire était livrée sur le chantier au moment même où son assemblage l'exigeait et à la minute près. Jamais rien ne manquait, tous les stocks, pour chaque pièce de montage, étaient abondants, avec des magasins judicieusement disposés, évitant ainsi tout déplacement et perte de temps inutiles. Les corps de métiers travaillaient à une cadence identique à celle de l'approvisionnement, les tâches s'initiant et se terminant selon un minutage des plus précis.

En effet, disait Antonio, à la différence de la construction des vaisseaux dits « de haut bord », possédant plusieurs ponts en escaliers et des batteries couvertes, donc des navires très lourds, la galère était, elle, de construction légère mais très solide. Elle devait offrir moins de poids à l'effort des rameurs et aussi beaucoup de solidité pour supporter l'effort sur l'appui des bancs et celui des rames sur la coque.

Le rapport longueur/largeur était de l'ordre de huit alors qu'il n'était que de trois à quatre pour les vaisseaux et les frégates. L'œuvre vive de la galère, la coque, devait être d'une grande finesse et construite cependant de façon très légère et très rigide, ce qui demandait aux charpentiers un montage, ne cessait de prêcher le vice-protto, des plus soignés et des plus parfaits.

Pour Antonio, chaque bâtiment construit sous son contrôle devait être une œuvre d'art avec un système de construction et d'assemblage très élaboré, donc réalisé par un corps de maîtrise et de compagnons particulièrement entraînés et consciencieux. La grande astuce de construction des galères reposait sur la qualité de la liaison et de l'assemblage des pièces de charpente entre elles, à cause de la nécessité impérative de bien supporter et transmettre l'effort des rameurs sur la coque, avec le plus d'efficacité possible.

L'assemblage des pièces de bois s'obtenait grâce au procédé de l'« endentement », beaucoup plus solide que le tenon et la mortaise classiques. Chaque dent du tenon devait s'emboîter, sans le moindre jeu, dans la mortaise correspondante. Tout cela nécessitait une grande virtuosité technique de la part des compagnons et de la maîtrise ; c'était un honneur de faire partie de la corporation des « illustres marangoni » [1] de l'Arsenal.

Pour Antonio, une fois l'éperon de bronze en place et la coque à flot, la galère était construite.

L'armement ne consistait, une fois terminé le calfatage, particulièrement soigné et effectué sous son contrôle, qu'à ajouter « le reste », disait-il, ce qui pour lui représentait le superflu par rapport à l'essentiel.

Mis à l'eau, le navire passait alors, successivement, selon une planification très stricte pour éviter une perte de temps même minime, à travers les différents magasins

1. Ainsi appelait-on les charpentiers, distincts des autres ouvriers de l'Arsenal, les « arsenalotti », si respectés à Venise.

et ateliers où il recevait, en un temps record, ce qui lui était indispensable. Après les pièces de fonderie, on ajoutait le gouvernail, l'ancrage, la mâture, la voilure, les cordages, l'artillerie de proue (un simple coursier et deux ou quatre faucons de quelques livres). Puis venait l'approvisionnement de la cale, des soutes, de la Sainte Barbe, l'embarquement des barriques de vin à vendre à la chiourme, de ceux pour l'aiguade ; et en dernier lieu, en longeant le canal de sortie de l'Arsenal, le glissage à bord, par les ouvertures prévues, des grandes rames qu'il fallait alors équilibrer avec les masses de métal pour les rendre plus maniables. Enfin, on procédait à l'enchaînement des galériens, quatre par banc de rame, sous la surveillance du « comite » chargé de commander la vogue après la montée des trente marins de l'équipage, des officiers, du patron pour une galère marchande, ou d'un capitaine avec ses deux cent cinquante soldats pour un navire d'accompagnement de convoi ou de combat.

Arrivé au port des esclavons, le fanal bien en place dominé par la girouette en forme d'étendard, marqué au Lion de Saint-Marc, on mettait au vent les armoiries des armateurs de la galère et l'immense « bandiera » de la Sérénissime. La galère était alors prête à commercer ou à combattre.

À cause de toutes ces activités, si prenantes et si nombreuses, Antonio, monsieur le vice-protto des marangoni de l'Arsenal, avait peu de temps à réserver à sa petite famille et devait souvent passer ses nuits à l'Arsenal. Francesca souffrait de cette absence. Cependant elle n'avait pas voulu, comme elle aurait pu le faire, avoir un logis dans les dépendances de l'Arsenal. Elle préférait continuer à occuper le petit appartement, celui qui avait abrité leurs nuits de noce et tant de tendres souvenirs, situé près de l'église de San Martino, à deux ponts du palais de la comtesse, dans ce sestière de Castello où elle avait passé la plus grande partie de son adolescence. Elle considérait pourtant toujours comme sa paroisse et son lieu de prière la petite église de Santa Maria dell'Arsenale, où elle s'était mariée et où Angelina avait été faite sienne grâce à son baptême.

Francesca était née en 1607, le 13 avril, une coïncidence extraordinaire qui lui avait valu immédiatement l'amitié affectueuse de sa patronne, la comtesse Caterina Falsetti-Forner, née, chose incroyable, le même jour, mais au sein d'une famille bien différente.

Francesca avait vu le jour à Murano d'un père maître verrier et d'une mère apprentie dentellière dans sa jeunesse, une des premières, car elle était née à Burano (baptisée au sanctuaire de Santa Maria et de Santo Donato) et faisait partie de la petite cohorte de jeunes filles qui avait mis au point le fameux « punto in aria » qui assurait la célébrité des dentelles de Venise tissées à l'aiguille et non au fuseau.

Le père de Francesca avait comme client — devenu par la suite un excellent ami — monsieur le comte Forner, patricien très fortuné qui faisait un grand commerce d'import-export, échangeant les soieries et la verrerie de Venise contre des épices, des raisins secs de Smyrne et beaucoup d'autres produits d'Extrême-Orient et du Levant, qu'il entreposait dans son palais du Grand Canal, « le palais odorant » comme on l'appelait à cause de l'odeur d'épices qui s'en dégageait.

Le comte avait vu grandir la blonde Francesca et ce fut lors de la mort de sa mère, au moment de son second accouchement et à la demande du maître verrier, qu'il avait fait entrer Francesca au couvent si fermé des bénédictines de Santa Zacharia. La jolie gamine y avait appris les rudiments de beaucoup de choses : lire, écrire, compter. Et une fois jeune fille, vers l'âge de seize ans, dans ce couvent réputé le plus libertin de la Sérénissime, elle avait découvert mille autres actes de grande utilité. En effet, les nonnes, richement dotées, ne se contentaient pas d'aller à la messe, mais elles savaient aussi recevoir avec grand plaisir et volupté les galants qui se pressaient au parloir ou qui, plus discrètement, frappaient aux portes des plus ardentes occupantes de cellule.

Francesca, elle, avait su se conserver intacte et avait,

à sa sortie du couvent, épousé le neveu du patron de son père, un compagnon du maître verrier. C'était Antonio Cappello, alors simple charpentier à l'Arsenal mais promis disait-on, grâce à l'antériorité de sa famille dans la construction des galères, à un brillant avenir. Francesca avait dix-huit ans, lui dix-neuf ans lorsqu'ils s'étaient installés à Venise, la jeune femme étant toujours la protégée du comte Forner. Celui-ci, à cinquante-sept ans, déjà âgé pour l'époque malgré sa verdeur apparente, venait justement d'épouser lui aussi grâce à sa fortune considérable, un tendron, une jolie fille patricienne de dix-huit printemps, de famille pauvre mais illustre, ce qui dorait un peu plus la noblesse patricienne plus récente des Forner. C'était la gracieuse Caterina Falsetti, dont la jeunesse et la beauté n'avaient peut-être pas rencontré le fol amour en la personne du comte, mais la certitude d'hériter un jour d'une immense fortune. Le contrat de mariage passé entre le barbon avide de caresses et la jeune beauté, pauvre mais sachant faire valoir la chaleur de ses ébats futurs, assurait à cette dernière un très sérieux patrimoine.

Francesca était donc, sur les conseils de monsieur le comte, entrée au service de la chambre de la nouvelle comtesse. Très vite, une amitié affectueuse s'était nouée entre les deux jeunes femmes, la coïncidence de leur jour de naissance, le 13 avril, était en effet, aux dires de Caterina, un heureux présage.

À la naissance de la fille de la comtesse, Loretta, en 1628 leur amitié avait encore grandi. Francesca, faisant office de seconde maman, s'occupa alors totalement de l'enfant dont la santé semblait très délicate.

Le comte, lui, était mort rapidement après la naissance de Loretta, dans sa propriété de Vérone où il s'était retiré, considérablement affaibli par sa nouvelle vie et sa voluptueuse épouse, disaient les méchantes langues. Seule Francesca, qui tenait un peu la chandelle, aurait pu s'exprimer sur ce point. Pour elle, monsieur le comte était un brave homme, très généreux, qui après avoir bourlingué sans arrêt sur toutes les mers du monde, jusqu'en Amérique, avait enfin partagé quelques années de bonheur dans les bras d'une jolie femme, douce et si soucieuse de le contenter. Au sujet de la naissance, un peu « aidée », de Loretta, s'il y avait eu quelque chose, cela avait toujours été en présence de monsieur le comte, donc approuvé par lui. Il avait, du reste, témoigné de son vivant une très grande affection à sa fille qui, disait-il « afin de clouer le bec à toutes les infamies », avait tous les traits de sa grand-mère paternelle, sa mère à lui.

Maintenant tout était oublié. Tant d'eau était passée sous le pont du Rialto. Francesca allait, elle, fêter le treizième anniversaire de sa fille, très bien éduquée et instruite grâce aux soins affectueux de la comtesse. Angelina partageait aussi les leçons que le précepteur français venait donner à Loretta. À deux, on apprenait mieux, on riait beaucoup, on se moquait de l'allure un peu fanée de ce cher M. Lucas Dularge qui, aux dires des deux demoiselles, aurait bien fait de prendre quelquefois ce large pour mieux les laisser en rire.

En effet, elles apprenaient mieux, à travers le vieux professeur à perruque, portant encore la fraise henri-quatrième, l'histoire de France que celle de Venise et davantage le sage Racine que l'amusant Molière. Mais cet apport de culture française leur avait, à toutes les deux, considérablement ouvert l'esprit. Angelina montrait certainement une intelligence plus vive mais Loretta se révélait plus sensible, plus sensitive. Deux ans les séparaient. La fille de la comtesse avait déjà franchi le seuil de la puberté et sa santé fragile la portait davantage aux sentiments et à l'émotion. Encore au berceau, à peine sortie de ses langes, Loretta avait en effet gravement souffert d'une affection des bronches. La médecine de l'époque, basée sur l'utilisation de la saignée, du clystère, sur des régimes alimentaires affaiblissants et sur l'emploi de remèdes aussi ridicules qu'inefficaces, n'avait fait qu'augmenter sa fragilité.

Autant Angelina paraissait « physique », débordante d'activité, remuante, vive à l'extrême, prête à tout connaître, à tout essayer, autant Loretta donnait l'impression d'être plus concentrée, plus réfléchie, n'acceptant que ce qui passait par le contrôle de son esprit. Son attachement à Angelina était très profond, pensé, voulu, mais jamais dominateur. Loretta était heureuse de voir son amie si vive, si enjouée. Elle, si secrète, aurait certainement aimé l'initier à plus de réflexion, à plus d'intimité. Ce qui dans le fond n'était pas étrange pour une jeune fille de quinze ans, et récemment, mais un peu tardivement, devenue nubile. Loretta sortait très peu du palais à cause de sa santé, mais elle voyait, entendait, voire imaginait souvent. Elle était très curieuse, elle se postait, à l'affût, sans qu'on la devine. Elle découvrit ainsi, dans le détail, les relations intimes de sa chère maman avec ses tendres et voluptueuses amies.

Son gynécée, comme l'appelait la comtesse, son appartement du deuxième étage, était en effet exclusivement réservé aux femmes. Aucun homme n'y avait eu accès depuis la mort de son mari, en vertu d'un engagement que celui-ci lui avait fait prendre et jurer sur sa bible un jour de jalousie. Une sorte de pacte que l'amoureuse Caterina avait souscrit avec ferveur. Elle était encore si jeune !

En effet, le comte, qui adorait sa femme et voulait son bonheur complet lors de leurs rapports amoureux, n'avait pas craint, afin d'ajouter, disait-il, plus de tendresses et d'émoi, de faire participer à leurs ébats une très habile et jolie compagne, jamais la même, mais qui savait mener madame la comtesse à l'extase suprême. La jouissante habitude fut ainsi prise et ce qui n'était que fantaisie, après la mort du comte, devint fantasme, besoin, passion.

Ce besoin, Caterina l'avait déjà ressenti lors de son adolescence au couvent, quand il lui était si difficile de s'endormir lors de brûlantes soirées d'été. Le nom de sa protégée d'alors, la douce Maria Assunta, lui revenait quelquefois en mémoire. C'était elle qui, la première fois, lui avait révélé de ses lèvres si douces le grand émoi mené au paroxysme et la manière de l'obtenir. Cela ne s'oubliait pas.

Mais la destinée rapproche souvent ceux et celles qui sont désunis.

C'est ainsi qu'un soir, traversant incidemment une salle réservée aux gros joueurs, au Ridotto le mieux fréquenté et le plus huppé de Venise, là où, parmi ces messieurs, étaient admises seulement certaines femmes à peine masquées de dentelles mais revêtant toujours le grand manteau noir obligatoire, la comtesse Caterina retrouva, sur les lèvres ourlées d'une très jolie femme, l'expression de sa chère compagne de couvent, Maria Assunta, qu'elle pensait à jamais disparue.

Oh ! Oui ! Était-ce possible !

S'approchant d'une table où l'on jouait passionnément à la bassette elle reconnut alors parfaitement sa chère amie.

C'était bien les mêmes traits, aussi fins, le même dessin de la lèvre inférieure faisant un peu la moue, le même port de tête. C'était bien son rire, si particulier, qui fusait en cascades lorsqu'elle devait toucher une grosse mise. Elle remarqua aussi cette façon particulière d'incliner son visage, un peu sur la droite, et le même geste précis qu'elle avait, claquant des doigts, pour envoyer juste où il fallait la pièce d'or près du croupier.

Cela lui rappela comment Maria Assunta, au réfectoire, lançait les boulettes de pain sur le livre de la sœur qui lisait l'Évangile, durant le repas dominical. Oui, ce ne pouvait être qu'elle. S'approchant davantage, grâce à un mouvement de foule, saluant un gros gain, la comtesse prit place à la table juste à côté d'elle. Les deux femmes se reconnurent alors parfaitement. Quelle joie ! Que d'embrassades !

Maria Assunta était maintenant une superbe femme, un peu dépoitraillée, somptueusement vêtue sous son manteau anonyme, ornée aux poignets et au cou de luxueux bijoux (peut-être trop beaux pour être vrais), qui maniait avec beaucoup d'aplomb pistoles en or et ducats d'argent, le geste assuré, élégant.

Où était donc la timide et impécunieuse, mais tendre amie, Maria Assunta, admise au couvent, comme Caterina, grâce au souvenir du haut lignage de sa famille patricienne, une famille ruinée, appartenant à cette caste qui s'accrochait encore aux combles croulants de ses anciens palais.

Toutes les deux, Caterina et Maria Assunta, au couvent, étaient un peu méprisées par les riches adolescentes, leurs compagnes de classe, qui ne se gênaient pas pour faire valoir la supériorité attachée à leur fortune. Caterina, elle, grâce à sa splendide blondeur, à son élégance naturelle, avait su conquérir à dix-huit ans son vieux mais très riche mari. Trente-six ans les séparaient, mais l'état de patricienne de Caterina avait permis son mariage rendant ainsi, comme l'exigeait la coutume, le titre de monsieur le comte Forner héréditaire[1].

D'où pouvait donc provenir l'apparente richesse de Maria Assunta ? Caterina n'avait jamais appris que dans ce milieu fermé une histoire comparable à la sienne soit arrivée. D'où venait cette transformation ? La comtesse avait connu son amie si timide, si dévouée, attachée à satisfaire son moindre désir...

L'embrassade entre les jolies femmes eut lieu dans des larmes de bonheur. Elles s'étaient aussitôt reconnues et n'avaient pas hésité à s'embrasser, comme à l'accoutumée, avec transport.

Maria Assunta, à nouveau inséparable de son amie, confia à Caterina que, lasse de la pauvreté, elle avait coupé tous les ponts avec sa famille et s'était lancée sous le nom de « Rosina della Croce », avec un rapide et grand succès, dans la courtisanerie, protégée comme il se devait par le puissant inquisiteur d'État, dans le plus grand des secrets.

— Grâce à la haute tenue intellectuelle de mon salon, expliqua-t-elle à son amour de jeunesse ainsi retrouvé, et à la passion que j'apporte à faire partager les bonnes et belles choses qui règnent autour de moi dans mon magnifique portego et grâce à ma ruelle si raffinée, la fine fleur de la clientèle étrangère, tu devines laquelle, a eu vite fait d'affluer chez moi. Oui, chez moi, ajouta-t-elle, on y court

1. Un patricien n'épousant pas une patricienne à Venise perdait son titre pour sa descendance.

et on y goûte l'amour, en plusieurs langues, dans un raffinement digne de la fastueuse réputation de notre Sérénissime, mais aussi, avec quelque chose en plus, un peu de coquinerie à la française, bien éloignée de la pudibonderie espagnole. Caterina mia, tu imagines ce que je veux dire, grâce à quelques spécialités, je sais les rendre fous. C'est tout juste, confia-t-elle encore à sa précieuse Caterina, s'il ne faut pas délivrer de billet pour réserver son tour, vu l'affluence, tu imagines la clientèle choisie qui se presse à l'entrée de mon palais.

À Caterina, elle révéla aussi, en grand secret, qu'elle était tenue au courant de beaucoup de confidences, imprudemment révélées par certains clients, devenus trop bavards ou trop orgueilleux dès que leurs têtes se rapprochaient de ses moelleux oreillers.

— Ces maladroits, ma chérie, ignorent ou alors perdent souvenance de l'usage qui peut être fait de leurs bavardages. Ceux-ci, répétés à qui de droit moyennant une solide protection pour mon juteux négoce, peuvent leur apporter quelques désillusions, des ennuis ou pire encore.

En effet, à Venise, en période de conflits, de tensions ou de concurrence commerciale ou diplomatique, la moindre délation, aussi insignifiante soit-elle, pouvait prendre beaucoup d'importance, au nom de la Raison d'État. Caterina le savait pertinemment. S'il y avait le moindre doute sur la véracité des faits rapportés, la Sérénissime ne reculait devant aucun moyen pour y porter remède. Cela valait bien récompense et protection.

Et c'est ainsi que les imprudentes et trop bavardes coucheries pouvaient être suivies d'un enlèvement, d'un peu de prison dans les célèbres Plombs de Venise, d'un étouffement fortuit, de poison versé par une main aimante, ou même d'une chute imprévue du haut d'un pont, accompagnée d'un sac dûment lesté. Les « bravi »[1] savaient y mettre beaucoup de zèle et de brutale efficience.

1. Hommes de mains qui, payés, s'adonnaient aux basses besognes : enlèvements, demandes de rançons, meurtres...

Au palais, Francesca, toujours au mieux avec la comtesse, voyait et savait tout, sans rien en dire, ne se permettant pas de juger. Son rôle et son seul souci étaient de servir le mieux possible madame la comtesse. Celle-ci la tutoyait, lui confiant aussi ses bonheurs et ses malheurs possibles. Francesca, bouche cousue, n'en parlait jamais à personne, même pas à son mari, se méfiant de toute parole qui pourrait être mal interprétée.

Tout ce que pouvait dire, penser ou même suggérer la comtesse était par elle bien considéré. Francesca, au palais, œuvrait pour bien diriger le personnel, afin que rien ne manque jamais et que tout aille au mieux.

Francesca n'avait du reste, en dehors de l'excellence de son service, que deux passions, son Antonio et son Angelina. Elle regrettait cependant d'être souvent séparée de son mari, le maître absolu de son cœur et de son corps. Son « homme », comme elle le disait, étant toujours trop occupé à l'Arsenal.

Les relations amoureuses de la comtesse ne lui apprenaient rien. Elle adorait l'amour physique elle aussi. Comme la majorité des femmes, elle savait où et comment déceler et connaître l'orgasme, mais seulement en la présence de son Antonio. Lui seul devait tout savoir, tout connaître des besoins et exigences de sa féminité. Ne pouvant malheureusement pas procréer, elle savait que Dieu lui permettait son amour sensuel, puisqu'il était partagé avec Antonio.

Elle ne voulait condamner personne, surtout pas la comtesse, si bonne, si généreuse. Elle se refusait le droit de juger, pas même Rosina qui du reste, avec elle et sa fille Angelina, se montrait si affectueuse.

En cette veille de la semaine sainte et de Pâques, Francesca se faisait une grande joie à l'annonce que lui avait faite Antonio. Blessé au pied par une maladresse arrivée à la fonderie de l'Arsenal, il avait décidé d'accepter la proposition de la tante de Francesca qui les invitait tous les trois, lui, Angelina et sa maman, à aller passer deux semaines au milieu de la lagune dans l'île sœur de

Burano, à Mazzorbo, là où résidait le berceau de la famille de sa chère femme. Ainsi, il guérirait définitivement sa blessure et pourrait se livrer à son autre passion, la pêche et la chasse.

Depuis près de dix ans que Francesca attendait ce grand bonheur, pouvoir vivre tous les trois ensemble sans rien avoir d'autre à faire que de s'écouter et de s'aimer, mari et femme, avec la présence de leur Angelina chérie.

En effet, depuis si longtemps, l'habitude avait été prise par Francesca et Angelina, étant donné les obligations sans cesse grandissantes du cher homme, de vivre presque constamment, à part de rares dimanches et jours de fête carillonnés, au palais Forner. Là, la comtesse leur avait réservé pour elles deux une chambrette joliment préparée au troisième étage. L'appartement près de San Martino avait bien été conservé et entretenu par Francesca, qui, de temps en temps, y allait secouer un peu la poussière des rideaux, mais surtout renouer avec ses souvenirs de jeune mariée et avec l'enfance d'Angelina. Pour rien au monde, Francesca n'aurait cédé ce logement où était née sa fille, le jour du miracle où la Vierge la leur avait adressée, par l'entremise de Zanetto.

Elle n'avait jamais voulu vivre à l'Arsenal où Antonio avait cependant un petit logement attribué du temps où il n'était que maître charpentier, avec l'obligation, presque constante, de surveiller le jour et très souvent la nuit la construction de ses chères galères.

Antonio avait remarqué que Francesca n'était plus tout à fait la même avec lui. Certes ses occupations, si multiples, l'occupaient considérablement, mais il y avait autre chose. Il lui fallait absolument resserrer le tissu de leur intimité. Francesca n'était pas, à vrai dire, distante ou froide mais il y avait un petit déclic qui ne se faisait plus. C'est pour cela qu'Antonio avait accueilli avec grande joie l'invitation de la tante de Mazzorbo. Persuadé qu'en s'isolant ainsi l'un et l'autre de leurs occupations si prenantes, tout redeviendrait comme avant. Guérir de sa blessure au pied était peut-être un prétexte, mais deux semaines passées ensemble, en présence d'Angelina, recoudraient efficacement tout cela.

Antonio était plus que certain de la fidélité de sa femme et celle-ci, heureusement pensa-t-il, devait ignorer les petits coups de canif qu'il avait donnés à leur contrat. De temps en temps, Antonio s'était bien laissé tenter par les appas généreux de quelques jolies filles faciles, à la voilerie de l'Arsenal. Bien sûr, rien de grave, seulement quelques inconduites, pensait-il, sans importance, non suivies, que Francesca devait totalement ignorer. Son confesseur ne lui disait-il pas en entendant ses mea culpa :

— La chair est si faible, vous réciterez deux ave et tout vous sera pardonné.

Il ne pensait pas que, constatant certaines abstinences de sa part, sa femme pouvait avoir des doutes. Francesca était certainement trop fière pour en parler. Mais de temps en temps, Antonio avait saisi un regard un peu dur à son intention. Elle avait cependant toujours une attitude aimante et si docile à son égard ! Y avait-il eu des bavardages ? Depuis qu'il avait réussi à être promu vice-protto, il était devenu la source de nombreuses jalousies. Les hommes, envieux, n'étaient-ils pas souvent plus acharnés que ces dames dans leurs médisances ?

Du côté du travail, il se sentait aussi libéré. Il venait justement de terminer la construction d'une grosse galéasse, la *Santa Lucia,* qui avait coûté à la Sérénissime exactement soixante-quatorze mille neuf cent quarante ducats. D'après lui, une somme folle comparée aux coûts des galères légères qu'il était habitué à construire. Cela lui avait également pesé lourdement sur le moral. Mais rien n'y faisait, les comptes étaient là. Le coût le plus fort venait surtout de l'armement du navire, les munitions et les canons, qui, à eux seuls, avaient demandé une fortune immense : trente-sept mille ducats ; alors que ses galères normales n'en exigeaient pas plus de trois mille.

Depuis deux jours, son travail avait pris fin. Le navire était enfin prêt, flottant déjà pour se diriger vers les fours de la fonderie des ancres où, pour juger de la sécurité d'une coulée, le pied d'Antonio avait été écrasé, du moins fortement heurté, malencontreusement abîmé par une fuite de métal dans une benne de déchargement d'un four.

— Heureusement, rien de bien grave, mon cher, lui avait dit le provéditeur de l'Arsenal. Vous allez nous quitter pour quelques jours. Votre femme sera très contente que vous abandonniez un peu votre cher Arsenal. La *Santa Lucia* est bien à flot. Partez tranquille. On vous attendra pour mettre en chantier la prochaine galéasse. Vous êtes indispensable.

Et un communiqué officiel l'annonça en effet : « Monsieur le vice-protto Antonio Cappello n'assistera pas, demain, à l'arrivée triomphale de la *Santa Lucia* et à son embossage au port de Saint-Marc, à cause d'une blessure survenue dans l'exercice de ses fonctions à l'Arsenal. »

Mais, pensa Antonio, l'amour de ma femme et de mon Angelina vaut bien quelques sacrifices quant à mon amour-propre.

4

La lagune

Samedi saint, au grand matin, veille de Pâques, Venise s'éveille, l'aurore pose déjà son doigt de rose sur les façades des palais, le long du Grand Canal. La journée s'annonce superbe. Francesca, à la fenêtre de sa chambre, au troisième étage du palais Forner, attend l'arrivée du traghetto[1] de Zanetto. Déjà le Grand Canal s'anime, et les barques lourdement chargées de fruits et de légumes forment une longue file à la hauteur du pont Rialto afin de décharger tour à tour leurs pesantes corbeilles exhalant une bonne odeur d'herbes.

Francesca est heureuse. Enfin le grand jour est arrivé. Son visage, à l'accoutumée un peu sévère, resplendit ce matin de joie de vivre. En effet, tout est prêt pour le départ de la petite famille Cappello, Francesca, Antonio et Angelina, pour l'île sœur de Burano, Mazzorbo, dont ne les sépare qu'un pont de bois, le pont que Francesca, enfant, tenant la main de sa chère maman, avait si souvent franchi. Francesca mettait à profit l'absence au palais de la comtesse, partie pour surveiller les semailles sur ses terres de Vérone. L'on prendra ainsi le temps de bien soigner la blessure d'Antonio qui, après la mise à l'eau de sa *Santa Lucia*, a vraiment besoin de repos. Et ce sera merveilleux pour Angelina de connaître enfin la lagune, si chère à son père.

En effet, Sofia, la sœur de sa mère de dix ans plus jeune que cette dernière, venait de réapparaître dans la vie de Francesca. Près de quatorze ans que celle-ci était sans nouvelles.

---

1. Sorte de grande barque.

Des âmes charitables ne lui avaient-elles pas raconté que Sofia s'était éclipsée à Bologne pour devenir « l'inséparable gouvernante » d'un vieillard très riche, un marquis farci de ducats... Et bien d'autres ragots encore, on l'avait même vue enceinte à Vérone, etc.

C'était par pur hasard que Francesca avait rencontré sa tante au moment de Noël, dans une allée de l'Erberia où Sofia marchandait le prix d'un lapin ; Francesca avait cru voir sa mère, tellement les deux sœurs se ressemblaient. Sofia, avec chaleur, lui avait bien dit qu'arrivée depuis peu de Vérone, elle s'était à nouveau installée dans la maison familiale de Mazzorbo, alors à l'abandon. Elle lui était apparue joliment vêtue, rien d'une campagnarde. Elle n'était pas mariée, pas d'enfant non plus. C'est là que l'invitation avait été faite. Sofia avait montré tant de gentillesse et de désir de connaître le vice-protto des charpentiers de l'Arsenal ainsi que la petite Angelina dont elle apprenait l'existence de la bouche même de Francesca.

— J'ai donc une jolie nièce. Quel bonheur ! Je suis si curieuse de la connaître !...

Ce matin-là, tout était prêt pour le départ.

— Ce sont toujours les femmes qui attendent, mais où est-il donc, ce Zanetto ? Nous allons rater la messe de la Résurrection à Mazzorbo, marmonna Francesca qui replongea dans ses pensées.

Elle revit alors le sourire et la joie de sa chère maman lorsque, la veille de son mariage avec Antonio, elle lui avait remis son voile de mariée, entièrement monté de ses mains avec de magnifiques incrustations de dentelle à l'aiguille.

— Le voile d'une reine, lui avait-elle dit, tu le mérites, ma fille.

Ce voile, Francesca le gardait jalousement pour le remettre à Angelina le jour de ses noces.

Ce matin-là, Francesca était profondément heureuse, tout chantait de joie en elle.

C'est la première fois, pensait-elle, depuis mon entrée au service de ma chère comtesse, que je vais vivre quelques jours sans aucun souci, sur mon île natale, loin de Venise, ma fille à mes côtés, avec pour seule occupation de soigner mon mari, et de réfléchir un peu sur moi-même.

Antonio va vraiment pouvoir guérir grâce à de bons emplâtres, aller à la pêche, peut-être s'adonner, sans fatigue et en bateau, à sa chasse bien-aimée. Surtout, il n'aura plus d'excuses et ne pourra me négliger comme il en a pris l'habitude.

Enfin, ce sera fini avec ces incessants problèmes concernant l'Arsenal : les absences d'Antonio, ses départs précipités. Et la *Santa Lucia*. Elle aura occupé mon mari davantage qu'une maîtresse. Heureusement, la galéasse est à flot. J'en ai trop entendu, au sujet des plans, des ébauches, de la construction, de la quille, de la coque, de la mâture, de la charge trop lourde des canons... Nous en avions tous assez de ces préoccupations. Même en faisant l'amour, mon Antonio devait y penser... Moi, sa femme, j'étais devenue jalouse d'un navire — ce n'était plus possible !

Francesca se précipita à nouveau à la fenêtre, de plus en plus inquiète de ne pas voir arriver le traghetto de Zanetto.

Rien au poste d'appontage du palais, la place était toujours vide.

— Mais que peuvent-ils bien faire ! Deux heures qu'Angelina et moi nous attendons. Et dire que ce gondolier m'avait dit : « Je serai là dès le lever du soleil »...

Angelina, elle aussi réveillée aux aurores, avait déjà soigneusement préparé son petit coffre de voyage où s'amassaient jupes, caracos, jupons, linge de dessous et surtout une très jolie robe blanche, garnie de rubans bleus, offerte par la comtesse et qu'elle comptait bien inaugurer le lendemain matin à Santa Lucia de Mazzorbo, à la grand messe chantée de Pâques, dans l'église même où sa chère maman avait été baptisée.

Oui, tout était bien en ordre, il ne manquait plus qu'Antonio et ce brave Zanetto. Mais à cette heure, que pouvaient-ils donc faire ?

Toujours la même question sans réponse et le soleil illuminait déjà le clocher de Saint Sylvestre !

— Maman, peut-être que Zanetto a eu des problèmes avec sa gondole ? avança Angelina, elle aussi inquiète.

— Mais non, chérie, nous n'attendons pas une gondole ; aujourd'hui la comtesse lui a recommandé de prendre le traghetto à deux rameurs. Pour traverser la lagune, ce sera plus sûr, lui répondit Francesca, de plus en plus anxieuse.

Se penchant de nouveau, et pour la énième fois, à la fenêtre, Francesca aperçut les deux hommes appontant lentement le bateau au pilotis porteur des couleurs des Forner. Enfin, ils étaient là !

Se succédèrent réprimandes, embrassades, chargement des bagages, du grand panier à provisions et des cadeaux destinés à la tante Sofia. Devant les reproches, Antonio s'excusa. C'était lui la cause du retard, il avait été retenu à la petite église de l'Arsenal, à San Biagio, par un office donné en l'honneur de Santa Foca, la patronne des calafati, auquel il ne pouvait se dérober.

— Zanetto était à l'heure, précisa-t-il à sa femme, mais c'est le sermon qui, n'en finissant plus, nous a retardés.

Enfin, on embarqua, Zanetto ramant seul à la poupe. Le traghetto voguait au milieu du Grand Canal. À droite, on doubla vite le chantier de la future Salute, la Douane de Mer, San Giorgio, pour s'arrêter au quai des esclavons.

Il fallait en effet y embarquer un bon rameur supplémentaire pour doubler en toute sécurité Santa Elena et se diriger vers les îles. Zanetto expliqua :

— Je sais bien, Antonio, que tu es là et si la chose devient nécessaire, tu es capable de m'aider de bons coups de rame... mais avec ton pied malade... ! Il vaut mieux compter sur un rameur plus valide.

En réalité, Zanetto avait promis à son ami Marco, qui sauta prestement à bord, de le déposer au retour à San Erasmo où désormais le fils du cher Ulysse défunt avait fondé famille.

Marco à la poupe, Zanetto à la proue, les Cappello confortablement assis dans la felze[1] recouverte de velours écarlate, si chère à la comtesse, l'embarcation mit le cap sur les îles. Zanetto semblait très ému. Seul à l'avant, il pouvait heureusement cacher ses larmes, en pensant que c'était la seconde fois qu'il se trouvait sur une embarcation avec Angelina depuis que, bébé, il l'avait sauvée au ghetto d'une mort certaine.

Ce pesant secret qu'il n'avait jamais révélé à personne, pas même en confession, revenait en sa mémoire. Plus de dix ans déjà. Ainsi, à travers ses larmes, il revoyait le petit mot — « au secours » — que lui avait envoyé Rebecca, l'horrible découverte et le bébé qui pleurait si fort. Puis la femme rencontrée et l'idée lumineuse de confier l'enfant à Francesca. Peut-être un jour, se disait-il, je livrerai ce secret à quelqu'un, probablement à la comtesse. Elle seule pourra me comprendre. J'ai cependant réussi, pensa-t-il, à donner à Angelina une merveilleuse maman et à celle-ci une adorable fille. Jamais je ne leur révélerai le nom d'Aron et de Rebecca. Ce serait leur causer à tous les deux trop de chagrin. Madame la comtesse, elle, jugera de ce qu'il faudra faire.

Il se promettait, quand approcheraient ses derniers moments, de se confier à la si bonne comtesse... Mais en aurai-je le temps ? se demandait-il.

En attendant, les yeux embués, il cherchait à cacher sa tristesse, sa gorge se serrait, il avalait sa salive avec peine. Il se remémorait aussi le voyage qu'il avait effectué avec le vrai père d'Angelina, le banquier Aron, leur arrêt chez Ulysse, à Vignole...

Le cap de Santa Elena franchi, les rames rentrées, on s'occupa de la voile. Le vent donnait. Zanetto, changeant sans cesse d'amures, essaya de le remonter.

Antonio et sa fille quittèrent la petite cabine, trop claquemurée aux dires d'Angelina, qui voulait tout voir. Tout était merveilleux pour elle. Enfin elle allait connaître

---

1. Felze : petite cabine que l'on installait pour se protéger du froid, du soleil ou des regards indiscrets.

la lagune, ses paysages, ses canaux, ses oiseaux, tout ce monde extraordinaire qu'elle avait lu dans les livres et dont lui parlaient sans cesse ses parents. Antonio lui avait promis qu'il l'emmènerait, comme un garçon, à la pêche. Sa mère lui avait même fait confectionner des chausses à porter avec des guêtres, comme son père, un vrai déguisement. Francesca, restée dans la cabine, s'était assoupie. Antonio conversa pêche, appâts et hameçons avec Marco.

Mais bientôt, à l'abri des îles, le vent tomba. La voile enroulée fut affalée.

Le temps semblait s'écouler plus lentement, ponctué par le choc régulier des rames qui paraissaient trouer l'onde si tranquille. Angelina s'amusait d'y voir passer les rares nuages floconneux défilant comme dans un miroir. Après un dédale de petites îles aux canaux étroits bordés de bricoles, Marco montra du doigt l'îlot de Madonna del Monte puis ce fut Mazzorbo, d'où sonnait la onzième heure.

En débarquant, Francesca demanda à Angelina et à Antonio de lui donner la main pour sentir sur son île, dit-elle, leur amour passer entre ses doigts. Elle fut très émue lorsqu'au bord du canal, elle découvrit au loin la maison aux volets bleus de son enfance. Mais si petite ! Comme cela lui parut étrange ! Le canal, lui aussi, lui sembla bien étroit. À l'entrée des maisons, elle reconnut les portières multicolores tissées de petites mailles qui servaient, l'été, tous volets fermés, de moustiquaires. Rien ne semblait changé depuis son enfance, les façades étaient aussi bariolées, toutes de teintes différentes.

À leur arrivée, la portière de la maison écartée, Sofia fut surprise près du feu à suspendre une marmite de cuivre à la crémaillère. Elle ne les attendait pas si tôt et s'excusa pour le déjeuner qui n'était pas encore prêt.

Que d'embrassades, de questions, de regards étonnés ! Tant d'années qu'ils ne s'étaient pas revus... On mentit un peu :

— Mais tu n'as pas tellement changé.

— Oui, peut-être un peu, mais les cheveux blancs te vont si bien.

— Et ta peau toujours si belle, comme maman, nous tenons cela de notre grand-mère. Tu te souviens...

— Que de choses depuis ton mariage, Francesca. Je n'ai même pas su que tu avais eu une aussi jolie fille. Je m'étais réfugiée à Bologne, durant la peste, chez mon vieux marquis. Quelle histoire ! Et comme on est bête de se cacher ainsi. Il n'y avait rien de mal à ce qu'il aime ma jeunesse.

Puis changeant brusquement de ton, Sofia s'exclama :

— Mais comme elle est belle, notre Angelina, tout à fait maman, n'est-ce pas, Francesca ? Elle a ses cheveux blonds, sa bouche et son sourire... Angelina, c'est notre maman crachée...

Rires et pleurs se succédèrent. Que de souvenirs et quelle joie d'être ensemble. Était-ce Dieu possible ! de mettre la table avec le même pot d'étain, les écuelles en bois qui portaient encore l'inscription des noms de chacun. Il ne fallait pas confondre. Et dans la cheminée ? Rien n'avait changé. Les deux grandes marmites, toujours présentes, celle réservée au poisson et celle pour les pâtes, bonne aussi pour le riz. On avait changé le gros soufflet mais la crémaillère, avec sa dent cassée, était toujours la même...

Francesca alla voir sur la porte si les petites entailles faites chaque année par sa mère pour marquer la progression de sa taille... 4 ans... 5 ans... 6 ans avec la date n'étaient pas effacées. Elles y étaient. Elle découvrit même, sur le haut de l'armoire, la petite cage d'osier où, enfant, elle enfermait le soir près de sa couche la tourterelle, aux plumes si douces sous ses doigts...

Mais il fallut se mettre à table. Tout le monde avait faim à part Sofia, trop absorbée par sa cuisine. Traverser la lagune avait creusé les estomacs. Et la tante de Francesca ne s'attendait pas à régaler de si nombreux convives :

— Deux gondoliers en plus, il faudra rajouter des pâtes. Ce serait trop long à confectionner, des gnocchis, seront plus vite faits, j'ai appris à les faire à Bologne, le pays du « meilleur manger », disait-on là-bas.

— Le « meilleur manger » ! répliqua Antonio, un peu irrité. Et nous alors, à Venise et à Mazzorbo, ne mange-t-on pas aussi bien ?

Sofia, avec l'aide de sa voisine Rita, la dentellière, avait préparé des spaghettis aux calamars avec le noir de seiche, comme premier plat ; puis son célèbre « sarde in Saor » qu'elle avait confectionné non avec des sardines, mais avec des soles passées dans la farine, frites avec un peu de vinaigre, des oignons auparavant brunis à l'huile d'olive. Le plat fut accompagné de tranches de polenta grillée, saupoudrée de parmesan, le tout arrosé de Soave, ce vin à la robe de paille, et pour le dessert, « i miei carissimi, vous aurez des fritelles que Rita vous a préparées, fourrées de morceaux de pommes qu'elle a fait un peu tremper dans notre grappa frioulana ! ».

Le déjeuner fut exquis, les écuelles bien essuyées au pain, la coutume voulant que rien n'y reste entre chaque plat. Zanetto et Marco eurent beaucoup de peine à reprendre les flots avant la tombée du soleil. Lorsqu'ils montèrent à bord, déjà les ors et les cuivres se couchaient au loin sur la lagune.

Les cris des butors s'éveillant au large animaient les roselières. Les deux amis n'arrivèrent à San Erasmo qu'à la nuit.

Dans la petite maison, on ne soupa que d'un bouillon de moules. Angelina mourait de sommeil, le grand air l'avait vaincue.

Au coin de la cheminée, les grandes personnes échangeaient encore quelques souvenirs. Sofia, sans le savoir, se révéla philosophe.

— Tu vois, Francesca, les choses nous survivent, c'est ta maison ici. Promets-moi, quand je ne serai plus là, que tu viendras, toi aussi, comme ta mère, ta grand-mère et toutes les femmes de notre famille, celles qui transmettent notre sang, que tu viendras y vivre et, comme moi, y finir tes jours.

Et chacune de pleurer encore et de rire en souvenir des

plaisanteries et des fous rires sans raison que l'on avait jadis.

— Tu sais, Francesca, nous ne vivons pas assez dans l'instant. Jeune, on pense toujours au lendemain. On veut savoir, on imagine, au lieu de bien vivre la minute présente. Vois-tu ma soupe de poisson, quand tu la manges, comme elle est bonne. Après, il n'en restera plus qu'un souvenir, mais rien n'aura valu la seconde où tu l'auras mangée...

Il se faisait très tard. Il fallut tirer la porte. On alluma les vieilles lampes à huile pour aller se coucher à l'étage.

— Tu te souviens, chérie, celle-ci était à ton père !

Antonio dut prendre sa fille dans ses bras, comme un précieux fardeau, et malgré son pied encore douloureux, il la porta sur le drap de chanvre qui recouvrait la paillasse de feuilles sèches.

Cette nuit-là, Antonio et Francesca mirent à profit la recommandation de Sofia, profiter de la minute qui passe. Ce fut, toujours à cause du pied, Francesca qui, s'appuyant sur ses genoux, mena le plaisir, le corps en fête.

Quelle merveilleuse journée, pensa Francesca, comblée, avant de sombrer dans un profond sommeil. Elle eut encore la force de penser que demain ce serait Pâques, qu'elle communierait, Angelina si belle dans sa robe blanche à ses côtés, dans sa vieille église de Santa Caterina où si souvent elle avait demandé à la Vierge de recevoir un enfant.

Elle eut encore la force de se souvenir de son père lui récitant l'évangile de la Résurrection :

— En ce temps-là, Marie-Madeleine et Marie mère de Jacques et Salomé...

Ce fut tout. Le sommeil l'avait sabrée.

Et les jours se succédèrent, toujours heureux, emplis de plaisirs simples, à la recherche des souvenirs. Dimanche, lundi, mardi...

Angelina, active, curieuse, découvrit tour à tour les îles sœurs. Burano et Mazzorbo, si proches, pourtant si différentes l'une de l'autre.

Elle préférait Burano, moins sauvage disait-elle, admirant le bariolage si divers de ses maisons de pêcheurs. Elle s'attarda longuement à admirer la sainte patience des dentellières aux blancs tabliers. Sa mère ne lui avait-elle pas raconté que sa grand-mère avait été l'une des premières à intégrer le groupe des dix jeunes filles qui, méprisant le fuseau, réalisèrent à l'aiguille la merveille des merveilles, admirée des cours les plus raffinées d'Europe : le punto in aria, le point en l'air, une simple tresse de fil fixé sur un parchemin servant de bâti. Plus de tissus soutenant la broderie, plus de fuseau non plus, il suffisait d'un coussin rond, sur une armature de bois. Sans oublier l'habileté et le génie qui faisaient jaillir des fleurs et des feuilles pour garnir les jabots de ces messieurs ou les gorges nacrées de séduisantes coquettes. Angelina resta stupéfaite devant tant de patience, tant d'invention. Comment, avec une simple aiguille et un peu de fil, ces femmes parvenaient-elles à tisser autant de si légères merveilles ? Parler de mains de fée devenait chez ces très humbles femmes une touchante réalité.

Antonio, lui, dont le pied était à peu près guéri, ne pensait plus qu'à aller à la pêche. À la demande de sa fille, il avait en effet accepté de renoncer à la chasse. Il n'essaierait donc pas, à son grand regret avait-il dit à Angelina, fière de sa victoire, son nouveau fusil-mousquet à double feu, le tout dernier modèle sorti de l'Arsenal[1].

Mais à l'inverse, Rocco, le voisin, mari de Rita, chasseur autant que pêcheur invétéré, ne renoncerait certainement pas à se servir de son arc et de ses flèches, si quelque proie intéressante se présentait.

Angelina, devant cette affirmation, peut-être par politesse, n'avait pas sourcillé, à la grande surprise de son père. Il ne comprenait toujours pas pourquoi sa fille qui refusait de voir tirer sur les oiseaux, aimait bien les manger, se refusant à imaginer comment ces pauvres bêtes

1. En 1641 existait déjà à Venise cet intermédiaire entre le mousquet et le futur fusil où la mise à feu de la poudre pouvait avoir lieu, soit à l'aide de la mèche, soit par la platine à rouet, dans le cas où le silex n'aurait pas donné le feu.

étaient arrivées sur la broche. La féminité avait de ces mystères... pensait-il.

Antonio se contenterait donc de pêcher et de transformer la chasse en leçon de chose. La lagune, en effet, fourmillait d'oiseaux les plus divers et il voulait que sa fille, à l'encontre de sa mère qui aurait pris facilement un héron pour un merle, sache bien les reconnaître. Son admiration pour elle était sans bornes. Il la voulait parfaite. Angelina devait tout connaître, tout savoir, du moins ce qu'il savait lui-même. N'avait-il pas songé, un moment, avant d'être sérieusement rabroué par sa femme, qu'il aurait pû être raisonnable qu'Angelina, fille d'un vice-protto de l'Arsenal, apprenne comment son père s'y prenait pour construire une galère ?

Pour la partie de pêche, tout avait été bien arrêté. Antonio, Angelina, Rita et Rocco seraient les heureux pêcheurs, Sofia et Francesca les regarderaient simplement partir.

En effet, cette dernière n'aurait jamais eu la patience d'attendre qu'un poisson se prenne à l'hameçon, ni le cœur de l'en arracher de crainte de lui déchirer ce qu'elle appelait joliment sa bouche. Elle éprouvait un véritable dégoût à l'idée de manipuler, de couper en morceaux des vers pour les utiliser comme appât. La délicate Francesca avait donc décidé de rester à terre, avec Sofia.

— Durant votre absence, leur avait-elle dit, nous remettrons la maison en ordre. Nous coulerons une bonne lessive et on vous préparera un succulent dessert qui accompagnera fort bien l'extraordinaire soupe de poissons que vous nous promettez de rapporter.

Mais surtout, sans le dire, les deux femmes s'étaient promis de papoter comme jamais. Séparées depuis longtemps, elles avaient tant de choses à se dire.

Sofia ignorait tout de la vie de gouvernante dans un palais vénitien et Francesca aurait bien aimé en savoir davantage sur le secret entourant sa tante, son mariage manqué et les raisons qui l'avaient poussée à abandonner Bologne et la demeure de son soi-disant protecteur, le vieux et riche marquis.

Elle avait été la benjamine de la famille, de dix ans plus jeune que sa sœur, la mère de Francesca. Les deux femmes s'étaient retrouvées incidemment, un jour de froidure, autour d'un brasero dans une des allées de l'Erberia. Le destin leur avait permis de se retrouver. Sofia, qui semblait pécuniairement à l'aise, devait lui cacher un secret, une liaison, peut-être. Francesca avait envie de savoir.

La veille de la grande expédition qui, selon les dires de Rocco, devait se terminer par une pêche miraculeuse étant donné les précautions prises et le plan bien établi, le brave homme s'employa à récolter les èches nécessaires pour alimenter la journée de pêche.

C'était un peu une de ses spécialités, car Rocco entretenait secrètement dans son jardin bordant la lagune un véritable élevage de vers de toutes sortes, dans la vase maintenue humide juste ce qu'il fallait, où pour mieux nourrir toutes ces bestioles il ne manquait pas, de temps à autre, d'y enfouir une tête de mouton en décomposition.

— Surtout pour les vers blancs, avait-il commenté à Francesca qui avait cru défaillir.

Il préparait aussi une sorte de bouillie, malodorante au possible, qu'il utilisait comme boette pour appâter le poisson qui abondait dans des coins connus de lui seul. Pour cela, il savait prendre ses repères grâce à des pieux qu'il avait lui-même plantés et peints en bleu : c'était la seule façon de s'orienter à travers ce dédale lacustre où tous les coins d'eau se ressemblent.

— À chaque espèce de poisson, disait-il, son appât. Il faut savoir les choisir. Quelquefois, on est envahi par les détestables mulets dorés, voraces au possible. Ils se jettent alors sur le premier hameçon mouillé, de véritables goinfres, se gaussait-il. Ce sera l'époque des daurades, à pêcher et ce avec la petite crevette. C'est le moment où, venant du large, elles viennent frayer dans l'eau saumâtre, juste ce qu'il leur faut. Je sais où les trouver. En ce qui concerne les soles, on fera ceinture. Nous irons, un de ces soirs, les pêcher à la foëne avec un bon fanal. La lumière les attire. Elles montent du fond. Il faudra être rapide et précis. Question d'habitude, je vous montrerai.

« Je pense aussi que nous devrons prendre des bars, signalés comme abondants cette année. Il y a eu en effet une brèche importante dans une digue qui protégeait un élevage d'alevins. Une bonne aubaine pour nous autres. Je connais un coin où l'eau est assez profonde, ils se sont sans doute réfugiés là. C'est un vrai vivier, cette année. Je suis certain que je suis le seul à le connaître. Si le temps nous est propice, demain, nous pourrons en remplir un plein panier. Rita nous les préparera le plus simplement du monde, sur la braise, à l'huile d'olive, avec du sel et quelques herbes, un mélange dont elle a le secret. Un délice, ce sera notre repas de midi. Il ne faudra pas que j'oublie d'emporter du bois sec. »

Le départ tant attendu eut lieu le mercredi matin suivant Pâques, avec comme équipage et comme invités : Angelina, un peu empruntée dans ses chausses de garçon avec son chapeau de gondolier, Antonio, moins viceprotto que jamais, et Rita qui pour tout l'or du monde n'aurait pas quitté son mari et qui avait laissé seules à la maison Sofia et Francesca à leurs besognes ancillaires ; et un Rocco, radieux au gouvernail, très préoccupé par la drisse et les écoutes de la voile latine, s'efforçant, en fonction de la brise, de remonter au vent. Pas facile, disait-il, en essayant de naviguer au plus près. À cette heure matinale, sortant à peine de l'aube, des flocons de brume, deci, de-là, stagnaient encore au ras des flots.

— Signe de beau temps, ronchonna Rocco, mais le vent ne fait que sauter d'un bord à l'autre, m'obligeant sans cesse à changer d'amure. Quand va-t-il donc s'établir ?

La plus grande partie de la matinée fut employée, paressant entre les canaux, à gagner les lieux choisis pour appâter et à rejoindre le fond de la lagune où l'on commencerait à pêcher.

Angelina fut vite fatiguée. D'où cela venait-il ? Elle pensa que peut-être c'était causé par le balancement de la barque ou par le reflet changeant du soleil sur l'onde, alors qu'elle surveillait attentivement son fil de pêche, inquiète de sentir au bout de ses doigts la touche si légère d'un éventuel poisson. Mais le sommeil vint vite. Terrassée, sa tête blonde posée sur les genoux de Rita, elle s'endormit.

Gênée dans ses mouvements par Angelina endormie, Rita n'arrivait plus, malgré les reproches de son mari, à rassembler les poissons jetés au fond de la barque qu'elle devait classer selon l'espèce et l'importance de la prise pour les glisser ensuite dans les paniers suspendus, trempant dans l'eau, au bord de l'esquif.

Rocco, une fois quelques beaux poissons pêchés, s'empressa de changer d'endroit « vers un autre » disait-il, plus poissonneux.

Antonio soupçonna alors que la pêche donnant bien, le maître pêcheur Rocco ne voulait pas voir s'épuiser ce qu'il appelait « ses réserves ». Cela l'amusait d'entendre Rocco dire :

— Maintenant, changeons d'endroit, il y a encore de si beaux poissons qui nous attendent ailleurs...

On glissait ainsi, sans bruit, au milieu des petits îlots lagunaires d'où s'envolaient, au passage, des nuées d'oiseaux.

Angelina, enfin réveillée par le beuglement d'un butor lui-même surpris dans son sommeil, se fit alors nommer par son père, qui avait délaissé un peu la pêche, le nom de tous les volatiles rencontrés, occupés la plupart à la recherche de leur nourriture.

Rocco de son côté, l'œil toujours fixé à surveiller les fonds, n'hésitait pas à lui enseigner le nom des plantes propres à la lagune, inconnues à Venise, qui se rencontraient seulement ici dans les eaux plus ou moins saumâtres. Ces végétaux, les plus représentatifs de la lagune, étaient en effet ignorés et absents des rares jardins ou des terrasses de la ville car la plupart des plantes provenaient de la terre ferme. Une vraie leçon de choses pour Angelina, si curieuse, qui découvrait ainsi tout un monde ignoré des gens des villes.

Elle apprit ainsi à reconnaître, c'étaient les plus nombreux, les longs becs droits, ou légèrement recourbés et les pattes grêles, jaunes ou rouges, des oiseaux chevaliers.

Des aboyeurs ou des arlequins, lui enseignait, tout fier, son père :

— Tu vois, ils fouillent sans cesse la vase de leurs becs pour y trouver leur nourriture.

Plus loin, Angelina sut reconnaître madame colvert suivie de ses petits, à la queue leu leu, glissant sur l'onde. Celle-ci, au plumage si modeste, était certainement à la recherche de son somptueux et curieux mari, pensa-t-elle.

Son père lui montra aussi, voletant de branche en branche sur les cimes des roseaux encore en pompons, pas encore fleuris, le bruant nostalgique et la bavarde mésange à la moustache noire comme un carabinier, effrayée sur son nid par le passage d'un busard qui cherchait un pieu assez large pour s'y poser.

Plus loin, Angelina se fit nommer un groupe d'élégantes aigrettes, d'une blancheur immaculée, qui, au milieu d'une mare, semblaient tenir, immobiles, de très distingués propos. Certainement à l'endroit où se cachent les grenouilles dont elles sont si friandes, commenta Antonio.

Rocco, pour ne pas être en reste, lui enseigna ce qu'était un ghebi, un velme, une barème, une roselière. Il lui indiqua aussi, en en détachant des feuilles qu'il recommanda à Angelina de conserver en les faisant sécher entre deux buvards, les plantes les plus typiques de la flore lagunaire :

— Hélas, il est trop tôt dans la saison pour cueillir le bleu merveilleux de la lavande de mer, en fleur, ou admirer l'étrangeté du violet piqueté d'orange des asters. Il faudra revenir plus tard. La salicorne est déjà en boutons et les roseaux agitent leurs panaches laineux de l'été dernier...

Ce fut réellement une merveilleuse promenade entrecoupée des « hop-là ! » exclamatifs à chaque levée d'hameçon. Ici c'était un loup de mer qui, trop gourmand, avait complètement avalé l'èche, là une daurade royale au front barré d'or, plus loin des muges à ne savoir qu'en faire. Quoique, confites au vinaigre en « escabèche », commenta Rita, cela se laisse facilement manger.

De temps en temps, apercevant une belle prise éventuelle qui gobait à la surface de l'eau un insecte, Rocco lançait son épervier où souvent des crabes verts, si bons pour la soupe, s'accrochaient aux mailles du filet.

Peu à peu, le soleil montait sur le calme lagunaire qui, prenant des reflets dorés, faisait plisser les yeux. Les estomacs criaient famine. Rocco retrouva ce coin de terre jamais inondé où l'on aborda pour déjeuner et l'on découvrit enfin le casse-croûte surprise, préparé par Sofia, sous le grand torchon quadrillé de rouge qui servirait de nappe. Une bonne bouteille gardée au frais fut débouchée. Rocco se fit « bousculer » d'avoir oublié, dans sa hâte, le bois sec que Rita avait préparé. Pas de loups grillés !

— Heureusement, les beignets et les fritelles abondantes les remplaceront avantageusement, avança timidement Rita, bonne âme.

Angelina ne supportait plus ses chausses de garçon. Rita lui prêta un de ses trois jupons et la sieste, enfin, fit taire les plus bavards.

Plus la peine de pêcher, les paniers étaient pleins à ras bord et que ferait-on de tout ce poisson ? Il y en avait même pour les voisins. Une bonne soupe pour le soir était assurée.

— Malheureusement, commenta Rocco, il n'y a plus de crabes mous, la saison est trop avancée, ils ont tous revêtu leurs carapaces.

Tout le petit monde réveillé, il fallut rentrer. Angelina pensa à sa mère qui lui manquait déjà, habituée qu'elle était de vivre à ses côtés. La fraîcheur venait. La brise de terre, disait Rocco, s'établissait ; il faudra, cette fois, rentrer vent arrière.

On fit cependant escale à Torcello, où Antonio tenait absolument à brûler un cierge à Santa Fosca, la patronne de l'île et celle de la corporation de ses chers calfats de l'Arsenal.

Pour lui, ce fut étrange. L'intérieur de la nef de Santa Fosca lui rappela tout à fait sa chère église de Murano. Rita en profita pour entraîner Angelina à la cathédrale Santa Maria Assunta qui touchait à Santa Fosca.

Elle voulait absolument lui faire connaître la vierge douloureuse : une mosaïque sur un fond d'or à qui « ta grand-mère, ma chérie, en pèlerinage avec toutes les femmes de Mazzorbo, était venue demander protection durant la peste. Elle nous a exaucées et nous ne manquons jamais de venir ici prier pour la remercier encore ».

Au sortir des églises, le petit groupe s'arrêta à la locanda du port : « Quelques verres d'ombra et du sirop d'amande pour ces dames ! »

Angelina, gonflant un peu ses seins naissants, fut heureuse d'en faire partie. Ces dames, en effet, n'étaient que deux : elle et Rita.

Puis ce fut à nouveau la remontée. Vite, au bateau, à la drisse, aux écoutes !

Le soleil déclinait déjà fortement. Tout au fond, à l'Ouest, Venise s'enflammait d'or rouge.

Le soir, avant de s'endormir et de faire crouler sa chevelure, se regardant dans le miroir, Angelina déjà coquette, la bougie à la main, remarqua avec stupeur que son teint si blanc était un peu gâté. Des rougeurs, sur son joli nez et sur les pommettes de ses joues, apparaissaient.

En reposant sa tête sur les genoux de Rita pendant la sieste, elle avait pris un bon coup de soleil.

Mais avant de s'assoupir, la jolie fillette, un peu jalouse, ne put s'empêcher de penser à la joie de son père étreignant sa mère au retour du bateau, sa Francesca. Que d'embrassades ! Jamais elle ne se souvenait de les avoir vus tous les deux si heureux et si tendrement unis.

Tant pis pour le coup de soleil. Son père avait raison, la journée pour elle resterait inoubliable.

Cette chère lagune, cette vie intense et secrète, elle l'adorait aussi. Et son père avait tenu parole. Personne, pas même Rocco, n'avait chassé. Pas de petits oiseaux morts ! Et moi, j'ai appris tant de choses !

5

Venise en fête

Mars 1644. Venise est en fête mais bientôt le carême s'annonce, nous sommes aux derniers jours du Carnaval qui a commencé depuis la San Stefano, le 26 décembre. Grâce aux déguisements, la confusion des sexes a été portée cette année au paroxysme. Ne dit-on pas que malgré la défense extrême de voir les hommes se déguiser en femmes, certains osent s'affubler en jolie fille masquée, avec la moretta à velours noir, essentiellement réservée pourtant au beau sexe. On aurait même vu des hommes ainsi déguisés pénétrer, à la joie de certaines religieuses libertines, dans des couvents.

Venise danse et chante, va de fêtes en fêtes. Que sont les lois sans les mœurs ? disait le sage Horace : « Quid legis sine morilìus. »

On attend impatiemment la dernière semaine avant le mardi gras pour étrenner son déguisement, son ultime travesti. Les douze coups sonnés de nuit au clocher de San Francesco della Vigna plongeront la ville dans le repentir, les privations. Commenceront alors les quarante jours de carême, du mercredi des cendres au jour de Pâques, les églises ne désempliront pas.

Chez la comtesse Caterina, tous s'affairent pour préparer le grand bal de la dernière soirée avant que les boutiques, jusqu'alors bien achalandées, vendant « tabarri », « baute » et travestis les plus divers, ne ferment leurs portes. Ce sera alors l'envolée de tous les marchands ambulants qui, depuis plus de deux mois, ont envahi les divers campi et principalement la place Saint-Marc. Les nuits retrouveront leur tranquillité.

En attendant, au palais Forner, on prépare dans le plus grand secret les robes et les déguisements de Loretta et d'Angelina qui auront, le soir du mardi gras et pour la première fois, l'autorisation de danser le menuet et la gavotte. Ainsi le désire la comtesse pour fêter l'anniversaire des dix-huit ans de sa fille et son entrée dans le monde des adultes.

— Ce sera très certainement, ma chère fille, lui avait-elle confié gaiement, mais pour la soirée seulement, au bras d'un jeune et bel officier que j'ai choisi moi-même, comme dans la chanson, revenant de la guerre, ohé ! ohé !

En effet, la paix de Ferrare venait d'être signée et les régiments de Venise étaient rentrés dans leurs casernements. Cette paix mettait fin à la guerre de Polisène, si désastreuse pour le pape Urbain VIII qui avait voulu arracher le duché de Castro au duc de Modène, l'allié de Venise. Elle s'était soldée par la déroute totale des armées et de la marine papales. La Sérénissime était donc de nouveau en paix avec tous ses voisins et États de la péninsule et en bons termes, si l'on peut dire, avec les Turcs, si remuants, de Constantinople.

Le commerce extérieur, lui au moins, est au mieux et les affaires des plus florissantes. Les étrangers affluent. Le peuple danse dans les rues. À Venise, tout semble merveilleux, seules les caisses de l'État sonnent un peu creux.

Rosine, ex Maria Assunta, adore toujours sa comtesse qui ne se montre nullement jalouse des spectacles les plus osés que sa carissima fait donner, dans son palais de rencontre, pour célébrer elle aussi, à sa façon, les fêtes du Carnaval. Les invités y sont évidemment triés sur le volet, ducats aidant.

— De grandes frivolités, commentait la comtesse, comme pour l'excuser, ceci lui permet d'éviter de tomber dans la vulgaire débauche mais, au contraire, d'y introduire le sens du raffiné, libertin peut-être, qui garde cependant un côté très spirituel, un peu comme à Paris.

— Là est tout l'art de montrer ses fesses, chère madame, et de savoir s'en bien servir avec esprit, élégance et délicatesse, lui avait dit un jour l'un des nobles clients, un habitué du célèbre salon de Rosine fin connaisseur de ce genre de spectacle.

N'était-il pas lui-même français, héritier de plusieurs quartiers de noblesse, et conseiller attaché à l'Ambassade de France auprès de la Sérénissime ?

Pendant l'époque du Carnaval exceptionnellement, hommes et femmes — ces dernières souvent mariées, mais toujours masquées de blanc, d'or ou d'argent — y étaient conjointement admis. Mais qui oserait parler de débauches ? Simplement, à Venise, on aime à se mieux connaître intimement. On sait s'y amuser. Jusque dans la plus simple locanda, ne s'empresse-t-on pas de vous distribuer dès votre arrivée dans la ville un libelle, soigneusement tenu à jour, où figurent les spécialités amoureuses et les adresses des plus remarquables courtisanes de la ville ? Un vrai chef-d'œuvre de putainerie.

— Mais mon salon n'y figure pas, se défendait Rosine, nous avons trop d'égards pour l'improvisation. Nous, nous savons plutôt tenir compte de l'imagination, du goût, des habitudes et des fantasmes de notre clientèle. Il y a toujours du nouveau !

En effet, la belle amante de la comtesse avait au-dessus de son portego assez de chambres et d'accompagnatrices pour assumer la réalisation de tous les désirs et, pourquoi ne pas le dire, de toutes les fantaisies, même les plus lubriques, de ces messieurs et parfois aussi de ces dames.

Oui, durant ce mardi gras, avant la grande austérité du carême, Venise était en folie. Sur les campi, à bord de gondoles transformées en lieux de rencontres, de concerts, de sérénades, la population, unie dans le même désir de s'amuser, de profiter de l'ambiance encore tolérée cette dernière nuit, s'adonnait au divin plaisir. On voyait même des femmes masquées s'offrir, ouvertement, sans pudeur aucune, sous les arcades de la Logetta contiguë au campanile.

Sur le Grand Canal, les gondoliers ne savaient plus

où donner de la rame tant la circulation y était intense, bariolée et tapageuse.

Au palais Forner, régnait au contraire la plus parfaite civilité. Le contrôle au débarcadère, surveillé par Zanetto, y était très sévère, et ce malgré les travestis et les masques les plus divers qui s'y pressaient. Il fallait montrer un petit signe distinctif pour pouvoir être admis. Cette année, un petit carton rouge marqué de la lettre L que chaque invité devait remettre à la descente des gondoles, ceci pour éviter que se renouvelle l'arrivée de certains intrus qui avaient causé beaucoup de scandale et d'esclandres l'année passée.

Cette fois-ci, la comtesse Caterina ne désirait accepter que des gens de qualité, tous connus d'elle et d'excellentes manières. Le patriciat de Venise se devait de recevoir dans la plus parfaite dignité.

Malgré la présence de deux laquais, porteurs de la livrée de la comtesse, aucune annonce ou présentation officielle n'était faite à l'entrée de l'immense salon dont les fenêtres à arcades donnaient sur le Grand Canal. Bal masqué ou plutôt travesti, l'anonymat devait être respecté, en apparence du moins, la politesse l'obligeait. Mais tout le monde savait se reconnaître.

La pièce, immense, occupait toute la longueur du premier étage. Elle était illuminée par plus de deux cents cierges et bougies de cire blanche qui, grâce à deux énormes lustres de cristal et à de nombreux chandeliers déposés sur des consoles dorées, mettaient ainsi en valeur la richesse de la décoration du portego.

Les invités étaient d'abord attirés par l'éblouissant plafond, dont le centre s'ornait d'une splendide fresque où l'on voyait la mer, célébrée par Neptune porté sur un char fait d'une vaste coquille, traînée par un quadrille de dauphins. Le Dieu y était muni de son célèbre trident, symbole de sa triple puissance, sur la mer, les fleuves et les fontaines. Partout où régnait l'onde, le Dieu de la mer venait y apaiser les flots.

Sur le grand mur faisant face aux larges arcades des

fenêtres, on découvrait une grande peinture, où Amphitrite, sa femme, ou Venise elle-même peut-être, opulente, blonde aux seins généreux, debout dans un char, se voyait traînée par des tritons et des néréides. Tenant un sceptre à la main, la déesse semblait ensemencer la mer, sous une pluie d'or.

Interrogée sur la symbolique du tableau, la comtesse, orgueilleusement, répondait que cela avait été un hommage de son mari à sa ville, réalisé quelques mois avant sa mort, « afin d'honorer notre République et notre mère à tous, l'Adriatique, la source de nos richesses et de notre renommée », ne manquait-elle pas d'ajouter, grandiloquente.

Ce bal du mardi gras avait été organisé avec beaucoup de solennité à travers ce grand salon resplendissant d'or. Ce soir-là, ce n'étaient que courbettes, salamalecs, déférences, prévenances, politesses raffinées, ronds de jambes, mille gracieusetés, salutations enflammées, tout cela accompagné du jeu précieux des éventails. Malgré la diversité des travestis, sur le thème « une fête au Louvre », le costume était plutôt réservé aux dames, poudrées, fardées et mouchetées à souhait, heureuses ce soir-là de porter des robes et des coiffures dites « à la française ». En effet les hommes, pour la plupart, avaient revêtu la nouvelle « velada », très resserrée à la taille, avec grandes manchettes de velours et pourpoint brodé. Quelques perruques et de timides rubans aux chausses s'y faisaient déjà remarquer, décorant même des chaussures à boucles et à talons rouges. Comme au Louvre, cher ami !

Se distinguaient également, parmi la foule, quelques habits d'officiers dont les grands chapeaux ornés de plumes apportaient aux larges saluts adressés à ces dames beaucoup d'emphase. Le bas de soie et le soulier fin chassaient peu à peu la botte à revers, jugée maintenant trop rustique. On ne savait plus où saluer parmi tant de jolies robes à deux ou même trois jupes, lourdes de frou-frous de soieries, se mêlant aux jabots de dentelle. Que d'émotions à voir ainsi se pavaner tant de blondeurs portées sur de merveilleuses épaules surchargées de pierreries.

Et cependant, au milieu de tant de richesses ainsi exposées, la comtesse Caterina de noir et de violet vêtue, peut-être à cause de son long veuvage, fit sensation dans une robe de Cour à la française dont la deuxième jupe était soutachée d'argent. Le blond de sa chevelure érigée en chignon, à la florentine, était ensanglanté d'un énorme rubis, un merveilleux cadeau reçu lors de la naissance de sa fille, lui rappelant que dix-huit ans avaient sonné depuis la dure nuit de son accouchement.

Malgré le thème du bal, recommandé mais non imposé, certaines femmes s'étaient vêtues à la levantine (n'était-on pas également en paix avec la Sublime Porte [1]). Elles mettaient ainsi, au milieu du brouhaha de la foule parfumée qui se pressait, une note orientale qui rappelait les fastes perdus de Byzance dont Venise avait hérité. Cependant quelques dames seulement avaient conservé les hautes socques de bois si mal commodes pour danser la gavotte et le menuet à la française.

Le rang et la préséance à donner à tous ces personnages étaient bien respectés. Ici on ne parlait pas, comme à Paris, de quartiers de noblesse, mais l'utilisation, dans le costume, de l'or et de l'argent, conformément à l'étiquette, récompensait grandement les prouesses diplomatiques ou la gloire maritime et militaire mises au service de la Sérénissime.

La musique du bal et les aubades furent jouées par trois violons, une viole de gambe, deux flûtes, deux hautbois et un tambour de salon. La harpe et l'épinette accompagnèrent quelques airs donnés à l'écart du grand salon, dans une antichambre pour les dames où chaises et tabourets permettaient de s'asseoir en dégustant, gourmandise suprême, du chocolat bien battu que distribuaient des laquais portant livrée des Forner.

Pour le bal réservé à la jeunesse, il n'y eut pas non plus de présentation officielle. Une atmosphère bon enfant présida aussi au bal dit « des demoiselles ».

1. Le gouvernement turc.

Loretta et Angelina y parurent le temps d'un menuet et d'une gavotte, comme deux sœurs, en robes blanches, ceinturées l'une de mauve, l'autre d'écarlate. C'était la première fois qu'elles allaient « se produire à danser » en public. Elles durent tout d'abord réprimer un fou rire lorsque leur maître à danser habituel vint leur faire, avant le bal, ses dernières recommandations. Elles ne pouvaient oublier, en le voyant paraître, les heures qu'elles avaient passées dans ce salon, à rire et se moquer. Elles se souvenaient surtout du jour où cet homme à la grosse bedaine avait voulu leur enseigner, avec sa voix de basse et à pas comptés, les gestes gracieux et distingués qu'il leur fallait apprendre pour danser le menuet à la française.

Vraiment la grâce d'un ours, se rappelaient ces demoiselles.

Leurs cavaliers, qui avec élégance avaient su les faire virevolter, se présentèrent non masqués. C'étaient deux jeunes officiers, l'un de la cavalerie, l'autre de l'infanterie, appartenant à l'armée vénitienne, deux cousins issus d'une illustre famille corse entrés brillamment au service de Venise. Ils faisaient partie d'un corps d'élite qui s'était couvert de gloire contre les impériaux et les Uskoques, en Dalmatie et en Bosnie...

L'un de leurs aïeuls avait été un grand ami du comte Forner, le comte Lorenzo delle Pere. Sa famille, anoblie à Vérone, était restée très liée, après le décès du comte Forner, avec la comtesse Caterina. Et curieusement, le nom de famille de chacun des rameaux s'était transformé : Corses, ils s'appelaient de Peri ; ayant été anoblis à Vérone, ils étaient devenus, à l'italienne, De Peri, et aussi, selon la descendance, Delle Pere, Peres, et même Perez et Pery, en France. Tous avaient cependant un ascendant commun, l'illustre colonel comte Lorenzo delle Pere, le seul à être né en Corse à Peri[1] même, le fief de ses ancêtres.

Le colonel comte avait eu trois fils, Giordano, Gio-

1. Peri : primitivement, Père. Village corse, aujourd'hui, du canton de Sarrola-Carcopino à quelques milles d'Ajaccio. La Corse était alors génoise.

vanni, et Guglielmo. Tous les trois étaient capitaines dans les célèbres régiments d'infanterie et de cavalerie italiennes du colonel Ornano, un autre héros de la prise de Zara, de la bataille de Rovigo, et, plus récemment, du combat de Legano sous les ordres du provéditeur Priuli.

Le cavalier qui avait dansé avec la timide Angelina n'avait que vingt ans à avouer. À la fin de la danse, gavotte et menuet, il se présenta comme étant le capitaine Francesco Guglielmo Péri, cousin du cavalier de Loretta par leur grand-père et grand-oncle respectifs. Une parenté bien difficile à expliquer vu le nombre des rameaux encombrant la descendance et dont se moquaient absolument les deux jeunes filles, trop préoccupées à faire bonne contenance... Surtout lors du menuet à la française dont les jeunes filles se tirèrent avec la meilleure grâce possible.

Le cavalier d'Angelina lui plaisait, avait-elle confié à Loretta entre les deux danses. Il avait d'agréables manières, bien françaises lui aurait dit, sans doute en le détaillant, leur précepteur, M. Dularge. Son regard est franc, ses yeux sont bleus comme les miens, pensa-t-elle, mais sous des sourcils et des cheveux bien sombres. Pas de poudre ni de perruque. Tout cela la charmait et curieusement, avait-elle remarqué, il avait de grandes mains bien sèches.

— Un bon signe, avait commenté Loretta, pas comme le mien. Le tien ne doit pas être timide, je l'ai vu dans son regard direct. Tu sais, ma mère m'a toujours dit : « Méfie-toi des militaires, ils sont vite entreprenants », le mien me semble cependant bien indifférent. Il est vrai que j'ai remarqué qu'il échangeait des regards complices avec la petite Simonetta. Ils ne doivent pas s'ennuyer, ces deux-là. Maman est certaine qu'elle a déjà vu le loup, tu vois ce que je veux dire. Il paraît que cela se voit dans sa démarche. Je me demande bien comment elle devine cela !

Pour en revenir à son cavalier « durant deux danses » et répondant à la curiosité de sa maman-poule, Francesca, à la fois fière et inquiète, un peu jalouse aussi de voir sa fille danser dans les bras d'un autre homme que son père, Angelina apprit qu'il n'avait que vingt ans et qu'il était déjà propriétaire d'un bataillon d'une centaine d'hommes. Il revenait de Castro où les soldats du pape avaient été mis en déroute...

Ce soir-là, après avoir recouvré sa nudité au fond de son lit, Angelina eut une dernière pensée pour le bel officier : il était corse, avait-il dit, mais il parlait le vénitien aussi bien qu'elle.

En effet, le jeune homme l'avait fait rire aux larmes lorsqu'il s'était moqué d'un marquis, célèbre à Venise pour les cocuages que lui imposait sa femme, alors que ce cher homme continuait de vanter la vertu de l'infidèle en public. Il lui avait glissé en effet à l'oreille, et en excellent vénitien, pendant la gavotte :

— A piu corni de un cesto de bovaï[1].

Il avait ajouté, en commentant les trémoussements d'une femme qui en faisait un peu trop en dansant la gavotte et qui, demoiselle à trente ans malgré toutes ses coucheries, n'avait pas encore trouvé un mari :

— Tuti la vo, nisuni la tal[2].

Plus vénitien que cela, c'est impossible, avait-elle alors pensé. Cependant, ne m'a-t-il pas dit qu'il était Corse ? Oui, de Corsica, lui avait répété par deux fois le beau capitaine.

Mais Angelina ne savait pas où était la Corsica. Peut-être était-ce une île de la lagune qu'elle ne connaissait pas. Son père, Antonio, devait bien le savoir. Elle le lui demanderait.

Vaincue par tant d'émotions, la belle Angelina s'endormit, heureuse. Sa comtesse chérie, après l'avoir vue danser, ne lui avait-elle pas dit qu'elle avait déjà une jolie tournure de femme ? C'était vrai, ses seins ravissants faisaient déjà des envieuses. Et n'avait-elle pas saisi des regards d'homme sur sa croupe, mise en valeur par sa ceinture, pendant qu'elle dansait ?

1. Il a plus de cornes qu'un panier d'escargots.
2. Tous la veulent, personne ne la garde.

Avril, mai, le beau temps rayonnait sur la ville. Dans le petit jardin qui ombrait le puits de la cour du palais Forner, Angelina avait religieusement suivi l'éclosion des bourgeons d'un acacia. Avec les premières feuilles vertes, elle avait remarqué l'installation d'un nid fait de brindilles, construit par une merlette alors que son très noir époux égayait de son chant le plus varié, dès l'aube jusqu'au plus profond de la nuit, les alentours. La jeune fille avait même aperçu, du haut de sa fenêtre, à quelques mètres en dessous d'elle, la maman oiseau couver consciencieusement ses œufs d'un bleu verdâtre taché de brun, d'où, après dix-huit jours exactement, elle avait vu émerger cinq petits cornets ourlés de jaune, qui n'arrêtaient pas de piailler à l'arrivée, sur le bord du nid, du papa ravitailleur. Et puis un jour, plus rien. Toute la famille s'était envolée et la cour avait repris son silence d'antan. Le temps des promenades dans Venise était venu. Le printemps enfin envahissait la ville.

Angelina, après son premier bal et son entrée officielle dans le monde des grandes personnes, avait enfin obtenu de Francesca, toujours inquiète de ce qui pourrait arriver à sa fille, l'autorisation de sortir en ville, à condition expresse de le faire en y étant toujours accompagnée. La permission de sortir pour se rendre à l'église, à la messe, aux vêpres, s'était étendue à la possibilité de parcourir le périmètre du sestière de San Marco, avec défense absolue de traverser le Grand Canal et de franchir seule le pont du Rialto qui devait certainement, d'après Angelina, mener en enfer.

La jeune fille se promenait parfois avec Loretta, que Francesca savait fort farouche. Mais celle-ci se trouvait vite fatiguée et préférait de beaucoup les sorties en gondole jusqu'à l'île de San Giorgio Maggiore, qu'elle affectionnait tout particulièrement à cause de son grand jardin embaumé de l'odeur des cyprès d'où elle découvrait, avec délice, l'espace à l'infini. De quoi rêver !

Mais le plus souvent, Angelina sortait accompagnée d'une amie de la comtesse, une commerçante en lingerie brodée, les plus fines de Venise selon elle et en qui Francesca avait grande confiance : Elena Cappelatti surnommée, on ne savait pourquoi, Zaza.

Une forte femme, grande, solide comme un roc, brune et jolie comme le sont quelquefois les obèses et dont la poitrine opulente forçait le respect.

Tout du muscle, disait-elle, pas un bourrelet de graisse, alors qu'Angelina, qui l'adorait, essayait en vain avec ses bras, en l'embrassant, de joindre ses mains derrière son dos. Antonio en riait. Il l'appelait, sans qu'elle le sache, la Torre[1] Zaza. Il connaissait très bien son mari, un petit homme au contraire, plutôt maigrelet, qui travaillait à la frappe des sequins à la Zecca[2]. « Mon bébé », l'appelait la rieuse Zaza. Souvent le soir, après la fermeture de son commerce florissant, peut-être pour essayer de maigrir et de ne pas, pensait Angelina, être mêlée aux tracasseries de sa très revêche belle-mère qui « tenait la maison de son fils », le grand plaisir de Zaza était, la jeune fille à son bras, de s'en aller au listor[3].

Et c'est ainsi, qu'aimant elle aussi découvrir et parcourir, calli, campi et campielli, Angelina connut son sestière dans les moindres détails et en particulier toutes les boutiques et les ateliers d'artisans où l'infatigable Zaza avait ses entrées. En effet, la plupart des femmes d'artisans s'adonnaient à la broderie et, sous la direction de l'habile boutiquière, alimentaient son commerce. C'était en effet Zaza qui, le soir, après la fermeture de la boutique, venait leur distribuer le travail et recueillir les pièces de lingerie qui avait été brodées selon ses indications, à l'entendre et c'était vrai, de la manière la plus fine et la plus recherchée à Venise.

Zaza se flattait d'avoir dans sa clientèle les plus grandes familles de la finance, dont elle faisait broder les chiffres et les armoiries sur la plus fine batiste ou le plus

---

1. Torre : tour.
2. Zecca : endroit à Venise où l'on frappait la monnaie.
3. À l'époque, aller au listor, c'était simplement se promener et surtout arpenter la grande allée pavée de pierres qui traversait le campo San Stefano, alors transformé en immense pelouse. C'était un lieu de rencontre très prisé des Vénitiens.

fin organdi. Draps brodés, mouchoirs incrustés, linges de corps, garnitures de berceaux, nappes d'autel ou d'apparat, broderies de fils d'or et d'argent, voiles de calice, redingotes galonnées, redessinées en admirant les célèbres patrons du plus illustre brodeur vénitien, Piero di Giovanni, rien ne lui échappait. « Par mes broderies, disait-elle en riant, je suis présente dans les plus célèbres lits de Venise, mes armoiries ouvragées sont caressées par les fesses les plus sensuelles et mes serviettes essuient les lèvres les plus gourmandes de la Sérénissime. »

« La regina delle cifre ricamate »[1], l'appelait pompeusement Rosine qui était l'une de ses meilleures clientes. Zaza ne lui avait-elle pas fait broder des bouquets de rose sur de fins mouchoirs à usage intime...

— Souvent volés par mes vieux cochons, ajoutait la plus racée des courtisanes, je fais celle qui ne le voit pas. Ne sont-ils pas, après tout, les meilleurs de mes clients ?

Ainsi tout en connaissant de mieux en mieux chaque jour son sestière de San Marco, Angelina parachevait son éducation au contact de certaines clientes de Zaza, beaucoup de courtisanes de haut vol qui ne se privaient pas, en faisant leurs emplettes, de raconter leurs plus cocasses et parfois gaillardes relations avec ces messieurs, qui venaient souvent les visiter accompagnés de leurs maîtresses. Elles cachaient au contraire les avatars, coups ou blessures intimes que leur valaient de temps à autre certaines outrances exigées par quelque sadique. Un jour, Angelina avait même surpris l'une des courtisanes les plus dépravées, mais très confite en dévotion, saluer fort respectueusement un digne chanoine, l'un de ses meilleurs clients qui venait chez Zaza discuter avec onctuosité de l'achat de nappes d'autel brodées pour sa chapelle particulière.

— Un homme de Dieu remarquable, avait-elle confié en riant après le départ de la soutane, charitable au possible mais qui, de temps en temps, a besoin de venir exorciser ce qu'il appelle son petit diable, en réalité, croyez-moi mes chères, un très beau goupillon.

---

1. La reine des armoiries brodées.

La femme n'avait pas manqué de s'agenouiller devant lui et de lui baiser sa main sentant bon la frangipane, disait-elle, cette odeur dont le vigoureux chanoine aimait à parfumer ses gants.

De son sestière, Angelina connaissait toutes les nombreuses églises. San Samuel, San Mario del Giglio (du lys, celui que tenait l'ange au moment de l'Annonciation) avec son merveilleux campanile[1], San Maurizio qui venait d'être reconstruite, San Stefano sous lequel il lui était possible de passer en gondole, San Vidal et la très aristocratique Sant'Angelo dédiée à saint Michel.

Elle s'attardait souvent à San Bartolomeo et surtout à l'église de sa paroisse, son San Moïse dont malheureusement la façade était en pleine rénovation. La jeune fille avait reçu l'autorisation de sa mère d'y aller seule, vue la proximité du palais Forner. Mais souvent Rosine l'y accompagnait, toujours désireuse d'y allumer un cierge en l'honneur de sa vénérée Veronica Franco qui, courtisane comme elle et poétesse de grand renom, y était venue sa vie durant y prier chaque jour. N'avait-elle pas laissé une grande partie de sa fortune à une œuvre religieuse chargée d'améliorer le sort, tombé en quenouille, de quelques courtisanes, les aidant, les dotant même afin qu'elles puissent se marier ? C'était là, dans cette église, qu'Angelina souhaitait se marier elle aussi, une fois trouvée la perle rare, ne manquait-elle pas d'ajouter, ce qui faisait sourire sa mère qui, elle, croyait au coup de foudre amoureux.

Bien sûr, Angelina imaginait qu'un jour elle se marierait dans cette église, sa paroisse. Au bras de qui ? C'était encore pour elle un grand mystère. Chaque jour elle apprenait à mieux connaître les hommes à travers les bavardages de Rosine, de Zaza, de la comtesse et même de sa mère. Elle croyait devenir de plus en plus difficile. Qui donc la ferait chavirer ? Le cœur ou la raison ?

Mais en attendant, au palais Forner, tous préparaient

---

1. Détruit au XVIIe siècle.

la grande fête de l'Ascension. Encore quelques jours et ce serait les épousailles du doge avec la mer, l'occasion pour ces dames patriciennes de paraître avec leurs plus beaux atours dans une barque richement décorée, en respectant, évidemment, mais pas à la lettre, les lois somptuaires de cette cérémonie devenue si soucieuse de l'Étiquette. Mais la comtesse avait l'habitude de voir sa barque chamarrée, portant à la proue le célèbre Lion de Venise doré, armé de l'épée, suivre parmi les premières le cortège du doge sur son Bucentaure.

Ce fut Zanetto qui fut chargé de la décoration, un Zanetto promu pour la circonstance « maître d'équipage de la comtesse », une grande responsabilité dont il s'acquitta avec une ferveur extrême.

— Pas un clou doré ne manquera, avait-il affirmé et je penserai même aux rafraîchissements et, après la fête, à la sérénade qui sera donnée sur le Canalazzo, face au palais.

L'autre problème très important fut celui des robes, confiées à Francesca, qui reporta toute sa vigilance sur la robe d'apparat de Caterina et sur celles de Loretta et d'Angelina, à la demande expresse de la comtesse qui tenait à associer la fille de sa chère Francesca au faste de la fête. Il n'y aurait pas de bal ce soir-là au palais, après une journée épuisante, mais quelques visites protocolaires pour maintenir vivant le nom et la réputation des Forner.

Le jeudi de l'Ascension, heureusement, le soleil était là, brillant de tous ses feux pour rendre encore plus éblouissant le cortège qui, après avoir quitté le quai des esclavons, se dirigea, trompette d'argent sonnante, vers la passe de Malamocco, liant l'Adriatique à la lagune, au milieu d'un grand déploiement d'oriflammes, toujours frappés du Lion d'or de Saint-Marc.

La barque de la comtesse, manœuvrée par quatre superbes gondoliers somptueusement vêtus, portant ses armes, occupa la cinquante-deuxième place sur les trois rangs composant le cortège. Pas de felze ce jour-là, la comtesse tenait à montrer la richesse de son équipage, la somptuosité de ses bijoux étincelant au soleil, la jeunesse éclatante de sa fille et, évidemment, le goût parfait qui avait présidé à la confection de sa robe à la française en satin damassé, toujours noir pour elle et rehaussé de fils d'argent, ce que lui permettaient son rang et l'ancienneté de sa famille. Les jeunes femmes, c'est ainsi que Loretta et Angelina voulaient toutes les deux apparaître — et non jeunes filles comme on les considérait —, avaient pour une fois le visage maquillé peut-être d'un peu de trop de rouge aux joues, comme le disait Francesca. Assises sur la banquette de velours, elles étalèrent leurs jupes à la française, la première bien retroussée pour faire admirer les chamarrures de la seconde. Ces robes étaient venues directement de Paris par les soins de Zaza qui avait également fourni à la comtesse les ombrelles brodées, luxe suprême, aux armes des Forner :

— Votre beau teint est si précieux, ma chère comtesse, qu'il faut le préserver.

De la cérémonie des épousailles, du jet de l'anneau d'or dans la mer pour sceller le mariage indissoluble, du doge avec l'Adriatique, Angelina n'avait rien vu. Tout le cortège des barques officielles avait été fort long à se mettre en place et l'Adriatique était un peu trop mouvementée, à cause du vent d'Est qui s'était subitement levé. C'était lui qui avait causé des désagréments à Loretta, si délicate, Angelina avait pu simplement apercevoir le doge casqué de son corno d'or, lorsque après être monté sur le Bucentaure, il avait pris place à la poupe du merveilleux navire, resplendissant d'or et de pourpre. Son père, qu'elle n'avait pu apercevoir tant la foule des officiels était nombreuse, de par ses fonctions de vice-protto de l'Arsenal faisait partie de la haie d'honneur qui permettait au doge d'accéder au superbe navire orné du Lion d'or.

Mais le spectacle de toutes ces barques chamarrées, chargées de brillants uniformes et des plus nobles et jolies femmes de Venise, l'avait enthousiasmée ; elles tranchaient avec la couleur de deuil habituel des gondoles[1].

1. On avait publié en 1633 une ordonnance obligeant, en vertu des lois somptuaires, que les gondoles soient toutes peintes, sans exception, en noir.

La comtesse, elle, était ravie de tous les cris enthousiastes qui avaient accueilli sa barque et son équipage, lorsque son embarcation avait occupé la place qui lui était réservée dans le cortège officiel.

Malheureusement, au retour du Lido, Loretta avait montré des marques de fatigue extrême. Avait-elle pris froid ? Peut-être était-ce l'air du large qui avait produit, chez elle, des étouffements et une toux rauque qui, disait-elle, lui arrachait les poumons. La sérénade de nuit qui devait avoir lieu devant le palais Forner fut donc annulée. Francesca, sans rien en dire, avait découvert des filaments de sang dans un des mouchoirs de Loretta. Sa maladie, sans aucun doute, s'aggravait dangereusement. À un moment, la jeune fille sembla même s'être évanouie. De retour au palais, on s'empressa de la coucher.

Le lendemain, le médecin de la famille, alerté, nota un encombrement des poumons dû, d'après lui, à des humeurs peccantes. Indéniablement, après l'auscultation, la maladie venait des poumons, très encombrés.

Il conseilla, comme à l'habitude, saignée et clystère ainsi qu'un régime lacté ; un lait et du fromage, de brebis de préférence, et surtout du repos.

Le tâteur de pouls, consulté, le trouva faible mais aussi tourmenté, s'emballant quelquefois. Du repos, du lit, pas d'émotions fortes et surtout pas d'air trop vif.

L'air de Venise, de sa lagune était certainement nocif pour la jeune fille. Le mieux serait peut-être de l'emmener à la campagne pour passer l'été, d'autant que l'air marin s'avérait ici trop fort pour elle. Le barbier-chirurgien, spécialiste de la saignée, retira du bras de Loretta un quart de pinte de sang, reconnu par le médecin comme trop épais. Il fallait en chasser les humeurs avec un bon clystère, donné à l'eau de rose accompagnée d'un soupçon d'huile de momie, difficile à trouver, ou de l'essence de crapaud, une macération faite dans de l'alcool, facilement disponible chez l'apothicaire si réputé du ghetto. On envoya vite en prendre.

Mais peut-être valait-il mieux attendre l'examen des selles, de leur composition, de leur goût et de leur odeur, ce qui ne pouvait être fait que trois jours après le clystère, le docteur spécialiste étant retenu à Padoue. Le médecin avait aussi jugé que le lit de Loretta était mal orienté, recevant les nocives influences est-ouest. Il fallait donc changer le lit de place. Nord-sud, la tête au nord, les pieds au sud, avait-il conseillé. Ce qui fut fait dans l'heure suivante.

Une brave femme, recommandée par Rosine — on la disait un peu sorcière, un peu alchimiste —, fut aussi, en très grand secret, consultée. Elle trouva Loretta très mal en point avec des sortes de ronflements dans la poitrine. La présence de sang dans le pot à crachat ne lui disait rien de bon. Elle lui recommanda du repos et de manger du poisson. Elle donna son accord pour le lait de brebis, mais faisait davantage confiance au port constant d'un sachet de plantes placé sur l'estomac, une médecine qu'elle allait préparer moyennant deux sequins. Elle tomba aussi d'accord pour le séjour à la campagne. L'eau de la lagune, pour elle, surtout l'été, était très malicieuse pour la jeune fille. Voulant être seule avec Loretta, elle lui fit, aux dires de la malade, des passes et des massages connus d'elle seule, disait-elle. Elle les avait appris d'un moine portugais qui avait vécu longtemps dans les pays proches du Cathay[1], là-bas, dans ces mers très lointaines dont avait parlé le héros de Venise, un certain Marco Polo.

Loretta révéla aussi à sa mère que la guérisseuse lui avait fortement massé la plante du pied et ses gros orteils. Là est le siège du mal, lui avait-elle enseigné. Elle lui avait aussi, avec une grande douceur, enduit la région du cou d'une huile parfumée qui chauffait un peu la peau et répandait une odeur de menthe qui avait parfumé toute la chambre.

Le lendemain matin, à son réveil, Loretta déclara se sentir mieux, mais toujours très fatiguée. Elle demanda seulement qu'on lui applique un cataplasme de son et de farine de moutarde en haut des reins, là où elle pensait avoir une blessure interne.

---

1. Ancien nom donné à la Chine.

La comtesse, devant l'évanouissement de sa fille la veille, avait eu très peur. Elle pensait qu'il ne serait pas sage que Loretta restât à Venise l'été, avec la venue des fortes chaleurs et de l'odeur si particulière de la lagune. Cette odeur de fraîchin provoquait des miasmes maléfiques, disaient certains (à tort, du reste), ce qui rappelait le terrible été de la peste.

Elle décida donc, avec Francesca, qu'elles partiraient ensemble avec leurs filles, non pas à Vérone, mais dans l'une de ses propriétés située sur la Brenta, près de Vicenza, à Cittadella où l'air, disait la comtesse, était réputé comme le plus salubre d'Italie. Elle y possédait en effet un vaste domaine, des fermes et aussi une maison de maître qu'il faudrait faire aménager pour la rendre confortable. La maison de maître, que l'on appelait une villa, était admirablement située sur un petit terre-plein, entouré d'herbages et de champs où l'on venait justement d'introduire, à côté du froment, la nouvelle culture du maïs. Les terres étaient naturellement très bien irriguées, vu la proximité de la Brenta, mais il n'y avait aucun marécage.

L'été, l'air venant de la montagne proche y créait une certaine fraîcheur fort éloignée de l'afa si pesante que l'on respirait à Venise. Pour réaliser le voyage, il suffirait de remonter la Brenta jusqu'au point où la rivière n'était plus navigable. Une voiture à cheval les mènerait à Cittadella, là où l'intendant de la comtesse, ou les fermiers, pourraient venir les chercher.

Pourrait-on compter sur Zanetto pour organiser le voyage ? Celui-ci avait paru très fatigué lors de la fête des épousailles de la mer. Lui, si orgueilleux d'habitude, avait même renoncé à tenir la grande rame servant de gouvernail. Changer d'air lui ferait certainement du bien.

Le plus urgent était donc d'envoyer un courrier à l'intendant pour qu'il puisse faire blanchir à la chaux les pièces où l'on vivrait, remettant ainsi en état la grande maison, comme on l'appelait là-bas, inoccupée depuis la mort du comte Forner qui allait si souvent y courir le sanglier. La comtesse Caterina ne s'y était rendue qu'une fois, du temps de son mari. Le domaine était bien géré, par un fidèle et honnête intendant, Sor[1] Ludovico Marcherio, qui rendait parfaitement ses comptes lors des brèves visites de la comtesse à Vérone.

Francesca et Angelina pourraient y séjourner si tout allait bien, du 15 juillet au 1er septembre ; la période de la grosse chaleur à Venise serait alors passée. Antonio, inquiet à l'idée de se séparer de sa fille, dut reconnaître que malheureusement, il ne pourrait les accompagner ; il était trop occupé à nouveau avec la mise en chantier d'un navire, de commerce cette fois-ci, inspiré d'un vaisseau hollandais dont les plans venaient de lui être soumis par l'architecte naval, récemment nommé par le provéditeur de l'Arsenal. Ce serait enfin un navire sans rameurs et sans éperon d'abordage, à deux ponts en escalier, prêt à rivaliser avec ceux qui sortaient des chantiers nordiques, portant des voiles carrées. Une révolution à l'Arsenal de Venise, bien difficile à réaliser et qui transformerait la construction ancestrale des galères. Nécessité et modernisme y obligeaient.

Angelina, aussitôt mise au courant, fut enchantée à l'idée du voyage et du séjour prévu en compagnie de sa chère Loretta, un peu sa sœur, comme quelques mauvaises langues l'avaient désignée au moment de son arrivée, bébé, dans les bras de Francesca sans que celle-ci n'ait jamais paru grosse. Mais la peste avait fait oublier tout cela.

En effet, Angelina ne s'était jamais rendue dans ce que l'on appelait les territoires de terre ferme et principalement dans la région de Vicenza et de Cittadella, qui devenait, petit à petit, un des plus florissants greniers nourriciers de Venise.

N'ayant jamais quitté la ville et sa lagune, Angelina ne savait même pas ce qu'était une ferme, un champ de maïs, une forêt, une colline, une vache, une brebis, des chevaux. Pour ces derniers, elle n'en avait jamais vu de près à part ceux qui, dorés, ornaient la basilique de la

1. Sor : monsieur en vénitien, de signore.

place Saint-Marc, ayant été rapportés par les Vénitiens lors de leur mise à sac de Byzance.

Sous la direction du voisin de Sofia, le grand pêcheur devant l'éternel, Rocco, Angelina avait bien commencé à confectionner un herbier, mais qu'était-ce donc véritablement qu'un chêne ? Un cep de vigne ? Une vraie rivière ? Elle savait beaucoup de sa ville, de sa lagune, de ses palais, de ses églises, de ses campi, de ses fontaines et même de ses cheminées à cônes renversés que l'on disait si particulières à sa ville, mais elle avait hâte de connaître le monde de la terre ferme. Enfin elle allait, de ses yeux, de ses mains, voir, toucher ce que lui racontaient les livres. Un monde nouveau s'offrait à elle. Elle en était si curieuse. Ce séjour à Cittadella la ravissait.

6

Le séjour à Cittadella di Veneto

Nous étions déjà le 10 juin. Quel affolement ! Loretta et Angelina, en pleins préparatifs de voyage, étaient de plus en plus inquiètes de ne pas avoir encore reçu les robes légères, dites champêtres, commandées par la précieuse Zaza, dont les deux jeunes filles comptaient bien se nipper pour courir plus librement les fermes, les champs, les bois, lors de leurs prochaines vacances sur les bords de la Brenta. Des vacances qui venaient subitement d'être avancées.

— Mes chères filles, leur avait dit un beau matin la comtesse, vous ne partez plus le 15 juillet mais dans quelques jours... afin que nous puissions nous retrouver toutes les quatre à Padoue pour la sagra de San Antonio, le 13 juin. Notre famille au grand complet se doit en effet d'assister aux fastes, exceptionnels cette année, qui se dérouleront lors de la fête de notre grand saint franciscain, San Antonio di Padova.

Que s'était-il donc passé ?

Le changement des dates de départ et la modification du voyage projeté avaient été décidés à la suite de la venue à Venise, un matin de bonne heure, quelques jours après la fête des épousailles de la mer, d'un très austère personnage, portant la fraise à l'ancienne, que Zanetto avait eu tôt fait de reconnaître à sa descente du débarcadère du palais Forner.

— Mon Dieu, pas de doute, était-ce donc possible ?

Le brave homme avait cru voir apparaître devant lui un revenant : monsieur le marquis, le frère cadet de son ancien maître, que l'on n'avait plus jamais vu au palais, ici, depuis le décès de monsieur le comte...

Oui, c'était bien lui, souriant, affable, demandant à voir sa belle-sœur, s'intéressant à sa nièce, « notre Loretta », avait-il dit.

Quelle surprise, cette apparition. Y avait-il quelque chose de grave ? monsieur le marquis, ici, à cette heure !

La comtesse, immédiatement alertée, l'avait reçu un peu en catastrophe. À peine avait-elle eu le temps de sortir du lit et de passer une robe. Mon beau-frère, ici, après vingt ans de brouille, s'interrogea-t-elle. Que se passe-t-il donc ?

— Rien d'extraordinaire, ma chère belle-sœur, lui précisa, un peu cauteleux, monsieur le marquis, je comprends votre étonnement, il y a si longtemps que je ne suis venu à Venise. Je viens tout simplement vous inviter, avec votre chère Loretta, à honorer de votre présence la sagra de notre San Antonio qui, cette année, va revêtir une importance exceptionnelle. C'est moi qui, en qualité de doyen des recteurs de notre université, dois magnifier le panégyrique que j'ai rédigé sur notre grand saint franciscain, à qui, vous ne l'ignorez pas, notre illustre famille, les Forner, a été très liée, lors de la venue du grand prédicateur dans notre ville. Il ne serait pas pensable que vous, votre fille, et moi-même évidemment, ne soyons présents tous les trois à la grandiose cérémonie qui aura lieu dans le célèbre amphithéâtre del Bô de notre Université. Il y aura grande solennité et je serais heureux que nous soyons tous les trois réunis ; ne sommes-nous pas les trois seuls descendants vivants de notre illustre famille ?

La comtesse, sans rien laisser paraître de sa grande surprise, accepta. Ses relations avec le marquis s'étaient, en effet, quelque peu altérées lors du règlement de la succession de son mari et il devait y avoir, avec la visite inopinée de son beau-frère, anguille sous roche. Le mieux était donc de voir venir, avec une apparence très conciliante. En effet, son mari avait laissé un testament assez mal rédigé, peut-être avec intention, dans lequel il autorisait son frère, le marquis, à occuper, sa vie durant, le palais familial de Padoue. Mais de quelle vie s'agissait-il ? De celle du comte ou de celle du marquis ? Le texte du document était également peu clair concernant l'attribution de la jouissance, de l'usufruit ou de la nue-propriété. Le marquis avait donc occupé le palais familial de Padoue. La comtesse n'avait rien dit. Les affaires en étaient restées là devant les notaires. Caterina, héritière de la totalité des biens de son mari, n'avait pas voulu entrer dans les complications d'un procès qu'elle aurait pu perdre, compte tenu des qualités d'éminent juriste de son cher beau-frère — doyen des recteurs à l'Université de Padoue — et de l'appui qu'il aurait pu recevoir de ses chers collègues de l'illustre Faculté...

Le marquis n'était pas marié, ayant toujours montré plus d'attirance pour les jolis garçons que pour les timides jeunes filles.

Pas d'enfants nés et certainement aucun à naître. Le temps, peut-être, arrangerait les choses ? Aucun neveu ni nièce, seulement deux vieux cousins des plus éloignés ! Loretta était donc tout à fait désignée pour devenir l'unique héritière du beau palais.

L'affaire pouvait attendre. Un jour, peut-être ! On en reparlerait, mais ce jour était-il venu ? La sagra n'était-elle pas un heureux prétexte pour se réconcilier ? Le marquis, fatigué de ses soixante-quatre ans, était-il pris de remords ? Voulait-il régulariser l'attribution du palais familial que lorgnait tant la comtesse, le réservant à celle qu'il pensait être sa légitime héritière, Loretta ? Il assurerait ainsi l'intacte transmission des biens de la famille, amassés avec tant d'acharnement aux cours de deux siècles.

La comtesse avait raison. En effet, elle avait remarqué que dans sa péroraison d'invitation à la sagra de San Antonio, le marquis avait bien parlé « d'ayant cause ».

La comtesse se souvenait parfaitement de ses paroles :

— Je serai très honoré que vous et Loretta soyez à mes côtés, car à défaut d'héritier direct qui peut, mieux que vous deux, m'accompagner dans une si honorable circonstance ? N'êtes-vous pas, toutes les deux, mes uniques ayant cause ?

La comtesse n'était pas juriste comme son cher beau-frère, le marquis doyen, mais, rompue à toutes les questions d'héritage, elle savait fort bien qu'ayant cause signifiait héritier. Sans vouloir trop le dire, le sous-entendant quand même, son beau-frère était donc venu lui offrir, moyennant sa présence réconciliatrice à Padoue, le palais dont elle avait si souvent rêvé ! Quelle merveilleuse occasion de pouvoir ainsi effacer ce qui avait été non pas une brouille, mais un certain éloignement.

La comtesse eut cependant la force de dissimuler sa joie de voir revenir dans son escarcelle, déjà bien remplie, le beau palais renaissance de Padoue. En se faisant encore un peu prier, elle accepta héritage et voyage, évitant que la succession conséquente du marquis ne passât aux bonnes œuvres ou à l'Université, comme cela était souvent l'usage depuis que la Sérénissime avait interdit tout abandon fait à l'Église.

Tout fut arrangé après l'offre réellement faite et, pour le marquis, le bonheur d'être applaudi et embrassé. On décida donc que les deux notaires, celui du marquis et celui de la comtesse, se rencontreraient en présence des parties le 12 juin au soir, au palais de la via Canziano, dont l'inventaire avait déjà été dressé et qui, comme de juste, resterait, intact, dans l'illustre famille des Forner.

Dès que le marquis fut reparti pour sa belle ville de Padoue, Caterina s'en ouvrit à sa confidente, Francesca, qui, toujours inquiète de la santé de plus en plus délicate de Loretta, proposa de faire suivre le voyage à Padoue par de vraies vacances pour les deux jeunes filles, à Cittadella, sans attendre le 15 juillet.

— Déjà, madame la comtesse, à Padoue, la moitié du voyage pour Cittadella sera fait. Pourquoi ne pas en profiter, dès maintenant, pour y envoyer nos deux filles passer l'été ? Avec la chaleur que nous avons déjà, comment Loretta, si fragile, pourra-t-elle encore la supporter ? Votre intendant m'a dit, à sa dernière visite, que la grande maison était bien en ordre pour nous y accueillir. Tout va pour le mieux. Vos fermiers sont, m'a-t-il confié, des plus courtois. Tout va bien avec eux. Le maïs, nouvellement introduit, y est magnifique, l'eau de la Brenta fait bien les choses. Nos filles y seront heureuses, loin de la canicule. Votre intendant pourrait venir les chercher à Padoue. Et peut-être même pourrions-nous les rejoindre, dès que les travaux de rénovation du toit, ici, seront achevés ? Il reste encore à changer les poutres et les tuiles de l'Attique sud. Dans deux mois, j'espère, tout sera terminé. Y séjourner vers le 10 août me paraît fort possible. Ce repos champêtre sera du meilleur effet pour Loretta. Tous les médecins de Venise disent que ce coin de la Vénétie a le climat le plus salubre de toute l'Italie.

Mais la comtesse était convaincue. Aucun doute, Francesca avait raison, sa fille avait besoin d'air pur et non de cette pestilence qui, les jours de grande chaleur, à l'époque des basses eaux, montant des canaux, impliquait souvent de se tenir cloîtrées, les fenêtres fermées. Mieux valait ne pas attendre.

Francesca devait encore obtenir le blanc-seing de son mari, peu décidé à voir s'éloigner ainsi sa fille, si vite et pour une période aussi longue. Francesca sut le convaincre. Elle connaissait l'intendant de la comtesse depuis plus de dix ans. Il était des plus sérieux et sa jeune femme saurait prendre soin des deux jeunes filles.

Tant et si bien que ce fut Antonio qui, enfin d'accord pour Padoue et pour Cittadella, proposa même que sa fille, solidement accompagnée, se rende à Pieve di Cadore. Il y avait un excellent ami, Carlo, responsable depuis dix ans déjà du flottage des billes de bois, provenant de cette région de Cadore qui alimentait si bien l'Arsenal. Elle pourrait lui remettre une maquette de la galéasse qu'il avait fait préparer à son intention.

— Il suffira de remonter la vallée de la Piave, l'intendant de la comtesse doit bien connaître la région. Il y a du reste une voiture de Poste qui y va régulièrement. J'aurais bien aimé y aller moi-même, pour assister à l'abattage de ces magnifiques chênes centenaires et caresser le tronc d'un de ces pins qui nous ont fourni les pieux imputrescibles sur lesquels a été édifiée notre ville. La région de Cadore ! Padoue, s'y rendre est le rêve de tout charpentier de l'Arsenal, un rêve que j'aurais aimé partager avec toi, Francesca. Et ne l'oublions jamais, avec ces bois mes anciens ont construit les célèbres galéasses de Lépante qui nous ont donné la victoire ! La région de Cadore est superbe, sais-tu. On la dit dominée par des roches blanches, élancées vers le ciel, comme des immenses colonnes protégeant la forêt. Tu imagines ! Je serais heureux que ma fille voie ça.

Plusieurs journées avaient été consacrées à préparer le trousseau des vacances, à remplir coffres et sacs de toile, à la grande joie des deux jeunes filles, heureuses à l'idée de porter enfin des robes champêtres, des jupes, des corsages comme les paysannes aperçues à Venise, descendant du Frioul.

Angelina imaginait déjà qu'elle allait pouvoir jouer à la fermière, caresser les animaux, environnée de tout ce monde qu'elle ne connaissait pas : la ferme, les champs, la forêt ! Curieuse comme elle l'était, elle en apprendrait des choses ! De celles que l'on ne décrivait jamais dans les livres, où l'on parlait surtout de religion. La bibliothèque de la comtesse en était tout encombrée et personne ne les lisait.

« Je vais donc, se disait-elle, connaître bientôt tout un monde nouveau, différent de ma ville et de la lagune : le pays du vin, du fromage, des chevaux, de la vie dans les champs, au bord des rivières, au fond des forêts avec, paraît-il, des collines entières couvertes de fleurs. »

Tout ce monde qu'Angelina attendait et qu'elle était si avide de connaître. La nature, elle l'aimait. C'était là où la vie, avec la sève et le sang, devait battre le plus fort.

Loretta, elle, était moins active et plus rêveuse. Ce qui la préoccupait plutôt dans ce séjour, c'était de rencontrer des êtres différents de ceux qu'elle côtoyait à Venise.

À la campagne ce serait vraiment autre chose. Loretta voulait s'y reposer, connaître surtout de nouvelles personnes, sortir du palais de sa mère où la vie était toujours identique. De sa fenêtre donnant sur le Canalazzo, Loretta était fatiguée de voir sans cesse le même spectacle. Seuls la pluie et le soleil changeaient la couleur des façades, le vent surtout qui ne savait que rider l'eau du canal.

Entendre toujours les mêmes cris des gondoliers qui doublaient l'entrée du canal où Loretta justement avait sa chambre... Ohe, Stai, Premi... Et elle en avait plus qu'assez de répondre à chaque instant aux mêmes questions : « Surtout, ne te fatigue pas. Repose-toi. As-tu ce matin de la fièvre ? Attention, ne te découvre pas... »

Sans parler de la corvée d'assister aux réceptions données au portego de sa mère, avec tous ces indifférents venus là seulement pour espionner, raconter des commérages, disant surtout du mal des absents. Et les politesses à échanger, les sourires obligés, la fausseté et les mensonges souvent émis pour découvrir la vérité...

De tout cela, de toutes ces simagrées, de ces réflexions venant de gens qu'elle ne reverrait peut-être jamais et qui lui étaient totalement indifférents ou même souverainement déplaisants, Loretta en avait par-dessus la tête, surtout de se voir obligée de sourire alors qu'elle aurait eu besoin de griffer.

« Et même maman, que j'adore cependant, pensait-elle, ne pourrait-elle pas changer un peu la garniture de son lit ? Elle aime, dit-elle, éperdument sa Rosine qui le lui rend bien, à les entendre se pâmer. Mais j'aimerais bien, de temps en temps, voir dans son grand miroir autre chose que toujours les mêmes jolies fesses de sa bien-aimée, surtout lorsque je la vois descendre de ses hautes socques, enlever sa longue culotte écarlate et ses bas blancs. Je préférerais parfois, curieuse que je suis, cachée derrière la tenture, y voir autre chose de plus viril. »

— La campagne, ouf, crois-moi, ça nous donnera du changement ! avait-elle dit, la veille du départ, à Angelina. Nous allons pouvoir nous promener toutes les deux, voir d'autres gens, sortir un peu de ce milieu où on me rabâche toujours les mêmes recommandations : n'oublie pas ta potion, l'heure de ta leçon de musique, celle des vêpres... Oui, enfin changer de décor, longer une vraie rivière. Apprendre comment l'intendant de maman fait pousser ses ducats. Peut-être va-t-on y rencontrer une fille de notre âge ? Qui sait peut-être, avec un peu moins de latin, verra-t-on traire les vaches, filer la quenouille ? Tout aboutit au palais mais rien ne s'y fabrique. Peut-être une fille de la campagne nous racontera-t-elle sa vie ? Ce qu'elle en attend ? Tout ce que l'on ne trouve pas dans les livres. Tout ce monde inconnu, si présent cependant autour de nous. Et puis tu sais, Angelina, j'aimerais savoir si c'est vrai qu'à la campagne, les jeunes gens s'aiment avant de se marier sans avoir un confesseur comme le mien, qui m'interroge toujours et m'inflige deux Ave Maria si je lui dis que je me touche. Il veut tout savoir, ce curieux. Je sais que tu n'es pas d'accord, mais me toucher, moi j'aime ça. Le plaisir comme on l'appelle, c'est défendu. Mon corps est bien à moi. Je ne fais de mal à personne. Le soir, ça m'aide à m'endormir. Cela vient doucement, peu à peu, ça m'envahit et puis ça éclate, ça repart et ça revient, alors j'oublie tout. Dans ma tête, c'est tout bleu. C'est peut-être comme cela le début de la mort, la définitive, avec l'azur qui s'entrouvre pour que s'élève notre âme. Sais-tu que Sylvia, ma chambrière, m'a dit que se toucher c'est encore mieux avec un homme, mais ça dépend lequel. Avec le mien c'est si bon, me raconte-t-elle. Les lèvres de Sylvia sont si douces, elles m'enlèvent ma fièvre et j'oublie alors tout ce que l'on chuchote autour de moi : Que je suis malade... Toujours l'entendre, cela me mine. L'autre jour, maman m'a dit avoir eu si peur pour moi lors des épousailles de la mer. Mourir ainsi dans les bras d'une personne qu'on aime et qui vous adore, ce serait magnifique, mais je voudrais encore vivre un peu pour apprendre, il y a encore tant de choses à savoir ! J'aimerais bien en avoir le temps...

Voilà ce que pensaient les deux jeunes filles, heureuses l'une et l'autre à la pensée d'être ensemble à Cittadella, saisies par le mirage de l'inconnu, de ce monde très éloigné de leurs habitudes. Elles étaient l'une et l'autre si différentes.

L'une, Angelina, active, remuante, sociable, prête à prendre la vie à pleins bras et désireuse à chaque instant de savoir, de connaître, d'enrichir sa mémoire.

L'autre, Loretta, dolente, réfléchie, rêveuse, mais curieuse de pénétrer certains mythes et de connaître le pourquoi de la vie, avide de savoir, d'interroger, de comprendre non seulement le secret de l'amour des corps, mais aussi le pourquoi de l'infiniment petit et de l'immensité de l'univers... Et de ce grand mystère de l'après-vie tout en haut du ciel.

Mais toutes les deux étaient folles de joie, leurs deux cœurs battant l'un pour l'autre, à la pensée de quitter leurs habitudes et de connaître un autre genre de vie, un monde si différent, espéraient-elles, de leur quotidien, trop familier.

Le soir du 10 juin, les robes champêtres étaient enfin arrivées. Zaza avait tenu sa parole. Tout était en ordre. On pouvait quitter Venise. Le plan du voyage était bien ordonné. Les deux jeunes filles, accompagnées par leurs parents jusqu'à Padoue, partiraient, au lendemain de la sagra, pour Cittadella en voiture de poste, chaperonnées par l'intendant qui ne les quitterait pas un seul instant. Le voyage si court de Cittadella jusqu'au domaine se ferait en char à bancs, afin d'utiliser une accourcie bien connue des fermiers qui éviterait de traverser la grande forêt où se donnaient souvent de périlleuses chasses au renard. Monsieur Antonio pouvait être tranquille, sa fille chérie ne courrait aucun risque.

Quant aux deux mères, elles ne pourraient se rendre au domaine qu'après le premier août, la couverture du palais s'avérait, de jour en jour, en plus mauvais état que prévu, une poutre vermoulue en cachait chaque fois une autre, soupirait Francesca chargée de la surveillance des travaux.

La comtesse était maintenant très heureuse d'avoir à se rendre à la sagra de San Antonio. Son beau-frère, le marquis, était remonté très fort dans son estime. Grâce à lui, on pourrait joindre l'agréable au très utile.

Pour la comtesse Caterina Forner, ce serait un honneur en effet de figurer parmi les personnalités qui allaient présider à la grand-messe d'action de grâce, une sorte de Te Deum donné au dôme de Padoue, pour y glorifier la sainteté du grand franciscain patron de la ville. Et elle était fière aussi, à la demande expresse du recteur actuel de l'illustre Université, l'une des plus anciennes et des plus réputées d'Italie, d'avoir l'honneur d'être présentée et encensée lors du glorieux panégyrique que le doyen, son beau-frère, devait prononcer dans l'amphithéâtre anatomique du palazzo del Bô, la fierté de l'ancienne faculté de Médecine.

Cette soif des honneurs avait obligé la comtesse à se faire confectionner une robe d'apparat qui, selon la grande conseillère Zaza, était au moins digne d'une duchesse, un titre jamais rencontré dans le patriciat de Venise.

La robe de brocart noire se composait d'un corsage bien serré, destiné à faire valoir la taille encore « à peu près de guêpe » de la comtesse et d'une jupe très ample reposant sur un vertugadin, un simple petit bourrelet destiné à lui donner plus d'arrondi. Elle s'ouvrait sur une autre jupe, de satin violet celle-ci, au devant chamarré d'argent. Le corsage à décolleté carré, à petites manches bouffantes crevées, se voyait prolongé jusqu'à un grand col de dentelle réalisé selon le célèbre « point en l'air » de Venise, grâce à un filet orné à chaque croisillon d'une perle, une cinquantaine en tout, du plus bel orient. La coiffure était des plus simples, à l'italienne. Les cheveux blonds, réunis par de petites tresses, se ramenaient en chignon barré d'un serre-tête d'argent, lui-même recouvert de perles. Comme chaussures, afin de relever encore la prestance de la comtesse, « sa hauteur », elle portait des socques à semelles de près de six pouces, recouverts du brocart assorti à la robe et cachés par la longueur de la jupe rasant le sol. C'était une superbe robe de grand apparat que la comtesse porterait avec une cape de fourrure venue de Moscovie, qu'en femme élégante elle devait supporter, malgré la chaleur ambiante.

— Au moins, mettez-la, lui avait recommandé la

chère Zaza, lorsque vous ferez votre entrée triomphale, au son des trompettes d'argent.

En attendant, la comtesse pensait au plus important, à l'héritage du vieux palais renaissance San Canziano, à deux pas du dôme de Padoue. C'était là que son mari défunt avait passé une grande partie de son adolescence, avant qu'il n'entreprenne ses nombreux voyages qui lui avaient permis d'amasser une fortune considérable, très bien placée en terres agricoles.

Enfin le 11 juin, à l'avant-veille du début des réjouissances de la sagra de San Antonio, coffres et sacs de voyage bien remplis, cadenassés par les soins de Zanetto, le signal du départ fut donné, d'abord pour Fusina d'où les cinq voyageurs allaient embarquer sur le burchiello les menant à Padoue, en empruntant le récent canal de la Brenta.

Le voyage par eau se passa fort bien, le burchiello ayant été loué à l'occasion essentiellement pour la comtesse, sa fille, sa gouvernante et son mari, monsieur le vice-protto de l'Arsenal, deux de ses chambrières, le notaire de la famille et deux forts laquais, en livrée, chargés des bagages.

Le canal, assez large, permettait aux bateaux, sauf à deux endroits dédoublés, de se croiser. Quelques voiliers furent ainsi aperçus, mais l'on croisa le plus souvent de larges barques, chargées à ras bord de gros sacs de chanvre, descendant le courant à la rame. Au moment du doublement de la voie d'eau, Angelina et Loretta poussèrent un cri de joie, elles aperçurent une vache broutant dans un pré, la première jamais vue de leur vie. Se prenant par la main, elles firent un vœu. Peut-être le même, vu les sourires qui papillonnaient sur leurs lèvres : être aimée et aimer en retour, aussi fort que l'on vous aime.

Le premier arrêt fut pour Oriago où il fallut embarquer un tonneau de vin. Un peu avant de stopper, la compagnie avait admiré, à grands cris, la divine villa de Palladio « la Malcontenta » dont la loggia, rappela la comtesse, avait surpris par l'élégance et la beauté le grand

Sansovino lui-même. Puis successivement on passa d'ombreuses verdures d'où s'élevaient, surpris par la venue du burchiello, des gazouillis d'oiseaux voletant à travers de plates prairies vert tendre, constellées de coquelicots.

— Voilà des coquelicots, ma fille, enseigna Antonio, des fleurs inconnues à Venise, qui empêchent qu'on les cueille en perdant tout de suite leurs pétales couleur de sang.

Angelina en découvrit aussi, mêlés aux épis des blés déjà mûrissants.

Neuf lieues défilèrent le long d'un paysage d'une douceur exquise. À Dolo, le canal se rapprocha de la route et l'on aperçut alors tout un cortège de paysans, endimanchés, poussant des charrettes suivis par une troupe d'ânes montés par des enfants, qui se dirigeaient vers la grande ville. Angelina perçut déjà au loin, étincelant dans le soleil, dômes et campaniles, et « certainement, lui apprit son père, là-bas à gauche, la basilique San Antonio. Tu verras, à part notre Saint-Marc, c'est l'église la plus somptueuse de toute la chrétienté. »

Monsieur le marquis avait bien fait les choses. Il était présent à la descente du débarcadère, accompagné d'une grosse berline attelée à quatre chevaux suivie d'un modeste char à banc, réservé aux bagages et aux domestiques.

Embrassades, félicitations, et rapidement : « fouettez cochers au plus direct pour le palais ! » de la via San Canziano en faisant juste un petit détour afin de faire admirer la piazza delle Erbe et surtout le palais della Ragione, situé à cent mètres à peine du palais des Forner.

La première chose sérieuse, afin de libérer au plus tôt les notaires du marquis et de la comtesse, fut de rédiger, au palais même, l'acte de donation. Signé, accepté par les parties, on passa ensuite à la préparation de l'agréable : au déballage des robes et à la demande d'un rendez-vous, pour le lendemain matin, avec l'artiste capillaire chargé de coiffer dames et demoiselles. Un homme d'art, formé aussi à poser divinement les cheveux postiches. Ce que n'aurait su faire un simple barbier, inapte à coiffer « une femme aussi illustre et vouée à tant d'honneurs que la comtesse », commenta en riant Antonio, mis en verve par un délicieux vin de Valpolicella ouvert dans la joie dès le départ des deux notaires.

Le 13 au matin eut lieu, comme prémisse aux fêtes de la sagra, à la basilique de San Antonio, la grand-messe chantée et donnée en l'honneur du saint franciscain, en présence de tous les prélats, des représentants des confréries religieuses et des édiles de la ville.

La comtesse y parut, vêtue en grand deuil. Écoutant les conseils de monsieur le marquis, elle avait réservé sa robe d'appart à la réception grandiose qui serait donnée le lendemain à l'Université. La comtesse ne fut pas prise au dépourvu, vu l'importance du « portemanteau » qu'elle avait amené avec elle. Le début des grandes réjouissances populaires de la sagra fut donné sur la « piazza dei signori », où une estrade avait été dressée face au Monte di Pieta. Là aurait lieu le déroulement des divertissements les plus divers, et souvent des plus cocasses, comme la course à pieds-joints ou enfermé dans un sac. La commedia dell'Arte aussi y serait interprétée avec la pantomime.

Mais ce fut lors de la réception donnée en l'honneur du panégyrique dédié au saint que la comtesse Caterina se rendit compte de la haute estime et de la considération dont jouissait, à l'Université, le docte marquis qui s'était livré à un véritable travail de bénédictin pour retracer les grands et petits moments de la vie de saint Antoine de Padoue, mort et enterré dans cette ville après avoir parcouru toute l'Europe chrétienne. Ce fut, avait-il dit avec emphase, grâce à ses sermons prêchés depuis son adolescence à Lisbonne jusqu'à sa mort à Padoue, qu'il était devenu le plus grand prédicateur de son temps.

L'éloquence fut portée à son comble lorsque monsieur le doyen des recteurs en vint aux miracles accomplis par le saint patron de Padoue.

Il raconta ainsi que le premier en date avait eu lieu à Lisbonne où le saint était né, en 1195. Il y avait ressuscité un mort, sauvant ainsi son propre père accusé, à tort, d'un meurtre, qui allait être soumis à la torture et condamné au supplice du garrot. Cela provoqua une grande ferveur de la part des assistants.

Avec le récit du célèbre sermon fait aux poissons, le marquis souleva encore davantage, si c'était possible, l'admiration de la foule, surtout lorsqu'il décrivit la scène des poissons de toutes tailles, se dressant hors de l'eau pour écouter plus attentivement le saint. Il évoqua aussi les grands sermons de Venise et de Paris. Mais il captiva encore davantage la foule quand il évoqua les excès de la politique d'acquisition temporelle des papes, face à la foi profonde et au détachement du saint pour les richesses terrestres. La guerre qui venait de se terminer, déclenchée par le pape contre le duché de Ferrare et la Sérénissime, n'en était-elle pas la plus vivante illustration ? Monsieur le marquis n'hésita pas non plus à faire revivre la mémoire du grand Copernic qui avait été reçu docteur en médecine à Padoue, dans ce même amphithéâtre, ainsi que le « E pure si mueve »[1] prononcé par le non moins illustre Galilée, abjurant à Rome « qu'il croyait à tort que la Terre ne tournait pas autour du Soleil alors qu'elle y tournait cependant ».

De biographe, il devint avocat, et même procureur de Venise, au nom de la République tout entière ; il déclencha des applaudissements nourris lorsqu'il accusa le pape de ne pas se consacrer essentiellement à la mondialisation de la doctrine du Christ, mais au contraire, à vouloir étendre sa puissance temporelle de même que les richesses de l'Église !

Pour terminer, il lui fallut encore parler des derniers moments du saint à Padoue et de l'énorme vénération dont il était devenu l'objet au Portugal, en France et tout particulièrement en Vénitie. Il évoqua une dernière fois la figure du saint, priant à genoux, revêtu de l'habit de l'ordre des frères mineurs, tenant de la main gauche une branche de lys et de l'autre un livre sur lequel était venu s'asseoir, oh miracle, l'enfant Jésus !

1. Cependant, elle tourne.

Un tonnerre d'applaudissements suivit ensuite l'allocution du recteur en exercice, lorsque celui-ci remerciant, félicitant monsieur le marquis pour sa diatribe qu'il qualifia de « nouvelles philippiques contre l'Église du pape », présenta la famille Forner, principalement la comtesse qui, sur le plan de la beauté et de l'élégance vénitienne, ajouta-t-il, en était la plus vivante illustration.

Caterina était folle de joie. Sa robe d'apparat avait fait son effet. De bonheur, oubliant la foule délirante, elle serra très fort ce qu'elle avait appelé longtemps « la vieille carcasse égoïste » de son beau-frère sur sa généreuse poitrine, l'embrassant même à la mode orientale, sur les lèvres. La plus surprise fut Francesca, la confidente, qui, se remémorant les paroles de la comtesse sur le marquis, « cet homme avare, qui ne l'était cependant pas avec ses amants... », pensa qu'enfin la donation du palais et la superbe robe d'apparat avaient tout arrangé.

Le départ d'Angelina et de Loretta eut lieu le lendemain matin, par chaise de poste. Elles étaient accompagnées du Sor Ludovico Marcerio, monsieur l'intendant du domaine de la Brenta, qui avait reçu les instructions les plus sévères d'Antonio, si malheureux de devoir se séparer pour de longs mois de sa fille... À nouveau le père était redevenu très inquiet.

Il était temps, la comtesse s'impatientait déjà. Loretta lui avait assuré, après une scène de larmes théâtrale, qu'elle n'irait pas au domaine sans son Angelina. Comment la santé et le bonheur de sa fille pouvaient être ainsi compromis par la stupidité d'un père possessif ? La colère grondait. Heureusement que la douceur tranquille de Francesca, son affection pour Loretta et la comtesse avaient aidé son bouillant mari à se calmer et à laisser enfin partir sa fille adorée. « Qu'est-ce que cela sera, avait pensé Francesca, consternée, lorsqu'il verra sa fille partir au bras d'un mari ? D'habitude, c'est nous, les mères, qui rechignons. »

Et Francesca songea alors à ce que lui avait dit Antonio la veille au soir, avant de souffler la bougie et de s'endormir.

— En vérité, tu sais pourquoi j'ai donné mon accord pour le voyage de notre fille ? Ludovico, l'intendant, m'a appris qu'il était marié, depuis à peine deux ans, avec une jeune piémontaise de vingt-cinq ans plus jeune que lui, alors que lui m'a dit en avoir déjà quarante-huit. Son lit est donc bien garni. Il a de quoi moudre son grain sans chercher ailleurs.

Francesca avait alors appris combien les hommes sont méchants entre eux et jaloux de leur tendresse accordée.

La vérité était là, pensa-t-elle : Pour Antonio, ce n'était pas seulement la sécurité de sa fille qui était en jeu dans ce voyage, mais la peur qu'Angelina fasse une rencontre qui l'engage à quitter trop vite le nid familial.

Le voyage pour Cittadella se passa fort bien. Une route de plaine, trois relais avec échange de villageois, aucun incident, des champs, encore des champs, bien cultivés. Du blé, disait l'intendant, et sur les coteaux plus secs, des vignobles et des pâturages. Près des hameaux, de grandes charrettes rentrant les foins avec des femmes en jupon, comme des poupées jetées dessus. La bonne humeur régnait dans la calèche. Trois autres personnes dans la guimbarde, un couple de bourgeois et un curé dont les besicles n'avaient pas quitté son bréviaire, avaient fait la route entière jusqu'à la descente des jeunes filles.

On n'avait pas eu le temps de franchir le grand portail et de visiter, près de la porte Sud, la Torre di Malta avec sa chambre et le souvenir de ses tortures. Cittadella était bien défendue. Dès la tombée du soir, expliqua Sor Ludovico comme l'appelaient maintenant les jeunes filles, la ville s'endormait derrière ses formidables remparts. Mais la charrette, menée par le principal fermier du domaine, les attendait déjà.

Encore deux lieues à parcourir, des champs de maïs maintenant et un gué sur la Brenta à franchir. Angelina et Loretta étaient enchantées de voir des troupeaux un peu sonnaillant rentrer, deux grands bœufs blancs et des vaches rousses, vers les étables. Des enfants saluèrent de la main. Tous ici devaient se connaître. Déjà la fraîcheur tombait, faisant un peu tousser Loretta. Le gué franchi, l'accourcie caillouteuse menait au domaine, dont la grande maison trouait de sa blancheur le parc de verdure qui l'entourait. Le fermier descendit pour ouvrir la barrière. On y était ; rien n'avait été aussi facile.

La femme de Ludovico attendait pour l'accueil des maîtres, la visite de la maison, l'installation dans les chambres, la sortie des bagages. Ce fut monsieur l'intendant qui brisa la glace, présenta sa femme, Anna la cuisinière et Zulian le jardinier.

Les chambres de Loretta et d'Angelina, bien séparées l'une de l'autre, communiquaient par un petit couloir et donnaient toutes les deux sur ce que madame Ludovico (les deux jeunes filles ne connaissaient pas encore son prénom) appelait le Parc. Quelques allées sablées se croisaient au milieu d'arbres quelquefois centenaires et de grands massifs d'aubépine en fleurs, qui répandaient une odeur de miel.

Le soir tombait dans la grande pièce à cheminée aux boiseries cirées. On alluma l'âtre et le grand chandelier d'argent. Angelina et Loretta, fatiguées par la route, n'avaient pas très faim. On se contenta d'une omelette aux oignons poêlée dans l'âtre par celle que Ludovico avait pompeusement appelée la cuisinière.

On s'embrassa puis chacun fut dans sa chambre, les portes ouvertes, et bien vite au lit.

Avant de s'endormir, Angelina se mit à la fenêtre. Ce fut le grand silence entrecoupé des coassements lointains des grenouilles. La paix du ciel semblait descendre sur la terre, avec l'odeur verte et mouillée et les nuées noires où déjà s'allumaient les étoiles. Elle reconnut la plus brillante, Vénus, celle qu'elle apercevait aussi de sa chambre à Venise. Sa mère lui avait dit d'essayer de la regarder comme elle le ferait, elle aussi, dans la profondeur du ciel. L'étoile les rapprocherait. Le petit Jésus avait dû les exaucer mais il fallait fermer la fenêtre à cause des portes ouvertes et du courant d'air.

Le séjour à la grande maison se déroulait à merveille. Dès le lendemain de leur arrivée, les deux jeunes filles, aidées de Ludovico, dressèrent le plan des visites à faire afin de bien connaître le domaine qui s'étendait le long de la rive droite de la Brenta dont il fallait, avait dit l'intendant, une journée de huit heures à cheval — marchant au pas — pour en faire le tour. Il comprenait à peu près un quart en bois, en partie exploité par des charbonniers, la moitié en terres labourables et le reste en pâturages. À part la grande maison, on trouvait deux hameaux avec six fermes.

— Demain, si vous le voulez, mesdemoiselles, je vous présenterai la femme de notre fermier, la patronnesse Madalena qui en fait dirige la ferme, les étables, la basse-cour et la métairie. Son mari, Federigo, ne s'occupe que des champs, de la culture, du battage du blé, de la récolte et de la conservation du grain ; il entretient aussi le verger attenant au parc. C'est Madalena qui veille au potager, limité aux besoins du domaine. Mais la fenaison a commencé et, poursuivit Sor Ludovico en ouvrant grand la fenêtre de la tour, à gauche, vous voyez ces étendues jaunes à perte de vue, ce sont les blés déjà mûrissants. Les épis sont bien venus. Mademoiselle Loretta, votre maman va être contente, nous espérons obtenir un tiers de plus de la récolte de l'année dernière où juin avait été, curieusement, si pluvieux, avec beaucoup de pourriture noire sur les blés. Heureusement le maïs avait bien donné. Peut-être assisterez-vous à la moisson au moment où le domaine sera en fête ? Les journaliers viennent de la région d'Agordo. Les granges sont alors transformées en dortoirs. Les hommes d'un côté, les femmes, même mariées, de l'autre. Beaucoup d'animation, surtout le soir à la veillée. La gaieté y fait oublier la fatigue...

Mais une femme brune, vêtue en cavalier, bottée de fauve, apparut à la porte de la grande salle.

— Ma belle-sœur, Lola, la sœur aînée de ma femme,

s'empressa de présenter Ludovico aux jeunes filles étonnées de voir une si jolie femme vêtue en garçon. Lola est arrivée ce matin, à ma demande, de Biella, à côté de Turin, afin de nous aider, mesdemoiselles, à bien vous recevoir. Elle connaît parfaitement la région et je suis sûr qu'elle vous sera très utile pour la découvrir. Vous savez, ma femme Cristina est très occupée. Elle n'a pas voulu de nourrice pour notre bébé. Il a à peine six mois et paraît-il un autre serait attendu...

Lola, qui présentait plus de particularité dans sa tenue, avait surpris le regard quelque peu étonné d'Angelina en la voyant ainsi vêtue en cavalier. Loretta, elle, était émerveillée par l'allure garçonnière de la belle-sœur, paraissant si nette, si décidée, avec sa grande bouche ourlée, ses dents blanches, ses yeux noirs et cette allure...

— Oui, commenta Lola, j'adore monter à cheval, c'est de famille, savez-vous ? Je suis habituée à dresser les chevaux, vous m'y voyez en amazone avec une jupe...

Elle expliqua que son père était propriétaire d'un élevage de chevaux à Biella, au service d'un colonel hongrois, propriétaire d'un régiment de cavalerie, et au service de sa majesté le duc de Savoie.

— Il est chargé de la remonte de ce régiment et il n'y a pas de garçon dans la famille, seulement deux filles, Cristina ma sœur, la femme de Ludovico, et moi. J'aide ainsi à dresser les chevaux, à les choisir et puis j'aime ça.

Loretta semblait émerveillée. Elle se sentait si fragile devant cette superbe fille à l'allure garçonnière. Cette femme qui la dominait avec ses yeux noirs si vifs, sa crinière brune enroulée à la sauvage et sa grande bouche ourlée, prête à mordre la vie.

Rendez-vous fut pris le lendemain matin pour visiter la grande ferme « et apprendre, oui, mesdemoiselles, à conduire une petite voiture tirée par une mule fort tranquille, un peu rétive, ne marchant qu'à la gâterie. Vous verrez, c'est facile et ça vous donnera la liberté de mieux courir champs, bois et forêts. Vous saurez vite vous débrouiller ».

Loretta était d'accord, mais Angelina, un peu moins

enthousiaste, pensait surtout à la préparation du voyage imminent qu'elle devait accomplir, à la demande de son père, à Cadore.

Le lendemain, on visita donc étables, écuries, vergers, basse-cour et même le coin à ruches et la métairie où se préparaient le beurre, le fromage cru et cuit à la parmegiana.

La patronnesse, Madalena, la femme du fermier, était elle aussi une maîtresse femme ayant déjà dépassé la quarantaine et sachant diriger son monde.

À la grande déception d'Angelina, les étables pour la plupart étaient vides, les animaux se trouvant déjà à l'alpage. Donc peu de vaches, la traite n'était plus à cette époque que réservée à l'allaitement des veaux et à la fabrication du beurre dit fermier, pas trop essoré, à consommer de suite. La visite de la bergerie fut une révélation pour Angelina amusée par la crânerie des petits agneaux, qui, âgés d'à peu près deux semaines, suivant le berger, se donnaient déjà des coups de tête lorsqu'ils étaient deux à se disputer les mamelles maternelles.

Que d'émerveillement devant cette nature offerte, riche de vie, de différences, d'odeurs, de senteurs, cette découverte d'un monde ignoré hier mais si passionnant à connaître aujourd'hui.

Du côté de la conduite de la calèche par la mule rétive, « Sofia », ce fut la fragile Loretta qui présenta les meilleures dispositions. Lola se révéla, il est vrai, et spécialement pour elle, un professeur très attentif. L'attirance entre les deux femmes, remarqua Angelina, se faisait chaque jour plus sensible. Jusqu'où cela pouvait-il aller, pensa-t-elle, lorsqu'un matin, elle surprit un baiser posé dans le cou de Loretta, un baiser de compassion, de tendresse ou plus que cela ?

Le voyage de Cadore approchait, tout était maintenant programmé pour le 29 juin. Le voyage d'Angelina, accompagnée comme promis par Sor Ludovicco, se déroulerait en deux temps. D'abord, on prendrait la poste du mercredi de Vicenza à Belluno par Trevise, Conegliano en remontant la vallée de la Piave. On y dormirait et le surlendemain, départ pour Longarone. Pieve de Cadore, la ville où était né Titien. C'était là que résidait l'ami de son père à qui devait être remise la maquette de la galéasse.

Là-bas, il n'y avait plus que des sentiers qui montaient vers les hautes cimes. Un paysage extraordinaire, lui confia Ludovico, qui avant son mariage y allait souvent chasser le chamois. Dans ce paysage, on se sent seul, plus près de Dieu.

Le 28 juin au soir, Lola, chargée de remplacer Angelina dans la surveillance que celle-ci exerçait toujours la nuit auprès de Loretta, fit installer un lit supplémentaire dans la chambre de la malade toujours fragile. Ceci afin d'assurer la garde de nuit, avec une présence constante en cas de crise de toux ou si la jeune fille, comme cela lui arrivait souvent, avait besoin d'aide.

Quelle ne fut pas la surprise d'Angelina lorsqu'au matin de son départ, au moment où elle se disposait à embrasser Loretta, elle la trouva avec Lola, enlacées et toutes deux endormies dans le même lit, dans une position qui ne laissait aucun doute sur les ébats amoureux de la nuit.

Angelina s'éclipsa alors sans bruit, sur la pointe des pieds, sans les réveiller.

Dehors, la calèche attelée était déjà là, pour la conduire à Vicenza, le coffre de voyage solidement arrimé. En effet, Ludovicco avait fortement recommandé d'emporter des vêtements suffisamment chauds pour résister au froid qui souvent, même en plein été, se déchaînait brusquement dès la tombée du soleil.

— Il suffit d'un orage, savez-vous, d'une saute de vent venant du Nord pour qu'il neige quelquefois même dans la haute vallée. Il faudra nous couvrir après notre départ de Belluno, où la température est encore très clémente.

Angelina était enchantée de ce voyage, elle allait connaître un autre monde, de roches inaccessibles, d'eau ruisselante, de lacs verts et de forêts immenses montant à l'assaut de la montagne dominée par des pics étincelants de blancheur. Lola lui avait prêté une grande cape de berger doublée de fourrure, dans laquelle elle devrait s'emmitoufler au cas où il y aurait des incidents de voyage, rupture d'un essieu, chute de pierre bloquant la route, et autres. Pour elle, citadine, quelle aventure !

Cependant, toutes les précautions étaient prises en cas d'orage ou disait Ludovico, ironiquement, de tempête de neige, pour des arrêts obligés.

Rien de particulier durant la première partie du voyage : la plaine vénitienne, peu d'animation dans le paysage, semblable à celui des bords de la Brenta.

À Feltre, où le changement de chevaux eut lieu, Angelina remarqua que la ville paraissait neuve. Sor Ludovico lui expliqua qu'effectivement, elle avait été complètement démolie sur ordre de l'empereur Maximilien lors de la guerre entre Venise et la Ligue de Cambrai et que la Sérénissime avait, à ses frais, reconstruit la ville, pour remercier ainsi les Feltrais de leur fidélité.

Ayant deux heures à perdre avant le départ pour Belluno, Angelina eut le loisir d'admirer des maisons à arcades aux toits fortement inclinés pour permettre, l'hiver, l'écoulement de la neige. En effet, ici l'air et l'atmosphère étaient déjà différents, on sentait la montagne toute proche. Remontant une rue très escarpée, elle découvrit l'église San Rocco, où elle alla faire brûler un cierge pour demander à la Madone de lui accorder un heureux voyage. Elle ne pouvait oublier Loretta qui aurait tant aimé faire ce voyage avec elle, beaucoup trop fatigant, dont les nuits trop froides l'obligeaient à rester à la Casa Grande du domaine, avec Lola. Angelina étant cependant assurée que les deux nouvelles amies ne s'y ennuieraient pas. Celle qu'elle appelait sa grande sœur ne lui avait-elle pas confié, lors d'un cours de conduite de la calèche, qu'elle pensait avoir du goût pour la jolie Lola et ceci très passablement, avait-elle ajouté en riant. Angelina craignait cependant qu'elles ne fissent ensemble quelqu'imprudence, apprendre à monter à cheval par exemple, ou s'essouffler, prendre froid. Elle en profita pour mettre un autre cierge à San Rocco, le patron de l'église, à qui on attribuait la grâce de protéger les malades.

Le lendemain matin, à nouveau, ce fut le départ pour la vallée de la Piave, vers Belluno, avec un changement complet dans le paysage et plus de plaine. C'était une succession de vallées étroites, resserrées entre de hautes parois verticales, qui tout à coup s'élargissaient pour laisser divaguer le fleuve. On rencontrait là des villages sur les coteaux exposés au soleil avec des chalets de bois entourés d'une végétation généreuse. Toutes sortes de fleurs bordaient les chemins, qui, des villages, grimpaient vers la montagne. Des mélèzes, des pins, des épicéas et aussi quelques châtaigniers, lui fit remarquer Ludovico.

— Voyez, certains sont encore fleuris, c'est l'époque où les abeilles vont y puiser le pollen qui donne un goût si fort, si particulier au miel de cette région.

À Bellunesi, on s'attarda pour changer les harnais d'un timonier qui avait rompu son attelage. Déjà le soir tombait, les derniers rayons du soleil, s'attardant encore en haut des pics neigeux, se détachaient en dentelle grise sur le ciel pâlissant virant d'un rouge intense à un rose des plus légers.

Angelina eut une pensée pour son père, sa mère. Ici, pas moyen de retrouver l'étoile amie au-dessus d'elle.

L'arrivée à Belluno se fit à la nuit tombée. Un froid vif gagnait déjà. Il avait forcé le cocher à faire tirer les rideaux de la patache. On les ouvrit pour contempler la ville enserrée, comme l'avait expliqué Ludovico, entre la Piave et un torrent très violent, l'Ardo où, au confluent des deux rivières, tournaient beaucoup de roues de moulins. L'auberge était située au cœur de la ville, près de la place du marché, une maison renaissance à arcades, sous lesquelles régnait une bonne odeur de pain grillé.

Angelina avait faim. Le changement de température, peut-être. Après un bon civet de chevreuil garni de purée de châtaignes, elle s'endormit pour la première fois de sa vie dans de grands oreillers, sous un édredon chaud et léger garni de plumes.

Le lendemain, départ seulement à la dixième heure,

ce qui donna le temps à Angelina, très chaudement vêtue, de parcourir un peu la ville et d'admirer surtout l'imposant Monte Grappa qui dominait le paysage, blanc et immaculé. En effet, il avait fortement neigé la veille et le soleil n'avait pas eu le temps, lui dit l'aubergiste, de la faire fondre.

Et l'on reprit la route. Déjà d'immenses forêts grimpaient sur le flanc des montagnes. À la sortie de Belluno, à deux lieues, précisa Ludovico, on croisa au confluent d'un torrent un lac tout bleu reflétant le ciel. Vers Longarone, Angelina aperçut des chamois gambadant au-dessus des précipices. L'eau jaillissait de partout. Les montagnes se faisaient de plus en plus hautes, c'était déjà le pays de Cadore, le trésor des bois de l'Arsenal, si cher à Antonio et à la corporation des charpentiers.

On voyait bien que des coupes très sérieuses avaient été pratiquées. Aux flancs des montagnes, apparaissaient des terrains dénudés déjà replantés d'arbres en quinconces. Après Longarone, la vallée se fit de plus en plus étroite, bordée, à gauche, de ravins très escarpés. Plusieurs ponts romains furent franchis. Il fallut rester sur la rive droite, là où apparut la ville dans la petite plaine au milieu d'un cirque de montagne, une haute muraille déchiquetée, brillante de neige au soleil. En traversant la petite ville, Angelina remarqua les chalets de pierre à balcons et escalier de bois qui se serraient entre eux comme pour se tenir chaud.

L'auberge se situait tout contre la maison natale de Titien dont lui avait tant parlé son père. Du balcon de sa chambre, le panorama lui parut extraordinaire. Que la nature était belle dans ce cadre grandiose ! La pensée d'Angelina monta vers Dieu, qui, en sept jours seulement, lui avait-on appris au catéchisme, avait pu réaliser de telles merveilles.

Le lendemain matin, la précieuse maquette d'Antonio taillée dans le bois, venant de Cadore, fut remise à l'ami responsable des chantiers d'abattage, « le provéditeur des bois de l'Arsenal », comme l'appelait Antonio. Angelina fut obligée d'assister, après avoir traversé prés et pâtures où semblaient paresser des troupeaux de moutons, à l'abattage d'un superbe géant de la forêt, un pin centenaire aux dires de Ludovico, dont le fût orgueilleux ferait certainement un jour le grand mât d'un navire de Saint-Marc...

Pendant ce temps, tout se passait bien à la Casa Grande, Lola et Loretta, heureuses de partager ce grand bonheur d'être ensemble, de pouvoir parcourir le domaine en calèche, s'évadant ainsi des yeux trop curieux du personnel de service qui commençait à jaser un peu à propos de la femme-garçon. La petite bonne de Cristina n'avait-elle pas surpris Lola à savonner, de gestes trop précis, à la jointure des cuisses, vous imaginez, mademoiselle, la fille de la comtesse ? Et ce dans un baquet où la soubrette était venue apporter un peu plus d'eau chaude...

Les deux jeunes femmes avaient alors pris l'habitude de fréquenter un petit sous-bois situé au bout du parc, loin de tout regard indiscret, auprès d'une ancienne maison abandonnée qui avait servi jadis, à monsieur le comte de relais de chasse. Là se trouvait une immense pièce d'eau bien curée qui avait servi un temps, disait Lola, de réserve à poissons, un bel endroit pour s'y baigner nue, sans sa chemise de bain.

Lola y venait souvent du temps où sa sœur Cristina n'était alors que fiancée à son actuel mari, Sor Ludovico, « mon cher beau-frère ».

Il y avait même un pré et une ancienne réserve à foin où la rétive Sofia, la mule, pouvait s'abriter et se rassasier.

Durant ces promenades avec Loretta, Lola lui racontait sa vie à Biella, les achats de chevaux, leur dressage... ainsi que ses aventures et des choses beaucoup plus intimes qui passionnaient la jeune fille.

Hélas, le bonheur d'être ensemble, de s'appartenir l'une à l'autre, pour Lola et Loretta fut de courte durée.

Deux jours avant le retour d'Angelina de la région de Cadore, une hémoptysie avait terrassé Loretta. Le médecin Spina, venu en catastrophe de Trevise, n'avait-il pas déclaré : « La jeune fille est perdue. Déjà, elle crache ses poumons ! »

Et ce fut justement en descendant de la patache, de Belluno à Trevise, retournant de Cadore au domaine, qu'Angelina apprit des lèvres mêmes de Lola la catastrophe. Celle-ci quittait définitivement la Casa Grande pour retourner à Biella via Milan et Turin.

Mais que s'était-il donc passé ?

Lola raconta, essayant de ne plus sangloter :

— C'était avant-hier, une journée torride. Nous étions parties en calèche dès le matin pour visiter la ferme la plus éloignée du domaine. Heureuse, apparemment en pleine forme, Loretta conduisait la calèche et la mule, Sofia, trottait allègrement, au contraire de son habitude. Nous apprîmes pourquoi au cours du déjeuner que nous offrit le fermier. Elle était née à la ferme et y était restée trois ans. Le déjeuner fut vite avalé, du lait et une omelette au lard que prépara le fermier et hue, cocotte ! Nous comptions bien nous baigner à l'ancienne réserve en passant près du relais de chasse où nous avions l'habitude de paresser. Une demi-lieue nous en séparait, mais cette mule, si entêtée maintenant, ne voulait plus avancer. Le temps était très chaud, lourd et humide au possible, le soleil, accablant. Enfin, nous arrivâmes à notre grange, mais déjà le ciel se couvrait. Loretta voulait absolument se baigner. Nous n'avions pas de chemises de bain. Ça ne faisait rien, dans un endroit si désert on ne voyait jamais personne. On avait si chaud.

« Avec quelle joie, Loretta la première, nue comme moi, nous nous jetâmes à l'eau ! Bien fraîche, trop peut-être après la suée et le soleil que nous avions pris sur la route. J'étais un peu inquiète, un gros nuage noir et le grondement au loin annonçaient l'orage. Je vis alors Loretta se débattre, s'agiter dans l'eau. Le bassin n'était pas profond. Je me précipitai sur elle. Elle était si pâle, quelque peu hagarde, je l'ai arrachée de l'eau presque évanouie alors que la grêle commençait à tomber, nous nous sommes précipitées dans la grange. Heureusement, il y avait dans un coin du foin, de la paille où nous avions l'habitude de nous reposer. Loretta fut prise alors d'une toux effroyable. Elle tremblait de tout son corps. Nos vêtements étaient restés dehors, dans la calèche. Par chance, la paille était sèche mais Loretta devenait brûlante. Peut-être trop de soleil, puis le bain trop froid, la grêle ! Heureusement, j'ai trouvé dans le relais attenant, que je connaissais bien, un vieux drap ou une nappe, je l'en ai recouverte. J'avais très peur de voir Loretta, toujours hagarde, s'évanouir à nouveau. Enfin l'orage s'est éloigné. Dans la calèche, nos vêtements n'étaient pas mouillés. Je l'ai habillée. Je l'ai portée à la voiture, vous savez comme je suis solide. Elle a encore craché du sang, des glaires dans un mouchoir. Je la sentais si dolente, alors qu'elle se serrait très fort contre moi.

« Et vite, la mule, après l'orage, sentant le retour à l'écurie, a bien trotté.

« Arrivées à la Casa Grande, avec l'aide de ma sœur, nous l'avons couchée ; Loretta tremblait, on a allumé du feu. Grâce à la chaleur, certainement, elle s'est endormie.

« Mon beau-frère était inquiet, en colère contre moi. Que dirait madame la comtesse si elle apprenait l'orage, le bain de sa fille si délicate ?

« Tout semblait aller mieux cependant, la respiration, plus régulière, inspirait confiance. Je ne l'ai pas quittée. Je me suis couchée, vous savez, dans le lit que j'avais fait installer près du sien. On laissa une lampe à huile allumée.

« Moi-même épuisée par l'émotion, à peine endormie, j'ai été réveillée par une toux horrible. Un flot de sang s'écoulait de la bouche de Loretta. Mon Dieu, c'était une scène épouvantable : une hémoptysie. Vite, à cheval, je me suis rendue à Trévise où j'ai trouvé le docteur Spina que connaissait Ludovico. Il m'a promis de venir. Il était là à six heures du matin, hier. Loretta était si faible, après avoir perdu tout ce sang et des glaires jaunes épaisses, accompagnées de tubercules purulents, des morceaux de poumons, nous avait-il dit. À Loretta qui reprenait conscience, il avait apporté un sirop qu'on lui administra et des tisanes pour la calmer. Cette crise semblait très grave.

« Loretta avait les poumons envahis par des humeurs purulentes. Le docteur jugea, nous a-t-il affirmé, qu'il ne pouvait plus rien faire. Du repos, surtout, aucun effort inutile. Le mieux, a-t-il suggéré, est de l'envoyer au plus vite à Padoue où les professeurs de la Faculté pourront prendre soin d'elle.

Arrivée au domaine, Angelina se précipita au chevet de Loretta. Elle dormait paisiblement, cet après-midi, après avoir encore craché des matières sanguinolentes. Il ne fallait surtout pas la réveiller. Cristina était arrivée à lui faire avaler un peu de lait de brebis sucré au miel de châtaignier apporté de Cadore.

Le lendemain matin, à son réveil, Angelina apprit qu'un courrier arrivé de Venise annonçait que le voyage au domaine des deux mères, Francesca et la comtesse, n'aurait pas lieu.

Le docteur Spina, de son côté, avait déjà prévenu la comtesse. Loretta devait être transportée d'urgence à Padoue, Angelina n'avait donc aucune raison de rester seule, au domaine. Ce qui devait être des vacances heureuses se terminait en tragédie.

Mais, comme Lola avait dit à Angelina à Trévise le soir de son départ pour Turin :

— La destinée est inéluctable. Dieu en a décidé ainsi. Le sort de Loretta est entre ses mains. Nous sommes impuissants. Lui seul sait, s'il le veut, il peut ordonner un miracle. Il faut prier et intercéder auprès de la Madone.

7

L'année noire

Au relais de Cittadella, dans la cour de l'auberge, hors les murs, la grosse patache jaune avec ses quatre chevaux gris déjà attelée attendait les cinq voyageurs annoncés pour Mestre, provenant de la voiture de poste de Trévise. Déjà cinq heures et une dizaine de lieues restaient à parcourir avant d'atteindre le débarcadère de Fusina où Angelina retrouverait, à sa grande joie, ses parents au départ du burchiello pour Venise.

Enfin un coup de trompe annonça l'arrivée de la voiture de poste. Le retard, expliqua le cocher, venait de la difficulté de franchir le gué de la Brenta, grossie subitement par un orage qui avait dû éclater assez loin dans la montagne. L'air paraissait un peu plus frais, après la grosse chaleur de l'après-midi, avec ce vent tournoyant qui ne cessait de lever des nuages de poussière.

Angelina descendit de la voiture, flanquée de son fidèle accompagnateur, Sor Ludovico, qui s'empressa de confier la jeune fille, après fortes recommandations, au maître cocher de la poste, lui expliquant que ses parents — son père était un gros bonnet de l'Arsenal — l'attendaient à Fusina...

Angelina voyageait seule, sa grande sœur, comme elle l'appelait, Loretta, n'était pas du voyage.

À peine remise de sa violente hémoptysie, celle-ci attendait, au domaine, de pouvoir se rendre à Padoue où seraient réunis pour une consultation les trois meilleurs médecins de la Faculté. Sa mère, la comtesse, devait l'y rejoindre. Quelques jours encore seraient nécessaires pour qu'elle puisse entreprendre ce voyage.

— Il vous faut reprendre un peu de couleurs, lui avait dit le médecin de Trévise, qui, appelé d'urgence au domaine, l'avait trouvée si faible avec ces serviettes toutes ensanglantées, suite à son hémoptysie de la veille. Oui, vous devez attendre un peu avant de voyager. Déjà il pleut en montagne et la boue vous sera beaucoup plus profitable que l'horrible poussière qui vous ferait tant souffrir. Un bon orage et tout ira mieux pour votre toux. Votre maman a été avertie, et je ferai le nécessaire pour vous y accompagner...

Angelina était bien triste de rentrer seule à Venise, mais la joie de retrouver son père et sa mère compensait tout cela.

Elle devait se faire une raison. Au domaine, on avait eu si peur. Quelle nuit, lui avait-on dit, quand Lola avait été réveillée par tout ce tintamarre et les allées et venues dans la chambre de Loretta... et ce sang ! Personne ne pouvait oublier.

Aujourd'hui, sa grande sœur paraissait beaucoup mieux, elle avait même eu une crise de fou rire non suivie de toux lorsque Angelina lui avait dit que, pour faire une surprise à ses parents, elle allait s'habiller en paysanne de Cadore « histoire de voir s'ils vont me reconnaître ».

En effet, descendant de la voiture de poste, à Cittadella, Angelina parut vêtue d'une longue jupe de coton rouge bien serrée (elle disait ficelée) à la taille, dans un corselet de satin noir emprisonnant un corsage blanc à grosses manches bouffantes, sur lequel elle portait une croix d'or. N'ayant pas de bonnet d'attifet[1], et trouvant de toute manière cela incommode pour y glisser ses boucles, elle avait la maladresse de porter son grand chapeau à plumes, celui qu'elle avait inauguré à la sagra de San Antonio et que sa mère, la futée Francesca, reconnaîtrait certainement bien vite.

Le voyage fut rapide, la dizaine de lieues vite parcourue, deux relais. Malheureusement, en croisant une troupe

1. Attifet : petit bonnet en pointe porté par certaines paysannes à l'époque.

de cavaliers et de grands mulets chargés de fardeaux et quelques voitures, la patache fut envahie par des nuages de poussière et par une chaleur lourde, étouffante, qui faisait prévoir l'approche de l'orage. Celui-ci éclata enfin, juste à l'entrée de Fusina.

La voiture laissa les voyageurs près du débarcadère où le burchiello pour Venise les attendait pour embarquer.

Francesca reconnut immédiatement sa fille malgré le nombre important de voyageurs qui se pressaient. Et d'abord son chapeau, quoique Angelina avait bien essayé de dissimuler son visage derrière un mouchoir de dentelle bien trop coûteux pour une paysanne. Antonio n'arrêta pas d'embrasser son Anzetina, de la questionner. Il la trouvait si belle, avec sa peau dorée, ses yeux si bleus, ses boucles blondes. La fierté illuminait son visage. C'était lui le père au bras de cette jolie fille, la sienne. Francesca, sans rien dire, remarqua que si sa fille avait un peu forcie, elle avait maintenant une très ronde et jolie poitrine, juste ce qu'il fallait, une silhouette fine, un port distingué malgré sa robe de paysanne, une taille élégante comme la sienne il y avait quelques années. Mais son teint était un peu gâté, trop de soleil certainement, trop de bonnes soupes un peu grasses ; avec les pluies de septembre à Venise, cela reviendrait vite.

Après la joie, ce furent les questions. D'abord et surtout la santé de Loretta dont la comtesse était si inquiète.

Angelina raconta tout, un peu dans le désordre. Leur arrivée au domaine, la présence de Lola, la belle-sœur de Sor Ludovico, les leçons de conduite de la mule, puis celles d'équitation ; avant son départ de Cadore, tout allait au mieux. Loretta semblait reprendre goût à la vie, elle toussait toujours un peu mais paraissait plus active. Elle ne cacha pas, le révélant seulement à sa mère, l'attirance et le coup de cœur que Loretta avait eu pour Lola devenue sa chère et brune petite amie. À sa mère seulement, elle pouvait tout dire. Elle savait que Francesca comprendrait, elle qui connaissait et pardonnait la faiblesse amoureuse de la comtesse pour sa Rosine. Elle lui raconta aussi les promenades en forêt de Lola et de Loretta, la baignade imprudente, l'orage, le coup de froid, les frissons, la reprise immédiate de la maladie, les crachats, et pour finir, dans la poitrine peut-être la rupture de quelque chose, la nuit tragique, le sang, la venue du médecin de Trévise, le départ prévu à Padoue... Mais cela, Francesca le savait. Un courrier en avait averti la comtesse.

Enfin le burchiello toucha Venise et surprise, Angelina remarqua que la gondole de la comtesse, conduite par Zanetto, n'était pas là.

Francesca expliqua à sa fille que Zanetto se reposait maintenant à l'hôpital de la Pietà et cela déjà depuis le retour de la comtesse et d'elle-même, de Padoue :

— Lors de la fête des épousailles avec la mer, tu te souviens, il avait été très fatigué, se plaignant d'une forte douleur qui l'avait pris dans la poitrine et dans le bras gauche, lui laissant une fatigue extrême. Il lui fallait du calme, du repos, plus de gondole et de gros repas avec son ami Marco et surtout finies toutes ces « ombre de Soave[1] » qu'il prenait avec ses amis gondoliers. C'était la comtesse et les sœurs bénédictines qui l'avaient fait rentrer à la Pietà. Il y est cajolé, le bandit. Rien que des femmes autour de lui, ces sœurs sont si gentilles. Il est leur bon papa, dit-il. Mais il a eu une nouvelle crise, il y a trois jours. Vite rétabli à ce qu'il paraît. C'est la comtesse qui, l'ayant vu pas plus tard qu'hier, m'a rapporté tout cela. Il faudra que nous allions le voir. C'est le cœur, paraît-il, qui est malade. À part cela, ma chérie, tout est en ordre, ton papa est peut-être un peu plus souvent avec moi. La construction de son navire avance. Au palais avec ces travaux, il a fait une chaleur épouvantable. On a repeint notre chambre et il y a une surprise pour toi, tu vas avoir... enfin, tu verras...

Pour en revenir à Zanetto, Francesca devait ne jamais savoir que c'était lui qui avait demandé à la comtesse de venir le voir. Il avait une chose très importante à lui

1. En vénitien, des verres de vin blanc.

confier. Il avait eu, se sentant très mal, une très forte douleur au côté gauche qui l'avait littéralement terrassé lors d'une messe qu'il était allé entendre, tout près de la Pietà, à San Zacharia.

Recueilli dans les bras d'un vicaire qui assistait à l'office, celui-ci, le voyant au plus mal, s'était offert pour le confesser. Zanetto, à peu près remis de son malaise et qui avait eu si peur de mourir, lui avait confié sous le sceau de la confession le secret qui lui pesait tant sur le cœur : comment il avait remis à un couple marié, lors de la peste, un enfant trouvé, abandonné dans le ghetto, dont les parents, qu'il connaissait bien, étaient morts de la peste. C'était une petite fille, lui dit-il, dont les parents étaient juifs. Cette petite fille avait été reconnue par sa nouvelle famille officiellement, légitimée, baptisée et élevée chrétiennement. Jamais il n'avait révélé à personne les origines de l'enfant. Que devait-il faire ? Sentant bien que la mort le guettait, qu'il était à la merci peut-être d'une prochaine crise. Il ne voulait en aucun cas causer du chagrin aux parents qui pourraient peut-être très mal réagir, ni à l'enfant qui adorait ceux qu'elle croyait être ses véritables parents. Son certificat de naissance et de baptême l'établissait du reste parfaitement.

Cette enfant, maintenant jeune fille, avait dix-sept ans. Elle était la protégée d'une comtesse très riche et très connue à Venise dont il était lui-même le gondolier depuis...

Cette confession, qui dans le fond n'en était pas une, aucun péché n'ayant été commis du point de vue du vicaire, laissa celui-ci fort perplexe. Il promit à Zanetto de réfléchir, après en avoir parlé à son évêque ; le vicaire avait même dit : à « mon directeur de conscience ».

Le lendemain, ce fut le prêtre lui-même qui, ayant réfléchi et peut-être après avoir demandé conseil, visita Zanetto à l'hôpital de la Pietà.

— Mon fils, lui dit-il, je ne pense pas qu'il soit utile de bouleverser une famille en lui révélant ce que vous m'avez, sous le sceau du secret, confié hier en confession. Pour moi, être né juif et ne pas le savoir n'a aucune gravité. Si cette enfant a été baptisée et a été élevée chrétiennement, si elle aime ses parents et n'a aucun doute sur ses origines, pourquoi la tourmenter surtout, comme vous le dites, à dix-sept ans ? Nous connaissons bien la comtesse Forner, peut-être, si vous voulez soulager votre conscience, pourriez-vous lui en parler ? Je suis certain qu'elle vous donnera le même conseil que moi. Vous n'avez rien fait de mal, mais du bien au contraire, mon fils, vous avez sauvé, comme vous me l'avez raconté, un enfant d'une mort quasi certaine. Vous lui avez donné une vraie famille qui vit dans l'amour de Dieu. Il n'y a qu'un sentiment très chrétien qui vous a animé, je vous en donne une totale absolution.

Le soir même, Zanetto eut une nouvelle crise. Écoutant ce que lui avait dit le prêtre, il se décida alors à se confier à la comtesse.

Celle-ci, mandée par sœur Marie, la mère supérieure du couvent où la comtesse avait passé toute son enfance, Zanetto étant, paraît-il, à la veille d'une mort certaine, s'empressa d'accourir.

Elle reçut la confession sans trop s'en étonner ; l'histoire de la remise de l'enfant par une dame inconnue, pour être déposée dans un orphelinat au moment de la peste, ne l'avait jamais trop convaincue.

Francesca et Antonio étaient d'excellents et même d'extraordinaires parents, qui adoraient leur fille. Angelina le leur rendait bien. N'avait-elle pas été baptisée et élevée dans la religion chrétienne ? Pourquoi jeter le désarroi dans la famille ? Qu'importait donc qu'avant de s'appeler Angelina, elle se soit appelée Elisheva ? Elle n'avait aucun souvenir de sa petite enfance. Le bébé avait été un cadeau de Dieu dont Zanetto n'avait été que l'instrument de transmission.

Le banquier Aron était donc le père de sang d'Angelina. La comtesse se souvenait bien de l'avoir connu au sujet d'une affaire d'assurance dont lui avait parlé son mari le comte. Ce banquier, un excellent commerçant, avait été un homme remarquable. Et sa femme Rebecca ! Cela lui disait quelque chose. C'était certainement elle, qui, autrefois, avait dû s'occuper de ces magnifiques fêtes de Pourim que l'on donnait, avant la peste, au ghetto. Elle avait dû lui être présentée le soir d'un concert. Donc rien à dire, la vraie famille était irréprochable, aucune tare. Angelina avait de qui tenir.

Elle remercia Zanetto pour sa grande et « très sacrée confidence », comme il le lui avait dit, mais il n'y avait aucune crainte à avoir. Elle seule, elle le lui avait promis, connaîtrait les origines juives d'Angelina qu'elle considérait comme la petite sœur de sa fille. Peut-être un jour, mais beaucoup, beaucoup plus tard, si elle était persuadée de ne faire aucune peine à personne, elle pourrait en parler ? Quand ? À qui ? Pourquoi ? Les événements lui dicteraient sa conduite.

— Mais certainement jamais à Antonio ni à Francesca. Que nous soyons nés de parents juifs ou chrétiens, peu importe le sang qui coule dans nos veines. C'est l'éducation religieuse qui fait souvent une différence pas toujours comprise. Dieu n'est-il pas unique ? et le même pour tous ? Ce sont seulement ceux que l'on reconnaît comme « envoyés », les messies venus ou à venir qui nous séparent, nous opposent. Les cérémonies, les fêtes et les traditions religieuses nous viennent seulement de la volonté des hommes. Et que de crimes furent commis en leur nom. Les musulmans, nos Turcs de Méditerranée, ne disent-ils pas que s'ils nous enlèvent la vie, c'est pour mieux nous envoyer directement au paradis ! Peu importe le sang qui coule dans nos veines, et après tout qui est sûr de l'origine de ce sang ? Que celui-ci soit juif, catholique ou musulman ? Comment peut-on être assuré d'avoir dans ses veines le sang du père ? Seul celui de sa mère est certain. Et puis, Jésus lui-même n'a-t-il pas d'abord été juif ?

Mais la comtesse pensa avoir eu là une pensée que son confesseur pourrait considérer comme sacrilège. Elle se signa. Pour l'instant du moins, la comtesse ne dirait absolument rien à personne. Pour se remettre sous la protection de la Madone, quittant Zanetto, la conscience enfin libérée, elle se dirigea vers la chapelle des sœurs bénédictines, afin de dire un chapelet, à la place même où elle avait si souvent prié durant son adolescence et souvent aussi, étouffé de rire devant les mimiques de sa chère Maria Assunta.

Pour Angelina, le train train habituel reprit au palais, où l'attendait une grande surprise. La comtesse avait en effet fait aménager pour la jeune fille, profitant des travaux entrepris pour la réfection de la toiture, une chambre pour elle toute seule, qui communiquait avec sa chère altana où la comtesse, Rosine et ses amies, langoureusement, venaient dès le printemps, au soleil, améliorer le blond vénitien de leur chevelure.

La comtesse avait gagné Padoue, très inquiète, se rendant au chevet de sa fille qui n'avait toujours pas quitté l'infirmerie du couvent des bénédictines. Les trois médecins qui s'étaient réunis en consultation l'avaient déclarée pour l'instant intransportable. La santé de Loretta, avaient-ils dit, semblait très compromise. En réalité, pour eux, à moins d'un miracle, la jeune fille était perdue.

Loretta était bien atteinte de phtisie, avec désagrégation de ses poumons qui se décomposaient, crachés en tubercules jaunâtres et sanguinolents. À dix-neuf ans, quelle tragédie ! Sous les termes très ampoulés de l'époque, l'effroyable vérité se cachait. On parla à la comtesse d'humeurs caustiques dont les poumons s'embarrassaient, de glandes considérablement affaissées, et de la difficulté que la jeune malade avait à vider des poches de mucus qui embarrassaient sa trachée et ses bronches, à cause « de la fonte de l'humeur » qui ne réussissait pas à s'évacuer complètement.

Il y avait évidemment, de temps en temps, surtout le matin, après les gros crachats du réveil, du mieux, la fièvre disparaissait mais réapparaissait lentement et fortement dès la tombée du jour, tous les soirs. Loretta n'était plus elle-même, ses joues creuses et son corps, si amaigri, faisaient peine à voir. Son teint était cireux. Les bonnes sœurs avaient grand mal à lui faire accepter des aliments, qui, disaient-elles, la répugnaient. On lui préparait cependant des œufs battus avec du lait de brebis et du sucre de fruit, le seul aliment qu'elle avalait, et encore, avec beaucoup de réticence, ainsi que du miel de châtaignier que son amie d'un moment, Lola, lui avait fait connaître lors des vacances interrompues au bord de la Brenta. Il fallait presque que sœur Lucia, qui s'occupait d'elle constamment, lui dise, une cuillère pour maman, une cuillère pour Jésus, une cuillère pour la Madone, une autre pour Angelina, votre petite sœur qui pense tant à vous à Venise, une cuillère pour..., toute une litanie, que l'on aurait dite avec un bébé, y passait. Sœur Lucia aussi, avec beaucoup de tact, la surveillait pour essayer de lui faire perdre l'habitude qu'elle avait de « se toucher » afin de trouver plus rapidement, disait-elle, son sommeil. Certainement une des causes de sa maladie, ronchonnait le docteur Fillipini, persuadé que la masturbation chez les filles était la raison de la dégénérescence des humeurs. Pourquoi s'y opposer ? prônait-il. Il la savait perdue. Le cœur, à l'auscultation, paraissait cependant encore solide, battant un peu vite dans les moments de forte fièvre, mais régulièrement. Tiendrait-il encore longtemps ?

Quelle tragédie pour la comtesse, lorsqu'elle arriva au chevet de sa fille, de la voir ainsi, méconnaissable, rongée par la maladie. Elle fit cependant, souriante, un effort surhumain pour cacher ses larmes, sa douleur de mère.

Loretta lui demanda des nouvelles d'Angelina, sa petite sœur qui lui manquait tant, réclamant sa présence, ce que lui promit la comtesse.

Le troisième jour qui suivit l'arrivée de sa mère, Loretta eut encore une crise d'étouffement puis un très important crachement de sang et une perte totale de connaissance. L'aumônier du couvent, prétextant la fête de la nativité de la Vierge afin de ne pas effrayer Loretta, que tous considéraient déjà comme mourante, vint lui donner les derniers sacrements.

Nous étions en effet le 8 septembre. Dans la chapelle du couvent, les sœurs se relayèrent sans cesse pour prier le Seigneur, lui demandant d'intercéder auprès de lui pour obtenir ce qui ne pouvait plus s'appeler qu'un miracle. La comtesse ne quitta plus d'une seconde le chevet de sa fille, lui offrant nuit et jour son sourire, dès que Loretta semblait reprendre connaissance, et sanglotant lorsqu'elle se reposait. Le 14 septembre, jour de la Sainte Croix au matin, ce fut la supérieure qui, au retour des matines, trouva Loretta à jamais endormie.

Que dire de la souffrance de la comtesse ? Ses larmes muettes ? Cette douleur profonde lorsque la mère embrassa sa fille pour la dernière fois, ce visage déjà devenu de pierre, et ses longues mains si blanches, encore tièdes...

Loretta fut enterrée au couvent, dans le petit enclos parfumé de fleurs blanches des jasmins et réservé aux petites sœurs novices. Loretta Forner, la dernière du nom, avait rendu son âme à Dieu.

La comtesse ne s'arrêta pas davantage à Padoue. Elle visita cependant son beau-frère, très ému et même prostré par la mort de sa nièce, à qui il avait fait donation du palais de ses ancêtres, et dont sa belle-sœur allait hériter.

Arrivée à Venise, apprenant à Francesca son effroyable douleur, celle-ci à son tour, avec beaucoup de ménagement, fut dans l'obligation de lui annoncer la disparition de Rosine. Une autre tragédie.

Elle n'avait plus été vue à Venise. Plus aucune nouvelle d'elle. Son palais de rencontre était fermé. Francesca expliqua que son mari, Antonio, avait essayé de s'informer. On lui avait parlé d'enlèvement. Du palais d'en face, des servantes, la nuit, avaient entendu, disaient-elles, des hurlements. Des bravis peut-être. Le portier de Rosine avait peut-être été massacré, ou du moins n'avait plus reparu. Une très sombre histoire dont s'occupait consciencieusement le provéditeur de la Sécurité.

La gondole d'apparat de Rosine avait disparu. Le provéditeur de la Police des mœurs, un ami d'Antonio, lui avait dit à son tour ne rien savoir. Les scellés sur le palais avaient été immédiatement apposés. Il lui conseilla de ne pas s'occuper de cette affaire et termina en lui disant :

— L'eau trouble, mon cher, n'est pas bonne à boire et nous avons, croyez-moi, des affaires beaucoup plus sérieuses à traiter car l'avenir même de notre Sérénissime est en péril ; autre chose, mon cher, que des histoires de fesses.

La Sérénissime avait trop à faire pour s'occuper du sort d'une courtisane, même de très haut vol. Les nouvelles transmises par le Bayle de Venise, l'ambassadeur auprès de la Sublime Porte, étaient des plus graves. L'avenir de la République et de son commerce méditerranéen, sa richesse et sa puissance paraissaient en grand péril.

On apprenait en effet à Venise, au Conseil des Dix, par un courrier urgent provenant du Bayle de Venise auprès de la Sublime Porte, Giovanni Soranzo, que le 28 septembre (on était déjà à la mi-octobre)[1], un événement de pure piraterie s'était déroulé entre une escadre maltaise et un convoi ottoman des plus pacifiques revenant d'Alexandrie et se dirigeant vers les Dardanelles. En effet, le capitaine général de l'Ordre de Malte, frà Gabriel de Chambre de Boisbaudran, qui avait à son actif vingt-cinq ans de navigation en Méditerranée, longeant la côte d'Anatolie avec six galères (la *Capitane, Saint Jean, Saint Joseph, Saint Laurent, Sainte Marie,* la *Victoire*), s'était emparé d'un grand galion ottoman qui voguait vers Constantinople, lors d'une bataille, livrée sans raison apparente, contre un convoi ottoman. Malgré la supériorité de l'escadre turque, Boisbaudran avait attaqué délibérément, conquis à l'abordage et de haute lutte, le grand galion. Le reste de l'escadre turque avait pris la fuite. Boisbaudran y perdit la vie mais son successeur, désormais maître à bord, Nicolas Cottoner devenu patron de la galère *Capitane,* avait pris en remorque le bateau conquis si facilement. Il y trouva un butin d'une richesse considérable et surtout l'épouse préférée du sultan Ibrahim, son fils, trente femmes de condition très élevée, toutes de son

1. Il fallait à l'époque à peu près vingt-cinq jours pour qu'un courrier, venu par mer, fasse la route sans incident, de Constantinople à Venise.

harem, ainsi que le chef de ses eunuques et des serviteurs, plus de trois cent quatre-vingts personnes. C'était une prise extraordinaire, représentant une rançon considérable que l'on comptait monnayer avec la Sublime Porte. À court d'eau potable et de ravitaillement, l'escadre maltaise et le galion turc en remorque avaient fait escale dans une rade crétoise, donc vénitienne, sur la côte orientale à Calisimoni. Là, mais seulement après plusieurs jours, le gouverneur vénitien les avait fait déguerpir non sans que les Maltais n'eussent rempli leurs tonneaux d'eau potable avant d'abandonner, avec une grande quantité de chevaux pris aux Ottomans, tout ce qui n'était pas rançonnable.

Le Bayle avertissait Venise de la colère effroyable qui s'était emparée du sultan, bien déterminé à venger cet acte de piraterie extraordinaire, du fait des galères des chevaliers de l'Ordre de Malte. Venise était habituée à entendre la sempiternelle excuse, lutter contre l'infidèle, mais cette fois c'était le comble. La Sérénissime, en paix avec la Sublime Porte depuis les événements de Vallona de 1638, comptait en effet maintenir ses bonnes relations avec Constantinople.

Le débarquement en Crète et le ravitaillement accordés à l'escadre maltaise par les Vénitiens furent malheureusement connus du sultan. Des conséquences graves pourraient en résulter pour Venise. Aider ainsi les pirates à conserver leurs prises pourrait être mal interprété, surtout par le sultan Ibrahim connu pour son irritabilité et sa cruauté colérique.

D'un autre côté, Venise, également, n'était pas au mieux avec les Chevaliers de Malte. Le temps de la fraternité de Lépante et du sacrifice héroïque du capitaine général de l'escadre maltaise, Giustiniani, était oublié.

Cette affaire de piratage et d'enlèvement de membres de la famille du sultan devenait une affaire très sérieuse, dont le développement possible inquiétait considérablement la Sérénissime République. Son commerce pouvait sérieusement s'en ressentir et peut-être, disaient les pessimistes, des complications diplomatiques allaient-elles naître ? Le pape pouvait s'en mêler... Un conflit était-il à prévoir ?

À nouveau, la guerre ?

Pour Malte, l'argent n'avait point d'odeur et c'est ainsi que les chevaliers de l'ordre hospitalier se trouvaient souvent à l'origine d'affaires de contrebande, à des arraisonnements sans cause et même à des substitutions de marchandises, rendues quelquefois avec de fortes excuses.

Pour le sultan, la Crète, terre chrétienne qui nuisait considérablement à ses communications avec la partie occidentale de son empire, ne pouvait servir de refuge et de poste de ravitaillement à des escadres pirates.

Pendant ce temps, l'automne avançait. Angelina, malheureusement, n'avait pas eu le temps de profiter de la chambre que lui avait préparée la comtesse. Celle-ci lui avait octroyé la chambre de sa fille chérie, Loretta. Traversant un moment très difficile, voire horrible, la comtesse l'avait suppliée d'occuper la chambre de Loretta, ne pouvant supporter la tristesse de la voir vide.

La disparition soudaine de Rosine l'avait fortement abattue. Elle s'abstenait totalement d'en parler, même avec Francesca.

Par un des inquisiteurs chargés des enquêtes criminelles, la comtesse avait, en effet, appris ce qu'on disait être la vérité. Pas question d'espionnage politique. Rosine était morte d'une septicémie foudroyante, ou comme sa fille, d'une hémorragie, mais provoquée par un avortement réalisé par une faiseuse d'ange ? Une affaire bien trouble, il est vrai. Le corps de Rosine aurait disparu après avoir été authentifié par son portier ?

Les scellés sur son palais de rencontre avaient été apposés par ses importants créanciers. Des vols avaient eu lieu, un début d'incendie, le corps de Rosine, à moitié calciné, aurait été en fin de compte retrouvé dans la maison de campagne d'une célèbre courtisane, de moins haut vol cependant... Enfin, un imbroglio épouvantable dont il valait mieux ne pas se mêler.

Après l'automne, ce fut l'hiver, avec la pluie, le crachin. La marée montait au bas des ponts. Francesca en suivait la trace au pieu d'arrimage des gondoles, déjà deux crans de couleur au-dessus de celui de l'été étaient recouverts. Les hautes eaux s'annonçaient, la température, chaque jour, baissait un peu plus.

De Padoue, disait Francesca, la comtesse était revenue anéantie. Plus rien ne semblait l'intéresser. Elle si vivante, si active, si enjouée, était maintenant prostrée, ne quittait plus sa chambre pour ainsi dire, tenant même les volets pliants de ses fenêtres à demi fermés.

Seuls le papotage, les coups de becs affectueux de son perroquet, son ara blanc, la tendresse confiante de son petit carlin et surtout la jeunesse turbulente, l'enjouement d'Angelina arrivaient à lui arracher un pâle sourire. Devenue une très belle jeune fille, celle-ci lui avait raconté qu'il y avait quelques jours à peine, elle avait à nouveau rencontré le jeune capitaine Francesco Guglielmo Péri à la piazzetta dei Leoncini, près la tour de l'Horloge. Pour l'instant, celui-ci était affecté à l'Arsenal, au service de l'artillerie, afin de veiller à la préparation de l'armement d'une nouvelle compagnie créée dans son régiment. Angelina lui avait présenté Zaza qui venait d'ouvrir une échoppe aux Merceries justement à quelques pas de la tour de l'Horloge. Ils avaient ri ensemble et s'étaient embrassés.

— Oui, madame la comtesse, sur les deux joues ; il m'a pris une main que je lui ai laissée et nous nous sommes promenés aux Esclavons. Il m'a appris qu'il ne fallait jamais passer, sur la piazzeta, entre les colonnes de Saint Marc et de Saint Théodore où l'on venait justement de pendre un traître à notre chère République ; cela porte, paraît-il, malheur. Ce garçon me plaît, il a de beaux yeux et semble si calme, si sûr de lui dans son bel uniforme...

Et d'ajouter :

— Je ne pense pas que ce beau capitaine soit d'accord avec la formule des mauvais maris vénitiens qui se gaussent à rabâcher, m'avez-vous dit : « ma femme doit plaire, se taire et rester à la maison ». Mais, sait-on jamais ! Hélas ! Il faut du temps pour connaître un homme et comment éviter les mauvaises surprises ? J'aurais besoin de vos conseils, chère comtesse ; comme dit ma mère : tout est beau durant le temps des fiançailles. On découvre, on croit tout savoir. On est sûr de son choix. Puis vient la nuit de noce. On découvre encore, cela plaît ou ne plaît pas, on le trouve brutal ou ne pensant qu'à lui-même ; mais c'est surtout la suite qui compte, n'est-ce pas ce que vous m'avez dit ? Savoir vivre ensemble, est-ce si difficile ? Vous m'avez si souvent incitée à me méfier de tous ces mauvais maris comme il y en a plein les gondoles, s'y amusant avec les femmes des autres. Choisir un homme, est-ce vraiment comme à la loterie ?

Le Noël 1644 fut bien triste. La comtesse fit éteindre à minuit cierges et bougies. Seule une lampe à huile brûla dans sa chambre devant le portrait peint de sa fille, l'année de ses dix-huit ans. La porte du palais donnant sur le Grand Canal fut recouverte d'un crêpe de deuil.

8

Départ pour la Crète

Au palais Forner, la disparition de Loretta avait laissé un vide énorme. Sa mère, la comtesse Caterina, ne se remettait toujours pas de la mort de sa fille. Un moment, on avait même craint pour sa santé devant son dégoût pour la vie. Il avait fallu les efforts de Francesca et d'Angelina pour la forcer à s'alimenter, la faire peu à peu sortir de sa torpeur et lui donner le goût de renouer avec ses habitudes passées. L'avenir, disait-elle, ne l'intéressait plus, un ressort en elle s'était cassé.

Son ardeur à lutter s'était profondément émoussée, c'était sa fille, disait-elle, son adorée Loretta, qui lui avait donné, après le décès de son mari, la force de lutter pied à pied pour maintenir, accroître même, le patrimoine des Forner, associée à son désir de maintenir le rang de sa propre famille. Loretta en avait été l'unique héritière. Elle seule aurait été capable de transmettre et peut-être même, grâce à un remarquable mariage, de renforcer la position de la famille et son haut lignage. L'avenir maintenant lui paraissait totalement bouché. Après elle, maintenant, ce serait quoi ? Un bel enterrement et le souvenir qui s'estomperait chaque jour un peu plus. La célébrité de la famille serait vite enterrée dans les vieux grimoires... Une fois le souvenir éteint, la mort ne devient-elle pas, alors, définitive ?

Heureusement, Francesca et Angelina étaient près d'elle, veillant à chaque instant pour essayer de faire survivre et se reproduire ses chères habitudes.

Francesca avait peu à peu cédé à sa fille le soin de s'occuper de plus près de la comtesse, devenant ainsi, en quelque sorte, non plus la gouvernante du palais, mais une sorte de surintendante ne rendant compte de sa mission d'ordonner et de régenter le petit monde du palais qu'à la comtesse et à elle seule.

Celle-ci se rapprochait de plus en plus d'Angelina en qui elle voyait le reflet de sa fille. N'avaient-elles pas été élevées ensemble, avec, malgré un tempérament très différent, les mêmes goûts et les mêmes affinités ? Caterina retrouvait chez Angelina la même façon que Loretta avait de s'exprimer, le même langage. Très souvent, il arrivait à la comtesse d'appeler Angelina « ma fille », parole appuyée d'un baiser sonore sur son front, comme elle aimait tant le faire avec la chère disparue.

C'était maintenant Angelina qui, le matin venait réveiller la comtesse, suivre le déroulement de sa toilette et la conseiller sur le choix des robes, des bijoux à porter, sur l'ordonnancement de sa coiffure et même régler le détail des menus à faire porter à l'office. Tout cela était décidé avec grâce et sourire, Angelina obtenant ainsi des chambrières le plus parfait et le plus agréable des services.

L'après-midi, la comtesse était souvent occupée à des mondanités dont elle n'était pas arrivée à se défaire malgré son fort désir de s'en évader. Angelina avait alors ce qu'elle appelait « ses heures de liberté », enfin accordées par Francesca. Celle-ci savait qu'elle pouvait avoir entière confiance dans sa fille, qui, elle s'en rendait bien compte, prenait de jour en jour, à sa grande joie du reste, beaucoup d'aplomb dans ses propos et cela avec une autorité naturelle.

Angelina employait ses après-midi de liberté à rendre visite à Zaza, restée sa grande amie, dans sa boutique de la piazzeta dei Léoncini où paraissait très souvent, à la sortie de l'Arsenal, le jeune capitaine Francesco Guglielmo Péri, son cavalier du fameux bal. Celui-ci était certainement plus intéressé par la présence et les plaisants propos d'Angelina que par la joliesse des nappes brodées de la boutique. Il avait cependant toujours un mot, en véritable signorino qu'il était, pour complimenter Zaza sur ses merveilleuses et délicates dentelles.

Puis un jour, vite suivi de beaucoup d'autres, Angelina accepta de faire quelques pas dehors avec le capitaine déjà amoureux. Habile tentatrice, Angelina se faisait lourde à son bras. Elle accepta de traverser la place Saint-Marc, de faire quelques pas jusqu'au bas du campanile et même le long du quai des esclavons, se gardant bien de passer entre les deux colonnes de granit rouge portant saint Marc et saint Théodore, un faux pas qui aurait pu porter malheur, selon la tradition, à leur amour naissant. Elle se souvenait bien des recommandations faites à ce sujet par celui qu'elle appelait déjà son soupirant.

Un jour, elle accepta même de croquer avec son capitaine à la même tranche de potiron grillé et de boire au même verre de soave que celui-ci prenait l'habitude de lui offrir, devant le sourire amusé de la marchande ambulante du débarcadère aux Esclavons. Elle voulait ainsi connaître, sans que Francesco s'en doute, le fond réel de ses pensées.

Puis, peu à peu, on se donna la main, on s'embrassa sur les joues. On parlait de tant de choses insignifiantes, devenant de plus en plus captivantes. On échangea ainsi goûts et attirances, Francesco et Angelina, chaque jour, s'unissaient l'un à l'autre davantage.

Zaza, très discrète, mesurait les pas qui les rapprochaient. Un jour, elle aperçut même la main du galant Francesco qui, certainement sans le faire exprès, tout naturellement, frôla, pour ne pas dire caressa l'épaule puis le contour d'un joli sein, la cambrure d'une croupe, celle d'Angelina, qui ne parut même pas s'en apercevoir. L'amour venait naturellement faire son nid.

Zaza ne put s'empêcher d'en parler avec la comtesse qui tout de suite accepta l'augure d'une union. Le mariage ! Pourquoi pas ? Pour elle, il n'y avait aucune entrave possible. Les Péri étaient un très bon parti. La famille, si dévouée à la cause de la Sérénissime et si estimée à Vérone, était des plus honorables. Le jeune capitaine ! Lui aussi un valeureux et très dévoué soldat de la République...

Oui, ce mariage lui plaisait. Il faudrait, avança-t-elle,

avant toute chose, en parler d'abord à Francesca et, pourquoi pas, envisager ensuite des fiançailles ! Et la dot ? La comtesse se promit, pour faciliter l'union, de déposer dans la future corbeille de la mariée, sa chère Angelina, un sérieux paquet de ducats.

Mais tout cela restait encore entre femmes. Du côté des Péri, la comtesse en faisait, amicalement et financièrement, son affaire, mais le plus dur serait certainement d'en informer et de vaincre la résistance du gardien jaloux de la vertu et de l'avenir de son Anzetina : son père, le prudent Antonio. Bien vite convaincue, rangée elle aussi à l'idée de la comtesse, Francesca voulut bien se charger de la délicate mission, prête à affronter, au début du moins, ce qu'elle supposait être les violents propos de son mari. Elle l'entendait déjà :

— Quoi ! Un homme se serait permis de fréquenter et même d'approcher publiquement ma fille, sans que j'en aie été le premier informé ! Un militaire... Un Corse en plus !...

Assurément, elle entendait déjà son gros ours de mari fulminer, mais son Antonio n'était-il pas aussi le merveilleux père qui, sans aucun doute, voulait le bonheur de sa fille ?

La comtesse et Francesca décidèrent donc d'attendre pour parler vraiment de mariage. On envisagea cependant de suggérer d'éventuelles fiançailles, mais évidemment pas avant que la comtesse elle-même ait pu confesser l'amoureux capitaine sur ses intentions réelles.

Mise au courant par Zaza de la grande conversation que la comtesse allait entreprendre avec son Francesco, Angelina donna son accord par un grand sourire. Elle était sûre de lui, confiante dans ses sentiments. Elle savait bien, dans son for intérieur, qu'il lui était maintenant fortement attaché. Mais que dirait la famille de Vérone ? Cette famille qu'elle n'avait encore jamais approchée ?

C'est qu'en réalité, elle aimait déjà très fort son Francesco. Elle commençait à avoir un réel et total besoin de sa présence. Lorsque, pour la première fois, leurs lèvres s'étaient jointes, la jeune fille avait éprouvé une émotion profonde qu'elle avait même ressentie physiquement. Le soir, seule dans son lit, imaginant son amour près d'elle, fermant les yeux, se touchant comme le lui avait appris Loretta, elle avait même connu le vrai plaisir et cela l'avait envahie plusieurs fois, par secousses, en pensant à lui... Elle était follement amoureuse de Francesco.

Mais il ne pouvait devenir simplement son amant. La honte les envelopperait, le mépris, le rejet et si un enfant venait : la déchéance. Non ! Sa décision était prise : Francesco deviendrait l'homme de sa vie, son homme à elle, son mari. Et le plus vite possible.

C'était décidé, elle s'en ouvrirait d'abord à la comtesse, qui serait, elle en était sûre, sa grande complice ; elle pourrait l'aider à réaliser son rêve : non pas se fiancer à l'italienne[1], mais se marier le plus vite possible.

Mais, pensa-t-elle, le plus difficile à convaincre sera mon père ; ce sera lui, la place forte à prendre. Pas à coups de canon, mais au contraire avec une grande douceur et une infinie diplomatie pour obtenir son indispensable consentement. Il m'aime tant qu'il ne pourra pas me refuser mon Francesco, je sais qu'il reconnaît son courage, bien qu'il soit d'origine corse et non Vénitien. Et maman m'aidera à gagner la bataille...

En attendant, son père, le vice-protto, était fort occupé. Son projet du vaisseau type hollandais était tombé en panne. Dommage ! Car la situation maritime de la Sérénissime, sa suprématie en Méditerranée orientale s'était subitement aggravée. La coque du bateau, inachevée, l'attendrait. Déjà, elle avait quitté sa loge de lancement et reposait sur ses chameaux[2] flottants, dans un coin de l'Arsenal.

Antonio avait en effet reçu, à vrai dire un peu en catastrophe, un très important programme de construction de galères et de galéasses. Les instructions données

---

1. Fiancer à l'italienne : c'est-à-dire avec tous les risques d'attendre, quelquefois, de nombreuses années avant l'hypothétique union définitive.

2. Chameaux : caissons submersibles fixés sur les flancs des bateaux permettant de les soulever et de les faire flotter sur les bas-fonds.

étaient de sortir de l'Arsenal, en moyenne, une galère armée par jour.

Désormais, de bien mauvaises nouvelles circulaient constamment dans Venise, particulièrement au portego de la comtesse où un gros commerçant, un ami de longue date de son défunt mari, installé à Andrinople, y avait rapporté de très troublantes informations concernant les préparatifs de guerre qu'entreprenait la Sublime Porte, préparatifs qu'il avait vus de ses yeux depuis sa maison donnant sur le Bosphore.

— Oui, madame la comtesse, commenta le rusé marchand revenu depuis peu de Turquie, cela va très mal à Constantinople. Le sultan Ibrahim, fou de rage, a donné l'ordre de construire une flotte immense, près de quatre cents navires, qui sera capable de transporter plus de soixante mille hommes, prêts à débarquer où l'ordonnera le sultan. Celui-ci tient absolument à venger l'insulte faite à sa famille, à son peuple, et le sacrilège causé au Prophète Mahomet et à son Dieu tout-puissant. Le galion attaqué, piraté comme vous le savez par les Maltais, ne revenait pas de la Mecque mais s'y rendait, chargé de présents merveilleux destinés à honorer la Kaaba et les autorités religieuses musulmanes de leur ville sainte... Oui, ma chère comtesse, à cet acte de piraterie inacceptable, dit-on dans les mosquées, vient s'ajouter un horrible sacrilège accompli par les Maltais avec la complicité de l'un de nos gouverneurs de Crète, qui aurait accordé refuge aux pirates. Le sultan, apprenant le rapt de sa première épouse adorée et de ses trente femmes-fleurs, les plus affectionnées de son harem, est devenu subitement fou furieux. Il a menacé de faire massacrer tous les chrétiens vivant dans son empire. J'en ferais partie évidemment. Heureusement, de la rive d'Asie, j'ai pu me rendre à Smyrne et de là, d'île en île, jusqu'à Candie. Quarante jours de mer pour échapper à cette menace...

Le commerçant n'exagérait en rien. En effet, la situation était très grave et le 10 février 1645, suite à une nouvelle lettre du Bayle de Constantinople, le Sénat, enfin, décrétait l'envoi en Crète, comme provéditeur de l'île, de l'énergique Andrea Corner, avec une très forte somme d'argent. Il avait pour mission de mettre les défenses de l'île en état et de mobiliser la milice.

Venise apprenait, le 20 mai, le départ depuis le 30 avril de l'immense flotte ottomane dont avait parlé à la comtesse le commerçant vénitien d'Andrinople. C'était vrai, quatre cents navires avaient quitté les Dardanelles et se dirigeaient vers l'Ouest avec cinquante mille soldats à bord et, disait-on, trente mille sapeurs arméniens, grands spécialistes dans l'art de forer des fourneaux de mines.

Le 22 mai, une nouvelle lettre du Bayle de Venise auprès de la Sublime Porte avertissait le Sénat que l'objectif des Ottomans ne serait plus Malte, l'imprenable, mais la Crète. Le Sénat hésita — il n'y croyait pas — et demanda, pour agir, d'avoir encore plus d'informations. En effet, on avait annoncé le même jour que la flotte turque avait débarqué à Tina pour se ravitailler, au Péloponnèse, et que le recteur vénitien de la ville, invité par l'amiral ottoman, y avait été très bien accueilli. Était-ce une feinte ?

À l'Arsenal, pendant ce temps, nuits et jours, tous les arsenalotti, charpentiers, calfats, fondeurs de canons, voiliers et cordiers de la tana[1] redoublaient d'activité. Jours après jours, galères et galéasses s'embossaient dans la lagune, prêtes à prendre la mer au moindre signal.

Au palais Forner, Angelina devenait, elle aussi, de plus en plus anxieuse, le régiment corse de son très cher Francesco allait-il, lui aussi, être envoyé en Crète ?

Un matin, en effet, en se réveillant, la jeune fille s'était souvenue d'un rêve, un véritable cauchemar qui avait terrorisé sa nuit. Ce qui lui restait surtout en mémoire, c'était l'image de son Francesco, vêtu de loques, à demi nu, qui se tenait au milieu d'un fracas épouvantable sur le pont d'un radeau, s'accrochant à un mât de

1. Tana : immense bâtiment de l'Arsenal où se fabriquaient voiles et cordages de la flotte et où près de trois mille hommes et femmes travaillaient.

bateau brisé. Près de lui, son père, Antonio, elle l'avait reconnu malgré sa barbe hirsute, lui aussi ruisselant d'eau, cherchait en vain à se dégager d'un amas de cordages qui s'agitait autour de lui, comme des serpents. Chose bizarre, Angelina se souvenait aussi d'avoir aperçu dans son rêve deux grands oiseaux blancs qui tournoyaient dans la tourmente ; dans un ciel où se mêlaient des éclairs, des chuintements et des plaintes ils jaillissaient ainsi, planant au milieu de la bourrasque.

Ces deux oiseaux, Angelina s'en souvenait bien, venaient là pour apaiser la colère des flots et protéger ainsi son père et Francesco. Elle pensa que cela était certainement une prédiction venue du ciel. Les oiseaux de paix, c'était sûrement Francesca et elle-même, les deux anges gardiens, les deux épouses des malheureux naufragés. Il fallait donc, au plus vite, célébrer les accordailles et le mariage. Le temps pressait.

Francesca, poussée plus encore par Zaza et la comtesse que par sa fille, se devait, maintenant, d'affronter son mari au plus tôt. Ce grand garçon brun aux manières distinguées, prévenant à l'extrême, lui plaisait aussi. Il paraissait si différent, ce beau capitaine corse, des habituels manieurs d'épée, coureurs de filles et trousseurs de jupons.

La mère avait été séduite par l'amoureux de sa fille.

Avec lui, pas de manières fortes, de vantardises, de discours glorieux, mais au contraire une grande modestie. Par exemple, concernant sa dernière campagne de Polésine. Et Francesca avait surtout remarqué la grande douceur qui envahissait son visage dès qu'on lui parlait de celle qui n'était pas encore, vraiment, son Angelina. En effet, Francesco Guglielmo savait bien que sans la bague au doigt, il serait impossible que celle-ci puisse devenir un jour totalement sienne. Donner ses lèvres ne signifiait pas à l'époque à Venise, pour une jeune fille de bonne famille, que son total abandon suivrait[1].

---

1. L'hypocrisie était reine pour la sauvegarde des bonnes mœurs et de la religion. Les filles mères étaient nécessairement rejetées de la société mais les femmes mariées, si elles le désiraient, savaient fort bien échapper aux rigueurs conjugales.

Deux fois, Francesco Guglielmo avait été reçu, avec beaucoup d'intérêt et même, disait Francesca, avec affection, par la comtesse. Il lui avait apporté les hommages de son oncle et de son colonel, le sieur d'Ornano. Francesca, présente durant cet entretien, avait appris ainsi beaucoup de choses élogieuses sur la famille Péri et sur les intentions très sérieuses du jeune homme, déjà capitaine à vingt et un ans, concernant son Angelina chérie.

Physiquement, Francesco Guglielmo lui plaisait beaucoup. Ni trop militaire, ni trop bellâtre, un garçon, pensait-elle, qui lui aurait « botté », jadis, lorsqu'elle avait l'âge de sa fille. « Botter », c'était l'expression que son Antonio avait employée, un peu crûment, lorsqu'il l'avait connue. Comme c'était loin, tout ça...

Ce dernier, peu à peu, avait été mis au courant de la fréquentation encore toute platonique de sa fille avec le beau capitaine, notamment par la comtesse, qui, parlant de l'avenir d'Angelina, lui avait laissé supposer qu'elle contribuerait grandement à garnir en cas de mariage, très substantiellement même, la corbeille de noce. Francesca, de son côté, un soir où elle avait été, au lit, particulièrement active et attentive au plaisir et à la jouissance de son Seigneur et Maître, profitant de cet instant d'extase et d'euphorie, avait su habilement parler d'éventuelles fiançailles d'Angelina et de Francesco Guglielmo. À sa grande surprise, elle n'avait pas rencontré d'opposition ferme de la part de son Antonio. Elle qui s'attendait à un violent refus, avait même noté un certain mutisme. Un très bon signe, avait-elle pensé, de la part de son mari, si outrancier dans ses jugements en ce qui concernait les fréquentations de son Anzetina adorée, l'orgueil de son existence.

En effet, Antonio avait placé une grande confiance, même un peu aveugle, en la comtesse Caterina. Il savait l'affection que celle-ci portait à sa fille, surtout depuis le décès de Loretta et l'aide pécuniaire qu'elle pouvait apporter à un mariage, sinon suscité, du moins encouragé par elle.

Mais il y avait aussi une autre raison, très importante, qu'Antonio gardait encore secrètement. Il était très inquiet concernant les événements qui, sans aucun doute, allaient succéder à l'acte de piraterie commis contre les Ottomans par l'escadre des Chevaliers de Malte. Le provéditeur de l'Arsenal ne lui avait-il pas, le jour du lancement de deux nouvelles galères qui devaient se joindre à l'escadre vénitienne postée en Crète, à La Suda, parlé de la nécessité de réorganiser les arsenaux crétois, en ajoutant combien la présence d'un homme aussi qualifié que lui pourrait être utile pour superviser l'entretien et la réparation des navires qui allaient incorporer les escadres vénitiennes destinées à séjourner en Méditerranée orientale.

En effet, le nouveau provéditeur nommé pour la Crète avait fait part, officiellement, de la vétusté et du mauvais entretien des divers arsenaux de l'île. Il fallait y remédier au plus vite devant la menace ottomane qui, d'après le Bayle de Constantinople, se faisait de jour en jour plus précise.

Antonio n'avait pas sourcillé, mais il avait bien senti là un appel du pied, une sorte d'avertissement, lui indiquant qu'il aurait bientôt le devoir de quitter son emploi de vice-protto de l'Arsenal de Venise, pour se rendre en Crète, une fois, peut-être, que le programme de construction des galères en cours serait bien avancé. Cette éventualité de quitter son arsenal et sa famille le terrorisait.

Il n'en avait pas parlé à Francesca pour ne pas l'affoler. Il s'était mis du reste d'accord avec un membre influent du Conseil des Dix pour essayer d'être nommé, en cas de changement d'affectation ce qui semblait de jour en jour plus certain, plutôt à Zante ou à Corfou qu'en cette Candie si menacée et si lointaine. Antonio pensait donc qu'en son absence la présence auprès des siens, même simplement comme fiancé de sa fille, du capitaine Francesco Guglielmo Péri apporterait à celles qu'il appelait ses deux femmes, Francesca et Angelina, un peu de confort moral pour leur faire supporter son éloignement.

Elles en auraient tant besoin. Antonio avait également appris, s'étant très bien renseigné sur le jeune capitaine, que celui-ci avait été chargé par le glorieux colonel d'Ornano de s'occuper de la totale réorganisation de l'artillerie des régiments corses qui, lui avait-on dit en haut lieu, devaient être affectés à la défense des enclaves vénitiennes de Dalmatie et d'Istrie. C'était un poste qui prendrait de plus en plus d'importance. Et puis, se fiancer ne voulait pas dire être marié. L'essentiel n'était-il pas de gagner du temps ?

Mais si Antonio avait mieux connu la réelle nature de sa fille, si décidée, si entière, il aurait dû se douter que ce que voulait Angelina, amoureuse, devait se réaliser. Être fiancée, pour la jeune fille, c'était déjà la certitude d'avoir, au plus vite, la bague au doigt, car elle était sûre de savoir son amour dûment partagé.

En effet, de jour en jour, Angelina était plus éprise de son beau capitaine et celui-ci le lui rendait bien. Maintenant, l'attrait, très fort, était physique. Chaque rencontre avec son Francesco devenait une véritable lutte avec elle-même pour ne pas lui appartenir charnellement. Elle n'aurait plus longtemps, elle le savait, les moyens et l'envie de lui résister. Le combat intérieur lui paraissait de plus en plus stupide, l'amour les étreignait si intensément tous les deux.

Déjà, elle autorisait les mains légères de Francesco à passer de sa croupe à ses seins, en conservant bien entendu la fragile défense du tissu de sa robe. Mais sous la caresse, elle sentait ses mamelons se raidir et sur son ventre se presser quelque chose de bien solide qui excitait son désir. Si son Francesco prenait la liberté d'insister, peut-être aurait-elle la faiblesse de céder.

Résisterait-elle longtemps à cet appel et à la jalousie qui, après ces attouchements, la tenaillaient ? Son Francesco n'irait-il pas, en la quittant, vers une autre fille, certes non aimée mais gourmande de lui, recueillant ainsi sa jouissance, jaillissant après tant de retenue ? Qu'aurait-elle pu dire ? La nature avait ses droits et Angelina n'était-elle pas elle-même responsable de ce qui ne serait pas, à vrai dire, une trahison, mais un simple soulagement ?

Le soir dans son lit, seule après ces épreuves, Angelina y pensait souvent. Où était donc son Francisco à cette heure ? Loin d'elle, qui avait tant besoin de sa présence ! Ne s'étaient-ils pas conjointement choisis ? I promesi sposi, des fiancés, voilà ce qu'ils voulaient être tous les deux et au plus tôt. Angelina sentait qu'elle ne pourrait plus lutter longtemps contre son besoin intense d'avoir à elle son Francesco et d'être entièrement à lui. Cela pressait. Surtout qu'à Venise, les événements se précisaient.

On apprenait chaque jour du nouveau sur le piratage des Maltais et sur les mouvements de l'armada turque qui, sans cesse, se renforçait. On donnait même le nom de l'intendant du harem impérial, le Küzlor Agasi : Sünbal Aga. Celui-ci avait été tué, ainsi que de nombreux marins turcs, lors du séjour de l'escadre de Malte en Crète, suivi de la remise d'une soixantaine de prisonniers turcs entre les mains du recteur vénitien de ce sestière de la Crète. La guerre paraissait toute proche. Elle devenait même inévitable, d'après un message envoyé par le Bayle de Venise à Constantinople, persuadé que la flotte turque se dirigeait non pas sur Malte, il en était sûr, mais sur la Crète, où un débarquement s'avérait pour lui de plus en plus certain. Mais quel serait le lieu choisi pour débarquer cinquante mille soldats et trente mille sapeurs ?

Le Sénat de Venise venait de donner l'alarme en ordonnant que les ambassadeurs vénitiens alertent les puissances chrétiennes pour obtenir leur appui en cas de conflit armé avec la Sublime Porte ; on excluait évidemment la France qui, c'était certain, se rapprocherait comme à son habitude des Ottomans. Des ambassades extraordinaires furent envoyées en Espagne et auprès des principaux États d'Italie, à Naples, à Florence, à Malte et auprès du pape pour essayer de renouveler l'élan religieux qui avait présidé à la victoire de Lépante.

Déjà la semaine sainte s'annonçait au milieu de toute cette effervescence : le dimanche des Rameaux, les cérémonies traditionnelles du jeudi saint, les visites rituelles aux églises, la veillée du Golgotha, la Résurrection du samedi matin, le dimanche glorieux de Pâques. Tout cela se déroula dans la plus grande appréhension.

Pour se déplacer plus sûrement à l'occasion de toutes ces cérémonies, la comtesse avait demandé à Francesca d'engager un nouveau gondolier pour remplacer le brave et fidèle Zanetto pour qui les sœurs bénédictines faisaient dire des messes afin d'abréger, disaient-elles, le séjour de cette bonne âme au purgatoire. Il était maintenant devenu impossible de compter, à Venise, sur les gondoliers intérimaires ou occasionnels, plus attirés vers des courses rentables et mieux rétribuées par des clients étrangers qui, eux, n'avaient pas l'obligation du respect des tarifs et des usages pratiqués par les Vénitiens de souche.

Le nouvel élu fut un très robuste Frioulan. La trentaine, « Sor Florindo, en pleine force de rames », s'était présenté assez comiquement à Francesca, qui, amusée par sa gouaille, l'avait immédiatement engagé ainsi que Sora Adriana, son épouse. Celle-ci, aux dires de son mari, était aussi une puissante rameuse, une valeureuse championne de la régate réservée aux femmes, qui à son grand regret hélas, n'avait lieu qu'une fois par an !

Sor Florindo et Sora Adriana apparurent alors aussi inséparables qu'un couple de pigeons de Saint-Marc. Ils furent logés dans l'ancien entrepôt aux épices du palais, le seul endroit où pouvait tenir, d'après Francesca, leur lit matrimonial, aussi large que long, dont ils n'avaient, à aucun prix, voulu se défaire. Sora Adriana avait été engagée non comme gondolière, ce qui ne s'était jamais vu à Venise, mais comme préposée au service de l'eau et de la lessive du palais.

Cependant l'atmosphère à Venise n'était malheureusement pas à la plaisanterie. Les ordres du Sénat avaient été immédiatement transmis à l'Arsenal où le travail incessant pour constituer une nouvelle, et très importante, flotte de combat avait pris un développement considérable.

Déjà, soixante galères de combat étaient prêtes à prendre la mer et cinq grosses galéasses, surélevées à deux rangs de sabord, terminaient leurs voilures, leur accastillage et leur armement. Les effectifs ouvriers avaient encore été augmentés à la fonderie des canons et à la forge. En attendant les ordres de départ pour la Crète, l'escadre des nouvelles galères embossées au bassin Saint-Marc devenait le but de promenade habituel des Vénitiens, patriotes dans l'âme. Ils venaient là encourager les jeunes hommes qui, enthousiastes, accouraient pour s'engager comme marins ou soldats afin de prendre part à la défense de ce qui était la dernière grande possession de la Sérénissime en Méditerranée.

Antonio était très inquiet. À l'Arsenal, tout allait pour le mieux, le rendement des arsenalotti était exceptionnel, mais, avait-il fini par annoncer à Francesca, il avait été enfin désigné officiellement pour accompagner le prochain départ de la flotte jusqu'à Zante, lui cachant qu'en réalité, il avait été nommé pour partir au cours du mois de juin, comme vice-protto des arsenaux de Crète.

Il devait donc embarquer sur la galère capitaine de l'escadre qui devait se rendre en Crète et plus particulièrement à La Suda, la formidable, l'imprenable base navale vénitienne, chargée d'éloigner toute menace turque sur l'île de Candie[1] et de conserver à la Sérénissime le maintien de sa suprématie en Méditerranée orientale.

Antonio et Francesca décidèrent donc, en accord avec la comtesse, de fixer la date des fiançailles d'Angelina et de Francesco Guglielmo au plus tôt, à la grande joie des amoureux. On arrêta donc celle du 1er juin, avant le départ annoncé de l'escadre pour Zante.

D'autres bruits de guerre couraient également à Venise, et l'on parlait de la nécessité impérieuse de renforcer les garnisons de Dalmatie où les régiments corses de la République étaient principalement engagés. Des troubles graves avaient déjà éclaté, surtout autour de Nona où l'on s'attendait à une attaque imminente des Turcs. On était certain maintenant que, depuis l'assassinat à Constantinople du grand vizir Kemantes Kara Mustafa Pacha, partisan de la paix, ordonné sur les injonctions du Kadisaker d'Anatolie, Djindi Hodja Huseyn, partisan de la politique de conquête, c'était en fait la sultane-mère, Kösen, qui

1. Candie : non vénitien donné à l'île de Crète et aussi nom de sa capitale.

gouvernait à la place de son fils, le colérique sultan Ibrahim Ier. Celle-ci était particulièrement décidée à mener l'offensive en Dalmatie et en Istrie contre les villes et les comptoirs tenus par Venise. Il fallait à tout prix, pour la Sublime Porte, compenser par cette offensive nouvelle l'attitude défensive imposée par le raidissement des Impériaux sur le front de Hongrie et faire un peu oublier les raids des cosaques, si entreprenants, sur les territoires conquis à l'Est et en particulier les ravages incessants qu'ils causaient aux côtes ottomanes de la mer Noire.

Trois compagnies corses du régiment d'Ornano, dont faisait partie le capitaine Francesco Péri, avaient déjà été dépêchées d'urgence sur le front de Dalmatie pour juguler la menace de guerre, de jour en jour plus précise.

Pour l'instant, il n'était heureusement pas question du départ de l'amoureux capitaine, actuellement chargé à l'Arsenal de la surveillance, de la fabrication et du montage d'un nouvel affût plus maniable à monter sur les canons destinés aux régiments corses engagés en Dalmatie. Mais tout pouvait s'envenimer, peut-être d'une heure à l'autre.

Les fiançailles eurent donc lieu au jour dit, après une messe célébrée à la paroisse San Moïse, si chère à Angelina. La jeune fille, auprès de ce fiancé tant désiré, était rayonnante de joie, surtout lors de la réception que la comtesse donna en leur honneur dans son portego qui fut réservée, à cause des tragiques événements, aux deux seules familles des fiancés. Une délégation importante des nombreuses branches des Péri était venue spécialement de Vérone. Furent donc présents, du côté des Pére et des Péri, les trois rameaux issus des trois fils de l'illustre Lorenzo delle Pere, le héros fondateur de la branche de la famille qui se mit au service de la défense de la République de Venise, la branche de Vérone. C'était, par ordre d'âge, les capitaines Giordano, Giovanni et Guglielmo et leurs femmes, les oncles et tantes du fiancé. Ce dernier avait tenu à ce qu'un autre oncle, Egidio Francesco, lui aussi capitaine d'une compagnie de

Corses et de riveraschi [1], et qui venait de s'illustrer dans les combats de Zara en Dalmatie, lui serve de parrain à l'autel. La comtesse, en effet, avait désiré que la cérémonie reste familiale afin d'éviter que se propagent les cancans de certaines patriciennes de Venise qui ironisaient ; elles faisaient courir le bruit qu'Angelina était, en réalité, la fille naturelle de la comtesse, sa naissance, demeurée cachée d'après elles, étant survenue bien après son veuvage. Qui en était le père ? Certainement un inconnu, racontaient-elles, peut-être simplement un client de la grande amie de la comtesse. Savez-vous qui ? Une patricienne, devenue une courtisane de haut vol, ajoutaient les plus médisantes, qui tenait un palais de rencontre où se mêlaient, avec le haut gratin, les hommes et femmes les plus dépravés de Venise. On y rencontrait même des ambassadeurs ! et des Français ! Pour la plupart !

Les fiançailles arrivèrent à point nommé. Il était temps. Le 15 juin, Antonio embarqua, en grand équipage, pour rejoindre l'immense flotte postée à Zante dans l'attente de son départ pour la place forte de La Suda en Crète. Francesca et Angelina, jusqu'à la montée du vice-protto sur la galère capitaine, retinrent stoïquement leurs larmes.

C'était la première fois qu'Antonio quittait sa femme et sa fille. Il leur avait promis de tout faire pour essayer de se maintenir à Zante ou peut-être à Corfou, là où, très utilement, les défenses de la forteresse devaient être remises en état et même renforcées, ainsi que les arsenaux qui devenaient ainsi le point d'appui et de ravitaillement de la grande flotte vénitienne chargée d'anéantir, si nécessaire, l'armada turque et de combattre jusque dans le Bosphore. Attaqué si injustement, le Lion de Saint-Marc, invincible, saurait triompher : telles avaient été les dernières paroles du vice-protto avant de monter triomphalement à bord.

À Venise, le 3 juillet, la haine du Turc, de l'infidèle,

1. Riveraschi : mercenaires au service de Venise provenant de la Ligurie, englobée dans la République de Gênes.

fut portée à son comble. On y apprit par un courrier des plus rapides, envoyé par mer, que l'armada turque annoncée par le Bayle de Constantinople, constituée de trois cent soixante-dix-huit navires, de cinquante mille soldats et de trente mille sapeurs, avait débarqué le 23 juin en Crète sur la plage de Gorgna à quinze milles de La Canée, ville qui, en ce moment même, devait être assiégée. C'était le grand vizir Salih Pacha en personne qui menait le siège. Le rocher de la petite île fortifiée de Saint-Theodore, la clef qui défendait l'accès aux plages, avait été conquise par les Turcs. Le capitaine messager avait même déclaré, au Conseil des Dix réuni d'extrême urgence, que les milices crétoises, envoyées au secours de la ville par le provéditeur de l'île de Candie, Andrea Corner, s'étaient enfuies devant la cavalerie ottomane.

Mais que faisait donc l'Armada de Venise, immobilisée sur ses ancres dans le port de Zante, inactive ? Elle y attendait les galères alliées venant de Malte, de Toscane, de Naples et celles du pape annoncées mais si lentes à les rejoindre, qui devaient répondre à l'appel à l'aide adressé par Venise aux États catholiques.

Déjà le 15 août ! Et Francesca n'avait aucune nouvelle de son cher mari. Angelina, elle, était très inquiète au sujet de la date de son mariage à cause des nouvelles menaces de guerre de son extension possible et peut-être du départ imminent de Francesco. Ses fiançailles avaient eu lieu officiellement et elle s'était fait promettre par son fiancé, à genoux devant la Madone puis prosterné devant le Saint Sacrement, qu'il ne la quitterait jamais avant qu'ils aient tous deux la bague aux doigts.

Mais cela ne suffisait pas. La comtesse et Francesca attendaient toujours le « oui » paternel, qui n'arrivait pas. Angelina comprit alors qu'il fallait forcer le destin. Le plus sûr, pensa-t-elle, sera de faire à son amour, à Francesco, l'offrande de sa virginité et de s'arranger pour que cela soit connu de sa mère et de Caterina. Si un enfant était attendu, la date du mariage serait immédiatement fixée, sans même attendre l'aval de son père.

Francesco était maintenant tout à elle ; passées les

fiançailles, le mariage devenait nécessairement tout proche.

La merveilleuse offrande n'avait pu se faire au palais Forner. Le grand événement, la preuve irrésistible d'amour pour Francesco avait donc eu lieu dans la petite chambre de l'appartement si cher à la mère d'Angelina, dans le lit même où elle pensait avoir été conçue. La première fois...

La première fois, cela ne lui avait procuré aucun plaisir charnel, mais l'extrême joie du cœur. Enfin, Angelina se sentait femme et peu à peu arrivait à guider la fougue de son impétueux Francesco. Plus clitoridienne que vaginale, l'amoureuse lui avait enseigné comment et où se situait la source de son extrême plaisir, comment le faire naître, le ranimer, le prolonger et en plein bonheur, le lui faire partager. Femme, Angelina se révélait l'être sensuellement jusque dans la moindre parcelle de sa peau.

Au début, leur union charnelle avait été assez bien cachée mais Francesca et la comtesse avaient été, elles aussi, de trop fines et sensibles amoureuses pour ne pas, très vite, s'en apercevoir. Leur bonheur physique se lisait dans leurs regards, disait Francesca, à une lieue à la ronde. Que faire ? Se hâter bien vite à fixer le jour du mariage si un heureux événement était attendu. Francesca était tellement heureuse du bonheur de sa fille. Mais le problème restait l'éloignement d'Antonio. Il était difficile, pour Francesca et la comtesse, complice, d'envisager, en cas d'urgence, la date du mariage d'Angelina sans l'accord ni même la présence d'Antonio.

Celui-ci, dans une lettre datée du 10 août, avait annoncé son arrivée à Zante, où la flotte vénitienne au complet attendait toujours les escadres alliées. Le commandement de cette armada, disait-il, devait être confié, pour bien marquer l'union des États catholiques dans la lutte contre l'infidèle, au capitaine général commandant la trop légère escadre envoyée par le pape — seulement cinq galères —, face à la forte armada de Venise. Le Souverain Pontife l'avait exigé ainsi.

Pendant ce temps, les Turcs progressaient dans leurs attaques contre La Canée dont le siège allait toucher à sa fin pour la gloire du grand vizir Salih Pacha et de l'amiral turc Yusef Pacha, commandant lui-même le débarquement.

Après la prise de l'île fortifiée de San Teodoro, les Ottomans avaient, en effet, commencé le siège de La Canée. Ils avaient installé leurs camps de base fourmillant de plus de cinquante mille hommes de troupe, à seulement quatre milles de la vieille forteresse dont les fortins, trop éloignés les uns des autres, étaient dans l'impossibilité de se soutenir mutuellement par des tirs de flanquement. Les Turcs eurent ainsi l'habileté de concentrer toutes leurs forces sur un seul fort, le bastion Dimitri ; celui-ci supporta, seul, la violence de tous les tirs de canons et de mines qui eurent bientôt raison de la forteresse.

Les murs, s'écroulant, permirent de combler les fossés de défense et, après cinquante-quatre jours de siège, d'obtenir, malgré la résistance acharnée et le sacrifice de la garnison vénitienne, la reddition de la ville, le 7 août.

Quelle défaite et quel écœurement à Venise lorsque fut connue la nouvelle de la perte cruelle de La Canée et lorsqu'il fut confirmé que la flotte des vingt galères vénitiennes, au mouillage dans la formidable base navale de la Suda située face à La Canée, n'était jamais intervenue pour défendre la ville assiégée. Et ce drame avait duré cinquante-quatre jours ! À quoi avait donc servi la fin héroïque du commandant du fort San Teodoro, qui s'était fait sauter avec la Sainte Barbe et toute la garnison plutôt que de se rendre ?

Le 18 août, on décréta à Venise l'indulgence pleinière pour tous ceux qui mourraient en combattant contre les Turcs. Le paradis leur était assuré.

Ce même jour, Angelina, inquiète par l'absence de règles, après s'être confiée à la comtesse, se rendit chez le docteur attitré de cette dernière et découvrit ainsi qu'elle était enceinte. Elle ne pouvait l'être que de deux mois à peine, mais déjà les aréoles de ses seins paraissaient plus orangées. Il fallait donc penser d'urgence au mariage. L'avortement était impensable, et une fille mère, même fiancée, serait la honte de la famille, la déchéance à tout jamais. Et aucune nouvelle d'Antonio. Était-il toujours à Zante ?

La flotte vénitienne y avait malheureusement trop attendu au lieu de se rendre au plus vite dans les eaux crétoises. Cela aurait certainement évité le débarquement à Gorgna et la prise de La Canée par les Turcs. L'ordre avait été malencontreusement donné par la Sérénissime à son escadre d'attendre impérativement les galères alliées, napolitaines, toscanes, maltaises et pontificales, toutes annoncées et dont le commandement suprême devait être confié à l'« amiral du pape », le bien nommé Nicolo Ludovisi, prince de Piombino. Mais ces galères tardèrent tant à arriver que l'escadre tout entière ne toucha les eaux de la Suda que le 4 septembre, après le sacrifice inutile de l'héroïque Biggio Zulian de San Teodoro et la grave perte de La Canée, qui avait permis l'installation dans l'île de Crète de la formidable armée ottomane.

Francesca n'apprit que beaucoup plus tard qu'Antonio était resté à bord de la galéasse *Capitane* vénitienne, ses nouvelles fonctions étant non seulement de diriger et d'ordonner l'entretien de la lourde et puissante flotte mais aussi de réorganiser les arsenaux en Crète, à La Suda, à Retimo, à Candie ; et non de séjourner à l'Arsenal de Zante, comme il avait pensé s'y maintenir.

Donc, aucune nouvelle du père de la future mariée. Celle-ci ne pouvait et ne voulait plus attendre, une fois réalisée, comme disait la comtesse, « l'annonce faite à Marie par l'ange Francesco », il fallait absolument conclure le mariage. La date du 15 septembre fut définitivement arrêtée. On avait juste le temps d'annoncer et de préparer le mariage. La robe de la mariée fut celle que la comtesse avait fait préparer pour ce qu'elle avait espéré être, un jour, le mariage de sa Loretta. Angelina était réellement devenue « sa fille chérie ». Vu les circonstances et la très grave défaite de La Canée, on réduisit les mondanités au minimum, en supprimant toutes les réceptions officielles. L'argent qui aurait été dépensé fut versé par la comtesse au trésor de la Sérénissime, six mille ducats qui vinrent s'ajouter à des centaines de milliers d'autres, permettant ainsi de nourrir l'important budget consacré à la guerre en Crète.

La Sérénissime imposa également une très forte contribution à la guerre, plus de cent mille ducats que versa la communauté juive du ghetto. On vendit très cher des charges habituellement réservées aux vieilles familles. Il suffirait dorénavant de verser au Trésor soixante mille ducats, le coût de l'entretien annuel d'un régiment, pour acheter le droit au patriciat. Il fallait vraiment que la situation fût extrêmement grave, compromise même, pour arriver à cette disposition.

Le seul grand luxe que l'on se permit pour le mariage fut la décoration nuptiale de la gondole, ornée de draperies blanches soutachées d'argent et toutes garnies de roses rouges. Cette gondole eut les honneurs du lever de rames des gondoliers au passage du pont du Rialto.

Ce jour-là, Sor Florindo et sa femme, vêtue elle aussi en gondolier, tous les deux aux rames de l'esquif, avaient revêtu l'uniforme de gala portant la livrée des Forner, ce qui pouvait laisser croire que c'était la comtesse qui mariait sa propre fille.

La cérémonie, à l'entrée de l'église, fut attristée par l'absence d'Antonio qui aurait été si fier, si heureux de mener lui-même sa fille à l'autel et de confier son Anzetina au brillant capitaine Francesco Guglielmo Péri. Francesca ne put retenir ses larmes, éclatant en sanglots lorsque, dans son sermon, le curé de San Moïse fit allusion au père de la mariée, « le vice-protto des arsenalotti, malheureusement absent aujourd'hui, remplissant son devoir sacré de défenseur de la République sur les vaisseaux de Saint-Marc face à l'envahisseur infidèle ».

Tristesse et joie se mêlèrent ainsi tout au long de la journée. Angelina avait peine cependant à cacher son bonheur en remontant le précieux ruban d'or ensoleillé du

Grand Canal, sous les hourras d'honneur des gondoliers qui, se souvenant de leur confrère Zanetto, acclamaient la nouvelle « Signora Angelina de Péri », devenue la femme d'un valeureux capitaine en grand uniforme empanaché qui appartenait au glorieux régiment corse de la Sérénissime.

Le soir, avant que les époux se retirent dans la chambre que leur avait octroyée la comtesse à l'étage noble de son palais, celle-ci remit entre les mains d'Angelina, ne pouvant le faire en présence d'Antonio à qui elle l'avait promis, le contrat assurant à la nouvelle épouse une dot de dix mille ducats. Cette somme, alors très importante, était stipulée dans le contrat de mariage comme étant la propriété protégée d'Angelina dont « les revenus te permettront, ma chérie, de voir venir... Sait-on jamais ! »

Et la vie reprit son cours habituel au palais Forner. L'automne à nouveau envahissait Venise et sa lagune de la brume que l'on disait toujours trop épaisse, mais qui n'empêchait pas les mauvaises nouvelles de se succéder.

Ce fut enfin par une deuxième missive d'Antonio que l'on apprit au palais Forner le retrait de la flotte auxiliaire du pape et des princes après trente-sept jours d'infructueuse concentration.

Il annonçait aussi l'arrestation de l'ancien héros de Vallona, Marin Antonio Cappello (mon homonyme, disait-il, mais rien à voir avec notre famille), qui avait jadis, à lui seul, coulé quinze galères turques et en avait amené une comme trophée à Venise. Cet homme, qui commandait la flotte de La Suda, n'avait rien fait pour défendre La Canée, ses vingt galères étaient restées au port totalement inactives, écrivait-il. Il aurait mérité la mort, pas seulement l'infamie.

Vraisemblablement, Antonio n'avait pas encore reçu la lettre de Francesca et d'Angelina qui lui annonçait le mariage de sa fille et de Francesco Péri.

L'hiver vint avec ses frimas, si excessifs cette année-là. Angelina sentait vivre en elle son bébé, dont la naissance était prévue par le médecin vers la fin février. Il fallait cependant, absolument, en avertir le futur grand-père, Antonio. Enfin, le 8 décembre, le jour où l'on annonçait que le doge Francesco Erizzo était élu capitaine général de la mer malgré son âge — à quatre-vingts ans, il était bien malade —, arriva une autre lettre d'Antonio.

Il savait et approuvait le mariage, ayant reçu à La Suda, où il essayait de réorganiser l'Arsenal, la lettre de ses deux chéries. Sa santé était très bonne, il était devenu en quelque sorte le lieutenant inséparable d'un chef d'escadre, Tommaso Morosini, la terreur des Turcs, disait-il. Il avait pour la première fois fêté tout seul son anniversaire, ses quarante ans. Il espérait bien fêter le quarantième anniversaire de Francesca, le 13 avril 1646, avec elle. Mais d'ici là, que se serait-il passé ? Peut-être recevrait-il l'annonce qu'il serait bientôt grand-père ? Il aimerait avoir une petite-fille aussi aimante que son Anzetina et aussi bonne que sa merveilleuse Francesca. Tout cela lui semblait si loin, ce bonheur dont il n'avait peut-être pas assez profité, toujours rivé à son Arsenal. Il n'avait rien appris de la guerre, rien des Crétois, rien sur les Turcs. Sa lettre, disait-il, était écrite avec la confiance en Dieu qui, il en était sûr, les réunirait bientôt. Il demandait si son valeureux gendre était toujours présent à l'Arsenal ?

Francesca embrassa cette lettre, la mouillant de tant de larmes, et la comtesse, elle aussi, en essuya plus d'une en la lisant.

Née par hasard le même jour que Francesca, ce qui les avait unies pour toujours, le 13 avril 1607, elle aurait trente-neuf ans le 13 avril 1646 et non quarante comme Antonio le disait de sa femme.

Ce brave Antonio, dans sa lettre, se trompait d'un an. Bien sûr, disait la comtesse à Francesca, nous n'avons pas encore quarante ans, et pour trente-neuf ans, belles comme nous le sommes encore toutes les deux, nous pourrions faire des ravages si nous étions moins sages.

Le beau capitaine Péri, lui, se faisait également beaucoup de soucis, sans rien en dire à son Angelina. Les nouvelles de Dalmatie n'étaient pas bonnes et l'on parlait d'y envoyer de nouveaux bataillons corses, ainsi qu'en Crète si la menace turque se faisait plus offensive. C'était du reste extraordinaire qu'il soit encore affecté au contrôle des canons à l'Arsenal alors que l'on recrutait beaucoup pour renforcer les régiments corses, dont les effectifs devaient déjà représenter le cinquième du corps d'infanterie de la Sérénissime. Que réserverait la nouvelle année ?

Maintenant, un froid intense régnait sur Venise. Des enfants s'essayaient à patiner sur certains petits rii désertés par les gondoles. À quand, disait-on, le grand canal pris par les glaces ? et la place Saint-Marc érigée en patinoire ?

L'inséparable Zaza avait vendu son commerce. Tout l'argent, selon elle, filait dans les caisses du gouvernement. Les femmes, devenues plus sérieuses, plus économes, avaient d'autres choses à penser qu'aux dentelles et aux broderies avec leurs hommes si préoccupés et les ducats étaient rationnés par la guerre.

— Avec cette guerre, même les courtisanes n'achètent plus comme avant. Le coton remplace la soie et maintenant, paraît-il, on ne s'attarde plus au lit comme avant. Les hommes vont plus vite, et directement au déduit, les militaires disent vulgairement au conin, c'est plus viril. Et ce sont eux maintenant, à la mode de Paris, qui portent des rubans à leurs chausses.

Fin novembre, nouvelle lettre d'Antonio, cette fois-ci moins amère. Il travaillait d'arrache-pied à l'amélioration des conditions de défense de la place forte et de l'Arsenal de La Suda grâce à un célèbre spécialiste des forteresses, Camillo Gonzague, qui envisageait même, disait-il, après avoir inspecté depuis la mer les positions turques, la possibilité de reprendre La Canée. Bientôt, le vice-protto comptait se rendre à Candie, la capitale crétoise, pour se placer sous les ordres du non moins célèbre ingénieur hollandais Van Wert afin de réorganiser la défense du port et de l'Arsenal. Il ne comptait donc pas revenir à Venise avant l'été, tant sa tâche était lourde. On ne fêterait donc pas la naissance du Seigneur ensemble. « Le premier Noël sans toi, ma Francesca, seuls les souvenirs heureux nous empêchent de trop nous plaindre... » Et il évoquait la patrie, le devoir, mais ne disait rien quant à sa promotion de futur grand-père.

À Venise, la température s'adoucit soudain. Noël approchait avec la fin de l'année. En ce début de l'an 1646, tous avaient l'angoisse au cœur pour le grand absent.

Le 3 janvier, on apprit que le doge était mort. Un autre Cappello, un Giovanni, fut nommé immédiatement capitaine général à la mer.

Le doge défunt fut inhumé en l'église de San Martino et son cœur enterré sous le pavimento de Saint-Marc, selon la coutume. Francesco Molin lui succéda le 20 janvier. C'était le quatre-vingt-dix-neuvième doge depuis Paolucio Anafesto en l'an 697, fit remarquer la comtesse.

Angelina assista aux cérémonies d'intronisation aux côtés de la comtesse et à la présentation au peuple du nouveau doge, dans la basilique Saint-Marc. Essayant d'éviter la bousculade, elles tentèrent d'apercevoir le doge, monté sur le pozzetto, une sorte de siège en forme de margelle de puits, sur lequel il était porté par les ouvriers de l'Arsenal, qui faisaient le tour de la place Saint-Marc, au pas de charge. Il y eut cette année-là beaucoup moins de pièces d'argent distribuées et de festivités, afin de ne pas oublier que la Sérénissime était en guerre face à l'Infidèle.

Mais la grossesse d'Angelina avançait, sa taille prenait de « notables proportions », disait la comtesse. « Peut-être vas-tu avoir des jumeaux ? »

Garçon ou fille ? Le pari était lancé, chacun avait sa prédilection selon sa parenté. Angelina accepterait l'un ou l'autre avec autant de bonheur. Le problème, pour elle le plus important, était le choix des prénoms.

Si c'était un garçon, le futur papa, Francesco, était d'accord pour que le choix définitif lui revienne. Il proposa alors le prénom le plus illustre de la famille Péri, celui de son grand-père : Lorenzo, et c'était sans discussion possible.

Mais si c'était une fille, le choix du prénom reviendrait aux femmes, en l'occurrence à la comtesse Caterina, à Francesca et à Angelina qui, en dernier ressort, prendrait la décision.

Après de nombreuses discussions, il resta à choisir entre Caterina — évidemment celle de Sienne, la patronne de la comtesse, pas la sainte d'Alexandrie —, et Laura, un prénom très cher aux trois femmes.

Pour la comtesse, Laura rappelait un peu Loretta, quoique son mari, le comte, avait imposé ce prénom en mémoire de la petite ville près d'Ancône où par un si beau jour débarqua, venant de Terre sainte, soutenue par des anges, la petite maison où avait vécu la Vierge Marie. Mais c'était surtout un merveilleux prénom, chargé d'amour, pour la lettrée Angelina, qui, à travers les merveilleuses leçons de son précepteur français, M. Dularge, avait découvert et admiré Laura de Pétrarque, Laura de Noves, l'épouse d'Hugues de Sade, la chaste et platonique maîtresse du cœur du plus grand poète d'Italie. Ce dernier ne lui avait-il pas dédié trois cent dix-huit sonnets et quatre-vingt-dix-huit chansons, la rendant ainsi immortelle ? La comtesse, en définitive, entraînant Francesca, se rallia au « divin prénom ». Elle se souvenait que son mari, monsieur le comte, lui en parlait souvent, voyant en Pétrarque surtout un médiateur qui avait eu le courage de s'interposer dans la guerre si cruelle qui avait opposé sa chère ville de Venise à la République de Gênes.

Et c'est ainsi que naquit, au palais Forner de Venise, entourée seulement de la tendresse des trois femmes, le 9 mars, celle qui était déjà une très brune petite fille, la dénommée Laura baptisée, Caterina, Francesca, fille de madame et de monsieur le capitaine Francesco Gugliemo Péri. Malheureusement, le père et le grand-père étaient absents. Le premier avait dû rejoindre, début mars, son régiment engagé dans la défense de certaines villes vénitiennes de Dalmatie, à nouveau menacées par les Turcs.

Et Antonio était à Candie d'où il avait écrit qu'il révisait les bâtiments de l'armada vénitienne, laquelle se préparait à reprendre la maîtrise de la mer Égée et à bloquer les navires turcs aux Dardanelles.

9

Le voyage à Corfou

Enfin, les douceurs du printemps envahissaient la ville et les chants revenaient sur les lèvres des gondoliers. Le soleil se faisait plus chaud, l'hiver était fini. Les premières roses éclosaient à l'Erberia du Rialto et Sor Florindo en ramenait des brassées que sa femme disposait avec beaucoup de goût pour orner la chambre de mademoiselle Laura. Elle allait fêter l'anniversaire de son premier mois et madame la comtesse avait décrété que ce serait le jour de son entrée en nourrice. Angelina avait bien tenté de lutter pour essayer de conserver la possibilité d'allaiter sa fille à son sein, mais la tradition, défendue à la fois par Caterina et Francesca, toutes deux parfaitement d'accord sur ce point, avait triomphé. Chez les Forner où jamais une mère n'avait nourri son bébé, il fallait absolument avoir recours à de fortes mamelles descendues des montagnes. Le lait frioulan seul, dispensé par une nourrice de profession, devait servir à l'allaitement des bébés nés depuis des générations au palais Forner. Un mois avait déjà été perdu en vaines discussions. Il était temps que la jeune et solide nourrice, la Nanna dégrafe son opulent corsage pour satisfaire la devenue « Lauretta », ce pauvre bébé qui, aux dires de la comtesse, semblait crier famine. En effet, le lait frioulan produisit rapidement ses bienfaits, dont la preuve indiscutable en était la rondeur que prenaient les jolies fesses du bébé, de plus en plus potelées, jugées ainsi lors de l'emmaillotage que s'était réservé Angelina. La maman sut alors élever la voix et réglementer sérieusement les heures et la durée de l'allaitement. Les seins de la Nanna auraient pu nourrir deux couples de jumeaux, s'exclamait Angelina, un peu jalouse, lorsqu'elle voyait éclater, libérés de leurs linges, les deux généreux globes rosés aux mamelons bruns et superbes, auxquels venaient, goulûment, s'attacher les lèvres de sa fille. La Nanna en effet, sur la recommandation de la comtesse, avait laissé son bébé garçon au village aux bons soins de sa sœur, qui l'allaitait, ayant malheureusement perdu son premier-né lors d'un pénible accouchement. Son lait épais, si abondant, était donc réservé à Lauretta, jalousement protégée par la comtesse.

Pour l'instant, aucune nouvelle, ni de Francesco, le père, ni du grand-père, Antonio. Angelina était de plus en plus inquiète, la *Gazetta*[1] ayant publié que le 28 avril les habitants de Nona, une ville de Dalmatie, avaient incendié leur ville plutôt que de la voir occupée par les Turcs.

La situation devenait très grave en effet en Istrie et en Dalmatie. Le 30 juin, Novigrad, assiégée par Ibrahim Pacha et défendue en vain par le capitaine général vénitien Francesco Loredan, avait été perdue. Mais Francesco Péri était toujours à Zara, d'après les renseignements recueillis auprès des autorités de l'Arsenal où étaient acheminés continuellement des renforts parmi lesquels des contingents venant de Corse.

À Venise, on ne parlait plus beaucoup des événements de Crète, si ce n'était l'annonce du départ des navires, chuchotée par les ouvriers de l'Arsenal, qui voyaient des milliers de tonnes de « biscotti », des centaines de boulets à poudre et tout un ravitaillement prendre le chemin de la darse et s'embarquer pour les arsenaux crétois.

Le 15 mai, Francesca recevait enfin une lettre de son Antonio. Tout allait bien pour lui, hormis l'absence de sa chère femme et de sa fille adorée. Il avait appris avec joie qu'il était grand-père d'une autre Anzetina.

---

1. Gazetta : journal de Venise, petite feuille d'information, la première jamais publiée en Europe et dont le nom vient de la petite pièce de monnaie, la gazetta, qu'elle coûtait. C'est cette publication qui a donné son nom à la *Gazette de France*, notre premier journal publié à Paris par Théophraste Renaudot.

Le prénom Laura ne lui disait rien de particulier, n'étant pas spécifiquement vénitien. Et ce Pétrarque dont lui parlait tant sa fille était inconnu à l'Arsenal vu qu'il n'avait jamais rien publié sur les galères... Donc peu d'intérêt...

Antonio annonçait qu'il partait pour Zante d'où il se rendrait à Corfou. Il y attendrait Francesca pour y fêter ensemble son trente-neuvième anniversaire, avec un peu de retard. Il y arriverait très certainement autour de la fin juin. La comtesse Caterina, grâce à ses relations avec les maisons de commerce travaillant sur Corfou, saurait bien arranger et combiner le voyage. Si Anzetina et le bébé pouvaient venir, avait-il un peu ingénuement avancé, ce serait le bonheur total... ? Il précisait qu'il faudrait prévenir les autorités maritimes de Corfou sur la date d'embarquement de Francesca à Venise, ainsi que le nom du bateau et la composition du convoi.

Francesca était folle de joie. Bien sûr, elle irait à Corfou, même en barque, disait-elle, si c'était nécessaire. Mais Angelina et Lauretta à aucun prix ne pourraient entreprendre un tel voyage. La comtesse était outrée d'une telle demande. Ces hommes étaient bien tous les mêmes, toujours d'accord pour jouir et même pour faire des enfants mais ils n'avaient aucune idée des soins dont il fallait entourer un nourrisson, un bébé aussi délicat que sa petite Lauretta. Angelina était, elle aussi, pleinement d'accord. Ce serait une folie d'entreprendre avec sa fille un tel voyage. Comment son père pouvait-il suggérer une chose pareille ?

— Vous imaginez, ma chérie, lui avait répliqué la comtesse, les risques qu'il vous faudrait courir, avec Nanna, la nourrice, qui devrait aussi vous accompagner... La mer ! Peut-être la tempête ! Le danger de rencontrer, peut-être de combattre les pirates... Les sentiments aveuglent votre père. Je comprends que notre Francesca prennent ces risques, c'est son devoir d'épouse. Je vais lui trouver un excellent convoi et un bon navire, armé par des amis juifs de ma connaissance, qui font toujours un commerce considérable avec Corfou. Soyez tranquille, ma fille, je ferai ce qu'il faut pour que tout aille au mieux, afin d'assurer l'aller-retour le plus court possible pour notre Francesca qui, j'en suis sûre, saura comme à son habitude se montrer des plus prudentes.

Ainsi fut fait et Francesca embarqua le 1er juin pour Corfou à bord d'un solide vaisseau de commerce, curieusement nommé la *Santa Lucia*, qui faisait partie du convoi traditionnel, protégé d'escale en escale par les galères de Saint-Marc. Le navire était armé par les frères Trévisano et Hoffmann qui avaient de riches comptoirs le long de la côte, en particulier à Corfou, où ils alimentaient le commerce de la flotte océane en liaison constante avec les banquiers juifs hollandais d'Amsterdam.

L'embarquement à bord de la *Santa Lucia* eut donc lieu, le 1er juin, à la huitième heure du matin, devant le petit port de Malamocco où les trois navires marchands, qui devaient naviguer de conserve, attendaient les deux galions d'escorte armés de puissants canons. Ceux-ci devaient, après avoir protégé le convoi, se rendre à Zante pour s'intégrer à la flotte de combat crétoise. Les larmes aux yeux, Francesca avait quitté le palais. La comtesse, sa fille et la petite Lauretta l'avaient cependant accompagnée jusqu'au quai des esclavons où elle les quitta pour se rendre seule, en barque, au point d'embarquement.

Là, à bord de la *Santa Lucia*, elle fut reçue avec force aménité par le capitaine du navire, Fillipo Molino, qui lui présenta, à sa grande surprise, sa compagne de voyage, la fille de l'armateur et commerçant juif qui louait le navire : madame Rebecca Hoffmann, avec qui elle aurait le plaisir de partager la chambre réservée aux dames qui, très rarement, faisaient le voyage à bord de ces bâtiments de commerce.

Cette chambre était située à la poupe du navire, dans la partie du gaillard-arrière où se trouvaient la dunette de commandement et le séjour des officiers, une salle joliment boisée attenante qui, sur le premier pont, servait à la fois de salon et de salle à manger. Le bâtiment, solide et récent, avait été construit en Hollande et en était seulement, raconta le capitaine, à son deuxième voyage, avec un équipage de vingt-cinq marins des plus entraînés au maniement du navire. Un fin bâtiment, croyez-moi, avait-il ajouté, et un excellent équipage, remarquable à la manœuvre. Les cales sont lourdement chargées, vous verrez mesdames, comme nous résistons bien à la houle, et sans trop de roulis...

Heureusement, ce jour-là, la mer était d'huile, c'était un bon début pour entreprendre un long périple qui devait mener ces dames, peu habituées aux fantaisies de la mer, à Corfou.

Le capitaine ne pouvait dire le nombre exact de jours qui seraient nécessaires pour atteindre cette île de paradis dont il disait le plus grand bien car le navire devait faire plusieurs escales successives avant d'y aborder. Il faudrait en effet souvent faire relâche pour déposer ou prendre du fret.

Sur une carte déroulée sur la table de commandement, au milieu des compas, des règles et des instruments de navigation, le capitaine Fillipo indiqua à ses deux uniques passagères les étapes successives du trajet qu'il faudrait suivre, de conserve avec deux autres navires de commerce et les deux galères d'accompagnement qui constituaient le convoi habituel dit « du Printemps », reliant Venise à ce qu'il appelait, à cause de sa merveilleuse végétation agreste, l'île des roses, un vrai morceau de paradis.

— D'ici, voyez-vous, dit-il en faisant glisser un doigt sur la carte, à la sortie de la passe de Malamocco, nous nous dirigerons droit sur Pola, presque à la pointe de cette péninsule, là où se situe l'Istrie. Nous passerons ce cap, dit de Kamenak, pour longer ce ruban de petites îles, et toucher directement Zara où nous resterons un ou deux jours, pour débarquer du matériel destiné à nos troupes engagées dans ces territoires. Cela dépendra surtout du jour d'arrivée des caravanes qui doivent nous livrer dans ce port, bien vénitien, de nombreux ballots de soieries, et du délai que prendra l'embarquement d'autres marchandises destinées à nos entrepôts de Raguse. En souhaitant évidemment, étant donné les événements actuels, que tout cela soit arrivé à temps... Nous repartirons alors, je ne dois pas vous le cacher, protégés de très près par notre escorte, le long des chapelets d'îles où trop souvent se glissent les barques effilées des pirates uskoques qui, soyez-en sûres, n'oseront s'approcher de nos galères. Nous arriverons alors à Sebenico pour y faire l'aiguade[1] et nous ravitailler en vivres frais pour atteindre, deux jours après, notre bonne ville de Raguse, par l'étroit canal de Hvar, ici, vous voyez...

« De Raguse, nous franchirons alors le canal d'Otrante, quittant ainsi notre mer Adriatique pour pénétrer dans la mer Ionienne. Peut-être serons-nous obligés de jeter l'ancre devant Vallona pour y attendre l'ordre de départ ? Nous devons en effet y rejoindre deux autres navires qui doivent protéger notre convoi. Ce sera notre dernière étape avant d'entrer dans l'étroit canal, la merveille de notre périple, qui nous mènera à Corfou, ou plutôt à deux lieues de la ville, dans la rade de Gouvia, une rade hospitalière où nous vous laisserons, j'en suis convaincu, satisfaites d'être arrivées sans encombre à bon port, mes chères passagères.

Il était difficile pour le capitaine de fixer exactement le nombre de jours de navigation et la durée de séjour dans les différentes escales avant d'atteindre Corfou. De douze à quinze, avança-t-il, avec l'attente à Zara. L'état de la mer et la marche des autres bâtiments composant le convoi étaient autant d'impondérables, difficiles à chiffrer...

La cabine, ou plutôt la chambre des dames comme l'appelait le capitaine, se voyait bien sommairement agencée. L'essentiel en était un grand lit, garni tout autour d'une balustrade, peut-être pour éviter d'en tomber en cas de trop forte houle. Il était solidement fixé au sol et à la paroi de la cabine, remarqua vite Francesca « avec son coup d'œil de surintendante », ainsi que les coffres qui, également scellés au sol, bâillaient, prêts à recevoir les

1. Jadis, se ravitailler en eau potable.

effets, sacs et ballots des passagers, près d'un coin réservé à la toilette. Point de paravent, mais ne serait-on pas là entre femmes ? La pièce comportait aussi quatre hublots qui donnaient directement sur la mer.

Un seul grand lit ? C'était la première fois de sa vie que Francesca allait partager sa couche avec une inconnue, qui lui paraissait des plus sympathiques, et certainement du meilleur monde, quoique étant de religion différente. Mme Rebecca Hoffmann devait être sans aucun doute juive. Elle avait du reste, parlant parfaitement l'italien et non le vénitien, un léger accent tudesque que Francesca avait déjà remarqué chez une amie de la comtesse, rencontrée chez un banquier juif de Vérone.

Le capitaine, prenant Francesca à part, lui révéla en effet que sa compagne de voyage, Mme Rebecca Hoffmann, était la femme d'un important commerçant juif qui faisait partie du groupe des armateurs et des assureurs de la *Santa Lucia* et d'autres navires encore qui se livraient au commerce international, pour le plus grand bien de la Sérénissime. Ces banquiers formaient avec ceux de Raguse le groupe des financiers le plus actif, cherchant à développer les relations avec ce que l'on appelait la branche océane, l'Angleterre et les Pays-Bas. La place de Raguse servait de relais pour y entreposer les marchandises provenant des industries vénitiennes les plus diversifiées.

D'un coup d'œil, la vive Francesca avait jaugé sa compagne de voyage. La trentaine, plus jeune qu'elle, un joli type de brune, bien en chair, deux jolies fossettes qui ne demanderaient certainement qu'à s'animer, des mains soignées, un costume de voyage bien coupé, de l'aisance dans le maintien avec un petit quelque chose, elle ne savait quoi, différent des Vénitiennes, un peu plus de raideur, peut-être !

Le manteau ôté, elle remarqua des hanches un peu fortes, un corsage bien rempli mais avec un décolleté des plus sages. Le sourire parut facile, un peu timide, peut-être, souligné d'une légère inquiétude devant l'allure si décidée de Francesca. Peut-être, pensa cette dernière, cette dame a-t-elle besoin d'être mise à l'aise, notant un peu de gêne dans le regard qui semblait chercher dans le visage de Francesca un désir de plaire.

Francesca, bonne fille, s'empressa de tout faire pour que cette femme inconnue, qui devait partager quinze jours de voyage à ses côtés, se sente à l'aise et puisse ainsi contribuer à rendre leur séjour et leur compagnie les plus agréables possibles.

En effet, la glace apparente du début fut vite rompue. Croix d'or et étoile à six branches s'entendirent très vite, en premier lieu sur le partage des commodités, si réduites, de la chambre.

Leur premier fou rire eut lieu lorsque, conjointement, elles découvrirent que leur lit commun était partagé en deux, par l'adjonction d'une large planche le divisant en deux parties égales. Certainement une idée d'homme, s'esclaffèrent les deux femmes qui s'empressèrent de supprimer cette muraille de séparation pouvant générer un sommeil incommodé. Francesca trouva la solution en repliant simplement les deux toiles servant de drap, permettant de bien isoler les corps durant leur sommeil.

Les deux femmes, devenues ainsi complices, se confièrent qu'elles allaient, toutes les deux, rejoindre leur mari à Corfou. Rebecca (elles s'appelaient maintenant par leurs prénoms) raconta à Francesca qu'elle était native de Corfou où résidait sa famille. Elle était venue à Mestre pour y visiter, dit-elle, son cher père qui gérait un important négoce de banque et d'assurance maritime. Francesca, moins loquace, lui indiqua qu'elle allait à Corfou, la joie au cœur, rejoindre son mari malgré son regret de n'avoir pu emmener sa fille, jeune maman et sa petite fille que son mari ne connaissait pas encore...

Ainsi les deux femmes nouèrent facilement un sentiment d'estime et d'amitié, d'entraide surtout. Elles en eurent vite besoin, la vie à bord et les difficultés en découlant créant rapidement, et par nécessité, des liens solides.

L'utilisation de l'eau, « potable », l'entretien du linge, et principalement le problème de la nourriture causèrent en effet bien des soucis à des femmes habituées à un certain confort et à un genre de vie fort éloigné de celui d'un navire, fût-il de commerce, et fréquenté, à part les trois officiers, par un personnel plutôt rustre. La cuisine fut indéniablement le sujet le plus préoccupant, pour Rebecca surtout, qui refusait toute alimentation venant des cuisines où le lard salé et fumé servait d'assaisonnement. Francesca, qui avait une grande habitude de diriger et de parler aux domestiques, à la demande de sa compagne, s'arrangea pour obtenir casseroles, assiettes et couverts réservés qu'elle garderait dans la chambre et dont on se servirait exclusivement pour le repas des deux femmes. La nourriture se bornait au poisson cuit à l'eau, à la farine de maïs arrosée d'huile d'olive, ce dont Rebecca avait fait ample provision, ainsi que de biscuits qui n'avaient jamais eu aucun contact avec les produits défendus par la religion juive. Heureusement, le mouton, suffisamment saigné, était permis et recommandé, ce qui obligea l'attentionné capitaine à en faire provision à chacune des escales. La chaleur et l'humidité régnant sur le bateau en interdisaient en effet toute conservation. En vingt-quatre heures, la viande, même mise au sel, était avariée. Rebecca était très sensible à l'intérêt que Francesca manifestait pour les problèmes liés à sa religion, comme le respect de ses habitudes alimentaires. Elles découvrirent vite que toutes les deux, au fond, adoraient le même Dieu dont elles étaient au même titre, mais avec des rites différents, les créatures respectueuses. Francesca, moins liée à la nourriture par les problèmes religieux, se faisait un devoir de civilité de se partager de temps à autres entre la dînette à la chambre des dames et la table du capitaine, heureux alors de profiter de la présence exceptionnelle d'une aussi jolie femme.

Francesca était heureuse de voir ainsi s'écouler plus vite son temps. Ses journées lui parurent moins longues auprès de cette jeune femme de vingt-six ans qui avait toujours une histoire à raconter, touchant à sa famille ; cela l'aidait à supporter ce genre de vie, quelque peu prisonnière, dans un espace restreint, contrastant avec ce qu'elles avaient tout autour d'elles : la mer, cet espace immense ouvert à la liberté de l'âme.

Le temps pendant toute la traversée fut en effet splendide, le bleu du ciel et de la mer toujours confondus. Aucun jour de tempête, une fois seulement une forte houle, en abordant la mer Ionienne au large de Zara où l'escale dura trois jours. Francesca y eut une pensée très affectueuse pour le mari de sa fille dont elle chercha vainement le régiment qui avait quitté la ville et qui, paraissait-il, avait maintenant ses campements auprès de Novigrad.

À Zara, à la demande du capitaine, les deux femmes, pour ne pas attirer l'attention des curieux traînant toujours dans les ports, ne descendirent pas à terre. Par contre à Raguse, elles prirent plaisir à connaître la ville, Rebecca y ayant une sœur plus âgée qu'elle, mariée à un rabbin-médecin, qui soigna efficacement Francesca, victime d'un furoncle à l'aine qui la faisait atrocement souffrir. Elle fut guérie grâce à l'application d'un emplâtre confectionné avec un extrait de jus de racines de plantes. Cette crise de furonculose, avait expliqué le très compétent médecin à une Francesca reconnaissante, provenait à la fois de l'alimentation à bord, exempte de légumes et de fruits frais et de l'échauffement des humeurs qui affaiblissait un organisme déjà privé d'exercice, toujours en butte à l'atmosphère salée et humide due aux embruns et aux coups de mer.

Enfin, au bout du treizième jour, après la remise en ordre du convoi regroupant, comme prévu, les deux navires provenant du bassin occidental à travers le canal d'Otrante, la mer Ionienne fut saluée par une volée de coups de canon tirés par les galères d'escorte.

Approchant des côtes, le spectacle devenait idyllique, bucolique même, commenta le capitaine.

Là, il fallut à la *Santa Lucia* beaucoup d'habileté, à cause des sautes constantes de vent, pour arriver à se faufiler dans l'étroit canal côtier qui menait à la face orientale de l'île. Un paysage de rêve s'offrit alors aux yeux émerveillés de Francesca. Des collines travaillées en terrasse, tapissées de rubans de vignes, d'arbres fruitiers, descendaient jusqu'au rivage, lui-même quelquefois dominé par des rochers abrupts couronnés de genêts d'or qui emplissaient l'air d'un parfum de miel.

Corfou, la Korkura des Grecs, la Corcyre des anciens, l'île des amours réprimées d'Ulysse et de Nausicaa, s'offrait ainsi dans toute sa splendeur. Francesca regretta alors l'absence auprès d'elle de son Angelina qui lui aurait raconté toutes les merveilles entourant l'*Odyssée*, toutes choses apprises dans ses chers livres, traduits du grec ancien par son précepteur, M. Dularge.

Avant son départ, sa fille lui avait bien décrit ce que serait l'apparition de Corfou. Francesca regretta alors de ne pas avoir reçu l'éducation et l'instruction que, grâce à la comtesse, elle avait pu donner à sa fille, avec l'apport de la spiritualité qui, elle en était bien consciente, lui manquerait toujours.

Mais son âme et son cœur participaient cependant à tant de beautés exposées à sa vue. Elle vibrait de tout son être devant ces merveilles de la nature ainsi offertes. Peut-être était-ce l'étroitesse du canal qui, contrastant avec la profondeur et la pureté de l'eau marine où se reflétait le ciel, s'ajoutait à la splendeur du paysage. L'harmonie même semblait naître avec le doux clapotis des vagues mourant sur le velours verdoyant des rives, là où les roches s'animaient à la fuite d'un oiseau emportant dans sa course son tiou-tiou suivi du bruissement soyeux de ses ailes.

Francesca se souvint alors qu'Angelina lui avait raconté l'accueil que Nausicaa avait réservé à Ulysse, poursuivi par Neptune mais protégé par Minerve, ce roi d'Ithaque, lui avait-elle dit, qui avait atterri, nu, sur les rivages enchantés de l'île des Phéaciens, la Corcyre, qu'elle avait ici devant les yeux :

« Nausicaa, dans sa candeur si pure, n'avait pas été effrayée par la nudité du bel Ulysse souillé du limon et de l'écume de la mer, elle, la jeune vierge aux bras blancs si bien faite et si belle que celui qui la voyait croyait discerner une immortelle... »

Au loin, Francesca apercevait enfin la ville blanche.

Ces quelques jours passés près de sa chère amie Rebecca lui avaient révélé que la vérité n'était pas propre à la croyance de chacun mais que la vraie richesse de l'âme humaine provenait justement de la diversité, du non-conformisme et de l'acceptation de la différence de l'autre. La présence de Rebecca lui avait appris à mieux respecter ces différences. La même foi pouvait se présenter sous des aspects multiples. On pouvait penser, adorer le même Dieu de diverses façons. Le Dieu d'Abraham n'était-il pas unique !

À chacun appartenaient ses prières, son culte, sa façon de vivre, et même de se nourrir, de se vêtir, de se coiffer, d'aimer, d'interdire, mais le cœur qui bat dans les poitrines devait contenir toujours la même richesse à vouloir créer le bonheur autour de lui. Ainsi, Rebecca et moi-même, assurait Francesca, nous nous sommes toujours admirablement entendues, complétées en faisant cependant chacune nos dévotions, que nous pensions si différentes. Il n'y a jamais eu entre nous le moindre mot qui pouvait nous faire mal. Savoir s'accepter si dissemblables avait été le vrai chemin de l'âme, à savoir se respecter et s'estimer mutuellement...

Déjà, c'était le branle-bas sur le pont de la *Santa Lucia*. On prenait des ris à travers la course des gabiers dans les haubans. Les ancres furent jetées dans la baie de Gouvia, si sûre et les canots de débarquement furent rapidement mis à l'eau.

Heureusement que la peste ne sévissait plus à Venise alors qu'elle commençait, disait-on, à se répandre en Crète. Grâce au capitaine commandant l'escadre des galères qui fit une déclaration sur l'honneur, on épargna ainsi à l'équipage et aux deux passagères de faire le détour dans la petite île du lazaretto.

Francesca et Rebecca, toutes joyeuses, s'empressèrent de sauter dans la première barque qui devait les conduire au débarcadère du port. Les deux femmes, chose qu'elles n'avaient encore jamais faite, s'étreignirent, s'embrassèrent comme deux sœurs en se promettant de se revoir, de se recevoir, autant à Mestre qu'à Venise, tant leur estime et leur amitié étaient devenues réciproques. Nos filles aussi vont se connaître, bien sûr !

... Mais Francesca aperçut Antonio qui, sur le quai, les bras grands ouverts, des larmes de bonheur dans les yeux gesticulait en l'apercevant. Sa Francesca, enfin, était là.

Combien d'émotion, d'amour, de joie d'être enfin réunis passèrent dans leurs étreintes, ponctuées des sanglots de bonheur de Francesca. Était-ce donc vrai ? Si loin de Venise, dans cette île inconnue, leurs deux cœurs battaient l'un contre l'autre...

Une carriole, attelée d'un mulet gris pomponné de rouge, attendait à quelques pas du couple enfin réuni. Un gamin aux pieds nus y chargea le bagage de Francesca et en avant pour la ville. L'attelage rustique prit le chemin longeant la côte bordée de lauriers-roses en fleurs, ombrée de-ci de-là par de grands pins odorants et bruissant du chant des cigales. Une halte fut marquée, à l'entrée de l'enceinte dominée par le Fort neuf dont la porte centrale était ornée de l'immense Lion ailé de Saint-Marc. Antonio, toujours bien informé, expliqua à son épouse que cette forteresse avait été construite pour renforcer les défenses de la ville après le premier siège mené par les Turcs du temps de Soliman le Magnifique et des escadres de Barberousse. Cela ne disait absolument rien à Francesca, qui, ignorante de l'histoire, pensa simplement qu'il avait fallu, hier comme aujourd'hui, se défendre contre le même cruel envahisseur : le Turc.

Mais Antonio, qui tenait nerveusement les rênes du placide animal, semblait bien pressé. Ce fut à peine s'il indiqua à sa femme, surprise de franchir tant de canaux et de fossés de défense, à quoi pouvait servir tout ce système d'enceintes et de remparts, dominé par l'importante citadelle, l'imposante gardienne de la ville.

On s'orientait vers le Sud, après avoir franchi la dernière porte Spilla qui donnait sur une très grande place où un bataillon de fantassins vénitiens faisait l'exercice.

On traversa tout un dédale de rues, souvent étroites et encombrées de marchands ambulants, la plupart se tenant aux portes de nombreuses églises, dont une cathédrale non orthodoxe mais catholique romaine, eut quand même le temps d'indiquer Antonio.

Mais où se dirigeait-on si vite ?

Là, résidait la surprise qu'avec tant de soins monsieur le vice-protto avait réservée à Francesca, mettant à profit les trois jours d'avance qu'il avait eus sur l'arrivée de sa femme. Dès son débarquement sur l'île, Antonio avait en effet appris qu'un certain retard, probablement d'une quinzaine de jours, était prévu pour la réparation et le calfatage des galères qu'il devait prendre en charge afin de grossir la petite escadre le menant de nouveau à Zante. Sa présence n'était pas indispensable au port et à l'Arsenal durant cette période, il avait obtenu du provéditeur de l'île une quinzaine de jours de liberté et le privilège d'occuper pendant cette période une petite maison, blanche aux volets bleus, perdue au milieu d'un verger d'orangers et de citronniers afin de pouvoir s'y cacher, totalement oublié, avec sa femme.

La maison était située dans un endroit des plus bucoliques, au sud de la ville, face à une plage, aux abords de la ville antique, à l'entrée de la presqu'île de Paléopolis.

Quelle fut la joie de Francesca lorsqu'elle découvrit la propriété et pénétra dans la petite maison, accueillie par le sourire et le tablier brodé d'une accorte servante corfiote qui lui éviterait ainsi tout souci et tout changement dans ses habitudes alimentaires, après la pénible expérience sur la *Santa Lucia*.

— Ici, lui confia alors Antonio, ce sera le vrai repos, aucune fatigue, des légumes et des fruits, des produits frais du jardin, du lait surtout dont tu as été si privée et tout cela entourée par la tendresse de ton vieux mari.

Oui, c'était vrai, depuis son départ de Venise, il y avait près d'un an, Francesca trouvait son Antonio changé. Il allait seulement sur ses cinquante ans et déjà sa calvitie commençait à dévorer ses tempes, maintenant bien blanchies. Les pattes d'oie, au coin des yeux, s'étaient accentuées, son visage, plus buriné, contrastait avec son regard si ardent. Le vice-protto, toujours tellement élégant à Venise, était devenu un véritable homme de mer. C'étaient certainement le hâle et la morsure des embruns, avec l'effet du soleil se réfléchissant sur la mer, qui l'avaient ainsi bronzé. Sa vie maintenant était si différente, privé qu'il était des soins et de la prévenance de sa chère femme. Toujours à la mer, passant de l'inspection d'un navire à un autre, cela le changeait de sa vie sédentaire à Venise, dans son cher Arsenal.

Mais Francesca retrouva vite son Antonio, toujours le même, très actif, rouspétant pour un rien, impatient mais aussi passionné.

Les deux premiers jours se passèrent sans quitter la maison, du lit au jardin et du jardin au lit, Francesca presque toujours en chemise. Ce voyage l'avait tellement éprouvée.

— C'est fou, disait-elle, comme on peut sans cesse se cogner sur un navire.

— Et encore, lui disait son mari, tu restais toujours sur le gaillard arrière, imagines-tu la vie de nos marins, de la cale au plus haut des mâts, lorsque la mer est grosse, le vent en tempête, la voilure à serrer, la route à tenir ? Je ne parle pas des combats, des privations constantes... tout cela donné de grand cœur pour la défense de notre République. Je ne te raconterai pas la vie sur nos galères. C'est trop horrible...

Mais on avait tant d'autres choses plus tendres à se dire, tant de caresses à offrir, à recevoir, tant de questions à poser... Antonio interrogeait sans cesse sa femme sur son Anzetina, sur le mariage, la générosité de la comtesse, le mari capitaine, la grossesse et sur Lauretta. Peut-être y aura-t-il un petit frère, cette fois-ci ? Ce sera un petit Antonio, n'est-ce pas, pour maintenir la tradition des Cappello à l'Arsenal ?

Francesca, elle, posait moins de questions. Elle se doutait bien que son mari, tellement habitué aux caresses, avait dû en un an de séparation connaître d'autres femmes ; mais fréquenter, jouir même ne voulait pas dire aimer.

Bien sûr, elle le sentait, Antonio n'était vraiment qu'à elle. Tant d'amour les avait à jamais confondus.

Pour Antonio aussi, sa Francesca n'avait jamais été aussi douce, aussi aimante. Il l'avait trouvée un peu amaigrie. Il était vrai que le régime imposé à bord de la *Santa Lucia* y était pour beaucoup, mais sa femme était toujours égale à elle-même. Elle n'avait rien perdu de son émouvante féminité. C'était le même parfum de ses cheveux, la même étreinte de ses cuisses, avec l'odeur marine si enivrante de sa pomme d'Ève, comme elle appelait, si pudiquement, son blond pubis. Oui, il l'avait bien retrouvée, sa femme, son complément, sa femelle peut-être, encore plus amoureuse, plus ardente, comme pour rattraper cette longue absence. Oui, elle jouissait toujours aussi fort sous son étreinte. Il l'avait retrouvé, son point sensible, et aussi le petit creux de son arrière-cou, si doux sous ses lèvres, provoquant chez elle un grand frisson, ce qu'elle appelait la « pelle di galina [1] ». Il se rendait compte encore davantage maintenant combien sa merveilleuse femme lui avait manqué et combien Dieu les avait, à jamais, unis l'un à l'autre. Leur couple était indestructible.

Leurs sens enfin apaisés, les corps réconciliés, les époux songèrent à sortir de leur jardin pour visiter l'île appelée, comme l'avait baptisée le capitaine Fillipo, celle des roses.

Leurs premiers pas les conduisirent vers la plage toute proche de Paléopolis, souvent déserte, sauf quand le vol en tourbillon des mouettes annonçait l'approche d'une barque de pêcheurs mouillant ou relevant ses filets.

Peu à peu, ils parcoururent la presqu'île, avec ses ruines antiques, préférant surtout cheminer jusqu'à la pointe extrême où, dans un décor de cyprès et d'acacias en fleurs, ils découvrirent l'îlot abritant le petit couvent des Blachernes, là où, disait la légende, se trouve le rocher où Ulysse fut rejeté par la tempête provoquée par la colère de l'ombrageux Neptune...

1. La peau frissonnante sous le baiser.

Ces promenades furent bientôt suivies par des randonnées plus longues, à dos de mulet, vers l'intérieur de l'île, au mont des Pyramides où ils aimaient contempler par temps clair l'admirable paysage. À l'Est, ils découvrirent la rive grecque, aux confins de l'Albanie, avec tout au fond déjà les cimes neigeuses de la chaîne du Pinde et, se retournant à l'Ouest, la descente verdoyante des collines couvertes de vignes vers l'immensité bleue de la mer Ionienne. Un soir même, ils s'attardèrent jusqu'à la nuit tombée dans une rustique locanda pour assister à l'incendie du ciel que précéda, à l'Occident, la lente descente de l'astre d'or dans les profondeurs des flots.

Les deux semaines s'écoulèrent très vite et déjà les galères en partance pour Zante jetaient leurs ancres dans la baie de Gouvia. Il fallut s'arracher l'un à l'autre. Antonio promit d'écrire, d'écrire, et encore d'écrire, plus souvent.

Après le départ de l'escadre et d'Antonio pour Zante et pour Candie, le surlendemain, Francesca embarqua à nouveau sur la *Santa Lucia,* de retour de son périple à Zante. Elle y reçut, avant de partir, la visite de Rebecca, prévenue par ses parents les banquiers du départ du navire. Celle-ci attendrait le prochain voyage pour se rendre à Venise et à Mestre.

Francesca, à bord, occupa alors, seule hélas, la chambre des dames. Le capitaine Fillipo redoubla de prévenance envers son unique passagère, ayant eu soin cette fois-ci de faire une ample provision de fruits secs, amandes, noisettes, figues et raisins, « les célèbres sultanes », tant appréciées sur les bords de la Tamise, dont le commerce depuis Corfou était particulièrement actif.

Ce fut cependant un bien triste retour pour Francesca, en l'absence de Rebecca, avec un ciel souvent gris et quelques grains qui prenaient, en mer, à cause de la nécessité de s'enfermer dans la cabine, les aspects les plus tristes. La mer elle-même se mit de la partie et la traversée du canal d'Otrante fut des plus houleuses. Heureusement, il y avait pour Francesca, au bout du voyage, la joie de pouvoir à nouveau être avec sa chère famille et retrouver le train-train quotidien du palais qui l'aiderait grandement à moins penser à l'absence de son Antonio. Quand le reverrait-elle, avec cette guerre de Crète qui pourrait s'éterniser ?

On parlait évidemment de la suprématie incontestable des escadres vénitiennes qui empêchait, croyait-on, tout ravitaillement des Turcs par la mer avec, bien entendu, dans le plan de la Sérénissime, la tentation de reprendre la ville de La Canée...

Pendant tout le temps que dura le voyage de Francesca, son absence du palais Forner avait été cruellement ressentie. La petite Lauretta, comme l'appelait définitivement la comtesse, était cependant bien présente, pour occuper tout son monde.

Chaque matin, l'emmaillotage, trop lâche ou trop serré, soulevait des discussions et déjà Angelina se souciait du percement de la première dent. Le lait généreux de la solide Nanna avait bien produit son effet, à en juger par les généreuses fossettes qui ornaient toujours le joli corps du bébé. Petit à petit s'introduisaient le régime des bouillies et l'attente, après chaque séance de gavage, du petit bruit rejetant l'excès d'air absorbé, ce qui signifiait simplement que la digestion allait bien se passer. Angelina exigeait que le bébé reposât dans son berceau, couchée sur le côté droit, jamais sur le dos. Zaza, consultée par la comtesse, évoquait déjà le trousseau de la petite fille. On ne parlait plus que de robes et de bavoirs...

Mais là où la présence de Francesca et de sa souriante autorité avait manqué le plus, c'était auprès du personnel du palais, à l'office, aux cuisines, au service de la chambre de la comtesse où, bien vite, les bonnes habitudes s'étaient émoussées. Il était vraiment temps que madame l'intendante vienne redresser le gouvernail et rétablir l'ordre, surtout à l'office et aux cuisines où s'était prise l'habitude d'un relâchement dans les dépenses. L'heure des repas elle-même, sacro-sainte, n'était plus respectée au moment de la sonnerie des carillons. Il y avait aussi, ce qui devenait grave, du laisser-aller dans la tenue de la garde-robe de la comtesse. Le repassage des guimpes et autres broderies amidonnées n'était plus ce qu'il avait été, ronchonnait Zaza, attentive aux moindres faux-plis...

La comtesse, pour mettre un terme à l'ennui qui résultait du relâchement et de la morosité ambiante, cherchant à combler le grand vide causé par le départ de Francesca, décida, approuvée par Angelina, de renouer avec les chères habitudes de son défunt mari. Sa passion pour ce que l'on appelait la nouvelle musique profane le conduisait souvent dans les théâtres où se donnait « violemment » l'Opéra. Celui-ci tentait aujourd'hui de faire oublier la tristesse et l'affliction résultant de la guerre.

Malheureusement, le grand ami du défunt monsieur le comte Forner, Claudio, le divin Monteverdi, s'était lui aussi éteint, en pleine gloire, en 1643, dans l'éclat de ses soixante-seize ans. La comtesse se souvenait bien d'avoir assisté aux funérailles grandioses qui avaient eu lieu dans le chœur même de la basilique Saint-Marc dont il était devenu l'illustre maître de chapelle. Son mari lui en rappelait souvent la date, le 19 août 1613, cette date mémorable où le Maître y introduisit le style baroque qui balaya la polyphonie ancestrale, en ayant l'audace de mêler à la fois mysticisme et sensualité au service de l'amour de Dieu et plus encore de la Vierge Marie grâce à la sonate « sopra Sancta Maria », dont on glorifia le nom le jour même de l'enterrement du Divin Maître.

Mais ce que la comtesse admirait par-dessus tout, c'était son dernier chef-d'œuvre, son opéra de musique dramatique, combien humaine, pétrie de passion : « l'incorazione di Poppea » qui avait été donnée au théâtre Santi Giovanni e Paolo, un an avant sa disparition.

Grâce à l'admiration que son mari avait eue pour son vénéré Claudio Monteverdi, la comtesse avait pu suivre le cheminement douloureux du « Divino » vers la gloire depuis la mort de son épouse, la cantatrice Claudia Cattaneo. Sa nomination comme Maître de musique à la cour de Mantoue, après la mort de son rival Benedetto Piaviccino, l'avait honoré, grâce à l'admiration qu'avait exprimée pour lui le duc, Vincent de Gonzague.

Après la mort de son mari, la comtesse avait continué d'entretenir de bonnes relations avec Monteverdi, apprenant avec grande affliction la perte totale des partitions de musique du Maître conservées à la bibliothèque du duché et brûlées par les soudards impériaux, lors de l'horrible mise à sac de Mantoue. Elle avait aussi appris le décès successif de ses deux fils, dont le préféré, Massimiliano, avait été frappé par la peste de 1630. Alors le Maître de musique de Saint-Marc était entré dans les ordres, ce qui n'avait nullement refroidi leur relation d'amitié. La comtesse n'avait jamais oublié le bon sourire, les vigoureuses moustaches et la barbe fleurie à la henri-quatrième de son ami, prêtre alors, qu'elle avait honoré en son palais, après l'interprétation, à jamais glorieuse, qu'il venait de diriger lui-même au théâtre San Cassiano[1], de son « Ritorno d'Ulysse in Patria ». Le soir-là, tout le peuple de Venise confondu, lui avait fait une fantastique ovation.

Tous les assistants avaient reconnu dans ses arias et ses récitatifs les émotions amoureuses, les plaintes et jusqu'à la bouffonnerie qu'ils ressentaient eux-mêmes au fond de leur cœur. Le tout était exprimé avec un réalisme juste et humain par cette sublime musique, si éloignée de la traditionnelle et froide polyphonie. L'âme elle-même et plus encore celle des humbles était touchée.

Angelina accompagnait toujours la comtesse, soit pour entendre l'Opéra, soit pour se joindre aux concerts de musique profane et de musique religieuse qui commençaient à se donner non plus seulement dans les églises, mais dans les célèbres orphelinats de la ville où se formaient maintenant d'excellents ensembles instrumentaux et de remarquables chorales. Angelina fut donc,

---

1. Premier théâtre où, à Venise, moyennant un paiement plus ou moins modique de sa place, chacun et non seulement les grands de ce monde pouvait assister à un spectacle de ballets ou d'opéra.

elle aussi, vite conquise par cette nouvelle et merveilleuse musique qui par le biais de l'âme accaparait tous les sens, exprimant, grâce aux récitatifs, la passion humaine, aussi bien sensuelle que divine.

Mais ce qu'aimait encore plus Angelina, où, par connivence, elle entraînait souvent Zaza et un peu moins la comtesse, c'était la comédie dite de l'Arte où sur un canevas tracé d'avance, à travers des masques propres à des personnages traditionnels, immédiatement reconnaissables, les comédiens rivalisaient de comique et d'improvisations toujours nouvelles, le tout exprimé dans un langage propre à chaque personnage. Là se confondaient le rêve, les moqueries, les bonheurs et les malheurs, l'amour ou le désespoir contés en langue vénitienne, bergamasque et dans le plus pur toscan.

Pour Angelina, tous ces spectacles, présentés souvent sur des tréteaux à même la rue, à travers les divers campi de la ville, en particulier dans les périodes de fête, donnaient au peuple le moyen de se distraire et d'entendre souvent, avec beaucoup d'esprit et d'habileté comique, ce qu'ils pensaient tout bas sans pouvoir l'exprimer.

Le plus extraordinaire, qui surprenait tant la jeune fille, était qu'à travers ces éternels personnages, entraînés par la même intrigue, chacun des masques savait se renouveler avec des trouvailles, de nouvelles expressions, une richesse de mots et de comportement, d'attitudes qui donnaient chaque fois à la comédie un renouveau, et plus de relief encore à l'intrigue.

Angelina applaudissait ainsi, avec une joie chaque fois nouvelle, la dizaine de personnages. C'était d'abord les deux Zanni, bergamasques dans le langage et l'attitude : Brighella le serviteur fourbe et Arlequin l'acrobate, le roué, souvent malmené, dupé, volé, sensuel et gourmand, faquin d'un docteur ou d'un barbon amoureux malicieusement éconduit. Ces derniers se nommaient toujours Pantalon, vêtu de la même culotte longue, et d'une robe écarlate, libidineux mais crédule, et il signore Dottore marmonnant son latin de cuisine, en prise aux facéties des soubrettes amoureuses. Celles-ci, Colombine et

Isabella, tabliers verts et bonnets blancs, aussi futées qu'espiègles, savaient toujours provoquer l'amour sans en être victimes...

Là résidait, pour tous les acteurs, l'art d'être bonhomme avec malice et niais avec esprit.

Tous ces spectacles populaires enchantaient Angelina et surtout Zaza qui savaient puiser dans cet échange pétillant de bons mots, dits dans l'idiome et à la façon de chacun, le bergamasque pour les valets, le vénitien pour les maîtres, les amoureux et pour les servantes, plus souvent, le toscan et quelquefois même des expressions bolognaises.

Enfin le 20 juillet, Francesca toucha au port. Sa surprise fut grande quand elle trouva le palais Forner en joie pour accueillir son retour, ne sachant pas que l'arrivée de la *Santa Lucia* avait été annoncée à la comtesse depuis quelques jours par le provéditeur à la mer.

Francesca ne s'attendait pas à tant d'honneur lorsque la gondole officielle, frappée du Lion ailé de Saint-Marc, vint la chercher à bord pour l'emmener au quai des esclavons où tout son petit monde l'accueillit, au son de deux violons et d'une trompette d'argent mandés par la comtesse. Angelina et Laura l'accompagnèrent ainsi lors de la remontée du Grand Canal jusqu'au palais Forner avec Florindo et sa femme, tous deux présents à la vogue. Quelle joie pour Francesca de tomber dans les bras de la comtesse qui, chose inhabituelle, était venue l'accueillir au bas du débarcadère de son palais, l'embrassant à pleine bouche.

Francesca retrouva Lauretta très belle, un peu trop joufflue mais bien grandie, les jambes surtout qui semblaient, heureusement, s'affiner. Fini l'emmaillotage trop serré. Angelina avait enfin imposé sa manière de langer son bébé, dont le septième mois approchait.

Madame la « surintendante » eut vite fait de redonner au palais l'atmosphère d'ordre qui y régnait avant son départ. Quelques observations, une sérieuse admonestation à la chambrière Simonetta, le renvoi de Giulia la cuisinière qui avait abusé de la confiance de la comtesse pour les dépenses de la cuisine et tout reprit sa marche régulière.

Francesca cependant s'apercevait qu'elle n'avait cessé de maigrir. Elle ressentait, depuis son départ pour Corfou, au bas du ventre, une sorte de pesanteur qui l'obligeait souvent à s'asseoir. Elle, si active, qui ne se ménageait pas, montant, descendant sans cesse les escaliers des trois étages du palais, hésitait maintenant à en gravir un seul. Ses jambes, au niveau des chevilles, présentaient des enflures. Le médecin de la comtesse, consulté, parla d'un phénomène passager d'hydropisie ascite qui amenait un épanchement liquide. Cela pouvait justifier les douleurs abdominales qui devaient résulter d'un gonflement du ventre. La purge, à l'aide de clystères, et surtout un régime alimentaire sans sel étaient pour l'instant les seules indications médicales à mettre en œuvre.

Les nouvelles d'Antonio étaient bonnes, sa santé, disait-il, excellente. Il écrivait maintenant plus régulièrement, à mots cachés, appelant les Vénitiens des chats et les Turcs des rats, pour annoncer que bientôt allait être tentée une grande offensive navale près d'un repaire découvert récemment chez ces derniers.

De Francesco à Zara, aucune nouvelle. La comtesse apprit que l'offensive des Turcs aurait été stoppée en Dalmatie, mais que l'on attendait de nouvelles attaques. On annonçait cependant que le relâchement de la pression des Ottomans était dû à l'action des Morloques et de leur chef, les Sardars. Ces alliés des Vénitiens avaient été encadrés par des éléments corses. Maintenant leur passion, le flottage des bois sur l'Adda, provenant particulièrement des forêts de Mantona, si indispensables à l'Arsenal de Venise, avait repris.

Vers Novigrad, devant les attaques incessantes d'Ibrahim Pacha, les troupes commandées par Francesco Loredo avaient dû se replier. N'était-ce pas là où se trouvait engagé le régiment qu'avait rejoint Francesco ? Cette nouvelle laissait Angelina dans la plus grande inquiétude.

Cette année-là, l'été était fort indécis, de la pluie sans

cesse, avec de gros orages qui, eux, heureusement, emplissaient les citernes de la ville. La récolte de maïs s'annonçait pourtant très bonne, aux dires de l'intendant de la Casa Grande, Sor Ludovico, qui venait régulièrement rendre ses comptes à la comtesse. Tout y allait au mieux. Sa femme, Cristina, attendait un nouvel enfant. Angelina lui demanda des nouvelles de sa belle-sœur, Lola, la brune et ravageuse cavalière. Elle s'était enfin mariée, avec un marquis piémontais, colonel d'un régiment de cavalerie, un ardent partisan de la duchesse Christine, la régente du Piémont qui avait fort à faire avec les frères du défunt duc de Savoie..., et attendait elle aussi un bébé.

Le 6 septembre enfin, une lettre de Francesco Guglielmo avertissait qu'il viendrait bientôt en congé de convalescence à Venise, avouant qu'il avait été blessé lors du siège de Novigrad et avait failli être fait prisonnier par les Turcs, mais que maintenant tout allait bien. Revenu à Zara, sa blessure au bras gauche s'était bien refermée mais son coude resterait peut-être raide. Il avait une telle hâte de connaître sa fille... On passerait certainement la fin de l'année ensemble. Donc du bonheur à venir, plein les cœurs...

Angelina et Francesca mouillèrent de leurs larmes quelques mouchoirs malgré les remarques affectueuses de la comtesse qui, elle, ne voyait dans tout cela que la fin heureuse d'une blessure.

— Ton mari est vivant et te serrera bientôt contre lui, avec un seul bras peut-être, mais encore plus fort. Il a échappé aux Turcs, n'est-ce pas essentiel ? Avec toutes les mauvaises nouvelles qui arrivent, il faut remercier la Madone de l'avoir ainsi protégé. Chaque jour, nous apprenons tant de désastres.

En effet, les combats en Crète avaient repris. Le blocus de l'armée turque, de son ravitaillement, imposé par les escadres vénitiennes, avait échoué, celles-ci n'ayant pas réussi à les maintenir enfermés dans La Canée. Peu à peu, les Ottomans s'étaient répandus dans l'île et avaient trouvé sur place la subsistance nécessaire à leur infanterie et à leur puissante cavalerie dont les chevaux, si vifs, avaient grand besoin de fourrages. À quoi avait servi le blocus des Dardanelles, il est vrai bien éphémère, par l'escadre de Tommaso Morosini ?

Le 26 octobre, on apprenait à Venise la reprise de combats acharnés en Crète et la menace de la prise de Retimo par les Turcs, là où le provéditeur de l'île en personne, Andrea Corner, commandait la garnison vénitienne.

Le 10 novembre, on annonçait sa mort lors du siège et la reddition de la ville. La mort du provéditeur remontait au 20 octobre. Que s'était-il donc passé ?

On avait pourtant dit tant de bien de l'arrivée à Candie de Camillo Gonzague, le grand spécialiste de l'aménagement des forteresses qui devait faire face aux nouvelles et puissantes performances de l'artillerie de siège, ainsi qu'à l'usage des fourneaux de mines qui, il fallait le reconnaître, étaient utilisés avec beaucoup d'habileté et d'efficience par les célèbres sapeurs arméniens de l'armée turque. L'ingénieur Gonzague avait aussi été rejoint par le non moins célèbre ingénieur Van Wert, chargé justement, et plus spécialement, de la défense de Retimo.

On disait que, lors du siège, des ordres précis avaient été donnés à chacun des habitants avec une tâche précise à accomplir : hommes, femmes, prêtres et frères, hébreux ou étrangers, tous avaient été mobilisés pour la défense de la ville.

Un rapport publié par la *Gazetta* indiquait qu'on avait bien recommandé de faire d'importantes provisions pour faire face à la famine en cas de siège, d'éloigner les incapables, de mettre les couvents en état pour servir d'hôpital. On avait pris soin de désigner des hommes et des femmes bien préparés pour assister les blessés et enterrer les morts. On avait même recommandé d'illuminer les rues avec des flambeaux et des lanternes, la nuit, à chaque angle de maison pour éviter les trahisons... On avait donné aux ingénieurs pleine autorité et de multiples moyens pour améliorer les défenses de flanquement, si faibles, avec création de nouvelles demi-lunes, protégeant les bastions...

Mais Retimo était tombé.

Comment expliquer cette lourde perte qui assurait aux Turcs la possession de deux nouvelles places fortes et l'occupation, sans avoir à combattre, d'une grande partie de l'île avec l'adhésion peut-être, du moins l'indifférence de la population non vénitienne, purement crétoise ? Le Sénat vénitien était atterré. Tant d'efforts inutiles, d'envoi d'argent, de matériel, de navires, avec les meilleurs officiers et défenseurs de la République. La place forte, l'Arsenal, la ville de Retimo était perdue et la reprise de La Canée s'avérait maintenant très difficile. Quel désastre ! Tous les cœurs étaient en berne.

La comtesse Forner, de son côté, se voyait obligée de délaisser quelque peu sa chère musique, son opéra, pour aider son amie, la monaca Maria Benedetta De'Rossi, l'abbesse supérieure delle grazie di Burano, une très sainte et déjà vénérée mère capucine, une religieuse qui portait sur elle les stigmates de la crucifixion du Christ.

Le 23 mai 1646, cette fervente religieuse et ardente patriote vénitienne avait écrit au doge en personne, au sujet des malheurs que causait la guerre de Candie. Elle qui était dotée de visions divines et de prophéties concernant l'avenir de la République, avait déjà eu la révélation, au moment de la peste de 1630, que le fléau provenait essentiellement de la colère de Dieu causée par le peu de ferveur que l'on montrait à Venise à prier pour soutenir les âmes du Purgatoire. À l'époque, n'avait-elle pas réclamé que l'on construisît cinq maisons spéciales, créées pour y célébrer des messes pour les pestiférés décédés afin d'obtenir la fin du fléau, grâce à l'intervention divine.

La très vénérée abbesse n'avait pas été écoutée, la République étant déjà fort occupée à faire élever la basilique votive de la Salute, dédiée à la Vierge Marie, en reconnaissance justement « per gracia ricevuta » car elle avait enfin obtenu de Dieu de mettre un terme à sa colère malgré le manque de ferveur religieuse.

Dès 1644, au moment du déclenchement de la guerre de Candie, Maria Benedetta De'Rossi avait trouvé justifiée cette guerre contre la redoutable agression du Turc, l'ennemi séculaire de la foi chrétienne. Elle s'empressa de revenir à la charge dans sa lettre adressée au doge qu'elle ne manqua pas de faire appuyer par quelques influents sénateurs dévoués à sa cause.

Dans cette lettre adressée publiquement et personnellement au doge Molin, elle faisait état des révélations que lui avait faites son époux, Jésus lui-même, et ceci déjà par trois fois. Il était nécessaire de recourir de nouveau à la Vierge Marie et de faire le vœu solennel de lui élever un nouveau monastère pour obtenir la victoire de la Sérénissime et mettre ainsi fin aux souffrances imposées au peuple vénitien. Il conviendrait, ajoutait-elle, que ce petit monastère et son ermitage fussent élevés auprès de la basilique de la Santa Maria della Salute ou « altrove », ailleurs ; elle ne négligea pas d'indiquer aussi le nom qu'il faudrait donner à la nouvelle église, celle de l'« adorata Vergine del Pianto ».

Face aux revers militaires des deux dernières années qui commençaient à impressionner grandement l'opinion publique, la supplique de la De'Rossi fut accueillie comme « un 'ancora di salvezza[1] » à laquelle s'accrocha le Sénat qui ordonna au provéditeur des monastères, Girolamo Foscari, le 17 juin, de rencontrer la vénérée religieuse. Ce qui fut fait. On décida ce jour-là que la nouvelle église comprendrait trois autels, un pour les âmes du purgatoire, le deuxième réservé à la Madone et le troisième au service liturgique de la prochaine communauté de religieuses. Dans un climat intensément mystique et de confiance unanime dans l'intervention divine concernant le déroulement de la guerre, le Sénat vota la mise en route des mesures et des crédits nécessaires à la construction de l'église et du monastère, pour honorer Dieu et apporter l'aide de la prière aux âmes des défunts entrant au Purgatoire. Dieu seul pouvait maintenant sauver la République !

1. Une ancre de salut.

La comtesse Forner joua un petit rôle dans l'édification du monastère en faisant obtenir par la « Sainte Femme », et de son vivant, que celui-ci ne soit pas édifié sur le rio Burchiello dans le sestière de Canareggio près du théâtre où se donnait l'Opéra (celui de Giovanni Grimani dit aussi de San Giovanni e Paolo), mais au Fondamente Nuove sur un terrain qui appartenait à la « scuola della Carita », une ancienne donation qu'avait faite en son temps son mari défunt[1].

Le 15 novembre, grande joie au palais Forner. Francesco Guglielmo Péri abordait enfin au port des esclavons. En bonne santé, certes amaigri, le bras gauche encore bandé, il annonça que son régiment était tenu en réserve sur l'ancien front de Dalmatie. Étant donné les dures conditions hivernales qui désormais rendaient impossible toute action militaire d'envergure, il pensait pouvoir, grâce à un congé de convalescence, se maintenir à Venise jusqu'au début du printemps ; son colonel le lui avait d'ailleurs confirmé.

On peut imaginer la joie qui régna dans le cœur d'Angelina, de Francesca et de la comtesse lorsque le papa prit pour la première fois sa fille, Laura, dans ses bras. Neuf mois après sa naissance ! Plus tout à fait bébé, mais pas encore fillette. Le père enfin présent argumenta sur le jeu des ressemblances : Laura avait la couleur de cheveux de Francesco, son front têtu sans aucun doute, mais les yeux certainement pas. C'était les yeux bleus de sa maman, le nez peut-être aussi mais pas le bas du visage ; la bouche, c'était sans discussion possible celle d'Angelina. Cette dernière, avec tant de bonheur, avait enfin retrouvé son mari. Son homme à elle, à qui elle ne se livra charnellement que progressivement, pour que, sans le lui dire, il puisse oublier lentement les infidélités que sans aucun doute, durant sa longue absence, il avait dû prati-

1. Le monastère et l'église dite de « Santa Maria del Pianto di Venezia », celle des sept douleurs, furent élevés en effet aux Fondamente Nuove près du pont de San Francisco della Vigna.

quer. Mais qu'importe, Francesco eut droit à une merveilleuse reconquête. La jalousie d'une épouse ne s'éteint pas dès les premiers baisers.

Malheureusement, Francesco apportait de bien mauvaises nouvelles qu'il avait recueillies auprès d'un capitaine de galère engagé en Crète, avec qui il avait voyagé depuis Zara.

Le front de Dalmatie était maintenant stabilisé. On envisageait même, sur celui de Clissa et d'Imorski, de préparer la reprise de certaines villes avec l'arrivée des beaux jours, mais la situation en Crète était des plus préoccupantes. Le capitaine lui avait confirmé la perte de Retimo, le renforcement de l'armée turque en Crète et de la cruauté ottomane. Les combats acharnés qui avaient présidé à la perte de la ville laissaient maintenant place à la ruée des Turcs vers la capitale de l'île. Oui, Candie ellemême était menacée, certainement pas pour l'immédiat, mais il s'avérait difficile d'arrêter, à moins d'un miracle, les Turcs dans leur offensive.

Francesco raconta donc ce que le capitaine avait appris sur la chute de Retimo, qui avait eu lieu le 3 novembre, après la mort au combat du provéditeur de l'île lui-même, le fougueux Andrea Corner, qui, frappé à mort dès le 20 octobre, n'avait pu voir la chute de la ville si âprement défendue. Le capitaine, spécialiste du génie maritime, lui indiqua que l'on assistait maintenant à une nouvelle stratégie et à une modification totale de la tactique des assiégeants lors de l'assaut lancé contre les forteresses. La puissance des canons, l'utilisation de boulets explosifs et surtout le travail des sapeurs, s'approchant sous les bastions de défense grâce à des tranchées ou des boyaux étroits, rendaient la défense fixe des ouvrages très difficile. Il fallait se battre non sur les remparts, mais à l'extérieur de ceux-ci pour essayer de battre l'ennemi en pleine campagne et de détruire ses arrières, défendus par de solides retranchements. Ce devait être l'œuvre de la cavalerie qui, seule, par des raids audacieux, pouvait permettre de jeter la confusion et le désarroi dans le camp des assaillants. Et l'armée vénitienne de Candie n'avait que des artilleurs et des fantassins. Les assaillants, eux, avaient la mobilité et cette supériorité de pouvoir concentrer toutes leurs forces sur un seul ouvrage de défense, là où les fourneaux de mines devraient jouer, alors, un rôle essentiel. De longues galeries creusées sous terre jusque sous les ouvrages de défense vénitiens avaient causé des dégâts considérables, irréparables même ; ceux-ci donnaient souvent aux assaillants des plates-formes d'accès à leurs troupes, chargées d'exploiter les brèches ainsi ouvertes dans les fortifications de la ville assiégée, pour s'infiltrer lentement dans la ville.

Cela expliquait la chute de La Canée comme de Retimo, où les troupes de Cussaim Pacha, débarquées dès le 19 septembre, avaient commencé le siège et la canonnade qui devaient isoler totalement la ville de la forteresse de Paléocastro. La cité, complètement ceinturée par l'armée turque et privée de tout ravitaillement, était devenue proprement indéfendable, abandonnée de tout appui extérieur.

Toutes les sorties des défenseurs, devant le quadrillage des tranchées turques progressant chaque jour jusqu'aux pieds de la forteresse, les avaient rendues suicidaires et inutiles.

Malgré l'envoi de renforts, par mer, à la forteresse isolée de Paléocastro par le provéditeur Grimani, après de furieux assauts et un incendie accidentel qui provoqua l'explosion de la Sainte Barbe, malgré le courage et le sacrifice des Vénitiens, il fallut se rendre. La ville fut livrée au pillage. Les jeunes filles et femmes en âge d'enfanter furent violées, les plus belles étant réservées aux harems. Les jeunes gens et les hommes vaillants furent enchaînés aux galères et tous ceux susceptibles d'une rançon envoyés comme captifs à Alger ou Constantinople. Les blessés furent en général achevés sur place, vengeance coutumière des Turcs après toute victoire. Heureusement, certains personnages vénitiens importants avaient pu être évacués par mer, comme par exemple l'ingénieur Van Wert très sérieusement blessé. Il avait perdu son fils, tué lors d'un assaut donné par les Turcs contre la forteresse de Paléocastro.

Le capitaine avait également appris à Francesco que l'armée turque se dirigeait maintenant vers la ville de Candie, la capitale de l'île qui, elle au moins, ne serait pas prise au dépourvu. L'exemple de Retimo servirait-il de leçon ?

La religieuse de la Vierge aux sept douleurs semblait avoir raison. Seul Dieu et un miracle, à la demande de la Sainte Vierge, pouvaient sauver la Sérénissime.

Mais Angelina, ayant son mari à ses côtés, sa fille dans ses bras, sa mère non loin d'elle, pensait à son bonheur qui était complet.

10

Année de deuil pour Angelina

Enfin, pour les fêtes de Noël 1646, toute la famille était réunie au palais Forner autour de la comtesse. Ne manquait qu'Antonio, toujours retenu en Crète, aux arsenaux de La Suda. Il était toujours responsable du bon maintien des galéasses vénitiennes, en particulier celles de l'escadre chargée de surveiller les côtes de la Morée et du Péloponnèse, pour empêcher toute tentative des navires turcs de ravitailler l'armée ottomane, solidement implantée dans la partie occidentale de la Crète. Après la victoire de Retimo, ne parlait-on pas d'une avancée des Ottomans vers la capitale de l'île, Candie, et d'un siège possible de cette ville ?

Antonio, fidèle à sa promesse, ne manquait pas d'écrire à Francesca chaque fois qu'il était averti du départ d'un courrier officiel pour Venise. Dans sa dernière lettre, reçue la veille de la célébration de la Nativité, il parlait avantageusement du capitaine général des galions de la Sérénissime, Tommaso Morosini, et de l'escadre nouvellement constituée qui avait pour objectif de surveiller les côtes de l'Attique et l'abord des Cyclades. Il disait aussi sa joie de devoir bientôt s'embarquer, « être à la mer », pour une mission, précisait-il sans plus d'explication, des plus importantes.

Il ne disait rien dans sa lettre des bruits qui couraient à Venise sur l'épidémie de peste qui se serait déclenchée à Candie, dans la capitale même de l'île, et qui causait à Francesca la plus vive inquiétude. Cela malgré les admonestations affectueuses de la comtesse, qui ne cessait de lui dire qu'Antonio résidait à La Suda, l'île forteresse, où le contrôle médical devait être des plus sévères et des plus efficaces.

La joie régna au palais en cette soirée de Noël, surtout devant les balbutiements de la petite Laura qui arrivait à prononcer, aux dires d'Angelina, très distinctement déjà, les douces consonances de « Mâmma » avec l'accentuation justement placée, sur la première syllabe...

Le 13 janvier au soir, la comtesse fut informée de la mort de celle que tous appelaient maintenant à Venise la « badessa buranala », avec un immense respect. En effet, la monaca Maria Benedeto de' Rossi avait rendu l'âme à son divin époux. Elle avait réussi à obtenir que le Sénat de Venise se tourne officiellement vers Dieu, l'implorant publiquement pour qu'il vienne au secours de la République dans sa lutte contre l'Infidèle. Moyennant la promesse bien sûr, qui représentait une dépense de cent quatre-vingt-dix mille ducats, d'ériger, selon le vœu de l'abbesse de Burano, l'église votive et le couvent de « Santa Maria del Pianto ».

Francesca, à cause de son mauvais état de santé, regretta de ne pouvoir accompagner la comtesse à Burano mais elle en laissa le soin à Angelina. Elle aurait tant aimé se rendre en même temps à Mazzorbo, son île natale, pour y retrouver les joies de son enfance, celles de son mariage avec Antonio et, surtout, pour raviver le souvenir de sa tante Sofia dont elle avait appris le décès au début de l'automne. Elle ne l'avait plus jamais revue depuis les merveilleuses vacances, ce temps de vrai bonheur qu'elle avait passé dans sa maison natale, avec les deux amours de sa vie, Antonio et Angelina. C'était ce brave Zanetto qui les y avait conduits, lui qui, un matin de brume, alors que la mort rôdait à Venise, exauçant le vœu le plus cher qu'elle avait fait à la Madone, lui avait mis dans les bras celle qui était devenue l'enfant de sa chair : sa fille. Elle y aurait, aussi, peut-être, retrouvé Rita, la dentellière, la voisine de sa tante qui l'avait avertie si chaleureusement du décès de celle-ci. À Corfou, Antonio ne lui avait-il pas rappelé le souvenir du merveilleux repas que Rita avait préparé à leur arrivée dans l'île ?

Où était-il, ce temps du bonheur où l'on ne parlait pas de guerre, où même les jours si douloureux de la peste étaient oubliés ?

Ce fut donc Angelina qui accompagna la comtesse, sous la vaillante conduite de Florindo, jusqu'au petit jardin du monastère où, sous un amoncellement de roses, fut mise en terre la dépouille de la vénérée abbesse.

Francesca ne s'était pas senti la force d'entreprendre en gondole un aussi fatigant voyage. Elle ne se sentait pas bien du tout. Ce que le médecin de la comtesse avait appelé, au début, une enflure des jambes était devenu, dans son langage médical, un œdème ascite puis de l'hydropisie qui lui rendait la station debout des plus pénibles, voire intolérable très souvent. Mais ce qui gênait Francesca et la préoccupait le plus était la sensation de lourdeur qu'elle ressentait dans le bas-ventre. Les compresses de laudanum, même d'Anatolie, les saignées et les clystères parfumés appliqués par le chirurgien-barbier ne lui étaient d'aucun secours. Seule la position allongée produisait un certain répit. Tout cela l'avait obligée, progressivement, à céder ses fonctions de gouvernante, dès qu'elle avait à se déplacer à travers les pénibles escaliers du palais, à Angelina. Celle-ci devenait de plus en plus, ainsi que le faisait remarquer la comtesse en riant, « la maîtresse du palais » ; un titre qui permettait cependant à Francesca de conserver ses attributions au palais et de recevoir de sa fille des rapports minutieux sur ce qu'elle ne pouvait pas juger de visu.

Mais Francesca n'était pas d'accord pour passer la majeure partie de sa journée dans sa chambre. Elle si active, et il y avait encore peu de temps, si remuante, tenait absolument à être vue et respectée, bien présente. Elle avait besoin non de savoir, mais de voir elle-même s'activer ce qu'elle appelait tout son monde.

Et c'est ainsi que pour aider sa Francesca à être de nouveau présente aux étages du palais, la comtesse eut recours à l'habile bricoleur que se révélait être le gondolier Florindo, afin de lui permettre surtout d'assister aux réunions féminines qui, les jours de beau temps, commençaient à se donner sur son altana. Florindo mit alors en service, utilisant l'espace laissé libre à l'intérieur du grand escalier, une chaise dite ambulante qui, grâce à un système de cordes, de contrepoids et de poulies, permettait, à la grande joie de la petite Lauretta dans les bras de sa grand-mère, de gravir et de descendre, sans aucune fatigue, les escaliers.

Justement, cette année-là, grâce à la venue exceptionnellement précoce des beaux jours et à la présence assidue du soleil printanier, la comtesse et ses amies montèrent très souvent à l'altana. L'hiver, si brumeux, n'avait-il pas particulièrement terni la blondeur des chevelures de ces Vénitiennes, si soucieuses de leur éclat ?

Malgré les mauvaises nouvelles et les départs de nombreux maris et amants pour la guerre, peut-être pour conjurer le sort, curieusement, ces dames de la haute société portaient un soin extrême à maintenir leur réputation d'être toujours les femmes les plus jolies, les plus gracieuses et les plus désirables, à coup sûr, de la Chrétienté. Certes, cette réputation difficile à défendre passait, avant toute chose, par la blancheur et la délicatesse du teint à conserver, mais surtout par la blondeur, si particulière mais si difficile à entretenir, de leur chevelure.

L'ardeur du soleil, tamisé à travers l'atmosphère saline de la lagune si particulière à Venise, y était pour beaucoup, mais il y avait aussi tout un art caché, à mettre en œuvre, pour maintenir l'extraordinaire réputation du blond vénitien.

Et justement, ce printemps-là, sur les altanas patriciennes, on parlait beaucoup d'un produit miracle qui permettrait, chuchotaient ces dames, aux chevelures les plus réticentes, d'acquérir la blondeur exquise qui faisait la gloire et la renommée inégalables des jolies femmes de Venise.

La comtesse Forner, grâce à force sequins, avait réussi à se procurer deux pintes du précieux liquide chez un alchimiste très estimé du ghetto, qui était le seul détenteur, disait-on, de cette liqueur toujours imitée, jamais égalée. Le mélange savant et très secret était difficile à doser par l'alchimiste lui-même, car dangereux ou inopérant si les proportions étaient erronées. La texture et la qualité des cheveux ainsi traités avaient aussi beaucoup d'importance pour arriver à obtenir la teinte mordorée.

La comtesse avait appris, sans connaître le dosage exact de chaque composant, que c'était un mélange de lie de vin, d'extrait de graines d'ortie bouillies avec quelques feuilles de chicorée sauvage mêlées à des frottis de lierre, le tout assaisonné d'un liquide alcalin provenant d'eau chaude passée à travers des cendres de bois. Mais évidemment pas de n'importe quel bois. Ne parlait-on pas d'un bois teinté de blond provenant des lointaines Amériques ? Là était certainement le grand secret pour pouvoir obtenir la décoction parfaite.

Il fallait donc mouiller ses cheveux, après les avoir lavés avec un peu de fiel de bœuf et les avoir rincés ensuite à l'eau provenant de la lagune et non des puits, les diviser avec le peigne en petites mèches imprégnées du savant liquide et enroulées sur elles-mêmes. Et lorsque la chevelure apparaissait tout juste humide, il fallait sans cesse la peigner, en exposant les mèches défaites au soleil, celui qui brillait sur les plus hautes altanas de Venise, le seul propice évidemment.

Et pour conserver, préserver et entretenir la blancheur du teint, le velouté de la peau du visage, cette beauté suave qui devait être mise en valeur par une touche de rouge, quelquefois violente, posée si artistiquement sur les joues et les lèvres, face à l'ardent soleil, que fallait-il faire ?

Tout simplement, il suffisait de se coiffer d'une immense capeline de paille, la solana, aux grands bords retombant sur les épaules, sans coiffe pour permettre à la chevelure d'en jaillir et d'être ainsi laissée aux soins des chambrières-coiffeuses et du soleil complice.

Conserver la blancheur des mains demandait également un soin minutieux. Il fallait enfiler des gants de peau très fins, talqués et parfumés avec soin, suivant la mode lancée, disait-on à Rome, par des prélats soucieux d'offrir leurs mains plus blanches et plus douces aux très respectueux baisers que les fidèles déposaient sur leur anneau épiscopal.

Et c'est ainsi, dans cette atmosphère des plus raffinées, sur l'altana de la comtesse, que Francesca, un après-midi de début avril, eut la joie de recevoir la visite surprise de Rebecca, son amie de la *Santa Lucia*.

Rebecca remarqua bien vite le changement physique intervenu chez Francesca depuis leur mémorable voyage. Ne semblant participer nullement aux papotages des quelques jeunes femmes qui paraissaient se divertir au soleil, Francesca se reposait, à demi étendue sur un sofa, protégée du soleil par une tente retenue par des anneaux coulissants sur des cordages. Elle fit un effort pour se relever, mais ce fut Rebecca qui, obligeamment, s'agenouilla pour l'embrasser.

Arrivée depuis la veillée à Venise, elle était venue simplement embrasser son amie et lui présenter sa fille, Esther, afin que celle-ci connaisse Angelina, dont on avait tant parlé durant le voyage à Corfou.

Rebecca raconta qu'en se présentant à la porterie du palais, elle avait eu le bonheur d'être présentée et d'échanger quelques mots avec la comtesse Forner et que sa fille, Esther, était même restée au premier étage avec Angelina que lui avait fait connaître la comtesse. Elles préparaient, avaient-elles dit toutes les deux, un fameux chocolat !

En réalité, Rebecca sut fort bien cacher les raisons qui l'avaient amenée à rencontrer son amie. Une visite qu'elle pensait être de condoléances mais qui avait été immédiatement modifiée en une simple visite de courtoisie et d'amitié par la comtesse, heureusement mise au courant et effrayée par les conséquences très graves que les nouvelles ainsi apportées auraient pu avoir sur la santé devenue chancelante de sa Francesca.

En réalité, Rebecca était venue annoncer la mort presque certaine d'Antonio. Heureusement, le sort avait voulu qu'elle rencontre la comtesse à son arrivée au palais, qui, dès les premiers mots prononcés par Rebecca, avait eu la présence d'esprit de s'enfermer, seule avec elle, dans son boudoir. Portes closes, loin de toute oreille indiscrète, Rebecca livra alors quel était le but réel de sa visite : elle expliqua que son mari, Joseph Hoffmann, le banquier-assureur de Corfou, qui avait été l'armateur de la *Santa Lucia*, sur laquelle elles s'étaient justement connues avec Francesca, avait reçu, une quinzaine de jours auparavant, un dossier concernant une avarie et une perte « par mouille » d'une cargaison de grande valeur que sa maison avait assurée durant le voyage, réputé maintenant périlleux depuis Zante à Corfou. Étudiant le dossier et les circonstances qui avaient provoqué la coûteuse avarie, son mari était tombé par hasard sur une copie du livre de bord du navire signé par le capitaine. Il y avait découvert qu'avant le départ du navire de Zante, une dizaine de marins et d'officiers vénitiens, assez gravement blessés, lui avaient été confiés. Transférés à bord, ils devaient être remis, le plus rapidement possible, à l'hôpital militaire extrêmement compétent de Corfou, où se rendait le navire.

Le capitaine du navire marchand sur lequel s'était produite la très grave avarie, causée par une rupture de charge avec défoncement des parois dans la cale, lors d'un coup de mer, après le départ de Zante, ajoutait qu'il s'agissait de marins et d'officiers blessés lors d'un combat naval, subi près du port de l'île de Zéa, là où le capitaine général des galions, Tommaso Morosini, avait trouvé héroïquement la mort. Suivaient les noms des dix marins et officiers concernés parmi lesquels était mentionné en premier : « Antonio Cappello — vice-protto de l'Arsenal, gravement blessé, avec amputation de la jambe droite. »

Ceci était mentionné à la date du départ du navire, la *Santa Elena*, le 2 mars.

Poursuivant sa lecture, à la date du 8 mars, le lendemain du coup de mer ayant provoqué l'avarie, Joseph Hoffmann lut avec stupeur que dans la nuit du 7 mars, à bord du navire, deux blessés étaient morts, sans autre explication, à savoir : un marin, Stephano Dorsi et le vice-protto, Antonio Cappello. Les deux corps avaient été glissés à la mer au matin du 8 mars, à hauteur de l'île de Paxi, avec les honneurs dus aux héros. Il était ajouté que le capitaine de la *Santa Elena* avait adressé un rapport aux autorités maritimes à son arrivée à Corfou au moment de la remise des huit autres blessés, bien en vie, à l'hôpital militaire.

Rebecca ajouta que dès que son mari avait lu le nom du vice-protto, dont Francesca avait tant vanté la gentillesse de sa femme durant sa traversée, il s'était empressé de l'en avertir.

Elle n'en savait pas plus et c'est ainsi qu'elle avait décidé, arrivée depuis la veille à Mestre, de venir au palais pour embrasser Francesca qui avait certainement dû être avisée de la mort de son mari, mais, évidemment, avec beaucoup de précaution. On ne savait jamais, il pouvait y avoir eu confusion dans les noms. Peut-être son mari était-il encore vivant ?

La comtesse, atterrée par le récit de Rebecca, reprit vite ses esprits.

Si Antonio était décédé, on aurait dû en être averti, au moins par la direction de l'Arsenal. Il fut donc décidé de ne rien dire à Angelina, ni à Francesca. La comtesse se félicita qu'Esther, occupée à préparer le merveilleux chocolat avec Angelina, ne sache rien de cette affaire. Elle décida qu'elle irait au plus tôt voir un de ses cousins aux Procuraties, qui saurait où et comment diriger l'enquête.

Sur l'altana, tout se passa fort bien. Rebecca, cependant, fut très inquiète au sujet de la santé de Francesca qui eut, du reste, une petite défaillance lors du goûter au chocolat. Rebecca lui recommanda un très savant médecin juif du ghetto qui pourrait être consulté, si besoin était, accompagné de son médecin habituel, « celui de votre chère et si dévouée comtesse ».

La petite Esther (elle n'avait que onze ans) assista avec beaucoup d'intérêt à la dînette préparée par Lauretta, s'amusant de la voir toute barbouillée de chocolat. L'amitié renouée, Francesca, remise de son malaise, fut heureuse de connaître la fille de son amie dont on avait tant parlé sur la *Santa Lucia*.

Le lendemain matin, la comtesse voyait son cousin. Malheureusement, la nouvelle apportée par Rebecca était bien réelle. L'avis de décès du vice-protto, Antonio Cappello, venait d'être signé par le provéditeur de la Mer. Un rapport très circonstancié du capitaine général Battisto Grimani, commandant de la *Gran Fortuna,* le navire où aurait été gravement atteint Antonio, y était joint.

La comtesse obtint, étant donné le très mauvais état de santé de la veuve du défunt, d'avoir à remettre elle-même les documents à Francesca. Pour ce faire, on attendrait les conclusions de la consultation prévue au palais entre les deux médecins, afin de ne pas altérer davantage la santé déjà bien atteinte de la chère malade.

Sous le sceau du plus parfait secret, les deux femmes décidèrent cependant d'avertir le mari d'Angelina du décès héroïque, au combat de Zéa, de son beau-père, en lui recommandant surtout de n'en rien dire à sa femme. Angelina, en effet si sensible, ne pourrait cacher sa douleur à sa mère qui aurait tôt fait d'apprendre le décès d'Antonio, ce qui entraînerait de graves conséquences pour sa santé. Francesco Guglielmo promit le silence et s'offrit de représenter la famille lors du service religieux qui allait être donné à la chapelle Santa Foca de l'Arsenal. Tout devait donc être mis en œuvre pour que rien ne filtre jusqu'au palais Forner.

La consultation des deux médecins, l'illustre Calimani et celui de la comtesse eut lieu le 10 avril au matin et, pour plus de commodité, dans la chambre d'Angelina où désormais Francesca se reposait. Sa maladie s'était en effet, depuis la visite de Rebecca, subitement aggravée, et Francesca se voyait obligée de garder constamment le lit.

La consultation des médecins se déroula en trois temps. Le médecin habituel attacha une grande importance à l'œdème, traité par lui d'ascite. Calimani, lui, se préoccupait beaucoup plus de la forte induration abdominale et des douleurs maintenant intolérables qui en résultaient dès que la malade prenait la position debout. Dans un deuxième temps, il décela aussi la faiblesse, selon lui très apparente, du cœur, perceptible à l'auscultation, avec un pouls très irrégulier et une pâleur de la face et des lèvres de la malade très significative. Surtout, disait-il, lorsque le pouls devenait filiforme, presque atone, pour reprendre enfin un peu plus de vivacité.

— Indéniablement, confia-t-il à son collègue, le cœur est très fatigué, je pense que le gonflement du bas-ventre n'est pas dû, comme pour les chevilles, à un œdème ascite. J'ai déjà vu récemment un cas analogue.

Pour lui l'induration n'était pas d'origine hydropysique mais due sans doute à une augmentation de volume de l'utérus et des organes féminins, si douloureux à la palpation.

— La situation est très grave, conclut-il. Vous avez vu l'abondance des parties aqueuses, fétides, roussâtres, avec ces linges mouillés qui ne disent rien de bon. Devant le développement de la maladie, le cœur tiendra-t-il, avec ce pouls si irrégulier ?

Les deux médecins se mirent cependant d'accord sur une série de saignées à appliquer avec peut-être quelques sangsues pour soulager le travail du cœur ainsi que la pose d'un emplâtre calmant sur le bas-ventre, à base d'extrait d'opium d'Anatolie. Ils recommandèrent aussi le lavage des parties honteuses avec l'eau d'ortie blanche et surtout un repos complet, au lit, avec un régime lacté et une alimentation sans sel. Ce dernier point était particulièrement recommandé par le médecin de la comtesse. Celle-ci était complètement atterrée des conclusions très graves que lui confia, en la prenant à part, le docteur Calimani :

— Madame est perdue, je connais bien ce cas, l'ayant déjà rencontré lors de l'ouverture d'entrailles pratiquées à notre Université. Les indurations sont dues à des chapelets de poches souvent purulentes qui envahissent peu à peu les organes et pour lesquelles nous ne pouvons rien faire. Nous sommes impuissants et les douleurs vont devenir de plus en plus intolérables. Le cœur est déjà très faible. J'allais vous le dire. Tout est entre les mains de Dieu. J'espère qu'il abrégera ses souffrances.

La comtesse était effondrée. Son amie, sa Francesca,

qui faisait partie d'elle-même, allait s'endormir à jamais. La seule consolation était que si Dieu le voulait ainsi, c'était peut-être pour la rapprocher plus vite de son Antonio afin qu'ils partageassent, leurs deux âmes devant monter au ciel, sans aucun doute, les béatitudes du Paradis.

Mais cela ne pouvait pas être dit pour consoler Angelina, qui ignorait toujours la mort de son père et qui fut atterrée du résultat de la consultation des deux docteurs. Le médecin de la comtesse lui était apparu cependant moins pessimiste que le réputé médecin juif Calimani, le cousin de Rebecca. Francesca, heureusement, ne savait rien des conclusions de la consultation. On en était resté avec elle à la cause de « l'œdème ascite », tant prôné par le médecin de la comtesse et pour lequel les médications prescrites allaient sans aucun doute bientôt produire tous leurs effets.

Du reste, après la saignée importante pratiquée par le chirurgien barbier et la pose des sangsues vertes, judicieusement placées et se gorgeant de sang, le régime lacté et sans sel, le repos, Francesca semblait aller beaucoup mieux. Allongée, elle souffrait moins du ventre et ses lèvres, disait Angelina, reprenaient un peu de leur vermeil. Le pouls, lui, battait plus régulièrement.

Et bonheur extraordinaire, le 13 avril, alors que l'on fêtait dans sa chambre envahie de roses ses quarante ans ainsi que ceux de la comtesse, Francesca reçut miraculeusement une lettre de son Antonio, une missive qui avait un moment troublé la comtesse. La lettre avait mis près de trois mois, à cause de difficultés multiples, pour arriver à Venise. Elle était datée du 18 janvier et de Zéa, donc très peu de jours avant les événements du 27 janvier, où Antonio avait été blessé à bord de la *Gran Fortuna* qui s'était portée ce jour-là au secours du navire de Tommaso Morosini.

Dans cette lettre adressée à son « Amore mio », sa Francesca, Antonio se disait en pleine forme, heureux de découvrir l'île de Zéa où la petite escadre vénitienne, partie de La Suda à la recherche des briseurs de blocus turcs, était à l'ancre depuis deux jours. Il regrettait que Francesca ne soit pas avec lui, comme à Corfou, pour y admirer la splendeur du paysage, la plage de sable blanc, le décor paradisiaque de la petite île, goûter la douceur de son climat, alors que Venise devait être plongée dans la brume hivernale. Il annonçait qu'il terminait là sa dernière mission et que, bientôt, il rejoindrait à Venise son Arsenal, tant regretté. Il embrassait tout son petit monde avec une intention particulière pour le vaillant Francesco et la chère comtesse et des baisers très appuyés sur les joues de son Anzetina et sur celles de Lauretta qu'il allait bientôt connaître. Ses derniers mots étaient « Amour de toi. Je t'adore. »

Francesca parut alors folle de joie, ne cessant d'embrasser le parchemin, qu'elle conserva précieusement sous son oreiller.

Mais la maladie reprit très vite le dessus. Heureusement, comme l'avait souhaité le docteur Calimani, les grandes douleurs furent évitées et les pilules d'opium non utilisées. Ce fut le cœur de Francesca, trop fatigué, qui céda.

C'est ainsi que le 25 avril, le jour où chaque année, comme le voulait l'usage à Venise, les bons maris offrent à leur femme pour les honorer la traditionnelle et odorante rose rouge, le jour de la Saint Marc, le patron de Venise — ce que ne manqua jamais de faire Antonio —, qu'Angelina, au matin, lui apportant la fleur, trouva sa mère à jamais endormie.

Les yeux fermés, le visage détendu, paraissant si jeune dans son sommeil, Francesca avait rendu son âme à Dieu et sans qu'elle le sache, pensa la comtesse éplorée, sa belle âme avait rejoint pour l'éternité celle d'Antonio. Leurs corps, joints à leurs âmes, se retrouveraient à jamais lors de la Résurrection des morts.

11
La révélation

La messe d'enterrement de Francesca avait été célébrée sous un véritable amoncellement de fleurs dans l'église de San Moïse, là où avaient eu lieu le mariage d'Angelina et le baptême de Lauretta. Sur la recommandation expresse de la comtesse, le deuil, durant soixante jours, fut suivi par tout le personnel du palais. Et la gondole portant les armes des Forner avait gardé tout ce temps les ornements de deuil revêtus lors de la cérémonie du cimetière de San Michele, « La cavana de Muran » (l'abri de Murano), où le cercueil de Francesca reposait maintenant dans le caveau même de la famille Forner. La comtesse n'avait pas voulu que sa fidèle et affectionnée Francesca repose seule en terre, étant donné l'impossibilité qu'il y avait de la voir accompagnée de la dépouille d'Antonio, ensevelie dans les flots.

Au sujet de la mort d'Antonio, non encore annoncée à Angelina, la comtesse s'était vue obligée d'attendre encore quelques jours pour délivrer Francesco de son serment de cacher ce décès à sa femme, afin d'atténuer le grand chagrin qui en découlerait pour une fille aussi aimante qu'Angelina.

Agissant progressivement, la comtesse Caterina annonça d'abord à Angelina qu'elle venait d'être avertie par le protto de l'Arsenal qu'Antonio avait été sérieusement blessé dans le combat naval dont tout Venise connaissait déjà la tragédie, qui avait entraîné la mort du capitaine général des galions de la Sérénissime, Tommaso Morosini. À la grande surprise de Caterina, Angelina, certainement abattue par la douleur que lui avait causée la mort de sa mère, apprit avec une certaine fatalité, presque résignée, cette blessure qui, lui avait-elle dit, n'était certainement pas mortelle. Et ce ne fut que huit jours plus tard, alors qu'Angelina avait repris les fonctions de sa mère au palais et qu'elle semblait quelque peu remise de son épuisant chagrin, que la comtesse lui révéla la mort de son père, survenue au cours de son voyage de transfert de Zéa vers l'hôpital militaire de Zante.

Angelina ne fut pas dupe du pieux stratagème employé par la comtesse lorsque, ayant en main l'avis officiel du décès, elle remarqua que la date de remise du document à la famille était bien antérieure à l'annonce que lui avait faite sa chère Caterina. Elle comprit alors combien avait dû être douloureux le devoir de celle-ci pour lui épargner tant de peine accumulée, et quel épouvantable calvaire elle aurait dû subir elle-même à l'annonce de la nouvelle de la mort d'Antonio.

Heureusement que sa mère, pensa-t-elle, s'était endormie à jamais après avoir, bénédiction du ciel, reçu miraculeusement la dernière lettre d'Antonio, sans doute écrite avant le combat de Zéa et qui, peut-être retrouvée dans les affaires de son père, avait été postée après son décès en mer.

Les mois d'avril et de mai s'étaient écoulés avec le premier anniversaire de Lauretta célébré un peu la larme à l'œil. Venise avait alors recouvré sa rare parure de verdure, avec l'éclat des beaux jours, la transparence de l'eau de l'été, mais surtout ses couchers de soleil d'or rouge triomphant qu'Angelina venait contempler, sa fille au bras, du haut de l'altana désertée après tant de deuils. La comtesse n'avait plus eu le cœur d'y réunir ses amies, trop tapageuses, se contentant seulement d'y entendre le bavardage de plus en plus savant de son blanc perroquet. Elle était obsédée depuis la mort de ceux qui, à vrai dire, n'avaient été que les parents adoptifs d'Angelina, par une inquiétude : devait-elle, oui ou non, révéler à celle qu'elle considérait maintenant comme sa propre fille ses origines juives ? N'était-elle pas maintenant la seule à connaître le secret ? Et si c'était vrai, comment faire ?

La comtesse prit donc conseil auprès de son confesseur, le curé de San Moïse qui avait bien connu Francesca et Antonio, et mieux encore, elle s'adressa à l'un de ses lointains parents, un très vénéré chanoine de San Marco.

Ces deux religieux lui conseillèrent, d'un commun accord, et sans s'être consultés, de dire réellement à Angelina tout ce qu'elle savait sur la vérité de sa naissance, sur ses véritables parents, conformément à la confession que lui en avait faite son gondolier. À vrai dire, lui expliquèrent-ils, c'était ce pieux mensonge qui avait permis au bébé d'alors de recouvrer une vraie famille et d'éviter ainsi un abandon anonyme à l'orphelinat des Mendicanti.

— Votre Angelina a le droit de connaître la vérité sur ses parents réels, lui avait assuré le chanoine. Votre devoir de chrétienne est de la lui révéler. Si cette jeune fille, me dites-vous, a été élevée passionnément dans le sein de notre Église catholique romaine, si elle est très attachée au culte de la Madone et possède une foi profonde, elle n'en éprouvera aucune crainte et même aucun dérèglement dans son mysticisme. Elle sera protégée par son baptême et par la Sainte Eucharistie. Tout ce qui est advenu à votre Angelina l'a été par un choix décidé par Dieu. Pour moi, en toute équité morale, il n'y a eu là que l'intervention de la volonté divine, soucieuse de sauver une âme, celle d'un bébé, non encore entachée d'erreur messianique. Zanetto, votre gondolier, n'a été que l'instrument choisi par Dieu ainsi que cette femme dont vous m'avez parlé, rencontrée devant San Felice, qui lui a procuré l'idée de parfaire ce que j'appellerai un pieux mensonge. Cette femme était peut-être une envoyée de la Madone pour sauver une âme. Tout ce qui est arrivé à Angelina ce jour-là a été d'ordre divin. Dieu, ma chère comtesse, n'ayez aucune crainte, saura vous accompagner dans votre devoir de révélation et il vous indiquera aussi le moment pour le faire.

Ce discours avait beaucoup impressionné et convaincu la comtesse. Elle se devait, le chanoine avait raison, de révéler à Angelina ce qu'elle savait par Zanetto sur sa naissance. Ne pouvant mettre en doute la confession du cher gondolier, Angelina, avec cette belle âme qu'elle lui connaissait, n'aurait que plus d'amour et de reconnaissance envers ceux qui s'étaient montrés pour elle des parents, certes adoptifs, mais merveilleux, l'entourant de l'affection et de l'amour le plus exclusif.

Mais comment faire cette confession et quand en saisir le moment opportun ?

Cet instant apparut bien vite alors qu'il fut question de déménager le petit appartement, devenu inutile, que Francesca de son vivant n'avait jamais voulu abandonner. C'était là où son amour pour Antonio avait pris naissance. Le grand bonheur de son mariage s'y était abrité. Francesca y avait vécu son grand roman d'amour. C'était là aussi, pensait Angelina, qu'elle-même était née, avait été élevée, et avait grandi jusqu'à son installation définitive avec sa mère au palais Forner.

Angelina, le jour de ce pénible abandon, n'avait voulu laisser à personne le soin de ranger, ou même de toucher, aux affaires de sa mère tirées d'un coffre où celle-ci conservait, comme elle le disait, ses biens les plus précieux. Elle y découvrit une grosse enveloppe de toile fermée d'un cachet de cire. L'ouvrant, elle y trouva avec surprise un tissu blanc, très fin, brodé, comme des langes de bébé, et un parchemin écrit avec des caractères étranges, ainsi que, dans une petite boîte, un diamant de la plus belle eau, gros comme un pois. Le tout était entortillé dans un morceau de soierie blanche. Le diamant devait être de grande valeur. Angelina fut très étonnée que sa mère ne lui en ait jamais parlé. Peut-être était-il faux ? Sur cette enveloppe était écrit son nom, Angelina, avec le jour de sa naissance, raturé et rectifié : le 10 avril 1629.

À quoi pouvait donc correspondre cette enveloppe au contenu si bizarre, sur laquelle figuraient son nom et sa date de naissance ?

Une enveloppe cachée ainsi au fond d'un coffre et dont sa mère, qui n'avait jamais eu aucun secret pour sa fille, ne lui avait jamais parlé !

Intriguée par sa trouvaille, par ce diamant surtout et cette écriture étrange sur un si petit rouleau de parchemin, Angelina, de retour au palais, s'empressa de montrer l'enveloppe et son contenu à la comtesse.

Celle-ci, d'abord surprise, eut beaucoup de peine à cacher son émotion en face du linge blanc brodé. C'était le tissu qui avait enveloppé le bébé amené par Zanetto lorsqu'il l'avait remis à Francesca, avant de le livrer à l'orphelinat des Mendicanti, avait-il dit, comme le lui avait demandé, devant l'église San Felice, une dame fort bien mise qui s'était empressée de disparaître.

Ouvrant davantage le paquet, elle découvrit le diamant qu'elle jugea véritable. Cela, dit-elle à Angelina, ne lui disait rien, le parchemin non plus, quoiqu'elle soupçonnât que l'écriture devait être hébraïque. Les caractères lui rappelaient en effet ceux qui ornaient jadis les programmes des concerts que l'on donnait au ghetto, lors des fêtes de Pourim, avant la grande peste...

Elle déclara qu'il y avait peut-être là un indice concernant l'origine du contenu de l'enveloppe. Sans rien en laisser paraître, la comtesse, en un éclair, revécut alors la scène. Ce matin-là, lors de ces horribles jours où la peste frappait si durement la ville, Francesca lui avait présenté l'enfant, l'Angelina d'aujourd'hui, avant de l'emporter, folle de joie, pour la laver et la nourrir. Ce linge si fin, si curieusement brodé, paraissait bien être le même que celui qui recouvrait l'enfant.

Enfin, Angelina fit briller le diamant plié dans le morceau de soierie. Ce joyau intrigua beaucoup la comtesse : jamais vu, jamais montré par Francesca qui, cependant, n'avait eu aucun secret pour elle. D'où venait-il ? Mystère ! Francesca n'était pas femme à acheter sans rien en dire, surtout un pareil joyau. À moins d'un faux ? Tout était possible.

La comtesse comprit alors qu'elle tenait là l'occasion offerte par Dieu. Comme le lui avait annoncé le chanoine, la protection divine continuait. Elle pourrait donc, grâce à ce morceau de parchemin une fois décrypté, révéler à Angelina la confession de Zanetto, le secret si bien gardé de sa naissance, de son origine juive et de sa « légitime adoption ».

Mais le mieux était d'attendre, pensa-t-elle, pour essayer de savoir ce que dévoilerait le parchemin et cette inscription brodée sur le linge qui devraient confirmer les dires du brave gondolier.

Retenant son émotion, la comtesse demanda à Angelina de lui remettre l'enveloppe, le parchemin et le linge brodé, pour qu'elle puisse les présenter à l'une de ses connaissances, un changeur du ghetto, un érudit, versé dans le déchiffrage des écritures grâce à la manipulation des monnaies, même les plus anciennes, dont il était un habitué. Quant au diamant, elle le ferait expertiser par son joaillier. Le parchemin nous en expliquera peut-être l'origine ?

Angelina acquiesça immédiatement, tant sa découverte l'intriguait.

Dès le lendemain matin, sous le prétexte de changer des pistoles de Milan, provenant du règlement de ses fermages, contre des sequins, Caterina convoqua en grand secret le père Haïm, qui tenait une boutique de friperie de luxe et un banc de changeur au ghetto, un honnête homme réputé pour sa sagesse et son érudition.

Les pièces d'or échangées, la comtesse lui présenta le parchemin qu'elle avait enveloppé dans le tissu brodé, lui demandant ce que pouvait bien être ce petit paquet, trouvé, lui dit-elle, au fond de l'un des tiroirs secrets du bureau de son défunt mari.

Réajustant ses lorgnons, s'emparant du parchemin, l'érudit, très versé en études hébraïques (n'était-il pas professeur à l'école talmudique, la Yeshiva de la Scuola tedescha ?) reconnut immédiatement, sur le parchemin, le Chéma, une prière avec la phrase de l'unité que tout juif quittant son habit terrestre, ou se trouvant en péril de mort, se doit de prononcer. Se couvrant la tête avec sa kippa, se balançant d'avant en arrière, il lut à haute voix, en hébreu, le début de la prière inscrite sur le parchemin :

« Sama Israel, Adonnas Elohenou, Adonnai Echad... »

qu'il traduisit pour la comtesse : Écoute, Israel l'Éternel notre Dieu est Un, tu aimeras le Seigneur de toute ton âme, de tout ton être... Dieu sera Un, l'Éternel est Un... »

La comtesse le remercia, pensant que ce cher Zanetto lui avait bien dit la vérité. Le morceau de parchemin devait être sur le bébé, sur Angelina, peut-être le dernier geste de sa mère pour la protéger d'un grand malheur. C'était donc Francesca qui l'avait trouvé en déshabillant l'enfant.

Elle demanda alors au changeur éberlué, tout ému par la prière qu'il venait de lire, d'où pouvait provenir ce morceau de parchemin.

— Cette prière, madame, est pour nous, les juifs, la plus merveilleuse qui soit. Ce parchemin, roulé ainsi et écrit en si petits caractères, doit provenir, je pense, de ce que nous appelons une Mezouza, un texte biblique ; cette prière orne toujours la porte de nos foyers pour en faire un lieu saint, où nos femmes règnent en maîtresses afin d'honorer Dieu. C'est un petit rouleau comme cela, fit-il en roulant le parchemin dans ses doigts...

Mais le père Haïm avait aussi observé le linge brodé :

— C'est du lin, madame la comtesse, certainement un morceau de ce qui nous sert pour attacher la Sefer Torah, nos tables de la loi. D'habitude, c'est un linge, le Mappah, que l'on utilise surtout comme lange pour nos garçons. Il est brodé, comme toujours et tenez, là, il est inscrit un prénom féminin. C'est étrange : « Elisheva. » C'est le nom de la femme d'Aron. Vous savez, Aron est même dans votre bible, c'est le frère de Moïse. Nos femmes portent assez rarement ce prénom sacré. C'était celui de la mère de votre saint Jean-Baptiste, c'est-à-dire pour vous, Elisabeth... le nombre 7, le nombre divin y figure. C'est un prénom divin. La famille du bébé qui a porté ces langes devait être très pieuse.

La comtesse en savait maintenant assez pour, se souvenant de la scène que lui avait décrite Zanetto, reconstituer le drame qui avait dû se dérouler avant l'enlèvement miraculeux de l'enfant par le gondolier.

La mère du bébé avait dû, dans un moment de

détresse, pensa la comtesse, envelopper l'enfant du linge sacré et déposer sur elle, dans le berceau où l'avait trouvé Zanetto, ce morceau de parchemin pour la protéger. Ce que le père Haïm appelait une Mezouza avait peut-être été arrachée par cette mère aimante de la porte de la maison. Elle n'avait peut-être eu, dans ce moment de panique, rien d'autre sous la main. Et peut-être a-t-elle déposé le diamant qui lui aussi, avait, à Venise, comme joyau, une vertu de sauvegarde...

Tout s'éclairait maintenant pour la comtesse : Francesca avait donc bien découvert grâce au linge, au parchemin et au diamant, l'origine de la naissance de celle qui était devenue sa fille légitime et elle ne lui en avait rien dit.

Elle n'avait certainement jamais voulu en parler à personne, surtout pas à son mari qui aurait peut-être réagi négativement s'il avait connu l'origine juive de sa fille adorée. Francesca n'avait pas voulu prendre ce risque, mais si elle avait conservé le contenu de l'enveloppe, c'était peut-être parce qu'un jour, elle aurait voulu en faire la révélation à Angelina ? La maladie, l'impossibilité pour elle de se déplacer l'en avait peut-être empêchée.

Tout était limpide maintenant. Angelina avait dû se prénommer Elisheva. Elle était bien la fille du banquier juif Aron Cohen, comme l'avait affirmé, en se confessant, le brave Zanetto.

Le devoir, devenu sacré, pour la comtesse, était donc de révéler à Angelina, maintenant que ses parents adoptifs étaient morts, la vérité sur sa naissance.

Le contenu de l'enveloppe de toile en était la preuve irréfutable.

Il fallut cependant attendre. En effet, le jour même où le père Haïm avait aidé à résoudre le grand secret, justifiant la confession de Zanetto, Francesco Guglielmo recevait son ordre de départ, mettant un terme à son temps de convalescence. De toute urgence, il devait rejoindre son régiment en Dalmatie où Venise préparait une grande offensive sur le front de Clissa. C'était en effet les régiments corses qui devaient y soutenir les unités de mercenaires alliés que commandaient les Zordars, les ennemis enragés des Turcs.

Il dut partir dès le lendemain matin.

À nouveau, ce fut émoi, pleurs, séparation.

La comtesse attendit quelques jours et, lorsque les cœurs et les sens se furent calmés, prenant prétexte de la célébration de l'anniversaire du défunt Antonio, elle se décida à révéler à Angelina l'origine de sa naissance, ce que Zanetto lui avait confié ainsi que le contenu de l'enveloppe, comportant son nom et sa date de naissance.

— Oui, Angelina, maintenant il n'y a plus de doute possible. J'ai été ta marraine le jour de ton baptême. Je sais. Et les papiers de l'état civil de la paroisse où tu as été baptisée le mentionnent : « Tu es officiellement la fille d'Antonio et de Francesca Cappello, tu es née à Venise, à la date du 10 octobre 1629 effectivement, mais ton père de sang s'appelait en réalité Aron Cohen, banquier et descendant d'une excellente famille juive. Je suis sûre que nous découvrirons le nom de ta maman, qui évidemment ne peut pas être Francesca. Je ne l'ai jamais vue enceinte. Tes vrais parents de sang sont morts de la peste. C'est Zanetto qui t'a sauvée d'une mort certaine en t'arrachant de ton berceau comme il me l'a dit et ta nouvelle maman, Francesca, dans les bras de laquelle tu es arrivée, grâce à une sorte de miracle, peut-être — qui sait ? — par une intervention de la Madone, est ainsi devenue pour toi la plus admirable des mères...

« Si la chose a été possible, si Zanetto a été choisi pour accomplir cette bonne action et que toi, bébé, d'Ellsheva tu deviennes Angelina, ne crois-tu pas que c'est grâce à une intervention divine... ?

Mais Angelina n'écoutait plus. C'était un monde qui, tout à coup, s'était écroulé. Sur le moment, elle resta hébétée, presque hagarde, la gorge nouée, les yeux vides, grands ouverts, sans comprendre. La nouvelle était terrible.

La comtesse s'empressa de la prendre dans ses bras,

et enfin des larmes s'écoulèrent sur son visage. Peu à peu, Angelina reprit ses sens.

La comtesse voulut alors se montrer persuasive :

— Tout cela n'est rien, ma chérie. Tout ce passé est loin derrière toi. Tu es mariée, tu as une fille, Lauretta. Qu'importent tes origines. Ta jeunesse, ton adolescence ont été des plus heureuses, ton père Antonio et Francesca, des plus admirables. Et je serai, jusqu'à mon dernier jour, ta troisième maman...

Enfin rassérénée, reprenant ses esprits, Angelina voulut en savoir davantage, connaître le nom, l'origine de sa famille, tout en gardant très chaudement abrités dans son cœur Antonio, son père, et sa merveilleuse mère, Francesca. Certes, sa chère comtesse avait raison. Zanetto avait été l'ange envoyé par le divin Jésus, peut-être celui de Marie qui l'avait sauvée d'une mort certaine.

Elle fit promettre à la comtesse de ne révéler l'origine de sa naissance à personne, et surtout au grand jamais, à son mari et à Lauretta. Elle jugerait peut-être, lorsque celle-ci serait plus grande...

Les deux femmes se mirent d'accord pour poursuivre l'enquête et demander à Rebecca Hoffmann de les y aider. C'était certainement la seule, qui, en toute confiance, pourrait secrètement et habilement le faire.

Elle vivait maintenant à Mestre et elle était devenue, depuis son retour de Corfou, l'amie très chère de Francesca. Elle avait très certainement l'entregent nécessaire pour approcher la communauté Ashkénaze, responsable de l'état civil. Rebecca, ainsi avertie, cachant son émoi, promit de ne rien révéler sur la question de la survie d'Angelina mais elle se renseigna simplement sur une famille Cohen dont un dénommé Aron, vivant à l'époque au ghetto, serait décédé lors de la peste.

Ainsi fut fait. Rebecca, apprenant la naissance juive d'Angelina, ne fut pas surprise. Elle savait que ce cas s'était produit assez souvent. Beaucoup d'enfants juifs, orphelins de la peste, avaient été recueillis par des congrégations religieuses, et le plus souvent par des orphelinats. Même dans sa famille, le cas était arrivé au moment où l'Inquisition en Espagne, au Portugal et dans d'autres pays catholiques ne faisait pas subir aux enfants en bas âge le bûcher, lors des nombreux autodafés. On les convertissait alors très souvent, sans même qu'ils le sachent, en leur donnant des noms et prénoms chrétiens. Mais cela était aussi arrivé en pays musulmans. Le cœur de beaucoup de femmes chrétiennes et peut-être, qui sait, musulmanes, avait dû s'ouvrir pour les accueillir. Être mère ne consiste pas seulement à accoucher un jour d'un bébé, mais à l'entourer d'affection, à l'élever, à le soigner, à craindre pour lui, à en faire un être à son image, en un mot, à respecter ce qui ne peut être que l'œuvre du créateur : la vie.

Rebecca, en cachant les vraies raisons, fit donc son enquête, grâce à l'appui de son père, le banquier Hoffmann, très introduit auprès de la communauté « tedesca ». Elle retrouva facilement, dans les documents de l'état civil, la trace de la famille Cohen provenant des Cohanim, les très vénérés prêtres de l'époque biblique, et apparut dans les registres le nom d'Aron Cohen, banquier, fils d'Abraham, habitant le ghetto Vecchio et mort de la peste en 1629. On retrouva aussi la trace de son mariage avec une Rebecca Mendès, issue d'une famille d'origine marrane de Corfou. Elle aussi était mentionnée comme décédée de la peste, sans date. Dans l'état civil des naissances apparut également le prénom de leur fille, Elisheva, née effectivement le 10 avril 1629 et décédée aussi de la peste ; le nom ayant été ajouté, d'une autre écriture, à côté de celui de sa mère.

Rien d'autre. Cependant, en recherchant dans la liste des locataires des maisons appartenant à des chrétiens, on retrouva une liste de cession de loyer d'un appartement à un dénommé Aron Cohen, fripier et à un autre Aron Cohen, banquier sur prêt. La maison, se renseigna Rebecca, était située dans un pâté d'immeubles qui avait été incendié et détruit au moment de la peste, étant infesté, donc dangereux.

Essayant de savoir si les corps avaient été ensevelis religieusement, comme le voulait la loi hébraïque, le jeune rabbin tenant les registres d'état civil répondit à Rebecca qu'à l'époque, tous les pestiférés avaient été incinérés, brûlés dès leur enlèvement du ghetto par les pissegamorti[1], des milliers de corps entassés dans des barges, elles-mêmes coulées en mer. Tout ensevelissement rituel était alors strictement interdit, du fait de la contagion principalement quand il s'agissait de juifs, injustement tenus pour responsables du fléau soi-disant apporté de Crémone. Oui, madame, par des ballots de friperie ! lui avait précisé le rabbin.

Angelina apprit ainsi le nom de sa mère, de son père, la date de leur mariage, de leur décès et sa propre mort, sans précision. Elle était bien née Elisheva Cohen, le 10 avril 1629. Morte, elle était ressuscitée, devenant Angelina Cappello, avec la même date de naissance, grâce à la pieuse complicité d'un prêtre, ami de sa famille adoptive.

Rebecca s'offrit alors pour enquêter discrètement à Corfou, où beaucoup de familles marranes résidaient, dont les Mendès, de la communauté Séfarade. En toute discrétion, lors de son prochain voyage, elle s'informerait. Elle savait que beaucoup de familles d'origine espagnole et portugaise ne cessaient d'émigrer en Hollande, à Amsterdam, considérée alors comme une terre de grande liberté, où les juifs étaient accueillis à bras ouverts et étaient à l'origine d'un commerce florissant. L'avenir pour eux n'était plus dans l'Adriatique, mais avec le grand commerce qui s'ouvrait largement vers les nouvelles terres, en Asie et en Amérique.

1. Pissegamorti : ceux qui ramassaient les morts pour les brûler, dont certains volaient et tuaient, ce qui fut le cas pour Rebecca, la mère d'Elisheva.

12

La vie sur le Canalazzo

Après la grande tempête sentimentale qui avait tellement secoué les cœurs et fait couler tant de larmes, le calme était revenu au palais Forner. On s'y souvenait à chaque moment, mais sans trop en parler, des défunts, des disparus. Le printemps, insouciant, ignorant du malheur des humains, embrumait à nouveau les rares jardins de Venise, les rues soignées où fleurissait maintenant la pureté des lys. Carnaval avait enterré ses fastes, qui cette année s'étaient déroulés avec fort peu d'entrain.

La Sérénissime se débattait dans les soucis d'argent. Le financement de la guerre, tant en Crète qu'en Dalmatie, en Épire, avait vidé les caisses et le commerce international n'était plus ce qu'il était, face à la concurrence des négociants anglais et hollandais qui ne prenaient même plus la peine de remonter jusqu'à Venise, s'arrêtant à Corfou qui devenait le port le plus important du trafic océanique.

Cependant, il n'était pas question de diminuer en or la valeur du ducat et du sequin[1]. La Sérénissime avait été dans l'obligation de recourir à de nouvelles ressources en créant des charges et des offices vendus à de riches commerçants, recherchant les situations honorifiques réservées jusqu'alors aux vieilles familles patriciennes.

C'est ainsi que le Conseil des Dix et le Sénat, d'accord pour trouver de l'argent coûte que coûte, créèrent d'abord trois nouvelles charges de procurateurs achetables contre vingt mille ducats. Devant le succès remporté, on en créa encore quarante, mais cette fois-ci à quatre-vingt mille

1. Le ducat or vénitien pesait 3,56 grammes d'or.

ducats l'office. On alla même jusqu'à proposer de vendre, à tout Vénitien assez riche pour pouvoir l'accepter, l'entretien annuel d'un millier de soldats en campagne, mais avec promesse de l'accession au Patriciat, pour une dépense annuelle de soixante mille ducats.

La Sérénissime avait essayé de recueillir des aides auprès des nations chrétiennes. En vain. L'Europe était trop occupée à discuter à Münster pour mettre un terme à la cruelle et destructive guerre de Trente Ans. L'Angleterre, l'Espagne, la Suède, la Pologne avaient été sollicitées, en vain, ainsi que la Perse Séfévide. La France avait bien essayé de négocier des tentatives de paix entre Venise et la Sublime Porte [1]. Tout avait échoué devant l'intransigeance et le refus de la Sérénissime qui n'acceptait, à aucun prix, de céder devant la farouche détermination du sultan exigeant, sans discussion possible, la Crète.

Après la perte de La Canée, de Kisamo, de Retimo et l'échec de la malheureuse sortie des Vénitiens en juillet 1647 pour essayer de reprendre les fertiles plaines de la Messara, à l'ouest de Candie, il avait été jugé impossible de reconquérir la partie occidentale de la grande île. L'hiver avait été mis à profit par chacun pour fortifier ses positions ; les Turcs pour attaquer et Venise pour défendre la capitale, Candie, maintenant assiégée, ses voies de sortie vers l'intérieur des terres étant complètement fermées. Son port, heureusement toujours libre, lui permettait de communiquer et de recevoir son ravitaillement par mer, en vivres, renforts et munitions.

Les Turcs n'avaient pas perdu leur temps. Toutes les hauteurs du sud de la ville avaient été solidement fortifiées. Un camp de guerre fut solidement enraciné à quelques milles de la ville forteresse. Tout un réseau de tranchées, de redoutes, de fortins en terre entouraient la ville, rendant toute sortie périlleuse et inutile sauf, peut-être, pour tenter de desserrer l'étreinte.

---

1. Cette expression réservée au gouvernement ottoman venait de ce que le sultan recevait ses ministres, les vizirs, à la limite du sérail, ses appartements privés, sur un trône, à la porte dite de la Félicité entre la 2e et la 3e porte du sérail.

Des batteries jadis vénitiennes, amenées de Retimo par les Ottomans, installées à l'Est, essayaient même de battre le port dont l'accès, pourtant, restait libre grâce à la puissante escadre vénitienne, ravitaillée par la place forte toujours très puissante de l'imprenable La Suda.

Un très gros effort avait été fait par les Vénitiens pour renforcer les défenses de la ville de Candie et pour mieux protéger surtout et mieux consolider les principaux ouvrages de défense. Pour couvrir les importants ouvrages qui, de l'Est au Nord et à l'Ouest, s'intégrant aux remparts, défendaient les portes de la ville, fut édifiée une ceinture de fortins et d'ouvrages de terre destinée à maintenir les Turcs à distance, rendant ainsi leurs tirs d'artillerie plus éloignés et moins précis [1]. Malheureusement, à l'Ouest, il avait été impossible, à cause de la configuration du terrain, traversé par une rivière, la Marula, de continuer cette double enceinte face au fortin de la Saboniera, qui, quoique protégée par le fort Dimitri, restait le point le plus faible du réseau de défense. On comptait ainsi beaucoup sur la canonnade des vaisseaux embossés près de la côte et du port pour couvrir cette faille du système fortifié.

En cas d'attaque, les Vénitiens assiégés se devaient d'être présents sur tout le pourtour des points de défense, alors que les Turcs, assiégeant, pouvaient porter tous leurs efforts sur un point précis...

Mais pour l'instant, c'était toujours, à part quelques escarmouches, le statu quo. Avec les beaux jours, il fallait s'attendre, sans aucun doute, à la reprise imminente des combats.

Cependant les affaires de Dalmatie, d'Épire et de Bosnie allaient beaucoup mieux. Une lettre de Francesco Guglielmo adressée à Angelina et reçue début avril, datée

1. De l'Est au Nord puis à l'Ouest, se rencontraient ainsi sur les remparts et la longue muraille entourant la ville jusqu'au port situé au Sud, couvert lui par l'escadre embossée dans la baie, les forts dits de Panigra, de Betelem, de Martinengo, di Gésu, de Veturi jusqu'au fort de Dimitri, celui-ci à l'extérieur des remparts, situé sur une forte butte. Venait ensuite le fortin de la Saboniera, face à la rivière Marula, privé de tout ouvrage le protégeant.

de Clissa le 20 mars, annonçait la prise de cette ville forteresse qui commandait l'accès de la route menant au port de Spalato toujours aux mains des Vénitiens. Clissa, si âprement défendue par les Turcs, avait été conquise, disait-il, grâce à l'assaut impétueux des régiments corses placés sous les ordres du capitaine général Léonardo Foscolo. Francesco Guglielmo annonçait aussi qu'il faisait maintenant partie intégrante de son état major où il était tout particulièrement chargé de l'entraînement de l'artillerie.

Mais un grand malheur, dû à une énorme tempête, attrista la nouvelle de la victoire de Clissa lorsqu'on apprit à Venise un désastre dû aux intempéries.

Le 17 mars, une escadre vénitienne avait été complètement décimée par une effroyable tempête qui avait entraîné la perte de dix-huit galères et de neuf vaisseaux. Sur ces navires, il n'y avait eu aucun survivant, un seul vaisseau ayant pu en réchapper. Le capitaine général à la mer, Giovan Battista Grimani, l'ancien commandant de la *San Fortuna,* sur lequel Antonio avait été gravement blessé, figurait au nombre des disparus. C'était une perte immense pour la Sérénissime qui provoqua une ruée de la population dans les églises. Venise n'était-elle pas sous la protection du Divin Maître ? Celui-ci semblait l'oublier.

Toutes ces nouvelles étaient largement commentées dans les salons du palais Forner par un nouveau venu, très souvent invité et présent dans le portego de la comtesse, principalement le vendredi après-midi, son jour de réception.

Il s'agissait d'un Français, Ghislain d'Esquirol de Toury, « baron et abbé non tonsuré » (commendataire, disait-il, à ne pas confondre avec les religieux). Attaché à l'Ambassade de France auprès de la Sérénissime, il avait accompagné l'ambassadeur extraordinaire, M. de La Varenne, à Constantinople lorsque le cardinal Mazarin avait décidé de mener des conversations destinées à proposer des tentatives de paix, qui avaient du reste échoué, entre Venise et la Sublime Porte.

À vrai dire, le baron d'Esquirol était-ce que les éminences grises du Conseil des Dix savaient pertinemment, un homme de confiance du cardinal Mazarin, chargé de se renseigner sur les possibilités réelles qu'avait Venise de résister aux Turcs, principalement en Crète. Et surtout de peser le pour et le contre d'une éventuelle intervention française pour aider la chrétienté à se maintenir en Méditerranée orientale.

La comtesse avait fait la connaissance du baron, abbé, diplomate, dans des conditions qui auraient pu être dramatiques, où avait été mise en péril la vie de sa petite Lauretta.

Cela s'était passé lors de la fête traditionnelle du jeudi gras, sur la piazzeta. Ce jour-là, l'on commémorait avec joie, en présence du doge, la victoire de Venise à Grado sur le patriarche d'Aquilée et ses douze chanoines, du temps de Frédéric Barberousse. Cela s'était passé en 1163, mais le souvenir en restait vivace chez les Vénitiens.

En cet après-midi du jeudi gras, la comtesse Forner et ses proches, Angelina, avec Lauretta dans ses bras, accompagnées de l'indispensable Zaza, avaient pris place sur une estrade pour assister à la fête magnifique qui se donnait sur la piazzetta, face au palais Saint-Marc. Les pyramides humaines, les travaux de force d'Hercule, l'envol de l'Ange sur une corde tendue depuis le campanile jusqu'au palais Saint-Marc, la remise du bouquet de fleurs au doge, le sacrifice du bœuf et des douze cochons représentant le traître patriarche et ses douze chanoines, tout s'était bien passé, à la grande joie de la nombreuse assistance lorsque, à la suite du mauvais allumage d'une torche de résine, une grande panique suivie d'une violente bousculade s'était produite dans l'assistance.

Une torche de résine, allumée, s'était détachée, peut-être lors d'un coup de vent malheureux, et était tombée sur la foule juste au moment où celle-ci quittait les gradins. La petite Laura allait être inexorablement piétinée lorsqu'un homme, un Français à en juger par sa perruque et son habillement, l'apercevant, s'était précipité, et l'avait saisie, la sauvant d'une mort certaine.

Que de remerciements, de larmes de bonheur furent versées ! Le très galant sauveteur fut embrassé par les trois femmes, « à en perdre l'âme ». Il se présenta comme monsieur le baron, abbé commendataire, Ghislain d'Esquirol de Toury, attaché auprès de l'Ambassade de France à Venise. Son accent français lorsqu'il s'évertua à parler vénitien, sa politesse esquise, ses courbettes, avec perruque et rubans, plurent beaucoup à la comtesse qui, se présentant aussi, lui demanda de paraître à la réception qu'elle donnerait en son honneur pour le remercier, en son palais, le vendredi qui suivrait la fin du carême.

Ce qui fut accepté, avec fortes salutations et grands coups de chapeau emplumé.

Dès le lendemain du sauvetage, la comtesse reçut la visite d'un envoyé du procurateur de la Sûreté pour l'avertir de l'importance du personnage, qui, bien qu'ayant à Venise un titre anodin auprès de l'Ambassade de France, était en lien constant avec le cardinal Mazarin. Celui-ci, selon son habitude, avait son propre service de renseignement, son courrier, qui doublaient celui de l'Ambassade officielle. La comtesse apprit également que le baron abbé, non tonsuré, était arrivé à Venise avec l'ambassade de M. de Varenne, lors de son retour à Constantinople après l'échec des tentatives de paix. Ses fréquentations étaient très surveillées, mais avec un œil très favorable, par les Procuraties, étant donné son dévouement à la cause et aux projets de son Éminence, Premier ministre du puissant Royaume de France.

La comtesse se rendit ainsi compte qu'à Venise la surveillance des étrangers par la police était très bien assurée. Un rapport de l'incident survenu quelques heures auparavant à la piazzetta avait déjà été rédigé, transmis, analysé et suivi d'effet. Elle promit ainsi, en bonne citoyenne et patricienne, de « savoir tenir informés » ces signori.

Se renseignant sur le distingué attaché, la comtesse apprit par le canal de Zaza, bien placée en l'occurrence, que monsieur l'attaché devait être assez timide envers les femmes, surtout lorsqu'il s'agissait pour lui de demander ce qu'il appelait des faveurs. Zaza « enquêtait » sur les fréquentations de l'abbé. N'avait-elle pas appris à la comtesse que « Guigui », comme l'appelait, un peu pour se moquer, Angelina, faisait les belles nuits d'une « putana sontuosa honorata », se nommant Anzola Solano, une de ces courtisanes qui, à Venise, se voyaient « honorées » uniquement par des gentilshommes, jolie femme qui se piquait d'écrire des poésies de qualité.

Elle réservait, avait-elle dit à Zaza, son « espoitrinement[1] » comme l'on disait alors à Venise, à son salon, somptueusement décoré, ce qui justifiait avant de passer dans son lit, de glisser non des écus, mais des sequins dûment comptés, sonnants et trébuchants, dans la bouche d'un petit ange en bois au sourire malicieux qui, grâce à un système de cordelettes, faisait s'ouvrir la porte, aurait-on dit à Paris, « de la chambre du raffiné culetage ». Évidemment, Anzola était très protégée par ces messieurs de la police des mœurs à cause des informations qu'elle pouvait butiner sur l'oreiller et transmettre immédiatement, selon leur importance, au service de la Sûreté.

Cependant, monsieur le baron n'était pas un libertin. Natif de la ville de Tours, sur la Loire précisait-il, il portait un culte très fervent au saint évêque de la ville : saint Martin. Il avait trouvé, avec une joie toute religieuse, que son culte était très honoré à Venise, ayant découvert qu'une église, San Martino, près de l'Arsenal (celle qu'avait visitée si souvent Francesca) lui était dédiée. Il attendait avec une grande joie la fête de son saint, le 11 novembre, pour goûter, lui avait-on dit, aux gâteaux le représentant comme symbole de la charité, qui étaient vendus en ce jour anniversaire, sur les campi, par les enfants.

Un homme curieux, ce baron abbé, disait la comtesse, qui ajoutait une note très particulière à ses réunions du vendredi. Affable, bon causeur, respectueux de la religion

1. Habitude souvent suivie à Venise par les femmes, pas seulement de petite vertu, de se découvrir totalement la poitrine, même en public, pour en faire admirer rondeur et blancheur.

sans être trop papiste, fidèle sans s'en cacher à son cardinal. Il était certainement assez riche pour abandonner pas mal de sequins à la bassette du Ridotto et faire oublier aux dames la tache de vin qui ornait sa joue droite. Très français par ses enthousiasmes, il disait vouloir se marier. La comtesse se promettait de lui trouver une jolie coquette, ingénue comme il disait les aimer, blonde vénitienne évidemment, plutôt vraie que fausse, ce qu'il ne verrait du reste qu'une fois marié, ajoutait en riant Zaza, bonne marieuse, et qui avait promis de l'aider. Mais le plus difficile, disait cette dernière, c'était de trouver une jeune fille qui voudrait bien, en épousant le baron ou l'abbé, elle ne savait plus, s'expatrier en France. Le mieux serait de décrocher une belle orpheline, sans attache au pays, aimant particulièrement, par exemple, la musique, dont le baron raffolait. Il la fallait fervente en religion, et cependant douce à caresser, comme Ghislain se plaisait à le dire...

Avril et mai s'écoulèrent sans nouvelle importante lorsque soudain Angelina fut comblée de bonheur grâce à l'arrivée surprise de son mari, venu à Venise pour régler à l'Arsenal un problème concernant une machine, une sorte de forge destinée à chauffer les boulets au rouge pour en garnir les lourds canons de siège nouvellement sortis, qui allaient être utilisés en Dalmatie et certainement en Crète.

Après un mois de douceur amoureuse, mari et femme durent se quitter, Francesco regagnant cette fois le front de Zemonico, en Dalmatie, où les combats allaient reprendre. Il fallait en effet s'efforcer d'y fixer le plus possible d'unités ottomanes pour soulager les assauts sur Candie. Un souhait bien illusoire, aux dires de Francesco.

Mais un grand bonheur survint au palais Forner, avant la séparation des époux : Angelina annonça qu'elle pensait être enceinte, ce que le médecin de la comtesse, consulté à la hâte le jour même de l'embarquement du futur père, confirma, avec l'éternelle question : fille ou garçon ? Angelina aurait aimé donner un petit frère à Lauretta et Francesco, voir se poursuivre la mâle descendance des Péri...

Au sujet de descendance et d'ascendance, d'accord en cela avec la comtesse, Angelina ne s'était pas encore résolue à parler à son mari de son origine juive. Des bruits couraient à Venise d'un regain de faveur de l'Inquisition. On y parlait à nouveau d'hérésie. Angelina pensait en effet qu'il valait mieux que Francesco ignore totalement la révélation de Zanetto. S'être marié avec une jeune fille juive, même sans le savoir, pouvait avoir de graves conséquences. De toute manière, cela n'ajouterait rien à leur amour et pourrait peut-être y nuire. Du reste, Angelina avait surpris un jour une conversation de Francesco avec l'un de ses officiers, revenu de Candie, qui disait que certains commerçants juifs de la ville assiégée concouraient à y entretenir un climat de famine.

Et Francesco n'avait pas protesté devant une telle accusation. Qui ne dit rien approuve, avait pensé Angelina, qui, elle, savait que ce n'étaient que des commérages qui servaient à entretenir chez certains papistes des étincelles de haine contre le peuple juif, toujours accusé de la mort du Christ. La Madone et lui n'étaient-ils pas, cependant, tous les deux juifs ?

Mais Angelina attendait, avec une grande impatience, des nouvelles de Rebecca, non encore revenue de Corfou et qui lui avait promis de mener une enquête très discrète sur les familles Mendès, dont celle de sa mère qui paraissait avoir émigré à Amsterdam.

13 juin : c'était la fête à Padoue pour la sagra de saint Antoine. Angelina ne put s'empêcher de penser aux quelques jours, si heureux, que la comtesse y avait passés, avec sa chère fille Loretta et sa maisonnée lors de l'invitation mémorable faite, cela semblait si lointain, par le marquis, son beau-frère, l'illustre doyen des recteurs de l'Université, lui aussi, disparu depuis peu.

Il y eut ce jour-là une réception au palais Forner. Une réception fort digne, organisée en l'honneur du saint patron de la ville où s'était illustrée jadis la famille Forner et où, après le goûter et les rafraîchissements habituels, fut donné un concert de musique religieuse avec la présence des jeunes virtuoses de l'orphelinat de la Pietà où, disait-on, « l'affolement pour la musique y est inconcevable ».

À la fin de la soirée, au moment où se terminait l'audition de l'Ode à Santa Maria, le baron d'Esquirol apparut. Il s'excusa de son retard, il avait été retenu à l'Ambassade de France d'où il rapportait de très mauvaises nouvelles.

Le matin du premier mai, s'étaient déclenchées de très vigoureuses attaques turques contre la ville de Candie. Elles étaient toujours d'actualité, aussi violentes qu'au premier jour. Dépliant une carte de la ville assiégée, il montra aux quelques messieurs encore présents, fortement intéressés par la nouvelle, où et comment s'étaient déroulées, et se déroulaient certainement encore, les attaques des Turcs. Le baron raconta, le doigt posé sur le document :

— Là, vous voyez, les Turcs avaient leurs plus gros canons postés à l'Est et au Sud de la muraille pour battre le port, le fort San Dimitri et des ouvrages extérieurs qui protégeaient l'accès au fortin Santa Maria. De violents combats s'étaient étendus au Nord également, contre les ouvrages récemment renforcés de Vitturi, de Gésu et de Martinengo. Toute la ville était encerclée par un réseau de tranchées qui s'approchaient dangereusement, horizontalement et perpendiculairement aux remparts et à la forte muraille, en tenaille. Jours et nuits, mines et contremines explosèrent. Les pertes qui ont été relatées dans le rapport adressé au Conseil des Dix que j'ai lu étaient considérables chez les Turcs, mais aussi très importantes dans la ville assiégée. Heureusement, les vivres et l'eau potable, grâce à la dernière grande fontaine récemment installée, n'ont pas manqué. Le port est solidement tenu grâce aux canons des galéasses vénitiennes, embossées dans la rade. Sans cesse, on a dû réparer les effondrements causés dans les remparts par les mines mises à feu par les Turcs.

« C'est dire combien, grâce aux travaux entrepris sous la conduite de l'ingénieur Van Wert, nos tirs de flanquement battant les fossés sont efficaces...

Tout cela paraissait bien savant et compliqué à l'entourage de la comtesse, à ces messieurs si éloignés des questions militaires, mais l'essentiel pour eux était la résistance de la ville. Les Turcs, après tant de pertes dans leurs rangs, se lasseraient peut-être et abandonneraient le siège ? On décida alors de porter un chaleureux brindisi en l'honneur des vaillants défenseurs.

Angelina, qui était présente, fort inquiète du nombre des officiers morts durant les attaques, apprit avec soulagement qu'il n'était nullement question d'envoyer en renfort à Candie les régiments corses, qui développaient si bien leur offensive en Dalmatie où les nouvelles restaient excellentes.

Mais d'autres bruits couraient à Venise, toujours rapportés au palais par le vaillant attaché à l'Ambassade de France, grand ami de la comtesse désormais. Celui-ci révéla ce que savaient déjà les membres très informés du Conseil des Dix, que les préliminaires de paix qui s'étaient déroulés dans la ville de Münster avaient pris fin.

La France était sortie victorieuse de ce si long et cruel conflit de la guerre de Trente Ans, grâce à l'intelligence et à l'habileté diplomatiques du grand cardinal Premier ministre du roi de France, Giulio Mazarini, un Italien se gaussait-on à Venise, qui s'était montré très ami avec la Sérénissime. Le baron abbé triomphait : le plus grand traité jamais encore signé en Europe, celui de Westphalie, était en passe d'être signé. La France devenait ainsi l'arbitre de l'Europe et pourrait bien intervenir pour mettre fin au conflit de Crète. L'idée de Nation prenait définitivement le pas sur l'autorité, jusqu'alors indiscutée, du pape sur le Saint Empire romain germanique. On constatait aussi l'affaiblissement de l'empereur et la montée en puissance des princes avec la reconnaissance officielle du calvinisme.

Lors de la grande victoire de Lens dont la nouvelle

venait d'arriver à Venise, Condé et Grammont en effet avaient fait plier l'archiduc Léopold. En une heure, son armée, y compris la formidable infanterie espagnole, avait été défaite, anéantie ce 20 août.

— Maintenant, disait le baron, l'armée française est sur le Rhin et l'Autriche, votre ennemie naturelle, a perdu ses positions en Alsace. Pignerol est français. Plus de pression de l'empereur sur les terres italiques, le cardinal va vous aider.

Hélas, monsieur le marquis abbé devait bientôt cacher sa tristesse. N'avait-il pas appris que, malgré ces grandes victoires françaises qu'avaient été le Traité de Westphalie et la victoire de Lens, les nouvelles concernant le glorieux cardinal, subitement, étaient devenues des plus mauvaises. Déjà la Sérénissime s'en inquiétait. En France, la Fronde, dite parlementaire, se déchaînait contre le cardinal. Son nom même, Mazarini, devenait une véritable insulte pour celui qui voulait calomnier. Paris s'insurgeait, disait-on, contre le pouvoir royal, après la gloire éphémère qui avait suivi la bataille de Lens, à cause de l'arrestation, décrétée par le cardinal, de certains parlementaires rebelles.

Le beau rêve du baron abbé s'effaçait. La France divisée, Paris livré à la guerre civile, son beau et grand pays ne pourrait rien faire pour aider Venise à lutter contre les Turcs. La désillusion du baron fut immense.

Mais heureusement, avec l'automne, la pluie, les frimas, on apprit bientôt à Venise et au palais Forner que le sultan avait renoncé, tout en maintenant le siège, à essayer de conquérir Candie. Sa flotte, qui avait réussi à tromper Venise au printemps pour appuyer les Ottomans sur Candie, était signalée rentrant par petites unités, pour regagner ses quartiers d'hiver aux Dardanelles. Venise respirait.

On apprit aussi que le sultan Mehmed IV, fou de rage contre la Sérénissime, était mort et avait été remplacé par Ibrahim Ier et que la rivalité opposant la mère de l'ancien sultan, la vieille Kösen à la mère du nouveau, Türham, se faisait chaque jour plus violente.

En cette fin d'année 1648, sur le Canalazzo, le soleil arrivait à dissiper la brume et les soucis au palais Forner. Le 4 janvier, Angelina, heureuse, recevait dans ses bras, des mains de la « mérétrice », un fort beau bébé baptisé Antonio. Lauretta avait un petit frère. Au moment du baptême de son fils, Angelina pensa beaucoup à celui qu'elle appelait son papa, le seul qu'elle ait connu, ainsi qu'à Francesca, sa seule maman, dans son cœur.

Dans ses recherches à Corfou, Rebecca avait bien trouvé, au cimetière israélite, une tombe au nom d'Esther Mendès, décédée en 1633. Rien d'autre. La famille, lui avait-on confirmé à la Scuola Espagnola, avait émigré à Amsterdam, après la peste qui, à ce moment-là, avait ruiné ou très sérieusement ralenti le commerce avec les Pays-Bas.

13

Sept ans après

Octobre 1656. Venise venait d'apprendre l'arrivée au pouvoir à Istanbul, comme grand vizir, de Koprülü, Mehmed Pacha, très célèbre par sa ténacité. Le Conseil des Dix se réunit d'urgence pour juger de l'importance de l'événement et voter les subsides nécessaires pour faire face à la situation. Ne disait-on pas que le nouveau grand vizir allait reprendre l'idée force qui n'avait cessé de régner à Istanbul, conquérir l'île de Candie, cette terre devant appartenir à l'Empire ottoman.

Le nouveau grand vizir était connu par son énergie, son sentiment de grandeur concernant la puissance ottomane. Il était très décidé, disait-on à Venise, à mettre fin à la stabilisation survenue en Crète depuis le dernier assaut manqué de l'été et de l'automne 1647. La résistance acharnée de la ville forteresse de Candie devait cesser.

C'était la nouvelle qui courait au palais Forner où rien de vraiment important ne s'était produit. Le souci constant d'Angelina était d'élever et de bien éduquer ses deux enfants en attendant les séjours, malheureusement assez rares, de son Francesco toujours engagé sur le front de Dalmatie et maintenant d'Épire.

Laura avait déjà fêté ses onze ans. C'était une grande fille pour son âge, calme et tranquille qui, à part ses yeux bleus, ressemblait surtout à son père. Elle n'avait du reste plus supporté qu'on l'appelle Lauretta, diminutif détesté qu'elle n'acceptait que de la comtesse, sachant toute la valeur sentimentale que celle-ci attachait au souvenir de sa fille tant aimée, dont le portrait trônait sur sa table de chevet, toujours abondamment fleurie.

Le petit frère, Antonio, âgé déjà de huit ans, ressemblait davantage à sa mère, dont il avait hérité la blondeur. Quoique de complexion plus délicate que sa sœur, il était très actif. De nature curieuse, il avait vite appris à lire, à écrire, à apprendre le français avec le précepteur de sa sœur, elle, beaucoup plus lente pour étudier. Il s'efforçait même de s'adonner à des activités manuelles, imitant en cela son grand-père, dont lui parlait tant Angelina, car il était très fier de porter son prénom. C'est ainsi que, bien souvent, on pouvait le surprendre à l'atelier de Florindo en train de fabriquer en clouant des morceaux de bois, ce qu'il appelait pompeusement une galère qu'il s'amusait à faire flotter sur le Grand Canal.

Ce petit promet, commentait la comtesse, qui s'extasiait devant la très grande admiration qu'Antonio avait pour son père, aimant l'entendre réciter les exploits de son régiment corse. Il s'était fait raconter plusieurs fois l'héroïque bataille où cinq cents Corses avaient mis en déroute douze mille Ottomans et où, rassemblés en famille, les Péri s'étaient couverts de gloire lors de la prise des villes de Dernis et de Clissa défendues par les Turcs, par l'implacable Mehemet Techiely, Pacha de Bosnie.

Francesco lui avait raconté par le détail comment la furie corse, en particulier sa compagnie avaient culbuté les Turcs à Dernis, enlevé leurs pavillons et leurs canons, blessé le Pacha et enfin, pris la ville qui avait été pillée et incendiée. À la grande joie d'Antonio, il lui avait raconté qu'ensuite, se dirigeant sur Clissa le 9 mars 1648, lors de l'assaut de la première enceinte de la ville, cette dernière avait été emportée là encore par les compagnies corses au moment où l'on apprenait que le même Pacha, remis de sa blessure, campait à cinq lieues de la ville, prêt à attaquer à revers les régiments vénitiens.

— Il fallut suspendre le siège, mon fils, et se retourner contre les Turcs avant qu'ils ne nous prennent à revers. Ce fut notre régiment qui eut l'honneur d'arriver à la rescousse, alors que l'armée fléchissait, remportant ainsi une complète victoire sur les Ottomans.

La suite qui enchantait plus encore le petit Antonio :

— Nous avons pu faire prisonniers sous les tentes, tous les serviteurs, les femmes, les esclaves, les superbes chevaux du Pacha qui, de nouveau blessé, eut grand-peine à se sauver... Nous avons pris la ville quelques jours après. Elle a capitulé sans condition...

Comme Antonio, alors, était fier de son papa !

La comtesse, qui approchait de la cinquantaine, n'avait rien perdu de sa superbe vitalité, mais elle paraissait beaucoup moins en public. Quand elle le faisait, c'était toujours avec Angelina à ses côtés, que le monde saluait avec grand respect, imaginant que la jeune femme était sa fille.

Angelina continuait à s'occuper de la bonne marche de la maison de la comtesse. On avait d'ailleurs, non par économie, mais pour plus de simplicité et peut-être pour donner l'exemple, en ce temps de grande rigueur financière, réduit l'importance du personnel, ne conservant — mais sans toucher à celui de la chambre de la comtesse — que le nombre nécessaire à l'entretien du palais, dont beaucoup de pièces et même le dernier étage avaient été abandonnés. C'était maintenant la femme de Florindo, qui, montée en grade et souvent un peu trop économe, tenait la bourse de l'office, de la cave et de la cuisine. Seules les dépenses, dites somptuaires, concernant le service du portemanteau de la comtesse, le maintien du décorum de ses réceptions, le bon fonctionnement de sa chambre, ses largesses de bienfaisance, restaient sous la surveillance d'Angelina, qui s'occupait aussi de contrôler les revenus des fermages provenant de l'exploitation des possessions agricoles des Forner en terre ferme. De là provenait l'essentiel des ressources de la comtesse. Les vignes, le maïs surtout, et le cheptel, principalement des vaches laitières, y donnaient les meilleurs résultats[1]. La comtesse se réservait seulement la gestion d'importants placements que son mari avait effectués dans des sociétés de commerce. Des placements qui ne représen-

1. Déjà le fromage, dit Paduano, de longue conservation, était très estimé et demandé au Piémont et en Lombardie. À signaler aussi la culture de la tomate venue du Pérou qui, avec le pois et le riz, prenait de plus en plus d'importance.

taient plus la manne de jadis. Elle avait aussi vendu le palais de Padoue, hérité de sa fille, son beau-frère étant décédé. Trop de frais, de réparations pour le louer, donc plus de revenus et très peu de temps pour y séjourner.

Durant ces huit années de stabilité sur le front de Crète et à l'inverse d'une très intense activité de la flotte dite de guerre, le commerce international, directement tenu par Venise, s'était effrité. Les Anglais et les Hollandais s'étaient en effet progressivement approprié les échanges avec l'Orient. Venise avait dû orienter son activité commerciale vers les produits finis élaborés par son industrie dont elle maintenait encore la suprématie : soieries, cotonnades fines, verreries, à l'exportation, ainsi qu'un important débouché vers ses établissements de terre ferme d'où provenait maintenant l'essentiel de ses denrées alimentaires, principalement les céréales, jadis presque toutes importées. Son industrie, sérieusement contrôlée, était surveillée pour éviter le débauchage de ses ouvriers qualifiés. C'était le cas dans les verreries de Murano et principalement pour la fabrication des miroirs, si recherchés, toujours imités, jamais encore égalés. Par exemple, des voyageurs français et anglais se voyaient interdits dans l'île de crainte qu'ils viennent y surprendre des secrets de fabrication. On disait même à Venise que déjà en France, sous la direction de l'autorité royale, des manufactures se montaient grâce au concours technique d'ouvriers immigrés des ateliers vénitiens. La mort, le plus souvent par le poison, punissait ces traîtres, ces renégats.

De France, la comtesse n'avait reçu aucune nouvelle du baron abbé d'Esquirol, qui avait quitté Venise en catastrophe au moment des événements que les Français appelaient curieusement « la fronde », une sorte de jouet qui à Venise ne servait qu'à tuer les petits oiseaux... non à expulser un cardinal, Premier ministre, du royaume le plus peuplé et le plus riche d'Europe.

Le baron, avant son départ, avait promis à la comtesse, qu'ayant pour Venise « un grand sentiment » et pour les infidèles « une grande répugnance », il y reviendrait, mais pas avant d'avoir, affirmait-il, convaincu le grand cardinal Mazarin d'aider la Sérénissime à chasser l'envahisseur de Crète grâce aux vaisseaux de Louis le Quatorzième.

Mais sept ans étaient passés, sans résultat. La France jouait un double jeu tant à Venise qu'à Istanbul où désormais, à cause de la déportation du Bayle sur la rive asiatique et son assassinat, celle-ci représentait officiellement les intérêts de la Sérénissime auprès de la Sublime Porte.

À la suite de la nouvelle annonçant la nomination du grand vizir Koprülü Mehmed Pacha, Angelina était très inquiète. Le bruit courait à Venise de l'envoi à Candie — probable et selon elle, certain — des régiments corses, en cas de reprise des combats en Crète. Ces vaillants régiments ne représentaient-ils pas à peu près le quart des effectifs de l'infanterie de Venise ? Et n'étaient-ils pas particulièrement efficaces ?

Mais pour cela, il faudrait que les Vénitiens perdent le contrôle, alors bien assuré, de la mer Ionienne et même de la mer Égée, donnant ainsi aux Turcs les moyens de se ravitailler et d'amener de nouvelles troupes. Toute la partie occidentale de la Crète était toujours fortement occupée par eux. Ils en tiraient tout le ravitaillement alimentaire qui leur était nécessaire, y compris d'abondants fourrages pour nourrir leur cavalerie. Seules la poudre et l'armement provenant de leurs arsenaux de terre ferme pourraient éventuellement leur manquer. Et c'était important. La tactique employée par les Vénitiens depuis la cessation des grandes attaques sur Candie consistait à maintenir la flotte ottomane dans ses bases des détroits, l'empêchant ainsi de prendre la haute mer.

Une attaque sur Candie nécessiterait, en effet, de gros moyens offensifs que ne possédait certainement pas, du moins le croyait-on, l'armée turque, qui maintenait toujours le siège de Candie.

Cependant, abritée derrière les hauteurs de Ambasse, à trois milles au sud de Candie, cette armée de soldats et de civils ottomans avait construit une véritable ville abritant douze mille hommes dont cinq mille d'épée et trois cents cavaliers. Certes, une ville faite de matériaux légers et, comme ils en avaient l'habitude, composée pour l'essentiel de grandes tentes abritant un bon nombre de femmes, la plupart enlevées et d'esclaves serviteurs. Par les ports conquis de La Canée et de Retimo, arrivait du ravitaillement grâce aux navires légers, des tartanes qui parvenaient à se faufiler entre les mailles du blocus tendu par la flotte vénitienne. Peut-être aussi pouvaient-ils profiter de l'allégeance de certains Crétois hostiles aux Vénitiens et même de la trahison de quelques transfuges des milices locales jadis constituées par Venise.

Cependant sur mer, les escadres vénitiennes avaient fait de l'excellent travail, réussissant à garder la maîtrise du trafic maritime sur les mers Ionienne et Égée. Elles avaient même occupé les îles de Imros[1], de Tenedo[1], de Samothrace[2] et de Psara, entre autres, s'emparant un certain temps du port de Chio. Une flotte vénitienne avait aussi attaqué Balyabrada et sur terre, en débarquant de l'infanterie de Karieli entre Lépante et La Prevesa, on avait porté les hostilités sur les côtes du Péloponnèse, afin d'y fixer des contingents turcs et d'y interdire toute relâche de navires.

Les Vénitiens avaient remporté de grandes victoires navales, obligeant la flotte turque à s'enfermer dans les détroits. Angelina s'en souvenait très bien. Ce fut le cas en 1649, de l'échec de l'escadre turque devant La Suda, magnifiquement défendue par le provéditeur Pietro Duodo, qui repoussa l'assaut lancé par plus de quarante navires ottomans. Le 12 mai de la même année, une victoire écrasante fut obtenue par « l'illustrissime et excellentissimo » Signor Capitan Giacomo de Riva. Ce jour-là, la flotte turque, qui avait réussi à tromper les Vénitiens en sortant des Dardanelles, fut surprise dans le port de Fochia et complètement détruite, avec plus de sept mille

1. Aujourd'hui : Imroz et Bazcaada.
2. Aujourd'hui : Pelypatras.

morts. À signaler aussi le 21 juin 1655 la destruction totale de soixante galères, huit maones, trente « navi grosse » de combat et quarante-cinq galéasses de la flotte turque par Lazzaro Mocenigo, après six heures d'abordage et de combats acharnés aux Dardanelles. En mai 1657, au cours d'une attaque par le même Lazzaro Mocenigo, à Svazichi, furent surpris soixante-six navires algériens. Le butin, considérable, représentant l'apport de quatorze caravanes arrivant d'Alexandrie, fut abandonné aux équipages vénitiens.

Mais la plus grande victoire célébrée à Venise fut obtenue le 19 juillet 1657, dans le détroit des Dardanelles menaçant l'entrée du canal du Bosphore ouvert sur Istanbul. L'assaut fut mené par le capitaine général à la mer, le valeureux stratège naval, Lazzaro Mocenigo qui y trouva la mort, frappé par un boulet de canon tiré de la rive européenne. La flotte turque était anéantie. Les Vénitiens menaçaient même, un instant, de bombarder le palais du sultan à Istanbul !

Quelles raisons avaient donc présidé à la stabilisation et à l'arrêt des attaques des Ottomans sur le front de Candie, depuis la montée sur le trône du nouveau sultan Mehmed IV ? Cela intéressait fort le Conseil des Dix et on s'interrogeait à Venise dans les palazzi du Grand Canal.

Sans aucun doute, y répétait-on, ces sept ans d'inaction étaient dus à l'incapacité du gouvernement ottoman à mener une politique de rigueur et de fermeté. Avec l'avènement du nouveau sultan, il était en butte aux rivalités existantes entre les différents clans qui se disputaient le pouvoir, offrant ainsi un spectacle d'incapacité et d'anarchie attisé par la hargne qui opposait la mère du sultan défunt à celle du sultan récemment nommé. Rares furent alors les grands vizirs qui ne reçurent pas le funeste lacet doré[1] pour se suicider.

Deux importantes révoltes avaient éclaté en 1655 et en mars 1656, dans le rang des janissaires, s'étendant

1. Signe que, révoqué, le grand vizir était condamné à mort, en général étranglé.

même à certaines régions des provinces asiatiques. Tous ces faits conjugués avec l'augmentation des impôts, la dévaluation de la monnaie, dite « la boêma [1] » à cause de l'abaissement de son titre en argent, contribuèrent à délaisser les affaires de Candie, l'île toujours convoitée pour devenir terre ottomane.

La panique déferla sur Istanbul avec la fuite précipitée du sultan se réfugiant sur la rive asiatique, à Uskudar, lorsque les Vénitiens menacèrent, par mer, la ville, en juillet 1650. En août, ce fut la conquête par les Vénitiens des îles qui protégeaient l'entrée des Dardanelles, comme Lemnos, Samothrace et Tenedo...

Du 8 août 1648, date de l'avènement du nouveau sultan, au 15 septembre 1656, Istanbul avait vu passer treize grands vizirs dont la plupart avaient été étranglés. Huit s'étaient succédé entre mars 1653 et l'arrivée au gouvernement de Koprülü Mehmed Pacha, qui avait pris définitivement les rênes du pouvoir le 15 octobre 1656. Koprülü Mehmed, alors âgé de plus de soixante-dix ans, était le fils d'un chrétien, né lui-même en Albanie. Il avait d'abord travaillé dans les cuisines du sérail puis au trésor impérial. Ayant épousé la fille du Sondjak bey, il prit le nom du district où il résidait, Koprülü et s'attacha à la personne et au pouvoir de Kössena Sultan, après avoir été gouverneur de Damas. Le nouveau grand vizir était un homme remarquable par son indomptable énergie et par le sentiment de grandeur qu'il vouait à l'Empire ottoman, bien décidé qu'il était à reprendre la lutte en Crète. En effet, rien d'important, à vrai dire, ne s'était passé depuis le dernier assaut du 25 juin 1648, jour où les Turcs avaient réussi à percer, lors du siège de Candie, les défenses du fortin Martinengo. L'arrivée de Mocenigo lui-même, alors capitaine général, l'épée à la main, avait non seulement permis de repousser l'attaque, mais de prendre le drapeau des assaillants ; Mocenigo déclarant ironiquement « que ce jour-là la lune ottomane avait subi une grave éclipse ».

1. Ainsi appelée parce qu'elle était de peu de valeur, elle servait surtout à régler un verre dans les tavernes du Bazar.

La situation devait bientôt changer. Angelina en avait le pressentiment. Elle craignait de voir son mari trop souvent absent s'embarquer pour cette île lointaine que l'on commençait déjà à qualifier de mangeuse de ducats, et pire encore, de croqueuse d'hommes.

Tout cela lui avait été raconté lors de la visite d'un cousin germain de son mari, le colonel Pietro Maria Pere, un membre de la nombreuse famille corse « Pere, Perez, Péri, Delle Pere » passée au service de la Sérénissime. Il lui avait révélé, sans le vouloir, ce que son Francesco lui avait toujours caché : des régiments corses étaient engagés à Candie et cela, c'était certain, dès le début des hostilités !

— Vous devez bien penser, chère madame, que nous autres Corses, représentant le cinquième de l'armée vénitienne comme infanterie, nous sommes appelés à nous battre sur tous les fronts. Votre mari était à Clissa, moi en Albanie à Cattaro, où mes vaillants chasseurs corses ont mis en déroute un corps de bataille turc composé de leurs meilleures troupes. Oui, madame, je pars fièrement à Candie. Je suis heureux d'y aller pour venger la mort de notre colonel, qui du reste a été si longtemps celui de votre mari, le brave des braves, notre frère corse Giovan Francesco Ornano, tombé à Retimo lors du dernier terrible assaut des Turcs, ne voulant pas rendre le château au moment de la reddition de la ville. C'était le 23 mars 1646. Lorsque nous l'avons appris, nous, son ancien régiment, nous avons mis le genou à terre. Moi, je pars demain, et croyez-moi, si votre mari y part aussi, nous y ferons, nous les Corses, un excellent travail, car nous sommes toujours fidèles à la République.

Quelques jours après, la comtesse, toujours bien informée, apprenait à Angelina que son brillant cousin était nommé à Candie sergent major de bataille, surintendant général des troupes italiennes et corses. Quel avancement au service de la Sérénissime !

— Ces Péri, ces Corses, mon mari en tête, quelle formidable famille de soldats ! laissa échapper Angelina, un peu hypocritement.

Elle s'était en effet promis qu'elle mettrait tout en œuvre pour détourner son fils du métier des armes... Elle savait déjà trop ce que signifiait l'absence presque constante de son mari, ses rares apparitions, au hasard des combats, pour procréer un enfant, l'attente des lettres, la solitude du corps et de l'âme et la peur au ventre chaque fois que les listes annonçant les morts et les blessés graves s'affichaient aux Procuraties.

Non, elle l'avait bien décidé, envers et contre tout, son fils n'entrerait jamais dans un prytanée comme l'avait fait Francesco Guglielmo. Intelligent, curieux comme il se montrait, il ferait de longues études. Son orgueil de mère voulait que son fils entrât à l'Université si illustre de Padova. Peut-être, quoique n'étant pas patricien, à la faveur de l'achat d'une charge moyennant un bon nombre de ducats, deviendrait-il magistrat. Cette position tant enviée lui permettrait alors de garder son fils à Venise, où on lui trouverait une bonne épouse. En attendant, il lui fallait commencer de solides études.

Angelina avait entendu parler de la réouverture du collège, jadis tenu par les pères jésuites. Ceux-ci étaient revenus à Venise suite aux ordres de la Sérénissime qui les en avait chassés au moment de la querelle survenue au temps de Paul V, quand ce pape avait voulu imposer son autorité et son contrôle sur l'Église vénitienne. Maintenant, tout était bien changé et les amitiés du Doganat, moyennant quelques abandons de souveraineté, s'étaient renouées avec Rome. Le collège n'était pas loin, à Cannaregio, aux Fondamente Nuove, à quelques coups de rame du palais Forner, à la place de l'ancien couvent de l'ordre des crusaferi, dissout à cause de leurs mauvaises mœurs.

Pour Laura, tout était bien différent, mais Angelina voulait que sa fille soit instruite, ce qui n'était pas souvent le cas pour les femmes de la haute société. Angelina désirait que sa fille puisse participer à la vie des salons les plus réputés de Venise. Comme l'avait fait la comtesse pour elle et pour sa propre fille, un précepteur français avait été choisi.

En attendant, la canicule s'annonçait déjà et rien de nouveau du côté de Francesco, aucune venue à Venise n'était envisagée. Les enfants avaient besoin de changer d'air, celui de la campagne, de la Casa Grande de Cittadella, au bord de la Brenta, leur ferait le plus grand bien. Sor Ludovicco, toujours si dévoué, promettait de s'en occuper, de les surveiller. Ils auraient ses propres enfants comme camarades... La comtesse et Angelina pensèrent que pendant ce temps de liberté, elles pourraient en profiter pour se rendre à Vérone...

Les enfants bien arrivés à la Casa Grande, sous la sauvegarde de Sor Ludovico, la comtesse fut prête pour son voyage. Angelina dut malheureusement renoncer à l'accompagner, à la suite d'une visite surprise de Rebecca. Il lui fallut rester au palais pour y accueillir Esther, la fille de Rebecca, et ce, bien sûr, avec l'accord bienveillant et affectueux de sa chère Caterina.

Rebecca, en habit de deuil, les yeux rougis, était venue spécialement au palais la veille du départ de la comtesse, pour annoncer la mort de sa mère et son départ imminent pour Corfou. Elle raconta à Angelina que, par chance, un des bateaux, la *Santa Eufemia*, apprêté par les banquiers juifs dont faisait partie son mari, devait lever l'ancre dans trois jours et que son époux serait aussi du voyage.

Rebecca disait se faire bien du souci, ne pouvant emmener sa fille, Esther, qui venait malencontreusement de se fracturer la cheville. Le docteur Calamani déconseillait fortement le voyage : « Il faut absolument attendre la recalcification, sinon votre fille boitera toute sa vie. » L'affectueuse et dévouée Rebecca se faisait, confia-t-elle à Angelina, beaucoup de souci pour sa fille.

Laisser Esther, à son âge, seule à Mestre, une si jolie jeune fille, juive de surcroît, lui faisait très peur. Elle ne pouvait se résigner à la savoir ainsi, isolée, avec une seule servante. Toutes ces histoires d'enlèvement qu'on racontait, des bravi étant toujours aux aguets ! Elle était folle d'inquiétude. Un malheur pouvait si vite arriver...

Rebecca, désespérée, était en réalité, avoua-t-elle, venue visiter Angelina pour lui demander conseil. Peut-être devait-elle annuler son voyage ? Et sa famille qui l'attendait, n'était-elle pas l'aînée ? Et l'important partage de la succession qui ne pourrait se faire qu'à son arrivée à Corfou ?... Que faire ?

Et c'est ainsi qu'Angelina, avec l'appui total de la comtesse Caterina, reçut Esther, au palais, une fois la calcification de son pied assurée. Elle logea dans une chambre spécialement préparée pour la recevoir, qui jouxtait celles des enfants. Une fois revenus des bords de la Brenta ils furent très heureux d'accueillir Esther, qu'Antonio surtout appelait sa grande sœur, un peu contre la volonté de Laura.

Septembre puis octobre s'écoulèrent. Aucune nouvelle de Rebecca, ni de la Banque Hoffmann de Mestre qui avait promis de transmettre le courrier, tout attendu, en provenance de Corfou... Une lettre seulement avait annoncé la bonne arrivée à Corfou de la *Santa Eufemia*...

Antonio, lui, se retrouva pensionnaire au collège des jésuites. Un peu triste de se voir séparé de sa mère, de sa sœur, de la chère comtesse et de Florindo qui lui avait appris tant de choses.

Il avait un excellent professeur, disait-il à sa mère, en la personne du très savant père Leonardo qui lui enseignait le latin et qui était passionné par l'histoire de la Sérénissime.

— Oui maman, j'apprends aussi la géographie du monde, jusqu'en Amérique, lui répétait-il, le cœur en joie, lorsque Angelina venait, avec la complicité du père tourier, lui apporter souvent baisers et friandises en négligeant de respecter les horaires imposés aux visites.

Mais de Rebecca, toujours aucune nouvelle. Esther, pour passer le temps, s'était mise sérieusement à l'étude du français avec Laura. Elle était de plus en plus inquiète. Il était impossible que sa mère ne lui ait pas écrit pour lui annoncer son retour.

Francesco, lui, annonça bientôt son arrivée à Venise, à la grande joie de la maisonnée. Son régiment quittait définitivement la Dalmatie, avec armes et bagages, il rentrait à Venise, sans connaître encore le lieu de sa prochaine affectation.

Angelina, à ce sujet, craignait le pire après la visite que lui avait rendue le colonel Péri. Sûrement, pensa-t-elle, son régiment allait prendre le chemin de Candie.

À l'automne, on apprenait qu'une nouvelle tentative vénitienne pour occuper les détroits avait échoué. La poigne du grand vizir Mehmed Koprülü se faisait sentir. Les îles de Tenedo et de Lemnos furent reprises aux Vénitiens par le nouveau grand amiral Topal Mehmed Pacha, qui, pour protéger définitivement les détroits, faisait fortifier très sérieusement les deux rives des Dardanelles. En érigeant les forteresses de Kum Kalli sur la rive asiatique et Sedd ül bar du côté européen, il s'assura le libre passage de la flotte ottomane et la maîtrise totale et définitive des détroits.

Le 15 octobre, grand jour d'inquiétude au palais Forner. Une lettre reçue de la Banque Hoffmann de Mestre signalait que l'on était sans nouvelle du navire, la *Santa Eufemia*, partie de Corfou après escale à Zara via Venise. Déjà près de vingt jours de retard. M. Hoffmann et sa femme étaient à bord.

Le lendemain, se renseignant à l'Arsenal, Francesco, par un rapport que l'on venait de recevoir de l'amirauté, apprenait que la *Santa Eufemia*, dans la nuit du 18 septembre, avait dû quitter sa place dans le convoi, dit d'automne, à la suite d'une très violente tempête qui l'avait à moitié démâtée. N'ayant pas le nécessaire à bord, elle devait, pour être réparée, rejoindre le port vénitien ou ami le plus proche...

En pénétrant dans les eaux des détroits qui couraient à travers les petites îles si nombreuses, le navire avait été attaqué par les cruels pirates chrétiens, les Uskoques.

Le navire avait dû être abordé, puis pillé, il avait été mis à la côte et on l'avait abandonné, à demi incendié. Une galéasse du convoi, partie à sa recherche, en avait retrouvé l'épave à la hauteur de l'île de Master. Non loin du navire échoué, à demi brûlé, sur les rochers, le capitaine de la galéasse avait identifié onze corps, retrouvés ligotés ; certains, plus à l'écart, étaient mutilés à coups de sabre, d'autres égorgés. Vu l'état du navire, un fort combat avait dû être livré par l'équipage. Le rapport ajoutait que le petit canon du bord et son affût avaient disparu, détail curieux, et que deux corps étaient encore gisants sur le tillac du navire échoué sur les rochers, dont celui d'une femme dénudée dont on préférait ne pas mentionner l'état. Tous les corps retrouvés avaient été inhumés en mer. Le bureau maritime de Corfou d'où venait le navire, la *Santa Eufemia,* devait posséder les noms des membres de l'équipage et du personnel embarqués ainsi « portés morts ou disparus ». Dès réception, la liste en serait communiquée au procurateur.

Il fallut annoncer avec beaucoup de ménagement l'horrible nouvelle de la disparition de ses parents à Esther, en lui cachant les faits qui avaient dû suivre l'arraisonnement, le pillage de la cargaison et le sort réservé aux occupants de la *Santa Eufemia* par ces diaboliques et sanguinaires Uskoques.

Simplement, comme cela était fort courant à l'époque, on lui parla d'un naufrage, le navire ayant été pris dans une tempête et drossé sur les rochers. L'épave du navire avait été retrouvée sans aucun survivant.

Esther était orpheline, mais heureusement, elle possédait encore une famille dont un oncle, le frère de sa mère, à Corfou. Elle avait maintenant seize ans. C'était à elle de décider si elle voulait rejoindre Corfou, quand les circonstances le lui permettraient. Angelina et la comtesse lui offrirent, en attendant son éventuel départ, de vivre au palais tout le temps qu'elle désirerait. Accueillir à Venise une jeune fille juive, devenue nubile, dans une famille catholique, ce geste ne pouvait-il pas être considéré comme une hérésie ? Mieux valait ne pas trop en parler.

La comtesse et Angelina ne voulurent même pas y penser.

Fort heureusement, le personnel du palais, à part le discret Florindo, ne savait pas que la jeune fille était juive !

Angelina allait donc, en attendant la réponse qui devait venir de Corfou, s'efforcer de combler le grand vide moral et affectif survenu si brusquement afin d'atténuer le crève-cœur et la profonde affliction qui frappaient la jeune fille.

Angelina et Esther, toutes deux en vérité étaient issues du même sang, l'une devenue catholique grâce à son sauvetage miraculeux opéré par Zanetto, l'autre élevée avec grand soin dans la religion juive de ses pères.

Il ne pouvait y avoir rupture dans leur croyance, mais leurs prières ne se confondaient-elles pas dans l'amour du même Dieu, l'Unique ?

Seules les lois conçues au nom du Seigneur, mais uniquement par les hommes, les exigeaient différentes. Angelina, malgré son grand désir, sut ne rien dire sur ses origines juives à Esther. Prudente, très soucieuse de l'avenir et de la fortune de ses enfants, elle ne voulait prendre aucun risque. La comtesse, qui désirait la désigner comme son héritière, l'approuva entièrement.

Baptisée, fille légitime du vice-protto de l'Arsenal, Antonio Cappello, Angelina avait, en effet, tous les droits d'une citoyenne de Venise avec la pleine capacité, en particulier, d'hériter de tout bien foncier ou immobilier[1].

---

1. Ce qui était strictement interdit aux juifs. Aucune terre, aucun immeuble ne pouvait leur appartenir, seulement le droit de location était transmissible.

14

Angelina à San Polo

Angelina avait trente-huit ans. Son mari, son cher Francesco, devenu lieutenant-colonel, n'était pas à ses côtés, comme tout au long des deux années qui avaient suivi le transfert de son régiment en Crète, à Candie. La ville était assiégée par les Turcs depuis plus de vingt ans et ceux-ci n'avaient en rien relâché leur étreinte sur ses fortifications, sans toutefois avoir déclenché la grande offensive si fébrilement attendue par les assiégés.

Actifs, les Ottomans avaient développé sans cesse le maillage de leurs tranchées, en se livrant à un véritable travail de taupes, sondant de-ci de-là les abords des remparts et l'assise des fortins, creusant le sous-sol pour y édifier des galeries et des fourneaux de mines.

La ville est donc entièrement cernée, sauf au Sud où l'accès au port est resté libre grâce aux canons des vaisseaux vénitiens embossés dans la rade, permettant l'arrivée du ravitaillement et des renforts. Francesco, qui écrivait très souvent à Angelina, lui avait même indiqué que, grâce aux formidables constructions de citernes qui avaient été réalisées à la place des anciens remparts du quartier San Giorgio, le problème de l'eau potable, essentiel à la vie des civils et de la garnison, ne se posait pas : Angelina se faisait cependant beaucoup de soucis, elle se sentait maintenant si esseulée.

Beaucoup d'eau était passée sous le pont de Rialto depuis le décès de sa chère et affectionnée comtesse. Deux ans déjà s'étaient écoulés après ce si rigoureux hiver de 1655 où, en quelques jours, heureusement sans trop de souffrance, sa Caterina avait été emportée à la suite d'une mauvaise bronchite, suivie d'une pneumonie qui lui avait été fatale.

Prudente, l'admirable comtesse avait tout préparé, avec beaucoup de sérieux chez son notaire, pour que, n'ayant aucun descendant direct ou collatéral, Angelina devienne sa légataire universelle, héritant ainsi de tous ses biens mobiliers et immobiliers.

Après la lecture du testament par le notaire, maître Gaetano, dans son cabinet, et qui rendait Angelina très riche, celui-ci lui avait remis une lettre cachetée écrite de la main même de la comtesse, dont l'heureuse héritière avait reconnu tout de suite la si majestueuse et grande écriture. Elle était curieusement datée : « Ce jour, veille de ma mort. »

La comtesse s'y exprimait ainsi :

« Angelina chérie,

Je sais que je devrai bientôt, peut-être d'un moment à l'autre, je le sens en moi malgré les dires de l'Université, demain même, quitter ce monde.

Cette lettre, quand tu la liras, t'apportera mon dernier baiser que je dépose ici sur ce papier, mes douces pensées pour toi et les tiens, mon au revoir.

Oui, quand et où vais-je aller ? Peut-être, je l'espère, mon âme va connaître un monde plus léger, vaporeux dit-on, sans consistance matérielle, pour devenir un pur esprit, probablement dénué de toute souffrance, certainement sans amour, mais j'espère, toujours pétri de mes souvenirs, des nôtres...

Vais-je en avoir conscience ?

Peut-être me permettra-t-il, ce monde nouveau, de te voir vivre, de te protéger encore jusqu'à ce que ton âme, certes le plus tard possible, vienne me rejoindre dans ce monde dépourvu de matérialité, où juste comme tu l'es, tu pourras partager des joies nouvelles avec moi, peut-être pour l'éternité ?

Oui, Angelina, j'espère très fort que tu vas vivre encore longtemps au milieu de tout ce petit monde que nous avons rassemblé et au milieu duquel nous avons aimé et, quelquefois, souffert ensemble. Mon grand travail là-haut sera de vite chercher à me mettre en rapport avec ton ange gardien. Tu sais combien mes conseils t'ont si souvent aidée...

Tout ce que je t'ai laissé ici-bas te sera bien utile pour faciliter ton bonheur et celui des tiens. Les sequins, tu le sais, sont utiles, ils vont, j'en suis sûre, t'aider à vaincre cette dure mais nécessaire matérialité.

Sais-tu que peut-être mon âme va revoir celle de ma fille chérie qui fut ta grande sœur, celle de mon mari, le comte Forner et celle de ma très chère Maria Assunta. Ils m'attendent, j'en suis certaine, au Paradis. Peut-être après un petit séjour au Purgatoire ? Mais Dieu est si indulgent !

Quel grand voyage vais-je maintenant entreprendre ? Vers quel monde mon âme va-t-elle se diriger ? Peut-être se dissoudra-t-elle dans le monde immortel des bienheureux, dégagée de toute gangue, de tout limon, de tout besoin ?

Quitter mon corps ? Vais-je m'en rendre compte ? Vais-je aborder le bonheur divin ou, au contraire, sombrer dans le néant, l'oubli définitif, le grand rien des mécréants ?

Est-ce une souffrance que de quitter son enveloppe de chair ? Et comment vais-je pouvoir retrouver mes âmes chéries, au milieu de tant de millions d'autres. Sauront-elles me reconnaître ?

Avant de te laisser pour la grande et définitive séparation, j'aimerais te confier ce que j'ai toujours eu présent dans mon cœur, le souvenir de ce merveilleux lys que, toute jeunette, à quatre ans peut-être, tu avais cueilli pour moi. Tu croyais alors, en me l'offrant, que son parfum émanant de la poussière d'or de son pollen guérirait cette mauvaise bronchite qui aujourd'hui, j'en suis certaine, va m'emporter. Je n'ai jamais oublié la caresse de ta main d'enfant. Tu sais, Angelina, j'aimerais tant, avant que mon corps s'endorme à jamais, sombrer dans l'éternité avec le merveilleux parfum de cette fleur immaculée. Peut-être aurai-je droit à ce miracle ? Je l'ai demandé à notre sainte Mère Marie.

Angelina, à lire cette lettre, surtout, promets-moi de ne pas pleurer lors de ma définitive absence d'ici-bas.

Souviens-toi seulement des merveilleux instants que nous avons vécus avec notre chère Francesca, ta merveilleuse maman. Ce sera, je pense, en moissonnant tous ces souvenirs que tu sauras aussi me faire revivre.

Tu sais bien que seul le souvenir porté en nous, quelquefois partagé avec quelques vivants, peut prolonger ici-bas la vie des chers disparus.

Comme le galet ricoche sur les vagues, retrouvant à chaque rebond la douceur du soleil, en touchant l'écume, avant de disparaître au creux de l'onde, les souvenirs aussi s'effacent, ma chérie. La mémoire des disparus, peu à peu, s'éteint. L'écrit seul peut la prolonger, c'est pour cela que j'ai tenu à t'écrire cette lettre afin que tu la relises parfois, pour n'y retrouver que le bonheur des jours passés.

Cela sans aucune tristesse, promets-le-moi. Imagine seulement que j'ai bien rejoint les miens, les nôtres, dans un bonheur indicible et que nous attendons ainsi, à nouveau unis, le jugement dernier, celui de la Résurrection. La survivance des âmes est notre merveilleux espoir. Surtout, pas de larmes, ma chérie, ayons confiance en Dieu pour un monde meilleur.

Reçois, ma chérie, mon dernier baiser que je dépose sur cette lettre. Ta Caterina. »

Au sujet du testament il y avait bien eu quelques interventions, des tentatives de procès de la part de parents très éloignés et quelques difficultés de la part de sociétés de commerce pointilleuses mais Angelina était propriétaire d'un solide patrimoine dont la partie liquide se trouvait placée en rente garantie par le Trésor d'État.

Le palais Forner, coûteux à entretenir, avait été vendu, Angelina n'avait conservé comme bien foncier que le domaine agricole de Cittadella, un vœu fait à la comtesse, et qui rapportait toujours une bonne part de sequins.

Angelina avait cependant acheté une maison de trois

étages, une solide bâtisse du XVe siècle, dans le sestière de San Polo, non loin de San Tomaso devenu sa paroisse. La maison était située dans un quartier tranquille mais assez actif, non loin du grand campo de San Polo, là où si souvent, avec sa chère comtesse, Angelina avait applaudi les masques de la Commedia dell'Arte. Elle donnait près de la rue de la Donna Onesta. Elle avait été conquise par son très bel escalier de bois qui était à ciel ouvert, au centre de la cour intérieure ornée d'un puits à la superbe margelle de marbre. Deux lions, magnifiquement sculptés, semblaient s'y abreuver. Un vrai coup de cœur pour Angelina qui avait donné son accord dès la première visite.

Les cloches du campanile de San Tomaso y égrenaient les heures qu'Angelina entendait de sa chambre, mais elles sonnaient lentement, l'une après l'autre, presque avec regret, lui disait la fidèle Zaza.

Celle-ci, toujours vaillante, habitait maintenant chez Angelina, lui servant, comme elle aimait à le dire, « d'amie de compagnie ». Le personnel était réduit à sa plus simple expression mais suffisant pour tenir le deuxième étage, les deux autres et le rez-de-chaussée étant loués à un orfèvre d'excellent voisinage. Une chambrière, une cuisinière, un portier, homme à tout faire, constituaient le seul train de maison. Pas même un gondolier.

Florindo avait réussi, en effet, poussé par sa femme, aussi économe que lui, à ouvrir un squero [1] où, disait-il, il fabriquait les gondoles les plus maniables et les plus racées de Venise.

Les enfants, Antonio et Laura, s'étaient envolés. Son fils, heureusement, n'était pas trop loin. Il avait entrepris à l'Université de Padova, avec beaucoup de sérieux, ses études de médecine ou, plus précisément, de « chirurgien anatomiste » comme il se plaisait à le claironner. Angelina qui avait déjà projeté de lui acheter une charge, très hono-

1. Atelier de construction du gondolier.

rable, d'avocat auprès du grand Conseil en avait ressenti une légère déception. Mais le droit ne disait rien à son grand et solide gaillard de fils.

Pas plus que les études de théologie et de scolastique, vers lesquelles les pères jésuites auraient aimé voir Antonio se diriger. Au grand regret de son directeur de conscience, le père Leonardo, Antonio avait quitté le collège pour se faire inscrire, comme étudiant, à l'illustre chaire d'anatomie et de chirurgie de l'Université de Padoue. Ce qui lui plaisait, c'était, comme anatomiste et chirurgien, de pouvoir joindre à une étude pratique celle du corps humain, sa grande habileté manuelle, mise au service de la thérapeutique. La chaire de Padoue était alors très renommée dans toute l'Europe, non seulement en Italie, mais en France et jusqu'en Angleterre. N'avait-elle pas été honorée par la présence de l'illustre crémonais Realdo Colombo, le célèbre auteur de « la Ré anatomica » qu'Antonio, sur les conseils du médecin juif Calamani — le parent de la défunte Rebecca —, s'était empressé de dévorer ? Calamani avait chaudement recommandé Antonio au patron de l'Académie de chirurgie, le successeur de Gabriele Falloppia[1], élève lui-même de l'« immense André Vesale ». Celui-ci était considéré comme le père de la science anatomique, encore balbutiante du fait de l'Inquisition qui interdisait, sous peine de mort, de disséquer l'œuvre du Seigneur : le corps humain (qu'elle suppliciait et brûlait pourtant).

Le médecin lui avait aussi raconté le destin et la fin tragique d'André Vesale, nommé par le Sénat de Venise « grand maître de l'académie de chirurgie » qui n'avait jamais rejoint son poste, ayant disparu, alors qu'il se rendait à Venise, dans un naufrage au large de l'île de Zante. Il revenait de Madrid où, ayant été l'illustre médecin de Charles Quint, il avait été condamné au bûcher par l'Inquisition pour avoir commencé à disséquer, au pied d'un gibet, le cadavre d'un supplicié qui, selon les Inquisiteurs, montrait encore des signes de vie. C'était Philippe II, le roi d'Espagne lui-même, qui, pris de pitié, l'avait gracié.

1. Le découvreur des trompes utérines qui portent son nom.

Angelina se sentait bien seule. Sa fille, sa Laura adorée, l'avait quittée, elle aussi. Très jeune elle s'était mariée et résidait en France. Devenue comtesse par cette union, elle vivait à Paris et sur les terres de son mari en Bourgogne, dans les froideurs d'un austère château du Moyen Âge tout près d'une petite ville, Cluny, très connue pour ses moines constructeurs et son extraordinaire basilique romane[1], dite de l'abbé Hugues. Son plan, disait la légende, avait été apporté, de la part de la Vierge Marie, par saint Pierre lui-même, à un religieux mourant.

Mais Laura, dans ses nombreuses lettres, disait souvent sa peine d'être aussi éloignée de sa chère maman. Le chaud soleil dorant l'altana, l'odeur marine de la lagune, le charme et la douceur de vivre à Venise, le chant des gondoliers voguant le soir sur le Grand Canal de son enfance, tout lui manquait tellement dans ce pays de forêts et, l'hiver, de froidure extrême : la Bourgogne de son cher mari...

Mais pourquoi cet éloignement ? Comment Laura avait-elle pu, à Venise, connaître et se marier au comte Bertrand Bassanges de Louvenel ? Ce coup de foudre, partagé, avait débuté par une sinistre et douloureuse histoire. Tout avait commencé le matin d'un premier dimanche de novembre, alors que toute la maisonnée se préparait à se rendre à l'office dominical de San Moïse. Le temps était affreux, la pluie n'ayant cessé toute la nuit de tambouriner sur les vitres des chambres donnant sur le Grand Canal. La comtesse finissait de s'encapuchonner pour descendre au débarcadère du palais lorsque Florindo, essoufflé, ayant grimpé en trombe les trois étages, fit irruption dans l'anti-chambre :

— Un militaire, madame la comtesse, est en bas sur l'appontement dans un état qui fait pitié. Une gondole de la Prévôté vient de l'y amener, avec un billet de logement. C'est un officier français qui vient d'arriver de Candie. Il est porteur d'une lettre pour vous, de la part d'un de vos

1. Totalement détruite sous la Révolution française, ajoutant ainsi définitivement aux pillages survenus lors des guerres de religion.

amis français. Il parle mal l'italien et pas un mot de vénitien. Un sergent qui l'accompagnait m'a tout expliqué. Que faut-il faire ?

Le jeune lieutenant du régiment royal de Mazarin, le comte Bertrand de Louvenel, devint l'hôte de la comtesse. Il fut admirablement bien accueilli, soigné et dorloté sachant à la fois être conquis et conquérir le cœur et la main de Laura.

Le comte Bertrand venait de Candie où il avait subi la sanglante défaite infligée par les Turcs à l'expédition française placée sous la soi-disant autorité de son commandant en chef, le prince Amerigo d'Este, combattant sous la bannière des clefs croisées du Souverain Pontife.

En réalité, le chef de l'expédition française, partie de Toulon, était le marquis Saint André de Montbrun. C'était lui qui, recevant les ordres du cardinal Mazarin, avait recruté, parmi les plus grands noms de la noblesse de France, deux cents officiers qui, placés à la tête de quatre mille hommes provenant des régiments royaux, étaient chargés de lutter contre l'Infidèle pour les chasser de Crète. Encore une « combinazione » diplomatique du cardinal Mazarin, qui souhaitait aider le pape et Venise dans leur lutte contre les Ottomans, mais ne voulait pas le faire officiellement pour ne pas porter atteinte à l'alliance traditionnelle de la France avec la Sublime Porte. Les navires français ne faisaient-ils pas un trop bon commerce pour se voir chassés des échelles levantines ?

À Lyon, où siégeait le bureau du recrutement, le jeune comte Bertrand avait fait connaissance du baron abbé Ghislain, l'ami de la comtesse. Celui-ci, fidèle agent du cardinal, veillait à pourvoir l'expédition en argent, hommes et armement nécessaires afin de remplir à Toulon les vaisseaux de l'escadre destinée, sous les couleurs du pape, à reconquérir Candie.

Avant le départ de l'escadre, prévoyant qu'un accueil triomphal serait réservé à Venise, aux officiers français après leur victoire sur les Turcs, l'abbé baron avait remis une lettre de recommandation au marquis de Louvenel pour son amie la comtesse, lui exposant les mérites du jeune officier et son désir de connaître la ville pour laquelle son vénéré cardinal avait tenu sa promesse...

Hélas ! la réalité avait été fort cruelle, comme l'expliqua fort bien le comte Bertrand, l'hôte très cajolé de la comtesse et de Laura surtout qui, grâce à sa parfaite connaissance de la langue de Malherbe, était devenue une « interprète infirmière » de plus en plus attachée à son malade.

L'expédition française avait mis en effet trop de temps à se réunir et n'avait pu quitter Toulon qu'à la fin juillet. Elle n'était arrivée dans les eaux de Candie qu'à la fin du mois d'août au lieu du début du printemps, au moment où les quatre mille hommes débarqués auraient été des plus utiles. L'expédition française, placée officiellement sous le drapeau papal, aurait dû être renforcée par un contingent allemand de deux mille hommes, envoyés par l'empereur. Hélas ! ils n'arrivèrent qu'en octobre et ne combattirent jamais. Ils ne servirent qu'à dévorer un peu plus vite les rares stocks de vivres de la ville assiégée.

Le comte Bertrand raconta dans quel enthousiasme avait eu lieu le débarquement à Candie. Tous ces jeunes officiers, issus des plus grandes familles de France, comme il aimait à le répéter, désiraient en découdre avec les infidèles avec l'illusion de pouvoir les rejeter au plus vite à la mer.

La brillante élite de la noblesse française, en un temps record, sans tenir compte de l'avis des Vénitiens qui souhaitaient temporiser ni de celui du capitaine général, Giorgio Morosini qui savait quelle formidable armée turque leur faisait face, organisa une sortie qui eut lieu inopinément, le 17 septembre.

Le plan conçu par les Français, improvisé dans la fougue juvénile, fut d'attaquer et de détruire, à trois milles au Nord de Candie assiégée, le campement des Turcs, « la nouvelle Candie », situé à l'abri sur la colline de l'Ambussa et qui servait de base aux nombreux renforts ottomans provenant de La Canée.

Hélas, le réseau des tranchées turques allègrement

franchi et submergé, l'infanterie française se heurta, dans la plaine, à la charge forcenée de l'excellente cavalerie turque qui déchaîna une véritable panique chez les Français malgré leur héroïsme.

Il y eut six cents morts parmi lesquels fut fauchée par les cimeterres ottomans la fleur de la noblesse française ; y mourut, également, le commandant en chef, le prince Amerigo d'Este.

Et comble de malheur, poursuivit Bertrand, à cette défaite s'ajouta pour eux dans les jours qui suivirent une épidémie de dysenterie contractée à bord des vaisseaux français où l'eau potable avait dû être infectée. L'épidémie ne se déclara que quelques jours après l'arrivée à Candie. Ne parlait-on pas aussi de choléra ?

Après cet échec sanglant et par crainte de contagion, on ordonna l'évacuation de ce qui restait du corps expéditionnaire français vers les îles, plus calmes, tenues par les Vénitiens, à Zante et à Corfou, pour qu'il puisse se ragaillardir.

— Heureusement, précisa Bertrand, je n'ai pas été embarqué avec les rescapés de ma compagnie, mais grâce à mon colonel, j'ai pu faire partie de la mission qui, dirigée sur Venise, a accompagné la dépouille du prince Amerigo d'Este. Venise doit, en effet, l'enterrer comme Héros de la République dans votre magnifique basilique des Frari, où un somptueux tombeau doit lui être édifié. Et voilà comment, grâce à la lettre de votre ami Ghislain, madame la comtesse, je suis arrivé chez vous.

Petit à petit, les soins prodigués sous la surveillance affectueuse de Laura redonnèrent santé et vigueur au jeune lieutenant. Les mains s'attardèrent, se joignirent, les baisers, d'abord conventionnels, de la joue glissèrent vers les lèvres. L'amour naissait, grandissait, et enfin, les tendresses réciproques surent s'avouer.

Laura aimait Bertrand et celui-ci l'adorait. Angelina et la comtesse furent rapidement mises au courant. Ce qui devait arriver arriva. Comme lors de la montée des eaux à Venise, on ne put que laisser faire. Le mariage devenait, de jour en jour, plus nécessaire.

La nature n'attendrait pas. On parla de la dot. Pas même le temps de se fiancer. Zaza s'agita pour mener à bien les préparatifs de la noce. Tout pressait.

Le mariage eut lieu le 3 février, sans même attendre l'arrivée du Carnaval. L'Ambassade de France avait déjà préparé le retour de la mission française vers Marseille, via Civita Vecchia...

Angelina heureusement, pour compenser l'absence cruelle de ses enfants, avait pu compter après le départ d'Antonio pour Padoue sur les visites, souvent prolongées de plusieurs jours, que lui rendait affectueusement Esther, la fille de la regrettée Rebecca. La jeune fille, durement éprouvée par le naufrage et la disparition de ses parents, était restée quelques années, jusqu'à sa majorité, à Corfou auprès de son oncle paternel. Mais à cette époque, malgré les troubles, la révolution, le régime des têtes rondes de Cromwell, la grande peste, l'incendie de Londres, son oncle Hoffmann avait décidé de s'installer en Angleterre pour y créer une nouvelle succursale de sa banque. Esther, invitée à l'accompagner, ne l'avait pas suivi. Ces brumes du Nord lui faisaient peur et elle aimait trop Venise. Elle avait donc accepté de vivre chez son cousin, le docteur Calamani, qui venait de s'installer enfin dans le novissimo ghetto qui venait de s'édifier. Esther était, comme le disait l'avisée Zaza, une jolie femme mais difficile à découvrir, tant elle semblait porter un soin extrême à se dissimuler. Toujours vêtue sobrement, elle ne faisait rien pour mettre sa beauté en valeur, l'occultant même derrière une grande timidité.

Esther aimait à se rendre chez Angelina où elle trouvait, disait-elle, un souffle de liberté, à l'abri des marieuses du ghetto qui ne cessaient de l'importuner. La jeune fille avait un profond amour pour la musique et désirait y consacrer la plus grande partie de son temps. Son « viole di gamba » était sa seule passion. Elle n'avait nullement envie de fonder un foyer qui, certainement, selon la coutume du ghetto, l'aurait obligée à devenir, avant tout, une bonne maîtresse de maison, consacrant sa vie à soigner et à chérir mari et descendance, ce qui était alors le seul devoir d'une bonne épouse juive. Sa musique, disait-elle, à l'inverse, la rendait libre et totalement heureuse, et à l'entendre, devenait sa seule raison d'être. Elle voulait s'y consacrer totalement.

Esther s'entendait au mieux avec Antonio, le protégé de son oncle, à la grande joie d'Angelina, qui avait surpris entre eux des sourires complices. Esther avait quelques années de plus que son fils, mais, jamais fardée, elle avait conservé la fraîcheur de l'adolescence. Zaza qui ne cessait d'admirer sur son visage l'éclat permanent de jeunesse, aurait bien aimé la voir mariée. Les prétendants, pensait-elle, seraient légion si Esther n'était pas juive, ce qui rendait à Venise tout mariage avec un catholique impossible. Esther, très attachée à sa religion, ne voudrait jamais se convertir et la conversion d'un catholique était, avec l'Inquisition, impossible.

Angelina se rendait compte de cette situation. Elle n'avait jamais parlé de ce problème avec Esther, pas plus qu'elle ne lui avait révélé sa véritable origine, le sang juif qui coulait dans ses veines. À vrai dire, était-il si étranger à celui des autres ? Chrétien ! Juif ! Même musulman ! Que pouvait-il transmettre de particulier ? N'était-ce pas essentiellement l'éducation religieuse, la croyance et la tradition qui les différenciaient ? À la naissance, où était la différence ? Sa vie en était un vivant exemple. De sang juif, elle était une fervente catholique.

Bien sûr, Angelina gardait en elle son secret, pensant que, peut-être, elle le révélerait à son fils. L'exemple d'Esther, cette vie presque gâchée, mais heureusement sublimée par la musique, la faisait réfléchir. Antonio fréquentait assidûment, à l'Université de Padoue, l'élite intellectuelle juive. Son fils pourrait bien, par ses fréquentations, être amené à s'amouracher d'une fille de Sion ! Dans ce cas seulement, pensait-elle, je lui révélerai l'origine de mon sang. N'est-ce pas celui qui, en grande partie, coule dans ses veines ?

Avec sa fille Laura, la chose était bien différente. Celle-ci s'était engagée dans une vie essentiellement chrétienne. Son mari, le comte Bertrand, était en effet un fidèle et ardent pratiquant de la foi catholique, Laura aussi. Rien ne devait lui être révélé. Monsieur le comte, désormais capitaine aux gardes de sa Majesté le roi de France, et madame la comtesse nageaient en plein bonheur. Une fille, Isabelle, leur était née ; pouvait-on imaginer un prénom plus catholique ?

À trente-huit ans, Angelina était déjà grand-mère. Depuis vingt-trois ans, elle avait entendu tous les récits de guerre sur Candie, que son mari lui avait rapportés avec fidélité.

Mais en ce matin de juin 1667, les Vénitiens ne parlaient plus que de la reprise des combats à Candie. En effet, dans la nuit du 24 mai, le grand vizir Koprülü s'était décidé à reprendre le flambeau que lui avait cédé son père, Mehemed, le rénovateur de l'Empire.

Angelina reçut quelques jours après une lettre de Francesco, indemne. Quel soulagement en ouvrant cette lettre ! Il lui racontait la violence des combats en cours, mais écrivait-il, heureusement pour lui, dirigés sur la forteresse de Panigra, à l'opposé de celle où il commandait l'artillerie à la Saboniera.

« ... Candie résiste, mais les pertes sont très lourdes. Chez nous, quelques morts, des blessés surtout dans nos compagnies corses, mais des pertes énormes, près de vingt mille, chez les Ottomans qui n'arrêtent pas de charrier des cadavres. Ils nous demandent même des moments de trêve pour les enterrer. Le ravitaillement est difficile. Il n'y a pas un coin de terre à l'intérieur de notre ville assiégée qui ne soit utilisé pour y faire pousser quelque chose. Nous avons près de trente mille personnes à nourrir. Et parmi nous demeurent encore environ dix mille civils. Le son du canon se rapproche chaque jour davantage du centre de la ville. Les Turcs ont installé de très gros canons, encore jamais vus. Mais ici, nous sommes pleins d'espoir ; le bruit court en effet que le roi de France enverra bientôt troupes et escadres pour nous aider à chasser l'Infidèle. Le roi est prêt, dit-on ici, à reprendre les bonnes relations que le défunt cardinal Mazarin, avant sa mort, entretenait avec la Sérénissime[1]... »

Et il ajoutait, légèrement dubitatif :

« Il se pourrait, Angelina chérie, que je te prenne bientôt dans mes bras. Il est en effet question, ici, que je vienne prochainement à Venise pour participer à la constitution et au recrutement de nouvelles unités corses, officiers et soldats, d'anciens gardes du pape, qui auraient été chassés de Rome et qui serait prêts à s'enrôler sous nos drapeaux. »

La chose avait du vrai.

Emplie de joie à l'annonce de la bonne nouvelle, Angelina se renseigna auprès de l'Ambassade de France. Un ami du comte Bertrand, attaché à l'Ambassade de France auprès du Saint Siège, lui raconta qu'il avait été témoin de la querelle qui avait éclaté à Rome, après un très grave événement survenu à l'époque à l'Ambassade du duc de Crèqui. Celui-ci, à la suite d'une bousculade, en était venu aux mains puis au mousquet avec le régiment corse du pape. Le duc avait fait exiger, par Louis XIV, le renvoi de Rome par le pape de cette magnifique unité. Cela traînait depuis 1662, mais aujourd'hui beaucoup d'officiers, de soldats corses affluaient en terre ferme, prêts à s'enroler sous la bannière de Saint Marc.

Ainsi, un beau matin de novembre, plus tôt que le prévoyait Angelina, Francesco débarqua au quai des esclavons, sans doute amaigri, mais paraissant toujours robuste et en bonne santé.

Que de choses à raconter et à taire aussi sur les souffrances endurées, tout autant par les militaires que par les civils ! La ville de Candie avait été sérieusement endommagée durant les attaques turques qui n'avaient pas cessé depuis le mois de mai. Les gros canons turcs pouvaient

1. Sur son lit de mort, après l'échec de l'expédition française à Candie, Mazarin dans son testament avait offert 600 000 livres pour que le pape puisse aider Venise à recouvrer Candie.

maintenant atteindre le centre de la cité, surtout la vieille ville, plus proche du rivage, là où la pression turque se faisait plus intense, sur les deux forteresses, Sant Andrea à l'Ouest et la Saboniera à l'Est, les deux points faibles qui ne disposaient pas de l'appui de tirs de flanquement...

Mais toutes ces considérations militaires n'intéressaient guère Angelina. L'essentiel, pour elle, était de retrouver son mari, amaigri certes, le teint buriné, mais en bonne forme et heureux de se jeter sur une nourriture dont le biscuit militaire, la farine de mil, les viandes sèches et salées, souvent avariées, étaient enfin bannis. Son ardeur au lit prouvait aussi sa santé.

Mais ce que Francesco n'osait pas dire, c'était que à Candie chaque jour les conditions de vie, ou plutôt de survie, devenaient plus pénibles. Il y avait encore à peu près dix mille civils dont seulement deux mille étaient capables de « adoperare le armi »[1]. Les civils étaient réduits à une misère extrême, nourris uniquement grâce aux distributions officielles de vivres. Des portions congrues, constituées surtout par les célèbres biscuits vénitiens, dont il y avait heureusement encore de très fortes réserves.

La ville était déjà en partie détruite, les charpentes écroulées sous l'effet du temps, à cause du manque de bois, qui interdisait d'entretenir ou de réparer les dégâts causés par les bombardements et les mines de l'ennemi. Faute de moulins à vent, les collines étant occupées par les Turcs, c'étaient les femmes qui devaient moudre le grain, à la main. Elles transportaient aussi, au moment des assauts, la terre mise en sac pour boucher les brèches faites aux remparts. Malgré les ordres donnés pour conserver des torches allumées la nuit, afin d'éviter ou de repousser de possibles infiltrations ennemies, la ville était plongée dans « une obscurité ténébreuse ». La paille, si utile pour le sommeil des soldats, se faisait très rare. Bien souvent, ceux-ci dormaient à la belle étoile...

En effet, expliquait Francesco, on laissait souvent les

1. Se servir des armes.

toitures des maisons isolées, incendiées par le tir des boulets rouges des Turcs, se consumer pour économiser l'eau des citernes, réservée uniquement pour la boisson...

Heureusement, Francesco avait apporté la nouvelle que des pluies diluviennes avaient enfin imposé une trêve aux combats. Les citernes se remplissaient et les tranchées des Turcs étaient devenues un véritable marécage, l'eau y séjournant à ras bord. Mais malgré tout, des tirs, certes sporadiques, faisaient toujours des victimes...

Un soir de confidences, particulièrement en verve, Francesco révéla à sa femme sous le sceau du secret le plus absolu les efforts machiavéliques auxquels le provéditeur Lunardo Foscolo, devenu l'un de ses amis à Candie, avait été obligé de recourir pour essayer d'obtenir, avant la prolongation périlleuse des combats, la levée du siège de Candie. Foscolo n'avait pas hésité, la raison d'État l'y obligeant, devant la cruauté et l'ardeur de l'armée ottomane, à faire appel à l'imagination féconde des Inquisiteurs d'État de la République. Avec l'assentiment et même la recommandation du Conseil des Dix.

Ces derniers avaient alors imaginé, pour desserrer la formidable étreinte de l'armée ottomane, de l'affaiblir en recourant à une guerre secrète, menée parallèlement à celles des armes, en recourant à l'empoisonnement.

— Malheureusement, ajouta Francesco, cela n'a pas eu l'effet escompté. Le provéditeur avait essayé d'empoisonner l'armée turque en faisant verser dans leurs puits et leurs fontaines, par nos agents doubles, les célèbres « spia doppia »[1] envoyés par les Inquisiteurs, des poudres d'arsenic. Mais sans aucun résultat.

« On essaya, une autre fois, d'empoisonner, grâce à un poison spécial qui fut envoyé à notre capitaine général, la célèbre cavalerie ottomane. Ce poison fut répandu dans les pâturages où séjournaient ces merveilleux chevaux. En vain, jamais on n'a vu galoper autant ces étonnantes montures. Un échec total, Angelina. J'ai moi-même connu, pré-

1. Une liqueur mêlée de fiel, de bubons et de plaies charbonneuses prélevés sur les pestiférés.

cisa Francesco, lorsque notre régiment était à Zara, un médecin juif, Michel Angelo Salomon, qui m'a confié un soir où il était porté aux confidences, qu'à la demande expresse du provéditeur, il était en train de mettre au point un onguent à base de graisse de bœuf mêlée à du pus prélevé sur les bubons des pestiférés morts au lazaret, "un liquor scatturito da fieli, bubone et carbone d'appestati", destiné à infester les bonnets et les vêtements des soldats turcs.

Il lui parla aussi des nombreux projets avortés pour assassiner ou empoisonner le grand vizir. Il disait à Angelina qu'il avait même rencontré, à l'état major, un espion double, Michiel Scandali, à qui devaient être versés deux mille sequins pour accomplir ce qu'il n'avait pourtant pas réussi à mener à bien : l'empoisonnement du grand vizir...

— Mais tout a échoué, Angelina, malgré des dizaines de tentatives, et maintenant tous les espoirs se tournent vers la France qui a promis de nous aider à bouter l'Infidèle...

Noël approchait. Le recrutement des officiers et soldats corses touchait à sa fin. Deux compagnies étaient déjà enrôlées. Angelina espérait que Francesco serait encore présent près d'elle pour la fin de l'année. Heureusement, elle apprit à l'Arsenal qu'aucun départ de convois n'était prévu avant la mi-janvier.

La fin de l'année qui s'annonçait pourtant heureuse grâce à la présence de Francesco et d'Antonio, père et fils pour une fois réunis, fut endeuillée par la mort soudaine de Zaza, le jour des Saints Innocents.

C'était la chambrière, qui, inquiète de ne plus la voir, comme à son habitude, réclamer son petit déjeuner, l'avait trouvée dans son lit, semblant dormir. Mais s'approchant d'elle, elle l'avait découverte les yeux ouverts, sans vie et déjà froide.

Que dire du drame qui s'ensuivit lorsque, immédiatement alertée, Angelina se précipita dans la chambre de sa grande amie. Heureusement, Angelina n'était pas seule. Francesco, Antonio et Esther, présents, surent lui prodiguer affection et tendresse.

Pour Angelina, le monde de son adolescence, les souvenirs si chers de sa vie au palais Forner, s'estompaient. Zaza n'en avait-elle pas été le témoin pendant plus de trente années ? Elle avait été l'amie pétrie de bon sens, sa précieuse conseillère lors de la naissance de son amour pour Francesco. Angelina se souvenait des fins d'après-midi passées avec elle, si nombreuses dans son magasin près de la tour de l'Horloge de Saint-Marc. Là où, précisément, s'était édifié son amour pour Francesco. Et les moqueries des clientes ! Tout ce bon temps passé en compagnie de rouées courtisanes, discutant dentelles, lingeries et colifichets. Angelina se souvenait avec tendresse de sa mère, Francesca, lui faisant la grosse voix ainsi qu'à Zaza lorsque bras dessus bras dessous, elles s'élançaient vers « les lieux de perdition », simplement pour livrer les commandes de ces dames « mi raccomando mia figlia. Zaza guidati »[1] !

Et les moqueries affectueuses de son père sur la « torre Zaza », se gaussant gentiment de son embonpoint.

Angelina eut alors l'impression que désormais, elle serait vraiment seule. Zaza ne serait plus là à l'attendre, à s'inquiéter de son plus petit retard, de sa moindre fièvre, de son plus léger bobo. Tout une partie de sa vie s'écroulait.

Et comment, pensait Angelina, cette mort a-t-elle pu survenir ? Certainement sans souffrir, dans le sommeil, simplement. Même les couvertures, le drap du lit, n'avaient pas été dérangés. Son âme avait dû monter tout droit au paradis.

Comme tout cela était étrange. Il y avait en effet quelques jours, juste avant Noël, que ce matin-là, en présence d'Esther et d'Angelina, Zaza leur avait raconté qu'elle venait de faire un rêve merveilleux.

— Oui, mes chéries, avait-elle dit, je me suis trouvée au milieu d'un champ envahi de fleurs blanches, et je me

1. Je te recommande ma fille. Zaza, fais attention !

suis sentie tout à coup devenir légère, moi si forte, perdant tout contact avec mon corps. Je me suis élevée vers les nuages. Le bleu du ciel se parsemait de poussière dorée. Il s'élançait ainsi vers l'infini avec un arc-en-ciel immense qui se fondait dans les nues... Là, volant toujours mais le corps dans la plus totale immobilité, je me suis sentie aspirée par une force étrange, croisant de loin en loin des visages d'enfants soutenus par des ailes blanches, un peu comme des visages d'anges que j'ai vus si souvent sur la voûte des églises.

Zaza fit remarquer qu'elle avait alors aperçu de loin en loin, curieusement, des robes de dentelle légère qui sortaient des nues, virevoltant avec une sorte de lueur à la place des visages.

Elle avait l'impression d'être sortie de son corps, ajouta-t-elle. Peut-être était-ce simplement son âme qui voulait monter vers les infinis célestes ?

Zaza avait été alors réveillée en sursaut par la sonnerie des cloches, si proches. Elle avait senti avec regret, tâtant son corps pour voir s'il était encore là, ses cuisses, son ventre, ses seins si lourds, ses cheveux, surprise d'être dans un lit, privée de sa légèreté et du parfum de l'audelà.

Angelina qui croyait avec ferveur à l'existence de l'âme, à son envol après la mort, pensa que Zaza avait certainement vécu, dans son rêve, l'extraordinaire passage de la vie matérielle d'ici-bas à la vie éternelle, tant promise par les Saintes Écritures.

Esther pensa de même, croyant cependant que l'envol de l'âme de Zaza, dans son rêve, n'avait pas dû avoir lieu lors de l'arrêt de sa vie corporelle. Comme on le lui avait enseigné à la Scuola de la Synagogue, elle se ferait certainement sept jours plus tard, l'âme restant durant cette période toujours présente dans le corps.

Le matin de ce rêve, Esther expliqua à Zaza et Angelina médusées que pour les juifs il existe dans l'être humain, non seulement un corps et une âme, mais aussi un esprit, le Rouah, renfermant les qualités intellectuelles et affectives de tout être humain, qui permet d'approcher Dieu par la prière et de l'honorer.

— Je pense vraiment, ajouta-t-elle, que notre âme préexiste à notre corps et retourne, avec la mort, à sa source divine.

La discussion en vint alors à parler de la Résurrection. Zaza, dont l'esprit était très concret, se demanda comment, lors du jugement dernier, tous les corps des êtres humains ayant vécu sur terre pourraient matériellement se reconstituer pour se joindre à leurs âmes respectives ? Et comment ces corps pourraient-ils être semblables à ce qu'ils étaient au jour de leur mort ? Et le jugement des âmes se ferait ainsi, jointes à tous les corps ayant vécu depuis Adam et Eve ? Cela la dépassait.

Angelina essaya bien de lui donner une réponse :

— Tout ceci nous échappe, à nous autres humains, notre esprit ne peut pas arriver à le comprendre : Après la mort, et par extraordinaire tu l'as ressenti dans ton rêve, avait-elle dit à Zaza, nous devons trouver le repos, le calme, dans la lumière divine. Seul ce bonheur divin sera réservé aux justes. Les autres devront, dans l'attente du jugement dernier, le jour où toute vie sera détruite sur la Terre, se purifier au Purgatoire. Tout cela est un grand mystère, qu'ici-bas, nous ne pouvons expliquer. Notre raison humaine n'y suffit pas. Il faut croire à ce que nous enseignent les Saintes Écritures qui nous viennent de Dieu, à travers la Bible, et la foi seule nous y aide.

Esther, elle, n'ajoutait rien. Elle croyait aussi au jugement dernier, à la Résurrection des morts qui aurait lieu après la Restauration du Royaume, ne voulant pas discuter sur ce que lui enseignaient le Talmud et la Michna :

— Les morts se lèveront de leurs tombeaux et comparaîtront devant Dieu tandis que l'Ange fera le compte des actions de chacun. Tous nos actes sur terre sont inscrits dans un livre et celui qui, toute sa vie, aura pratiqué la Torah, échappera à la Géhenne, à l'enfer et sera sauvé.

Zaza, devant tant d'affirmations, n'avait pas voulu en

entendre davantage. Elle avait été heureuse, son rêve lui avait montré les portes du paradis...

En embrassant Zaza une dernière fois, les larmes aux yeux, sentant sous ses lèvres son front glacé, Angelina eut un doux sourire.

Elle pensa que si les saintes écritures disaient vrai et Dieu en cela ne pouvait se tromper, l'âme de Zaza était montée tout droit au paradis, dont elle connaissait déjà le chemin. En ce moment, elle y cherchait certainement les âmes de la comtesse Caterina et de sa chère mère, Francesca, de son père, Antonio... et de tant d'autres aimés. Têtue et précise dans son travail comme elle l'avait toujours été sur terre, l'âme de Zaza devait maintenant avoir beaucoup à faire. Heureusement, les anges, déjà entrevus, devaient l'aider.

15

Le Lion blessé

On ne meurt définitivement que lorsqu'on est totalement oublié, ainsi en fut-il des héros corses de Candie.
J'espère que ce livre aidera à faire revivre leur héroïque fidélité à la Sérénissime.

Le départ de la forte escorte avec laquelle s'embarquèrent pour Candie Francesco et le nouveau contingent corse, près de cinq cents hommes, eut lieu le 15 janvier.

L'arrivée dans le port de la ville assiégée, si les bonnes conditions de mer qui régnaient actuellement se maintenaient, après les escales rapides prévues à Zara, à Corfou et à Zante pour y embarquer d'autres renforts de troupes provenant de Dalmatie, devrait s'effectuer vers le 10 février. Et ce, avant la reprise des hostilités qui, depuis la présence du grand vizir qui dirigeait lui-même les opérations du siège, se déchaîneraient, selon toute certitude, dès la venue du printemps.

Après avoir fait à Zante le plein de vivres frais si nécessaires à la population de la ville assiégée, il faudrait s'arrêter à La Suda. On y embarquerait, pour remplir les soutes des navires, des tonneaux de poudre et de lourds fardeaux de boulets destinés à approvisionner la Sainte Barbe de l'Arsenal de Candie.

Ce matin du 15 janvier, le temps, à Venise, était radieux. Trop beau, pensa Angelina, pour assister au départ de son cher mari, un véritable arrachement. Le soleil poudrait d'or les coupoles de la ville, exactement le même temps qui avait présidé au départ de son père, le vice-protto, le jour où, pour la dernière fois, Angelina l'avait vu monter à bord du navire capitaine pour ne plus jamais le voir revenir.

Mauvais présage. Angelina ne voulait pas, peut-être pour conjurer le sort, accompagner son mari jusqu'aux pontons de l'Arsenal, d'où avait lieu le départ. Les adieux, au matin, dans la chambre conjugale, furent déchirants.

Angelina s'accrochait désespérément à son Francesco, grappillant encore quelques minutes, des secondes même pour retarder le départ. Sans le dire, elle imaginait avec terreur que c'étaient peut-être leurs derniers baisers. Une sorte de prémonition la hantait. Peut-être était-ce la dernière fois qu'elle serrait aussi fort son mari dans ses bras ?

Heureusement, Antonio, revenu de Padoue pour la circonstance, assisté d'Esther, accompagna son père. Il monta même à bord pour saluer l'illustre cousin, le colonel Gracinto Péri, qui lui aussi se rendait à Candie pour y prendre son commandement de surintendant des troupes italiennes et corses engagées dans la défense de la ville. On pensait arriver à Candie vers le 15 février, c'était confirmé.

...Mais le voyage fut plus rapide que prévu, à cause de l'urgence qu'il y avait à recevoir des renforts. On avait tout mis en œuvre pour raccourcir le temps passé aux escales. C'est ce qu'annonça une lettre adressée par Francesco à Angelina. Une lettre datée du 26 janvier de La Suda et qui, disait-elle, avait dû avoir des ailes pour être si vite arrivée.

Le contingent corse débarqua à Candie le soir du 5 février. Que de retrouvailles, d'embrassades pour la parenté corse ! Les Leca, Zicavo, Sonza, Benedetti, Ristori, Morazzani, Buttafoco, Giafferi, Piazza, Colombani, Guelfucci, Poli, Campi, Coccola, Corsi, Lusinchi, Battaglini, Abbatuci, Bastelica, Torre, Agostini, Leccio, Pozzo di Borgo, Morati, Paganelli, Perez, Péri et tant d'autres officiers, gradés ou simples soldats, tombèrent dans les bras les uns des autres. Ils se retrouvaient tous, Corses dans l'âme, leur patrie dans leur cœur, mais bien décidés à se battre avec fidélité et suprême courage pour Venise afin de défendre le nom « chrétien », face à la redoutable et cruelle armée ottomane que les nouveaux engagés ne connaissaient pas. La plupart, il est vrai, venaient du régiment corse récemment dissous qui assurait la garde du pape à Rome.

On ne leur avait pas encore raconté jusqu'où la

cruauté et la sauvagerie des Ottomans pouvaient aller. Quelques exemples survenus en Crète auraient pu les en informer.

Ainsi, à La Canée, lors de la conquête de la ville et de la forteresse, les Turcs, pour franchir aisément le fossé qui séparait ces deux parties de la ville, lors de l'assaut final, avaient entassé la nuit près de vingt mille cadavres, chrétiens et même turcs, afin d'arriver au matin à la hauteur des remparts. Et lors de leur attaque de La Suda, un échec cuisant, avant de déguerpir n'avaient-ils pas édifié trois pyramides où s'étageaient cinq mille têtes de chrétiens, tranchées sur des corps morts ou vivants, sacrifiant ainsi à coup de cimeterres civils et soldats prisonniers, peut-être trop encombrants à embarquer comme esclaves ?

Le lendemain de son arrivée, le premier souci du lieutenant-colonel Francesco fut de s'enquérir du moral régnant sur la ville et de la situation militaire, principalement au sujet des changements intervenus dans l'occupation du terrain, cernant la ville, par l'armée turque.

Du côté vénitien, l'accalmie apportée aux combats par l'hiver pluvieux avait été admirablement utilisée pour réparer en grande partie et même renforcer les ouvrages de défense qui avaient été si malmenés par les Turcs : éboulements, brèches causés par les tirs courbes des mortiers et par l'éclatement des mines. On avait même, grâce aux conseils dispensés par les ingénieurs militaires, Westhmuller et Rimpler, complètement modifié toute la ligne de défense extérieure grâce à d'importants travaux de terrassement et ce, malgré les tirs de harcèlement des Turcs qui se montraient déjà plus actifs.

Bastions, bonnettes, casemates, contrescarpes, murailles, fortins, demi-lunes, redoutes, etc. Tout avait été remis en état.

De nouvelles tranchées en zigzag, entrecoupées de parallèles et de redoutes — en pointe et non plus circulaires — avaient été établies en avant des fortins. Un nouveau système, imaginé par un ingénieur Français, Vauban, que l'on attendait incessamment.

Au cours d'une visite d'inspection des batteries du fortin de Vitury, faisant face, à l'Ouest, à la plaine envahie par les Turcs, Francesco put juger de l'importance des travaux accomplis par leurs habiles terrassiers.

Devant lui, s'étendait la circonvolution des ouvrages de terre tenus par les Vénitiens, l'immense couronne des tranchées turques régulièrement organisée, protégée par de hauts parapets et bourrée de redoutes et de fortins.

Et au loin, aux abords et sur les collines d'Ambasse, étincelait au soleil la blancheur de centaines de tentes, abritant les arrières de l'armée ottomane. Cela semblait s'étendre à l'infini, à travers les escarpements et le vert des forêts ourlant l'horizon. Une armée de quatre-vingt mille hommes cernait la ville à l'ouest, au nord et à l'est, sous les ordres du grand vizir Ahmed Koprülü, qui dirigeait le siège et préparait l'attaque.

En effet, le sultan avait montré son impatience. Irrité par la longueur du siège, ne s'était-il pas rendu lui-même en Morée pour hâter l'embarquement des troupes de renfort ? Après la défaite que lui avait infligée Montecucolli à la bataille de Saint-Gothard, le grand vizir, malgré son indomptable énergie, ne craignait-il pas, lui aussi, de recevoir « le lacet doré[1] » de sa déchéance ?

Mais Francesco rencontrait à Candie un bien meilleur moral que lors de son départ pour Venise. Des bruits couraient qu'enfin l'Europe chrétienne allait vaillamment aider la Sérénissime à bouter les Ottomans hors de Crète. Français, Allemands, Italiens, Chevaliers de Malte, tous sous l'égide du pape, se préparaient à envoyer de sérieux renforts constitués, disait-on à Candie, de troupes d'élite.

Pour justifier cet espoir, après le rappel du commandant de l'infanterie, le marquis de Ville, par son maître le duc de Piémont, Charles Emmanuel, le titre avait été confié à l'illustre gentilhomme français, le marquis de Saint André Montbrun, qui, en 1660, sous le commande-

1. Le lacet annonçait un prochain étranglement. Une mort certaine.

ment du prince Amerigo d'Este, avait dirigé la petite expédition française lors de sa malheureuse sortie. La nomination de ce courageux et intrépide soldat avait été faite dans le but de flatter l'amour-propre de Louis XIV et d'intéresser davantage à la défense de Candie le grand roi qui venait justement d'autoriser Venise à lever de nouvelles recrues en France. Colbert lui-même avait accepté d'ouvrir un peu la bourse pour financer une expédition. Mais c'était le duc de la Feuillade qui avait pris l'initiative, à ses frais, de contacter et d'enrôler plus de cinq cents gentilshommes, issus des plus nobles familles de France pour encadrer les régiments — plus de quatre mille hommes — levés en France par Venise. Ce geste du roi avait été d'autant mieux accueilli et apprécié par la Sérénissime que l'on savait combien les marchands français à Istanbul avaient énormément profité du départ de leurs rivaux vénitiens. Ainsi s'enrôlèrent, pour chasser le Turc de Candie, le duc de Château-Thierry, le duc de Caderousse, le marquis d'Aubusson, le prince de Neûchatel (à peine âgé de dix-sept ans), le comte de Villemor et celui de Saint-Paul, les Bauveau, les Langeron, les Créquy, les Fenelons, etc.

Mais en attendant ces renforts, il fallut faire face aux attaques turques qui débutèrent à Candie dès l'arrivée des beaux jours. Le lieutenant-colonel Francesco Péri avait été affecté à l'Arsenal où il dirigeait l'approvisionnement en munitions d'artillerie des forteresses. C'était en effet quinze fortins et une bonne centaine de redoutes qu'il fallait alimenter sans cesse pour faire face au déluge de feux et aux attaques incessantes, qui de jour comme de nuit, étaient conduites par les Turcs.

Les attaques eurent lieu plus particulièrement sur les deux points de la forteresse qui donnaient près de la mer et du port, surtout sur la Saboniera à l'Est et Santa Andrea à l'Ouest. Ce dernier fortin eut, en effet, ce que les défenseurs appelaient, préférant en rire qu'en pleurer, « le privilège » de subir les tirs de plein fouet des puissants canons que les Turcs avaient installés sur le môle enfin construit, ce qui leur permettait de balayer la passe de l'entrée du port pour essayer d'y interdire toute entrée de navires.

Un seul assaut des Turcs, bientôt suivi d'une tentative de sortie des Vénitiens, qui permit de dégager l'étreinte sur San Andrea, coûta deux mille morts aux assaillants. Francesco y perdit le 29 mars ses deux amis de combat de Clissa, les capitaines Ghisoloni et Massone et fut lui-même légèrement blessé au bras[1].

Le 13 mai, lors d'un nouveau et très violent assaut, le provéditeur général de la mer Caterino Corner fut mortellement blessé.

S'engagea alors une vraie lutte de géants, comme l'écrivit le marquis de Saint André Montbrun qui attendait avec grande impatience l'arrivée de l'expédition du duc de la Feuillade, retardée à Toulon par manque de vaisseaux. En effet, si Louis XIV voulait bien que Venise soit aidée par la levée de troupes qu'il avait autorisée, il ne tenait pas à rompre ses relations diplomatiques avec le sultan. Il laissa ainsi l'initiative de l'expédition au duc de la Feuillade qui avait pour mission d'armer lui-même une escadre.

À la fin novembre, les troupes françaises débarquèrent à Candie au moment où la situation des Vénitiens était très compromise. L'ardente jeunesse française voulait rapidement triompher du Turc. Le capitaine général Morosini, lui, désirait affecter le contingent français à la protection des défenses extérieures, très menacées. La Feuillade passa outre la recommandation fort sage de Morosini. Le 16 décembre, le fouet à la main, comme pour chasser les Turcs, il fit opérer à ses troupes une sortie héroïque, une brillante folie, qui fit d'abord reculer les Ottomans de deux cents pas en laissant huit cents morts sur le terrain. La charge folle se termina malheureusement par une retraite des Français, dans un carnage indescrip-

---

1. Ce fut le colonel Giacinto Péri, le surintendant des troupes italiennes et corses à Candie, qui révéla cette blessure à Angelina lors de sa visite de convalescence à Venise.

tible, dû à l'arrivée surprise, et impétueuse, d'un bataillon de janissaires. Les Français montrèrent un courage surhumain, repoussant les Turcs sur deux cents mètres, mais ils durent céder devant le nombre et la puissance du feu. Quarante jeunes gens des plus grands noms de la noblesse française y laissèrent la vie, parmi lesquels les comtes de Vilemort et de Tavanes. Le marquis d'Aubusson y fut blessé avec soixante de ses compagnons. La Feuillade, héroïque, lui aussi trois fois blessé, fut le dernier à regagner les remparts vénitiens[1].

L'expédition française, très éprouvée, amenant la peste dans ses bagages, reprit la mer pour Toulon quelques jours après.

Heureusement, des pluies diluviennes s'abattirent à nouveau sur l'île, emplissant complètement les tranchées. Elles firent cesser les combats. La défense vénitienne était épuisée, Francesco était vivant. Le capitaine général Français Morosini avait perdu, depuis les offensives turques du printemps, six cents officiers et sept mille hommes dont un grand nombre originaire de Corse, nation qui représentait encore le quart des effectifs de la garnison. Chez les Turcs, le grand vizir dénombra pour la même période vingt-trois mille morts, vite remplacés par les incessants renforts provenant de Morée.

L'arrivée des quelques rescapés de l'expédition La Feuillade à Toulon produisit une grande stupeur en France. Louis XIV lui-même s'émut sérieusement, et sur les instances de l'ambassadeur de Venise, un Morosini lui aussi, il promit d'envoyer à Candie douze régiments d'infanterie, une partie de sa garde personnelle, les mousquetaires du roi. Ce fut ainsi un peu plus de six mille hommes, accompagnés de quinze canons qui allaient être transportés à Candie par vingt-sept navires, escortés par quinze vaisseaux du roi faisant partie de la flotte récemment créée par Colbert. Mais pour la troisième fois, l'escadre navigua sous la bannière aux clefs croisées de la Papauté et non sous les armes de France, la fleur de lys

1. Tiré de *l'Histoire du Siège de Candie* par Philibert de Jary.

(officiellement, la France jouait toujours le double jeu envers la Sublime Porte).

Durant l'hiver, Candie essaya à nouveau de se relever un peu de ses ruines. Toutes les maisons avaient été frappées par des boulets, des éclats de mortier, des tirs de mine. Dans la vieille ville, les églises avaient été partiellement détruites par les tirs d'artillerie. Des masures étaient emplies de soldats blessés, souvent amputés, autour desquels s'affairaient des religieux, faisant office d'infirmiers. Les officiers et les soldats logeaient souvent sous des toiles, tendues sur les murs écroulés. La terre des anciens jardins servait à remplir les brèches importantes ouvertes dans les remparts par les dernières attaques.

Ce fut dans cette désolation que les cinq mille premiers soldats, la première partie de l'expédition française, débarquèrent le 19 juin sous les ordres de l'amiral du roi, le duc de Beaufort et du duc de Navailles, commandant l'armée. Étaient également présents le duc de Flacourt, maréchal de camp et le comte de Vivonne, général des galères[1]. Francesco assista, avec tous les membres de l'état major corse, à la réception que donna, en l'honneur des premières troupes françaises, débarquées au milieu des transports de joie de la population, le capitaine général Morosini. Celui-ci attendait impatiemment l'arrivée du deuxième contingent français pour dresser conjointement un plan de bataille avec ce qui restait de la vaillante garnison vénitienne.

Mais le commandant français, impatient de combattre, ne voulait point attendre. Les vaillants gentilshommes désiraient se mesurer immédiatement avec les Turcs. Ils exigeaient une sortie générale que Morosini, à contrecœur, finit par accorder en en confiant le commandement au duc de Navailles, accompagné de l'amiral, le duc de Beaufort qui, descendu de son vaisseau, avait tenu à être présent lui aussi dans la bataille. Francesco, maître de l'artillerie à la Saboniera, avait été chargé de diriger les

1. *Histoire de Louvois* de Camille Rousset.

tirs qui, précédant les vagues successives d'attaques des Français, devaient bouleverser les redoutes et les tranchées turques.

L'attaque débuta le 25 juin, au petit jour. Couchés, ventre contre terre, les cinq mille Français attendaient en silence le signal de l'attaque, donné par un canon de la forteresse. Ils s'élancèrent alors, abordant impétueusement les Turcs qui, complètement surpris, perdirent sur l'heure près de treize cents hommes, refluant en désordre vers leurs arrières. Tout allait pour le mieux. Lorsque soudain, le feu prit à quelques barils de poudre abandonnés dans une redoute par les Turcs. Une explosion terrible se produisit. Le bruit courut alors, dans les rangs français, que le terrain où ils se battaient était entièrement miné. Des fourneaux de mine allaient éclater en série ! La panique s'installa. Les soldats, terrorisés malgré l'appel de leurs officiers, prirent la fuite vers les remparts, poursuivis alors par les Turcs, qui, regroupés, contre-attaquèrent. Cinq cents soldats chrétiens y périrent. Francesco, impuissant, assista à la débandade, au massacre puis au défilé des cinq cents têtes des soldats et des officiers français morts, fichées sur des piques. Têtes que les Turcs avaient tranchées et qui furent brandies fièrement devant le grand vizir, arrivé à la hâte qui se tenait à bonne distance des remparts, avec une solide escouade de cavaliers.

Parmi les illustres têtes coupées, figuraient celle de l'amiral duc de Beaufort (l'ancien roi des Halles du temps de la fronde sous Mazarin), du comte de Rosan, le neveu du grand Turenne, des marquis de Lignier, d'Uxelles, de Fabert, de Castellane, de cinquante mousquetaires du roi, encore coiffés de leurs grands chapeaux et de celle, tonsurée, d'un capucin, aumônier militaire d'un régiment.

Qui étaient les responsables de la défaite ?

La désunion commença à s'insinuer au sein du commandement français. Francesco eut ce jour-là ses deux cousins, le capitaine Egidio Francesco Péri et le colonel Simonetto Pères, tués lors de cette fatale sortie. Ce fut pendant cette attaque que son grand ami et cher parent, le colonel Giacinto Péri, le surintendant général des troupes italiennes et corses, perdit sa main gauche, emportée par un boulet turc.

Le deuxième contingent français, fort d'un millier d'hommes, débarqua le 29 juin, quatre jours après la malheureuse défaite. Il fut alors question, abandonnant l'illusoire levée du siège de Candie, de lancer, grâce à la formidable armada catholique — plus de cent vaisseaux concentrés dans les eaux de Candie —, une attaque sur La Canée pour couper la voie aux renforts qu'y débarquaient sans cesse les Turcs.

Hélas ! Le 24 juillet, du fortin de la Saboniera, Francesco put assister, lors d'un bombardement mené par l'escadre contre le môle d'artillerie turc, à l'explosion d'un superbe vaisseau français de soixante-dix canons qui, s'étant approché dangereusement du môle, fut touché par un boulet ennemi qui y fit sauter la Sainte Barbe. Le splendide vaisseau coula immédiatement, corps et biens.

Inquiet, traumatisé par ce dernier événement, craignant de compromettre plus avant l'expédition, Navailles annonça froidement à Morosini, sans avoir même la décence d'en discuter avec lui, le retrait de l'armée et de l'escadre confiées à ses soins.

Le 21 août, jour de grand deuil à Candie, se retirèrent non seulement la flotte et l'expédition française, mais aussi les galères du pape, des Allemands, des Chevaliers de l'Ordre de Malte et de tous les volontaires qui s'étaient rendus en Crète à la demande du Saint Siège.

En quelques jours, il ne resta plus à Morosini que huit mille soldats encore valides ou blessés, épuisés par les combats, les privations et la maladie qui se glissait, insidieuse, dans les rangs déjà clairsemés des héroïques défenseurs d'une ville en ruines.

Francesco était encore du nombre, du moins jusqu'à la date de l'assaut général livré par les Turcs, qui les amena, le 29 août, jusqu'aux pieds des remparts. La dernière tranchée fut tenue par une compagnie corse du colonel Pozzo di Borgo que commandait Francesco, faisant lui-même le coup de feu, et se battant corps à corps, comme un simple fantassin.

Morosini comprit alors qu'il n'y avait plus de résistance possible. Si Candie était prise et livrée au pillage de l'armée turque, que deviendraient les quatre mille civils, pour la plupart des femmes, des vieillards, des enfants ? Violés ? Massacrés ? Et ses vaillants soldats ? Exécutés froidement ? Livrés à l'esclavage ? Peut-être pour garnir la chiourme des pirates barbaresques ?...

Candie n'offrait plus qu'un monceau de ruines. Trente mille chrétiens et cent dix mille Ottomans avaient péri durant ce siège. Morosini pensa qu'il valait mieux tenter, si c'était encore possible, de négocier une honorable capitulation.

Le grand vizir Ahmed Koprülü, de son côté, avait hâte de voir le drapeau du prophète flotter sur Candie et la Crète devenir terre ottomane. Le siège avait duré vingt-cinq ans.

La capitulation fut signée le 6 septembre 1669. Les Vénitiens eurent douze jours pour quitter Candie. Les habitants étaient libres s'ils le désiraient de suivre la garnison en conservant leurs effets et la troupe pouvait garder ses armes. Même l'artillerie pouvait être emportée à l'exception des pièces dont la place était armée avant le siège. La Sérénissime perdait la Crète, mais elle conservait les Grabuses, Spina Longa et l'invincible La Suda. Les relations de commerce et « d'amitié » seraient rétablies entre les deux puissances.

Le 27 septembre, les clefs de Candie étaient remises au grand vizir qui entra dans la ville déserte le 4 octobre.

Venise avait perdu, avec la Crète, la maîtrise de la Méditerranée orientale. L'indomptable Francesco Morosini apprit plus tard que Venise avait été trahie. L'ingénieur Andrea Barozzi avait fourni aux Turcs les plans de défense de la ville de Candie et appris aux Turcs l'art de se servir de leur artillerie et d'édifier les célèbres tranchées parallèles que Vauban utilisera lors d'un autre siège célèbre, celui de Maestricht. Le siège avait coûté cent huit mille morts au Turcs, vingt-neuf mille aux chrétiens, dont deux cent quatre-vingts patriciens vénitiens, le quart des membres du grand Conseil.

Les heures glorieuses de Venise touchaient à leur fin.

Mais qu'était donc devenu Francesco après les terribles assaut du 23 et du 29 août ?

C'était la dernière fois que l'on avait aperçu vivant le lieutenant-colonel, l'épée à la main. Son corps n'avait pas été retrouvé parmi les morts recueillis aux pieds des remparts.

Avait-il été fait prisonnier par les Turcs ?

Son nom n'était pas apparu, ce qu'aurait laissé supposer son grade, dans la liste des officiers échangés lors de la capitulation.

Cependant, un soldat corse qui était mort de ses blessures lors de son transfert à Corfou avait affirmé à son capitaine qu'il avait bien vu et reconnu le lieutenant-colonel Francesco Péri dans la file des soldats et civils qui s'étaient embarqués sur l'un des navires, lors de l'évacuation générale qui avait suivi la capitulation de Candie.

Une terrible tempête avait alors dispersé le convoi vénitien et quelques vaisseaux désemparés avaient fait naufrage sur les côtes de Morée. On disait même que certains de ces malheureux naufragés, sauvés par les Turcs, auraient été vendus comme esclaves...

Ce fut le colonel Giacinto de Péri qui, dès son retour à Venise, rapatrié de Candie après la reddition de la ville, s'empressa d'apporter à Angelina la terrible, mais encore incertaine nouvelle. C'était à lui de rendre cette pénible visite. Francesco n'était-il pas sous ses ordres ? Était-il mort ? Esclave ? Ou simplement, comme officier de haut grade, captif de la Sublime Porte ?

Angelina se refusa à prendre le deuil. Elle savait qu'il existait à Istanbul deux congrégations françaises qui, étant donné les bonnes relations qu'entretenait le roi de France avec la Sublime Porte, s'étaient spécialisées dans la recherche et le rachat des prisonniers, surtout lorsqu'il s'agissait d'officiers de haut rang.

C'étaient la confrérie des religieux de Notre-Dame de la Merci et l'Ordre des Trinitaires, lui confirma le colonel.

— C'est vrai, madame, ils s'occupent remarquablement, moyennant de très fortes rançons, des tractations longues et souvent difficiles, de la libération des captifs, quand il s'agit de prisonniers réclamés par la Sérénissime. Nous avons eu quelques cas de libérations, même en Crète, après la perte de Retimo. Donc, dans le cas où votre mari aurait pu survivre au naufrage, sur les côtes de Morée, ce qui est fort possible, il faudrait que vous voyiez de près l'Ambassade de France.

Angelina était sûre d'elle. Sans aucun doute, son mari était vivant.

Même s'il y avait eu naufrage, elle ne croyait pas à sa disparition. Lui si fort, si volontaire, si impétueux, un merveilleux nageur... non ce n'était pas possible.

Angelina se promettait de tout faire pour découvrir et activer le retour de son mari.

Pour se conforter, elle décida de faire dire immédiatement de nombreuses messes à sa paroisse et à Santa Fosa, auprès de la Vierge douloureuse de l'église de Murano. Cette Madone avait tant fait pendant la grande peste pour protéger les familles de son père et de sa mère, la merveilleuse Francesca.

Pour Angelina, Francesco était vivant. Bientôt, son nom apparaîtrait, elle en était persuadée, dans la liste des captifs à racheter moyennant une solide rançon. Le cas était arrivé très souvent à Venise dans le passé. Elle se promettait, si c'était nécessaire, de donner tout ce qu'elle possédait pour retrouver son merveilleux mari.

Le Lion de Saint-Marc était sérieusement blessé.

Une vieille mendiante, aux Esclavons, racontait même qu'une nuit sans lune, elle avait vu son Lion, l'évangile délaissé, repliant ses ailes, se coucher sur sa colonne et se lécher ses pattes aux griffes émoussées... Il était bien atteint.

TABLE DES MATIÈRES

Impression réalisée sur CAMERON
par BRODARD ET TAUPIN
La Flèche
en mai 2000

Imprimé en France
Dépôt légal : mai 2000
N° d'édition : 3801 – N° d'impression : 2588